NET FORCE 4

Paru dans Le Livre de Poche :

LE CARDINAL DU KREMLIN

CODE SSN

DANGER IMMÉDIAT

DETTE D'HONNEUR

JEUX DE GUERRE

NET FORCE
1. Net Force
2. Programmes fantômes

OCTOBRE ROUGE

L'OURS ET LE DRAGON

POWER GAMES
1. Politika
2. Ruthless.com
3. Ronde furtive
4. Frappe biologique

RAINBOW SIX

SANS AUCUN REMORDS

LA SOMME DE TOUTES LES PEURS

SUR ORDRE

TEMPÊTE ROUGE

Tom Clancy et Steve Pieczenik avec Steve Perry
présentent

TOM CLANCY

Net Force 4

Point de rupture

ROMAN TRADUIT DE L'AMÉRICAIN PAR JEAN BONNEFOY

ALBIN MICHEL

Titre original :

TOM CLANCY'S NET FORCE
BREAKING POINT

Ceci est une œuvre de fiction. Les personnages et les situations décrits dans ce livre sont purement imaginaires : toute ressemblance avec des personnages ou des événements existant ou ayant existé ne serait que pure coïncidence.

Cet air, qui l'a écrit ?
oses-tu demander. Mais tu le sais...
C'est la musique du Diable lui-même,
si chaude et si sensuelle,
et nul doute que sera maudit
celui qui voudrait y prêter l'oreille.

Sean Patrick O'MAHONEY.

Prologue

Mercredi 1er juin 2011
Daru, Chine

Le soleil qui s'élevait de la mer grise envoya un jet de lumière sur les traits ridés du vieux Jang, assis sur le banc usé devant sa maison, légèrement tassé sur sa canne. Ces derniers temps, il se levait souvent avec le soleil pour profiter du jour naissant, sachant qu'il ne lui en restait plus tant que cela pour se permettre de les gâcher. Mais au lieu de l'attrister, cette pensée le mettait en colère.

La lumière lui semblait plus vive qu'à l'accoutumée. Sa vue brouillée avait gagné en acuité, son ouïe était plus aiguisée et même les pâles rayons du soleil sur sa peau paraissaient plus intenses que d'habitude.

Le vieux Jang ne s'était installé que depuis peu dans ce village de Daru. Une petite douzaine d'années auparavant, autant dire la veille pour un homme de son âge, il avait été contraint de quitter son village natal inondé par le monstrueux projet de barrage qui devait à jamais altérer le réseau hydrographique de la Chine. À quatre-vingt-quatorze ans, Jang avait survécu à son épouse, à plusieurs de ses enfants et même à certains de ses petits-enfants. Et puis, il n'aimait pas la vie ici en compagnie d'un de ces héritiers qu'il n'avait pas encore réussi à enterrer... Oh, certes la maison était plutôt confortable, le lit douillet – un détail non négligeable quand, comme lui, on avait de vieux os – mais ce patelin n'était qu'un trou bouseux, un site indigne pour quitter ce bas monde et rejoindre ses ancêtres.

Situé sur le continent face au détroit de Formose en face de Taïwan, juste au nord de Quanzhou, Daru était un village côtier avec une importante proportion de personnes âgées, certaines, comme lui, victimes de ce maudit barrage, d'autres qui avaient toujours vécu ici. De sorte qu'à l'exception de quelques jeunes, pêcheurs pour la plupart, c'était un coin plein de vieux qui attendaient la mort.

Le souvenir de son déplacement forcé raviva la colère de Jang, l'emplissant cette fois d'une rage brûlante qui lui enflamma l'esprit. Comment avaient-ils pu oser, oui oser, faire une chose pareille ? Ces imbéciles de communistes dont la vision était déformée par une philosophie amorale qui avait conduit le pays à la ruine en deux générations à peine ! Il avait espéré vivre assez longtemps pour voir terrasser les enfants de Mao mais il commençait à se rendre compte que ça ne se produirait pas de sitôt. Ce qui fit redoubler sa colère. Il était vieux, si vieux ! Il avait travaillé dur toute sa vie et pour quelle récompense ? Se voir confier à un petit-fils à moitié débile, au fond d'un bled paumé dont des cochons ne voudraient même pas pour bauge ? C'était injuste.

Jang empoigna sa lourde canne et les veines du dessus de ses mains saillirent autour des tendons et des jointures arthritiques, sous la peau fine et parcheminée couverte de taches de vieillesse. Sa rage l'enveloppa comme le cocon d'un ver à soie, réchauffant sa chair frissonnante. Non, ce n'était pas juste. Pas juste du tout.

La grosse truie qui avait épousé son petit-fils, trente-quatre ans à peine et déjà si grasse qu'elle pouvait tout juste se traîner, remonta pesamment le chemin gravillonné pour s'arrêter devant lui, ses grosses mains pataudes posées sur ses hanches massives, lui cachant le soleil. Elle lança : « Qu'est-ce que tu fiches encore dehors, grand-père ? Tu veux nous attraper une pneumonie ? Soit dit entre nous, je serais pas mécontente que t'en crèves, mais ce pauvre Ming-Yang serait perdu et ça, pas question ! Allez, debout ! Bouge ta vieille carcasse et rentre, et plus vite que ça ! »

La truie semblait passablement irritée, elle aussi, ce qui ne lui ressemblait pas. D'ordinaire, elle était d'une placidité qui frisait l'apathie. Lourde comme une borne et deux fois plus bête, songea Jang, mais enfin, c'était le mieux qu'ait pu trouver son grand crétin de petit-fils. Quelle honte. Il bougonna : « Tu me bouches le soleil. Écarte-toi !

– Es-tu devenu sourd en plus de stupide, bougre de vieux sac à merde ? J'ai dit : debout ! » Et sur ces mots, elle s'avança comme pour le saisir et le traîner de force à l'intérieur.

Grosse erreur. Témoignant d'une vivacité et d'une vigueur qui la surprirent, Jang brandit sa canne pour l'enfoncer dans le ventre de la truie.

« Ouch ! » fit-elle en se pliant en deux, les mains crispées sur l'estomac.

Jang se redressa, releva la canne comme une hache avant de lui assener un coup violent à la tempe. L'os émit un craquement mou mais réjouissant et la grosse truie s'effondra en tas.

Ha-ha !

Jang se pencha au-dessus du corps et abattit sa canne en le frappant de toutes ses forces. Ah, c'était bon. Il la frappa encore. C'était mieux. Et encore. Encore mieux !

Il n'était plus l'homme qu'il avait été jadis, mais il lui restait encore des ressources, et la fureur continuait de brûler en lui tandis qu'il tabassait la grosse femme prostrée à terre sans réagir. Lui boucher le soleil ? Il ferait beau voir !

Au bout d'un moment, la lassitude le gagna et il décida d'observer une pause avant de se remettre à la tâche. Alors qu'il contemplait la femme, il leva un instant les yeux et c'est alors qu'il vit son idiot de petit-fils lui foncer dessus en brandissant une fourche.

Incroyable, d'autant que ledit petit-fils était le plus doux des hommes, du genre à faire un détour pour ne pas écraser un scarabée et à laisser aux autres le soin de lui préparer son frichti car monsieur ne supportait pas de blesser le poisson avec un hameçon ; et jamais Jang ne l'avait entendu hausser la voix pour injurier son prochain.

« Bougre de vieil abruti ! Je vais te massacrer ! » hurlait Ming-Yang.

Le vieux Jang eut un sourire carnassier. « Ah oui ? Eh bien, essaie donc, vil torche-cul ! » Et d'élever sa canne pour bloquer la charge.

Jang réfléchissait au meilleur moyen d'esquiver les dents de la fourche et de frapper Ming mais dans le même temps, grâce à ses sens aiguisés, il décela la présence de son arrière-petit-fils Cheng, âgé de treize ans, qui se ruait sur les talons de son père, une gaffe brandie au-dessus de la tête.

Allons bon, et qui Cheng voulait-il embrocher ainsi ?

Qu'importe ! Jang lui réglerait son compte en son temps, comme il avait bien l'intention de le faire de tous les autres habitants de ce trou bouseux.

Oui, il les massacrerait tous.

Enfin une idée réjouissante ! Il rit aux éclats.

PREMIÈRE PARTIE

Toutes les politiques sont locales

1

Jeudi 2 juin
Quantico, Virginie

Allongé dans son tricycle profilé, Alex Michaels pédalait avec ardeur sur la large piste cyclable entre le QG de la Net Force et le restau chinois où il avait l'habitude de déjeuner. La journée était chaude, l'air étouffant malgré le ciel couvert, et la sueur trempait déjà son T-shirt et son cuissard en Spandex. Il tomba encore une vitesse au dérailleur pour dépasser en trombe un trio de Marines de la base qui couraient déjà à un bon rythme. D'habitude, il aimait faire du tricycle, sentir la brûlure de l'effort dans les mollets et les poumons, conscient d'exercer ses muscles et de brûler ainsi le demi-carton de glace Häagen-Dazs englouti la veille au soir. D'habitude, le commandant de la Net Force aimait tout un tas de choses, mais à l'instar du mouvement de ses pieds encliquetés aux pédales automatiques, tout ce qu'il avait fait ces derniers temps relevait tout au plus de l'acte machinal.

Il n'avait pas trop à se plaindre du boulot. En dehors de la dizaine de milliers de pirates relevant du menu fretin que la Net Force devait pêcher dans les eaux troubles du Net, il n'y avait eu ces derniers temps aucune crise grave sur le front de la criminalité informatique. Rien de comparable à ce Russe déjanté qui avait voulu prendre la planète en otage, à ce secrétaire de sénateur désireux de s'approprier l'économie mondiale fragment par fragment, sans parler de ce dangereux Anglais farfelu, nostalgique de la gloire et des fastes de l'époque victorienne [1]. Le Congrès ne lui avait pas non plus mis de bâtons dans les roues depuis un bout de temps et même si elle se montrait parfois un tantinet terre à terre, sa patronne, la nouvelle directrice du FBI, n'était fondamentalement pas mauvaise fille et surtout, les trois quarts du temps, elle lui fichait une paix royale.

Bref, le boulot allait plutôt bien. Non, c'était sa vie privée qui était une vraie catastrophe.

Il serra à droite pour être sûr de laisser assez de place aux deux cyclistes qui arrivaient en face, roulant de front. Le couple, deux personnes âgées, le salua au passage. Il leva brièvement la main pour leur répondre.

Megan, son ex-épouse, s'était fiancée, et elle réclamait à présent aux tribunaux d'Idaho la garde exclusive de leur fille Susie. Son nouveau chevalier servant désirait adopter la petite. Susie aimait bien le nouveau petit ami de maman, ce qui était loin d'être le cas de Michaels. Qu'il ait tabassé le mec lors d'un réveillon de Noël n'avait pas non plus contribué à aplanir la situation – même si, sur le coup, ça l'avait soulagé.

Michaels pouvait se défendre : son avocat lui avait assuré qu'il avait de bonnes chances de gagner le procès et sa réaction première avait été de suivre ses conseils, de se battre jusqu'au dernier souffle, si nécessaire. Mais il aimait sa fille et la petite n'était encore qu'une gamine. Il fallait songer aux effets déplorables qu'aurait sur elle une longue bataille juridique. Et s'il

---

1. Voir les trois premiers volumes de la série au Livre de Poche. *(Toutes les notes sont du traducteur.)*

voulait éviter une chose, c'était bien de traumatiser son unique enfant.

Vaudrait-il mieux pour elle avoir en permanence une mère et un père – même si ce n'était qu'un beau-père ? La capitale fédérale était loin de Boise, Idaho, et Michaels ne voyait pas sa fille aussi souvent qu'il l'aurait désiré. Et avoir ainsi traîné les pieds pour lui rendre visite l'été aurait-il pu engendrer chez la petite des traumatismes irréversibles ? Au risque de lui gâcher plus tard sa vie d'adulte ?

Il allait bientôt aborder le grand virage relevé et, au lieu de ralentir, Michaels décida de le franchir à fond. Il descendit encore une vitesse, accentua la pression sur les pédales. Mais à l'amorce de la courbe, il avisa un groupe de piétons droit devant : des pensionnaires de l'hospice voisin. Ils occupaient presque toute la largeur de la route. Michaels n'avait pas de sonnette sur son engin et il craignit, en leur criant de s'écarter, de provoquer un infarctus chez l'un de ces ancêtres.

Il s'arrêta de pédaler et serra les freins. La pression soudaine fit crisser les disques robustes installés sur les trois roues, en même temps que montait une odeur de plaquettes échauffées mais le tricycle ralentit brusquement. Avec un vélo classique, il serait sans doute parti en travers mais sa machine se contenta d'une légère dérive du train arrière avant de piler presque.

Pas un de ces vieillards (dont la plupart semblaient au moins octogénaires) ne parut remarquer sa présence jusqu'à ce qu'il les ait dépassés à une allure d'escargot.

Il n'aurait plus manqué que ça : percuter à pleine vitesse un couple de vieux. Et une galère de plus, une.

Et bien entendu, il ne fallait pas oublier le gros problème de son existence : Toni.

Elle était restée en Angleterre à faire du pentchak silat, cet art martial indonésien qu'elle pratiquait avec assiduité et étudiait avec ce Carl machintruc. Il n'y avait rien entre Carl et Toni quand Michaels avait quitté le Royaume-Uni, mais qui pouvait être sûr ? Cela faisait maintenant plus d'un mois. Il pouvait s'en passer des choses en l'espace d'un mois...

Toni Fiorella était intelligente, belle, et elle pouvait vous tuer à mains nues si l'envie lui prenait. Elle avait été son adjointe jusqu'à ce qu'elle démissionne. Et elle avait été sa maîtresse, jusqu'à ce qu'elle découvre son écart avec la blonde Angela Cooper, l'agent du MI-6.

Pas un écart, Alex, lui dit sa petite voix. *En réalité, on n'a rien fait du tout, aurais-tu oublié ?*

Ouais, mais pas d'accord. Ça n'aurait même pas dû en arriver au point où je puisse ne fût-ce qu'y songer.

On était crevés, à moitié soûls, et Cooper y avait quand même mis du sien, la séance de massage et tout ça...

Ce n'est pas une excuse.

Cette discussion avec lui-même, il l'avait eue un millier de fois au cours des six semaines écoulées. Avec un millier de variations. Si seulement Toni n'avait pas pris le tunnel pour aller en France. Si seulement il n'avait pas accepté de manger une friture-frites arrosée d'une bière avec Angela. Si seulement il n'avait pas accepté d'aller chez elle et de la laisser lui masser le dos. Si, si, si...

Tout cela n'était que vaines spéculations désormais. Et il avait beau faire, il ne pouvait pas se raconter d'histoires.

Il pensa se remettre à foncer comme un malade mais, soudain, tout cela lui parut bien inutile : le Chinois n'était plus si loin. Et puis, rien ne pressait, après tout ? Il n'avait pas si faim. Et il se contrefichait de retourner au bureau à l'heure.

Même le projet de retaper une autre bagnole ne le motivait plus spécialement. Il avait restauré une Plymouth Prowler et une Mazda MX-5 – une Miata – mais le garage de son pavillon était désormais vide. C'est dans la Miata qu'il avait embrassé Toni pour la première fois. Et il n'avait pas eu le cœur de garder la voiture après qu'elle l'eut plaqué pour rester en Angleterre.

Il poussa un soupir.

T'es vraiment un beau connard spécialiste de l'auto-apitoiement, pas vrai ? Allez, secoue-toi un peu ! Décroche ! Sois un homme !

« Ta gueule », dit-il à sa voix intérieure. Mais cet autre lui-même avait raison. Il n'était pas de ces héros new-age geignards qu'on voit dans les mélos hollywoodiens. Dans son monde, le vrai, les hommes assumaient leurs responsabilités et se battaient comme des mecs. C'était la seule méthode que lui avait enseignée son père, et c'était ainsi qu'il affrontait la vie. Se lamenter et se tordre les mains n'était pas un truc d'homme. Quand on merdait, on assumait, et puis on repartait, point final, rideau. C'était comment déjà le vieil adage ? Si t'es pas cap d'aller au trou, tu fais pas le coup. En gros, c'était ça.

En théorie, du moins.

Jeudi
Sperryville, Virginie

« Ouïlle ! » fit Jay Gridley. Il claqua son bras nu et lorsqu'il ôta la main, une tache ensanglantée s'étalait sur sa peau autour du cadavre aplati d'un moustique. Enfin, peut-être – il n'était pas évident à identifier.

« Assassin », dit Saji. Elle sourit.

« Légitime défense, rétorqua-t-il. Si j'avais su que j'allais me faire bouffer par tous ces mini-vampires voraces, j'aurais réfléchi à deux fois avant d'accepter une promenade dans les bois avec toi. Ou alors, je me serais pris un stock d'allumettes pour les tailler en pieux. Ça serait tellement plus agréable en RV.

– Mon père disait toujours que Dieu avait commis deux erreurs, reprit-elle : les moustiques et les hommes politiques. Bien sûr, il était conseiller municipal, alors il pouvait se permettre ce genre de remarque. Mais il avait tort... les hommes politiques comme les moustiques ont leur rôle à tenir. »

Jay hocha la tête. « Mouais, tout ça c'est rideau de fumée bouddhique et compagnie. Il faut pas aller trouver autre chose pour justifier l'utilité des moustiques...

– Vraiment ? Va raconter ça aux chauves-souris qui en font leur ordinaire.

– Elles pourraient manger autre chose. Y a des tas

d'insectes qui bouffent pas les gens. Je ne sais pas moi, elles pourraient se goinfrer de moucherons...

– Allons, Jay. Si tu dois supprimer tout ce qui t'est désagréable, tu n'as plus aucune échelle pour évaluer ton plaisir. »

Un étroit chemin de terre s'enfonçait en sinuant dans une partie de la forêt presque entièrement constituée d'arbres de haute futaie. Il y avait assez d'ombre pour que la chaleur du jour ne soit pas trop pesante et l'air riche en oxygène était saturé des odeurs chaudes d'une végétation estivale mêlée de décennies d'humus humide. Jamais Jay n'avait trimbalé de sac à dos aussi lourd mais comme celui de Saji n'était pas moins pesant, il aurait été malvenu de se plaindre. Il avait la tente à porter, mais elle se coltinait tout le matériel de cuisine.

Il secoua la tête. Il était incapable de discuter religion ou philosophie de manière cohérente avec Sojan Ripoche. Elle arrivait toujours à l'embobiner. Elle avait beau avoir à peine plus de vingt ans, elle était bien plus cultivée que lui en la matière. Ils s'étaient rencontrés après le traumatisme qu'il avait subi en ligne alors qu'il pistait l'inventeur de l'ordinateur quantique qui avait créé toutes sortes de problèmes à la Net Force. Comme ils s'étaient vus la première fois en réalité virtuelle via le réseau, ils s'étaient connus sous la forme d'avatars. Et la jeune femme avait choisi l'apparence d'un vieux moine tibétain. Elle était quand même bien mieux au naturel qu'en vieillard ridé. Et elle avait contribué de manière déterminante à sa guérison d'un traumatisme cérébral théoriquement irréversible.

« Vois-tu, c'est le problème avec toi, Jay : tu passes trop de temps en ligne. T'aurais besoin de sortir plus.

– Je pourrais intégrer des moustiques à un scénario si je voulais.

– Tu pourrais. Mais l'as-tu déjà fait ?

– Ma foi, non.

– Et faute d'avoir eu l'expérience de vrais insectes qui te bouffent le sang et qui éclatent quand on les écrabouille, tu ne pourras pas la reconstituer avec réalisme. Et même, ce ne serait de toute manière qu'une imitation, pas la réalité.

– Mais est-ce que tout n'est pas qu'illusion ? » D'un grand geste de la main, il embrassa la pente boisée.

« Tu te trompes de religion, petit Blanc. Va plutôt voir du côté des hindous ou des existentialistes. Nier la réalité, ce n'est pas le truc des bouddhistes. Tout au contraire, on aime y plonger et nous rouler dedans.

– Et ton avatar du vieux sage sur le Net ?

– Un instrument, c'est tout. Qui me permettait de surmonter tout un tas de préjugés et d'aider mes patients à se relaxer. En outre, une illusion est irréelle par définition. Alors, la modifier dans un sens ou un autre ne la rend pas plus ou moins réelle pour autant, pas vrai ? »

Il gloussa. Bon sang, ce qu'il aimait bien être en sa compagnie.

« Bon, alors on est encore loin de ta planque secrète ?

– Non. Plus que trois bornes. »

Grognement théâtral. « Tu m'avais pas dit qu'il faudrait que je me tape la moitié de la planète à pied avec ma maison sur le dos. T'as intérêt à ce que ça vaille le déplacement !

– Oh, t'inquiète pas pour ça. Satisfaction garantie ou remboursement immédiat. »

Enfin, ça semblait prometteur. Il écrabouilla encore un moustique. Il était enclin à partager l'opinion du père de la jeune fille sur au moins un point, malgré tout ce qu'elle avait pu lui raconter.

2

Quantico

Dès que John Howard pénétra dans le stand de tir où régnait cette odeur familière de poudre brûlée, il entendit : « À vos rangs, fixe ! Le général de brigade ! » suivi d'un « Bonjour, mon général ».

Howard voulut retenir un sourire. Sans succès. Dressé, au garde-à-vous, raide comme un piquet, le sergent Julio Fernandez lui adressa un salut impeccable. Plus raide, il se serait fendillé.

« Inutile d'en rajouter sur les grades, dois-je te l'apprendre ?

– Affirmatif, mais ça sonne bien, *mon général*.

– Repos, lieutenant, ajouta Howard en rendant le salut.

– Ouais, ben c'est pas drôle, John.

– Eh, mais c'est dans mes prérogatives, tu sais. Maintenant que je suis général et plus colonel. Qu'est-ce que t'en penses, la Mitraille ? »

Derrière Julio, l'instructeur de tir sourit, hilare. « Oh, cent pour cent affirmatif, mon général. J'estime que le sergent Fernandez fait une excellente graine d'officier. Il n'a jamais rien su fiche de ses dix doigts.

– Toi, le jour où j'ai ma promotion, je te promets que je te vire à coups de pompes dans le cul, pauvre gland, bougonna Fernandez. Tu passeras dix-huit heures par jour à astiquer les cailloux sur le champ de manœuvres. »

Rire de la Mitraille. « Arme d'épaule ou arme de poing, aujourd'hui, mon général ?

– Je crois que notre ami le sergent a besoin d'une leçon de tir au pistolet. »

L'instructeur acquiesça et déposa sur le comptoir deux boîtes en plastique remplies de munitions. La bleue contenait des balles de 357, l'orange, des 9 mm. Howard prit la bleue, Fernandez l'orange.

« Rangées huit et neuf », indiqua l'instructeur.

Howard mit ses tampons acoustiques tout en se dirigeant vers l'entrée du stand de tir. Fernandez se hâta de le dépasser pour aller lui ouvrir la porte. « Après vous, mon général. Mais n'allez pas vous plaindre ensuite d'avoir des crampes à la main ou je ne sais quoi après que je vous aurai flanqué une dégelée. Je n'ai encore jamais eu l'occasion de battre un général.

– Et ce ne sera pas encore pour cette fois, sergent. »

Chacun dans sa rangée, les deux soldats de la Net Force déposèrent leur boîte de cartouches et mirent en route les holoprojecteurs. Ils utilisaient des scénarios identiques chaque fois qu'ils s'affrontaient pour éliminer toute contestation sur l'issue de la rencontre.

Howard enfila l'étui de ceinture contenant son Smith & Wesson 357 modèle 66 et régla sa position. Le revolver était une antiquité, une arme en inox, certainement loin d'être aussi efficace que les pistolets tactiques en polymère qui équipaient la Net Force. Les H & K ou les Walther emportaient trois fois plus de munitions et ils étaient équipés de toute une tripotée d'accessoires optionnels – pointeur laser, silencieux, torche d'éclairage. Jusqu'à tout récemment, le Smith était resté à peu près d'origine. Howard s'était laissé convaincre par la Mitraille d'essayer un viseur à point rouge. Ce dispositif miniaturisé qui remplaçait guidon et cran de mire avait d'emblée amélioré sa précision de tir. Malgré tout cela restait pour lui de l'ordre du sacrilège : le vieux revolver à barillet était à ses yeux d'abord un talisman, un grigri, à ranger dans la même catégorie que la mitraillette « boîte à camembert » héritée de son grand-père. Il fonctionnait, certes, mais il ne pouvait pas vraiment rivaliser avec le matos récent, même équipé du viseur Tasco.

Julio souriait toujours lui aussi, du reste, chaque fois qu'il voyait le fameux viseur.

« Prêt, John ?

– C'est parti. »

Pour sa part, Fernandez utilisait son Beretta modèle 92 en métal bleui, pas aussi antique que le Smith mais pas non plus équivalent aux pistolets tactiques. L'un comme l'autre étaient deux vieux bonshommes grisonnants, chacun avec ses manies. S'ils ne faisaient pas gaffe, l'avenir risquait de leur passer sous le nez.

Le bandit, armé d'un pied-de-biche, se matérialisa à dix mètres d'eux et se précipita vers Howard. Ce dernier dégaina son arme, l'éleva et effectua un double tap – deux coups de feu enchaînés – en visant au torse. Coupé net dans son élan, le bandit s'effondra. Les projecteurs holographiques du stand étaient d'excellente qualité et l'ordinateur enregistrait fidèlement les coups comme l'ensemble de la séquence.

« Battu d'un quart de seconde, observa Fernandez de l'autre côté de la cloison pare-balles. Le général a de la veine.

– Exact, confia Howard. Recharge-les et je vais te montrer de quoi il retourne. »

Le deuxième bandit était armé d'un grand poignard et la première balle de Howard le cueillit un poil trop haut, juste à la naissance du cou. Ce qui était aussi bien, vu que la seconde refusa de partir. Il y eut un cliquetis métallique et l'arme s'enraya.

« Allons bon, un problème mécanique ! » s'écria Howard. Maintenant le revolver pointé, il attendit.

Julio contourna la barrière et s'avança, le sourcil levé.

« Un truc a dû lâcher : le barillet ne veut plus tourner.

– Je vais demander à la Mitraille de venir y jeter un œil. Autant pour ta théorie du six-coups si sûr. »

L'instructeur du stand de tir laissa tomber : « Désolé, monsieur, mais tôt ou tard, toutes les mécaniques finissent par s'user. Depuis le temps, vous avez bien dû tirer trente ou quarante mille balles avec, faut pas s'étonner de voir le métal fatiguer et toutes les pièces se mettre à prendre du jeu. Je peux vous arranger ça, mais ça va prendre quelques jours pour trouver les pièces et tout remonter.

– Faut lui prêter une arme, intervint Julio. Le général peut pas se balader tout nu. Et si tu lui montrais le Medusa ? »

L'armurier sourit et se dirigea vers l'armoire blindée. Il en revint avec une boîte en polystyrène expansé. Un livret était posé dessus. Y était inscrite la marque « Phillips & Rodgers, Inc. » surmontant un petit écusson représentant un « P » renversé et un « R » adossés à un « I » majuscule. En dessous, l'indication : « Mode d'emploi. » L'armurier tendit le manuel à Howard. Ce dernier l'ouvrit et découvrit la mention : « Attention ! Les armes à feu sont des objets dangereux », inscrite en capitales grasses au sommet de la page.

Il secoua la tête. Voilà ce qui arrivait quand on avait une pléthore d'avocats qui n'avaient rien d'autre à faire. Un fabricant d'armes était obligé de vous mettre en garde contre les dangers des armes à feu. De qui se moquait-on ?

La Mitraille ouvrit la boîte. À l'intérieur était posé un revolver noir mat avec une crosse rappelant l'ivoire. Le barillet était dépourvu de cannelures ; de prime abord, on aurait dit un S & W à platine de type K mais avec un drôle de canon raccourci et rainuré.

Fernandez saisit l'arme. « Mon général, je vous présente un P & R modèle 47, alias Medusa. Canon de trois pouces, forgé en acier nuance 8620, traitement thermique à 28 Rockwell et barillet en vanadium à 36 Rockwell. Avec un chouette guidon rouge à fibre optique et un cran de mire entièrement réglable. Le tout revêtu de Téflon noir pour éviter toute oxydation. »

Il tendit l'arme à Howard. Le contact était agréable, familier, même s'il la trouvait un peu trop carrée à son goût. « Dis donc, Julio, ils te refilent une commission ? Et pourquoi diantre me plairait-il mieux que mon Smith ? »

Fernandez sourit de toutes ses dents. « Ma foi, mon général, si on n'arrive pas à vous habituer à utiliser un semi-automatique, on peut quand même tenter de vous rapprocher de l'époque contemporaine. Les premiers exemplaires de ce modèle sont sortis en 1996, si je ne me trompe, et ils ont un énorme avantage sur votre antiquité. Ils sont capables de recevoir et de tirer à peu près tous les types de projectiles, de l'anémique 380 ACP jusqu'au 357 Magnum en passant par toutes les variantes intermédiaires. Il vous avalera toutes les cartouches de 9 mm que vous pourrez imaginer : Kurz, Largo, Long, Luger, Mauser, Parabellum, Steyr, au choix, aussi bien que les 38 ACP, les 38 automatique, 38 Super ou 38 Spécial. Quantité d'autres calibres marcheront également, même si le fabricant conseille de l'éviter.

– Et je dois me trimbaler combien de barillets de rechange pour accomplir ce miracle ? Trois ? Cinq ?

– Négatif, mon général. Pas un seul. Il suffit de dégager le barillet et de repousser la tige de l'extracteur. »

Ce que fit Howard. La pièce avait un drôle d'aspect.

« Tous ces petits machins que vous voyez là entourant les chemises, ce sont des ressorts. Pourvu que le projectile soit de taille égale ou inférieure au diamètre de la chambre, ils le maintiendront impeccablement dans l'axe.

– Vraiment ?

– Affirmatif, mon général. Mettons que vous vous trouviez sur un champ de bataille quelconque et que vous soyez à court de 357, vous pourrez toujours trouver quelque part des cartouches de 9 mm, puisque ça reste encore le calibre le plus répandu dans toutes les armées du monde. Il peut même tirer celles qu'on emploie pour nos mitraillettes. »

Howard contempla le revolver. « C'est quoi, le piège ?

– Ma foi, il y en a trois. Primo, il n'apprécie pas d'être brutalisé, à cause des ressorts. On peut toujours le charger rapidement, mais il faut savoir prendre le coup. Secundo, si vous devez mélanger les calibres, mieux vaut tirer les plus longs d'abord, pour éviter d'encrasser le barillet. Et tertio, dans ce cas de figure, le guidon ne sera plus réglé pile-poil pour chacun, ce qui vous obligera à compenser avec le cran de mire. Mais enfin, c'est la même chose avec des cartouches de poids différents, et dans la plupart des cas, vous tirerez les mêmes munitions. Cela dit, vous pouvez panacher les calibres sur le barillet et les tirer sans problème. De près, vous n'aurez pas à vous soucier de la précision de visée, de toute façon. »

Howard soupesa le revolver. « Intéressant. »

L'armurier remarqua : « C'est tout ce que j'ai en 357, mon général. J'ai un Smith M60 court en 38 Special si vous voulez l'essayer, mais même chargé avec des Plus-P, il manque de puissance, et en outre il ne contient que cinq cartouches. »

D'un signe de tête, Julio indiqua le Medusa. « Et si tu l'essayais, puisqu'on est sur place ? À moins que tu ne préfères déclarer forfait.

– Tu rigoles ou quoi ? »

L'armurier intervint : « Passez-moi votre bague, mon général. »

Howard s'exécuta en ôtant de son majeur droit la chevalière aux armes de la Net Force. Sous ses dehors banals, elle contenait, intégré à la monture, une puce électronique alimentée par un condensateur qui stockait l'électricité fournie par un minuscule générateur cinétique – en gros une masselotte qui oscillait au moindre mouvement de la main. Depuis un mois maintenant, toutes les armes qui équipaient la Net Force ou qui étaient fournies par celle-ci – qu'il s'agisse d'une arme de service ou d'intervention, pistolets, fusils, fusils mitrailleurs – étaient dotées d'une technologie intelligente. On les avait équipées d'une puce qui bloquait la détente tant qu'elle n'avait pas reçu un signal codé. Ce signal était émis par la bague dont la portée n'excédait pas quelques centimètres. Toutes les armes de la Net Force étaient réglées sur le même code, de sorte que si nécessaire, elles demeuraient interchangeables d'un agent à l'autre ; en revanche, tout individu dépourvu de la bague de transmission qui tenterait d'utiliser une arme légère de la Net Force se verrait dans l'incapacité de faire feu.

C'était une solution qui satisfaisait modérément Howard mais on lui avait fait comprendre qu'il n'avait guère le choix en la matière. À brève échéance, tous les services fédéraux sans exception seraient équipés d'armes intelligentes, et le FBI ne faisait que donner l'exemple.

Jusqu'ici, elles avaient fonctionné avec cent pour cent de réussite. Sans connaître la moindre défaillance. Jusqu'ici...

La Mitraille introduisit la chevalière dans une fente du codeur pour la vérifier, puis il fit de même pour le nouveau revolver. « Tout est en ordre, mon général. » Il rendit le tout à ce dernier.

Howard considéra le flingue tout en remettant sa chevalière. En théorie, c'était parfait. Si jamais votre gamin trouvait l'arme et que vous ne lui aviez pas fait convenablement la leçon, au moins éviterait-il de se tirer dessus ou de descendre un des voisins. Le système n'était pas à toute épreuve – quelqu'un pouvait toujours dérober une des chevalières et s'en servir – mais il était d'abord censé empêcher les agents de la Net Force de recevoir un pruneau s'ils avaient perdu leur arme dans le feu de l'action. En outre, une fois par mois, vous étiez tenu de repasser votre bague dans le codeur pour réinitialiser le signal de commande, de sorte que, même perdue, une chevalière devenait inutilisable au bout de trente jours. Tout ça lui déplaisait, mais il n'avait guère le choix. Point final.

Revenu au stand de tir, Howard chargea le revolver en utilisant ses cartouches de 357. Elles étaient un peu plus dures à introduire dans les chambres qu'avec son Smith, mais pas tant que ça.

Il sélectionna une cible circulaire fixe à quinze mètres, l'aligna dans le viseur. Le guidon était illuminé par un point rouge, facile à voir même sous l'éclairage du stand. Il pressa la détente. Surprise ! Bien qu'il ait tiré le même projectile qu'avec le Smith, le recul lui parut considérablement moindre. Sans doute à cause de l'inertie de l'arme, plus lourde, sans compter le canon plus long d'un centimètre et demi. Il regarda l'afficheur électronique : un centimètre pile sous le centre de la cible. Sans doute la hausse était-elle réglée pour vingt-cinq mètres.

Il vida le reste du barillet et réussit un tir groupé à quatre ou cinq centimètres d'écart, toutes dans le rond principal. Bigre. Plutôt pas mal pour une arme avec laquelle il n'avait encore jamais tiré. Merde, c'eût été déjà bien avec une arme qu'il aurait pratiquée depuis des années. Sans compter la facilité de pointage ; et la tenue qui lui paraissait très ergonomique.

« Eh, pas mal pour un vieux, observa Julio. On remet ça ? » Il indiqua la cible.

« Toi et le Beretta avec lequel tu couches, contre un flingue que je viens à peine de toucher ? Bon, d'accord.

– Vous savez quoi, mon général, pour égaliser les chances, je m'en vais emprunter à la Mitraille son P.38 Spécial. Dix dollars qu'avec je peux vous battre.

– Si vous êtes décidé à perdre votre fric, sergent, je suis votre homme. »

Large sourire de Fernandez. « Je reviens tout de suite. »

Londres

Toni Fiorella dévia le direct du droit de Carl Stewart en direction de sa gorge pour riposter par un coup au visage...

Comme il avait placé la main gauche derrière, en protection, il encaissa l'assaut et répliqua par un coup de coude à la tempe...

Et comme elle aussi avait levé l'autre main pour se couvrir, elle put sans peine parer le coup en le déviant...

Carl changea de tactique, pivota, enchaîna le mouvement en enroulant la main autour du buste de la jeune femme et s'avança pour un coup derrière la jambe, le *kenjit*...

Toni se laissa choir de tout son poids, genoux fléchis, se pencha et renversa le mouvement, ramena le pied et le projeta vers la jambe de Carl pour effectuer un ciseau...

Carl s'avança, posa la tête en appui sur son épaule

afin de la déséquilibrer tout en passant – à toute vitesse ! – d'un pied d'appui sur l'autre pour effectuer un ciseau intérieur ou *sapu dalam*...

Mais sa riposte n'avait pas été assez rapide : elle tomba, plongea et tenta de faire un roulé-boulé mais il était déjà sur elle et la bloquait d'un coup de talon dans les côtes flottantes, juste assez fort pour bien lui faire sentir qu'il avait pris l'avantage.

Toni sourit, saisit la main tendue et se releva.

L'ensemble de la séquence ne s'était pas déroulé en plus de trois secondes.

« Bon enchaînement, commenta-t-il.

– Oui. »

Ils étaient seuls dans la salle où il enseignait cet art martial, une variante du *pentjak* ou *pentchak* silat assez similaire à celle qu'elle connaissait. Toni le pratiquait depuis l'âge de treize ans : elle connaissait les huit djurus du premier niveau appelé *bukti negara*, plus les dix-huit, plus complexes, du *serak* d'où dérivait le silat, et jusqu'à ce qu'elle rencontre Carl Stewart, jamais elle n'avait trouvé de rival à sa hauteur. Sauf peut-être son maître, Gourou DeBeers. Bien qu'à présent octogénaire, Gourou était toujours solide comme un roc et toujours aussi redoutable face à quiconque aurait été assez stupide pour la prendre pour une petite vieille sans défense ; malgré tout, s'il fallait en venir là, Toni savait qu'elle aurait pu la vaincre dans un affrontement. De justesse.

C'était tout l'intérêt du silat : il reposait moins sur la force brute ou sur la vitesse que sur un certain nombre de principes. En théorie, un pratiquant s'attendait toujours à affronter des adversaires plus grands, plus forts, en plus grand nombre et à tout le moins aussi bien entraînés. Être en mesure de survivre, voire de prendre l'avantage en de telles circonstances exigeait de posséder une technique excellente au service d'un système d'une rigueur scientifique. Aucune discipline ne pouvait contrer toutes les attaques possibles : lorsque Toni discutait avec des maîtres ès arts martiaux qui se targuaient de pratiquer un art traditionnel complet, elle leur demandait toujours s'il leur enseignait à se défendre contre un calibre 12 à dix mètres de distance, mais il était un fait que certaines disciplines étaient plus efficaces que d'autres. Et à son avis, le silat était quasiment la meilleure. Bien entendu, son opinion était motivée par des années de pratique.

Carl jeta un œil sur la pendule murale. « Le cours ne commence pas avant une heure. Tu veux une tasse de thé ? De café ? »

Toni hésita une seconde puis répondit : « Volontiers. »

Après tout, pourquoi pas ? Alex était rentré à Washington et elle lui en voulait toujours. Elle avait programmé son persocom pour bloquer ses appels, même s'il persistait à tenter de la contacter au moins une fois par jour. Officiellement, ils avaient rompu et elle ne travaillait plus pour la Net Force. Il lui restait encore assez d'argent pour séjourner tout l'été à Londres si ça lui chantait ; ensuite, il faudrait qu'elle se trouve un boulot, or ce ne pouvait être qu'aux États-Unis. D'ici là, elle apprenait quantité de choses grâce à Carl qui était de loin le meilleur pratiquant de silat qu'elle ait connu. Il avait une bonne vingtaine d'années de plus qu'elle mais il émanait de lui une séduction qui transcendait les arts martiaux. Il était athlétique, il était beau et (avait-elle découvert incidemment) il était riche.

Sans avoir abordé la question, Carl n'ignorait pas sa rupture avec Alex et il l'avait trouvée attirante.

Jusqu'ici, leur relation s'était limitée à l'échange des meilleures recettes pour transformer un adversaire en chair à pâté. Jusqu'ici. C'était tentant... Alex s'était laissé tenter, lui, avec Angela Cooper, l'agent du MI-6 qui avait collaboré avec lui sur l'affaire Goswell[1], et Toni lui en voulait toujours à mort. Ouais, bon d'accord, elle avait eu naguère cette unique aventure avec Rusty[2] mais c'était avant qu'Alex et elle soient devenus amants. Ça ne comptait pas vraiment.

Le problème, c'était qu'elle avait beau lui en vouloir à mort, avoir envie de lui faire une scène et de l'engueuler, elle l'aimait toujours.

Et ça, c'était le genre de problème incontournable.

Malgré tout, Carl était là, il avait envie de mieux la connaître, et personne ne la tenait en laisse. Elle avait dans l'idée que Carl saurait sans doute se montrer un amant délicat et attentionné ; par ailleurs, avec Alex, ils n'avaient guère eu le temps de faire l'amour ces dernières semaines qu'ils avaient passées ensemble, et cela remontait quand même à plus d'un mois. C'était également un élément à considérer.

Carl était presque à la porte quand Toni se rendit compte qu'elle était restée perdue dans ses réflexions.

Elle se hâta de le rejoindre.

« Je pensais à un truc, lui dit-il. Je connais un endroit que t'aimerais sans doute bien voir. Tu fais quelque chose, samedi matin ?

– Non, rien du tout.

---

1. Cf. *Net Force 3 : Attaques de nuit*, Le Livre de Poche, n° 37040.

2. Cf. *Net Force 1*, Le Livre de Poche, n° 37018.

– Parfait. Je passerai te prendre. Vers huit heures ?
– Super. »

Quantico

Howard devait admettre que le P & R avait pas mal d'avantages sur le Smith & Wesson. Il eut tôt fait de récupérer le décalage du viseur dès sa deuxième série de tirs et le rayon un peu plus grand du cran de mire en accroissait la précision. Bref, il se débrouillait plutôt mieux qu'avec le Smith, ce qui, pour une arme nouvelle, était assez surprenant. La détente était sèche, dans les quatre livres en simple détente, dix environ en double détente. Ces gars-là savaient faire du beau boulot. « Fabriqué à Plano, Texas », indiquait la marque estampée sur l'acier noir. Le Texas ! Incroyable, non ?

N'empêche, Julio l'avait quand même battu, oh, d'un poil. Et avec un Chief Special à canon court qu'il utilisait pour la première fois, lui aussi. Et ça, c'était carrément impossible.

Après avoir vidé le dernier barillet, Howard reposa le Medusa. Ce flingue lui plaisait bien. Il pourrait s'en servir durant les quelques jours nécessaires à la réparation du Smith.

« Sergent Fernandez, apportez-moi voir ce petit revolver, j'aimerais y jeter un coup d'œil.

– Le Seigneur déteste les mauvais perdants, John.

– Montre-le-moi, veux-tu ? »

Fernandez contourna la barrière et lui présenta le

P.38 Spécial posé au creux de sa main, cran de barillet dégagé.

Howard l'examina. Acier inoxydable, canon de cinq centimètres, viseur classique à guidon et cran de mire, même pas réglable. La crosse garnie de plastique noir était étroite pour ne pas révéler la présence de l'arme sous une veste fine. Bref, une version plus petite de son propre revolver, monté sur platine de type J au lieu de K, cinq coups au lieu de six. Aux mains d'un expert, il pouvait sans aucun doute loger les balles dans le mille, mais le canon court et le viseur réduit à sa plus simple expression rendaient la tâche au mieux délicate dans un bon jour, sans entraînement prolongé. Julio n'aurait jamais dû réussir un tel exploit du premier coup.

« Alors, satisfait ? » Il s'apprêtait déjà à retirer la main.

Howard saisit l'arme et la retourna. Ce faisant, il avisa une légère saillie au sommet de l'autre flanc de la crosse. Dans le même temps, il sentit le petit bouton logé à l'intérieur de celle-ci, juste sous son majeur. « Et ça, alors, c'est quoi ? » Il pointa l'arme vers le bout du stand en refermant la main sur la crosse.

À cent mètres de là, un point rouge vif se matérialisa sur le mur du fond.

Il y avait un pointeur laser intégré dans la crosse.

« Ah, mon salaud, t'as triché ! »

Julio se marra. « La Mitraille me l'a montré avant que t'arrives. Ça vient d'une boîte baptisée Crimson Trace, cool, non ? Tu le règles avec une clef Allen... ici et là-haut, les deux petites vis à six pans creux. Le poids et la surépaisseur sont négligeables, ce qui permet d'utiliser un étui ordinaire. Et contrairement à un viseur à point rouge, il n'y a même pas besoin de porter l'arme à hauteur d'œil : tu peux tirer en dégainant. Un jeu de batteries permet de tirer deux mille cartouches et on peut loger des piles de rechange sous l'autre flanc de crosse. Ils en font aussi pour les platines de type K, tu pourrais en équiper le Medusa ou le Smith.

– Parce que tu bosses aussi pour eux ? »

Julio se marra de nouveau avant d'indiquer le point dansant sur le mur. « Les vieux comme nous, il nous faut un minimum d'avantages. Ce gadget a une portée de deux cents mètres dans le noir et d'après la Mitraille, en situation de combat, il reste visible à portée de tir même en plein jour. À tous les coups, le point t'indique l'endroit où frappera la balle. Par temps de brouillard ou si tu crains de révéler ta présence, tu peux toujours te rabattre sur le viseur traditionnel puisque, vu sa disposition, le laser ne le gêne pas. Il paraît qu'ils en fabriquent pour toute une gamme de flingues, y compris mon vieux Beretta. Je vais m'en payer un avant que Joanna ait notre gosse et qu'on doive mettre de l'argent de côté pour lui payer ses études.

– Le Seigneur déteste les tricheurs encore plus que les mauvais perdants, observa Howard.

– Il n'y a pas de place de second dans un duel, John. Tu le sais... Alors, qu'est-ce que tu penses du Medusa ? »

Ça ne servirait à rien d'admettre devant Julio à quel point il l'appréciait, alors il se contenta de dire : « Je peux faire avec, faute de mieux, en attendant que la Mitraille ait réparé mon Smith. »

Sourire entendu de Julio. « Ah, je vois. »

Ils servaient depuis trop longtemps ensemble pour que Julio n'ait pas vu clair dans son jeu. Howard sourit.

« Bon, d'accord, c'est un flingue extra. T'es content ?

– Merde, tu bosses pour eux, John ? Ils te refilent une commission ? »

Cette fois, ce fut au tour du général de se marrer. Il ne s'en priva pas.

3

Seattle, État de Washington

Installé au volant de son Dodge Caravan, Patrick Morrison traversait en ferry le détroit entre Seattle et l'île Bainbridge. C'était la première étape d'un voyage qui allait le mener à prendre la route du Nord, puis à emprunter un second ferry avant de terminer par un dernier bref trajet en voiture pour se retrouver à Port Townsend. La pittoresque petite cité située à la pointe de l'étroite péninsule marquant la séparation entre le détroit Juan de Fuca et le Puget Sound n'était qu'à une soixantaine de kilomètres à vol d'oiseau du centre de Seattle mais cela représentait deux heures de trajet en voiture et en bac, et encore, à condition de bien calculer son horaire.

Morrison avait une maison sur la colline qui dominait le port. Vu l'heure, Shannon devait certainement être encore au lit à roupiller. À vingt-cinq ans, son épouse depuis quatre mois seulement était une fille canon, moitié plus jeune que lui. C'était son deuxième mariage, le premier ayant mal tourné au bout de vingt ans. Marian aussi avait été très belle quand ils s'étaient rencontrés, et surtout brillante, ce qu'il avait toujours considéré comme son principal attrait. Mais elle s'était laissé aller, elle était devenue grasse et paresseuse et, en fin de compte, elle s'était révélée un peu trop futée... elle avait surtout la langue trop bien pendue. Certes, il appréciait les femmes intelligentes, mais il s'aperçut qu'il les appréciait surtout de loin. Trop près, elles étaient comme un feu qui vous brûlait par son éclat. Plus d'une fois, Marian lui avait fait subir cette épreuve, et elle avait fini par connaître chez lui tous les points où ça faisait le plus mal.

De son côté, Shannon n'était pas vraiment une lumière. Elle n'était pas franchement idiote, sans doute à peu près dans la moyenne ; en revanche, elle le prenait, lui, pour un génie, sous prétexte que c'était un scientifique et tout ça. En fait, ça se jouait à un ou deux points de QI mais il était bien certain que ce n'est pas elle qui lui ferait ce genre de remarque. Pas plus qu'elle ne le harcèlerait en lui demandant, puisqu'il était si malin, pourquoi il n'avait pas encore eu le Nobel.

En outre, Shannon connaissait deux ou trois trucs sympas que jamais Morrison n'avait rêvé de faire avec Marian en vingt-neuf ans de mariage... On pouvait dire qu'elle aussi, elle avait la langue bien pendue, même si elle s'en servait d'une tout autre manière. Il se trémoussa légèrement, soudain excité à l'idée de se retrouver sous leur toit, au lit avec Shannon.

Du calme, mon grand, t'es pas encore arrivé.

Le gros ferry actionna sa corne à l'intention d'un dériveur qui s'aventurait un peu trop près. Les bateaux à voile avaient normalement la priorité sur les navires à moteur, mais un ferry chargé de dizaines de voitures et de centaines de passagers avait un peu plus de poids qu'un plaisancier assez crétin pour venir lui couper la route avec son neuf mètres... Comme disait un copain de Morrison, marin et ancien pilote de ligne : « Si tu percutes une montagne avec ton zinc, faut pas t'en prendre à la montagne. » Personne n'avait d'indulgence pour un marin du dimanche qui venait par le travers d'un ferry, voire qui l'éperonnait... ça se voyait de temps en temps.

Morrison ouvrit la portière du Dodge et descendit. Le fourgon avait six ans, mais c'était un Dodge, alors il devait pouvoir tenir encore des années s'il en prenait soin. Non qu'il ait l'intention de le garder aussi longtemps. D'ici peu, il serait en mesure de se payer une voiture neuve. Toute une flotte, même, s'il voulait, et avec un bateau pour les transporter, et une marine pour l'escorter, si ça lui chantait.

L'idée le fit sourire.

L'air avait ce goût de sel et d'algues et même s'il était encore tôt, la brise de mer remontait le détroit, il faisait déjà chaud et la journée s'annonçait torride.

Il traversa le caillebotis de caoutchouc renforcé pour rejoindre le bastingage – il était garé à l'avant, en plein air, à l'extérieur du pont couvert où étaient installés les piétons.

Des mouettes traversèrent le ciel. C'était une matinée radieuse. Évidemment que c'était une matinée radieuse. Le test s'était si bien déroulé qu'il avait encore du mal à y croire. Les Chinois avaient mis dessus l'éteignoir, vite fait, enterrant l'incident sous un silence officiel plus lourd qu'une tombe, si bien qu'il n'y en avait pas la moindre trace dans les médias, même en Chine. Surtout peut-être en Chine.

Toutefois, Morrison avait ses sources et il n'avait pas tardé à savoir. Le test avait reproduit les expérimentations animales, encore mieux que prévu. En tout cas, largement au-delà de la marge séparant les phases « chronique » et « aiguë ». Il se pouvait que le dispositif soit inefficace sur un champ de bataille contre des troupes en mouvement, en revanche, il l'était de toute évidence contre une population fixe.

Il en avait toujours été sûr. Enfin, pour être tout à fait honnête, disons presque sûr. Le passage du labo au terrain est toujours délicat. C'est un problème incontournable. Il ne fallait que quelques échecs pour entretenir à jamais cette anxiété, un peu comme la créature de Frankenstein cherchant un ami à tâtons dans la nuit.

L'échec, hélas, n'avait pas d'amis. Raison pour laquelle le Dr Patrick Reilly Morrison, avec son doctorat de physique du MIT, s'était finalement retrouvé embarqué dans ce projet. Or il avait justement connu un échec spectaculaire avec ses expérimentations de l'effet des ELF, les ultra-basses fréquences, sur des chimpanzés et il avait perdu vite fait bourse et financement. C'était comme s'il avait soudain attrapé la peste pulmonaire : au premier éternuement, tous ses contacts professionnels s'étaient dispersés dans la nature – pfft ! –, le laissant tout seul et tout con. Pas un rat quittant un navire n'avait filé aussi vite que ses étudiants et ses assistants, tous des salauds et des salopes... sans la moindre exception.

Il sourit de sa propre amertume. Enfin, c'était bel et bien un signe de mauvais augure, après tout. Si les protocoles d'action des ELF sur les singes ne s'étaient pas retournés contre lui, il n'aurait jamais pu décrocher ce boulot en Alaska, pas vrai ? Et voir où ça l'avait mené. Il n'aurait guère pu rêver meilleure position, non ?

Enfin, si, peut-être, d'un strict point de vue académique. Et sans aucun doute dans les cercles purement scientifiques avec toutes les grandes universités qui pourraient l'implorer de venir leur présenter des articles... Mouais, de ce côté, il n'était pas en tête de liste. Ah, mais si quelqu'un se pointait pour vous offrir cinq ou six cents millions de dollars, voire plus, pour financer les recherches de vos rêves, sans frein ni contrôle ? Eh bien, voilà qui pouvait contribuer à guérir n'importe quel ego blessé, pas vrai ? Certains seraient prêts à tuer pour avoir ce genre de financement, et il ne leur donnait pas tort.

L'argent vous aidait à vous passer de Nobel bien mieux qu'un Nobel pouvait vous aider à vous passer d'argent, telle était la vérité toute nue.

Avec un demi-million dans la poche, il pouvait faire la nique à la presse scientifique, prendre tout son temps pour réaliser tout ce qui lui passait par la tête, et au moment où il serait prêt, ce serait à leur tour de venir l'implorer, sacré nom de Dieu ! Parce que ses théories, elles marchaient, en fin de compte.

Certes, il n'était pas pressé d'en tirer crédit dans l'immédiat, vu les méthodes auxquelles il avait dû recourir pour prouver qu'il avait raison, mais un jour la paternité lui en reviendrait. Peut-être alors qu'il louerait le dirigeable Goodyear pour sillonner le pays de long en large avec cette enseigne lumineuse clignotante : « Je vous l'avais bien dit ! »

Il regarda sa montre. Il comptait passer la journée chez lui avec Shannon, puis sauter dans un avion et rejoindre SeaTac pour attraper le vol de Washington. Nul doute qu'après les deuxième et troisième tests, la nouvelle serait rendue publique et il était d'une importance cruciale qu'il y soit prêt. Après tout, il était un des plus intelligents du lot, lui, et il savait pertinemment qu'il ne suffisait pas d'être intelligent, il fallait également être adroit.

Intelligent, adroit, une jeune femme superbe convaincue que le roi n'était pas son cousin, et riche... enfin, presque, ce n'était plus qu'une question de semaines, de mois, au pire. Quand on y réfléchissait, quelle importance pouvaient bien avoir en comparaison les titres et la reconnaissance de vos pairs ? Il pourrait financer lui-même des recherches s'il en avait envie. Constituer sa propre fondation.

Ah mais !

La vie s'annonçait belle... et ça ne devait aller qu'en s'améliorant.

Washington, district fédéral

« On va dans l'Oregon », dit Tyrone Howard. Il souriait.

Nadine Harris, treize ans elle aussi, lui rendit son sourire dans une version encore plus large, dents blanches sur fond chocolat. « Exemplaire, Tyrone. Félicitations ! »

Ils étaient sur le terrain de foot du collège où ils s'étaient rendus pour s'entraîner au boomerang.

« Non, rectifia-t-il. On y va tous. Papa, maman, moi... et toi. »

Elle cligna les paupières. « Répète ?

– Je t'ai demandé si tu pouvais venir. Mes parents ont dit qu'il n'y avait pas de problème. On peut tous les deux s'engager dans le tournoi. Je pourrais même te laisser la victoire. »

Le sourire se mua en rire aux éclats.

« Me laisser la victoire ? Là, tu rêves, p'tit gars. Aux dernières nouvelles, je te battais encore de dix-sept secondes sur ton meilleur temps de vol. Ton boomerang est descendu, t'as remballé et t'es presque chez toi que le mien n'a pas encore atteint le sommet de sa trajectoire.

– Ça, c'était dans le temps, poulette, moi j'te cause de maintenant. » Il indiqua son sac à dos.

« Il est arrivé ? » Elle avait saisi d'emblée de quoi il voulait parler. C'était un des trucs qu'il aimait bien chez elle : elle avait beaucoup d'allure, était athlétique et rapide.

Il acquiesça. « Ouaip. Au courrier du matin.

– Fais-moi voir ! Fais-moi voir ! » Elle se rua vers le sac mais il le subtilisa prestement.

« Eh, on se calme ! J'ai pas envie que tu me l'abîmes.

– C'est ta tête que je vais abîmer si tu me le refiles pas tout de suite ! »

Il rit. Et du fond du sac, il sortit l'objet en question : un boomerang tout neuf.

Et pas n'importe lequel : un Larry Takahashi *KinuHa*.

Une « Feuille de soie » : un modèle en L moulé en Paxoline MTA, identique à celui utilisé par Jerry Prince pour remporter l'épreuve de durée de vol aux Internationaux de l'an passé. Il lui avait coûté soixante-cinq dollars, plus les frais de port en recommandé, mais il était déjà équilibré et prêt à l'utilisation. L'été précédent, Prince avait fait grimper le sien en spirale dans le ciel de Sydney, où il était resté en vol cinq minutes seize secondes, et avec un vent de trente kilomètres-heure. Par un jour calme, on estimait qu'il était capable de le maintenir en l'air bien plus longtemps, à l'entraînement en tout cas.

Le boomerang était ultra-léger, mince et flexible. Constitué de plusieurs couches de tissu contrecollé, il était teint d'un bleu électrique psychédélique décoré d'une feuille noire sur le bras le plus long. La couleur permettait de le repérer plus facilement si jamais on loupait son coup et qu'il atterrissait dans l'herbe.

« Waouh ! commenta Nadine.

– Alors, tu viens avec nous ? »

Elle quitta des yeux l'engin. « Chais pas. Maman comptait me faire faire des petits boulots cet été. Genre tondre les pelouses, aider les vieilles dames à traverser la rue, tu vois le topo...

– C'est pas pour toute la durée des vacances. Juste trois semaines. Ma mère a dit qu'elle en causerait à la tienne. Allez, Nadine, combien de fois crois-tu que t'auras une chance de participer aux championnats nationaux juniors s'ils ne se déroulent pas ici ?

– Oh, je demanderai, pasque j'adorerais y aller. Ah, l'Oregon. » Elle prononçait : *Oraïgone.*

« Mon paternel a trouvé quelqu'un pour lui prêter un mobile home. Ce sera moins cher que de descendre au motel et manger au restaurant. Il y a huit couchages et on n'est que quatre. Il prévoit cinq ou six jours pour se rendre là-bas, une semaine sur place, puis retour pépère. On sera rendus quarante-huit heures avant le début des championnats : ça nous laissera le temps de nous entraîner.

– Ouais, super. Mais il pleut pas tout le temps, là-haut ?

– Négatif. Mon père y va de temps en temps l'hiver effectuer des stages de survie. À cette période, c'est désert, neige et compagnie sur le côté oriental de l'État, mais l'été à Portland, c'est plutôt verdure et soleil.

– Il y a encore des Indiens là-bas, hein ?

– Ouais, mais ils sont propriétaires de casinos. Non mais tu crois ça ? Et les cow-boys surveillent le bétail en hélicoptère ou en 4 × 4. C'est le Nord-Ouest, eh, pomme, pas l'île de Bali.

– Tu causes trop. Montre-moi plutôt ce que tu sais faire. » Et d'indiquer le boomerang neuf.

« Non, non, c'est à toi de l'essayer en premier.

– Vraiment ? Non, j'peux pas.

– Mais si, tu peux. Comme ça, je pourrai te battre et te faire bisquer.

– Ah ! File-moi ce truc. »

Il sourit en la regardant prendre l'objet et se diriger vers le cercle de jet qu'ils avaient tracé sur le terrain. Il l'aimait bien, ça c'était sûr. Nadine n'était peut-être pas aussi canon que Belladonna Wright, elle ne lui filait pas des palpitations d'un simple effleurement ou juste d'un regard, mais il se plaisait en sa compagnie. C'était une fille avec qui il avait de bonnes vibrations, pas franchement comme une sœur, mais pas non plus une nana qui lui bouleverserait trop les hormones. Et en dehors de son pote Jimmy-Hoe Hatfield, il n'avait pas d'autres copains. Et puis c'était une lanceuse de première.

Il la regarda s'assouplir le bras et l'épaule, lâcher une pincée de paillettes pour contrôler la direction du vent, et enfin s'apprêter à effectuer son jet.

Le nouveau boomerang jaillit de sa main et s'éleva rapidement, tourbillonnant au soleil matinal. *Putain, regardez-moi comment il file !*

4

Vendredi 3 juin
Quantico

Comme à son habitude chaque fois que sa vie personnelle prenait un tour délicat, Alex Michaels se plongea dans le travail. Raison pour laquelle il était encore au bureau à neuf heures du soir un vendredi. Pour s'occuper. Il parcourait ses archives informatiques, examinait les comptes rendus annotés de ses collaborateurs, bref, s'efforçait de ne pas penser à autre chose.

Un type arnaquait des retraités en leur fourguant des titres de propriété bidon depuis un site Internet apparemment hébergé dans un mobile home situé quelque part dans le sud de la Floride.

Un nouveau pays du tiers monde avait rejoint la Toile et trafiquait des médicaments délivrables uniquement sur ordonnance aux États-Unis – et au tiers du prix.

Un hacker s'était introduit dans le système de chez Sears et menaçait d'effacer entièrement leurs archives s'ils ne lui filaient pas un demi-million de dollars.

Voilà le genre d'affaires dont s'occupait la Net Force et il semblait y en avoir toujours plus chaque jour.

La journée avait été longue. Alex s'aperçut qu'il se tenait crispé sur son siège, penché au-dessus du clavier. Il pouvait piloter son ordinateur à la voix, bien sûr, et l'accès vocal était aussi rapide – plus rapide même – mais il n'avait jamais vraiment pu s'habituer à dicter ses rapports. Certes, il lui suffisait d'énoncer les mots à haute voix pour qu'ils s'affichent à l'écran, tout ça, adossé bien peinard à son fauteuil, mais quelque part, ça lui faisait tout drôle. Peut-être qu'on n'utilisait pas les mêmes parties du cerveau pour pianoter et pour parler.

À moins simplement qu'il se fasse vieux et que l'avenir soit en train de lui passer sous le nez...

L'idée le traversa d'aller en salle de gym pour faire ses djurus. Depuis six mois, Toni lui avait enseigné le pentchak silat, après qu'il avait manqué se faire assassiner, et il connaissait en théorie désormais quatre des enchaînements courts. Elle avait commencé par lui enseigner les formes les plus simples du bukti, mais une fois assimilés les deux premiers, elle avait décidé de sauter le reste pour passer directement au système plus complexe du serak. Elle lui expliqua que le bukti jouait pour l'essentiel le rôle de filtre : c'était un excellent système d'autodéfense, mais qu'on utilisait surtout pour trier les élèves occasionnels des éléments vraiment assidus. Une fois qu'on avait appris les huit formes du bukti negara, on avait alors le droit d'aborder (si on avait de la chance) l'art maître, le serak. Toni avait apparemment décidé qu'il était suffisamment assidu. De sorte qu'il en avait déjà appris les deux premières formes et travaillait les suivantes. C'était une progression rudement rapide, lui avait-elle précisé. Certains professeurs n'enseignaient à leurs élèves que deux ou trois djurus par an, alors que lui en avait appris le double en l'espace de six mois.

Et Michaels connaissait déjà à peu près le troisième.

Il avait suffisamment regardé Toni pour mémoriser les mouvements, même s'il s'était abstenu de lui dire. Tant et si bien qu'il avait encore pris de l'avance sur son programme d'enseignement.

Ça ne te ferait sans doute pas de mal de t'entraîner tous les jours. Sans parler de coucher avec ta prof, songea Michaels.

Même si, de ce côté-là, c'était bien fini.

Et merde. Tu vas pas encore repartir sur cette pente, d'accord ? Soit tu fais tes exercices, soit tu retournes à ton ordinateur, mais tu restes pas le cul entre deux chaises.

Ouais, compris.

L'ordinateur. Le silat, ça pourrait attendre.

Il embrassa du regard le bureau. La plupart de ses collègues étaient partis. Il n'y avait plus que l'équipe de nuit. Gridley et Howard étaient en vacances, Toni était en Angleterre.

Bref, le calme plat.

Samedi 4 juin
Londres

« Pourquoi toutes ces cachotteries ? » demanda Toni.

Sourire de Carl. « Allons, tout le monde aime les surprises quand elles sont agréables, pas vrai ?

– Ben, pas vraiment. J'en connais qui n'ouvriraient pas leur porte même si quelqu'un se pointait sur leur perron avec un chèque d'un million de dollars. À moins de les avoir prévenus par téléphone. »

Ils étaient dans un coin de Londres que Toni ne reconnaissait pas, un quartier plutôt rupin. Ils avaient passé Elephant's Castle et elle estima qu'ils se dirigeaient vers le nord-ouest mais il l'avait un peu désorientée avec sa tournée de tous les coins intéressants.

Il rit tout en rétrogradant. La Morgan était équipée d'une boîte manuelle. Il lui avait expliqué que la voiture, un modèle de collection des années cinquante, passait l'essentiel de son temps à l'atelier, mais que lorsqu'elle tournait rond, c'était un véritable plaisir à conduire. Le problème avec les vieilles anglaises, avait-il poursuivi, c'est qu'elles ne marchaient que si elles vous aimaient. Si vous aviez le malheur d'en insulter une, elle se mettait à bouder et refusait carrément de repartir jusqu'à ce qu'elle estime que vous aviez assez souffert.

Ils passèrent devant un édifice imposant, sur leur gauche.

« L'Imperial War Museum, indiqua-t-il. On n'est plus très loin. »

Elle devait bien reconnaître qu'elle s'était toujours plu avec son professeur de silat. Assez en tout cas pour envisager d'aller un peu plus loin que le stade d'instructeur et d'ami. Mais bien qu'elle ait démissionné et rompu avec Alex, elle n'était pas encore prête à nouer tout de suite une relation nouvelle. La blessure restait trop vive.

« Nous y voilà. »

Il gara le petit cabriolet.

« C'est un stationnement interdit, observa-t-elle.

– Exact. Et la contractuelle qui arpente ce bout de trottoir est une de mes élèves. Tu sais... Orinda ? Petite, le genre pot à tabac... Mais elle détesterait avoir à payer les cours si jamais elle envoyait ma tire à la fourrière. » Il sourit.

L'immeuble devant lequel ils s'étaient garés était encore un de ces édifices XVIIe ou XVIIIe, avec colonnes et lucarnes en œil-de-bœuf, pas spécialement vaste mais quand même imposant.

Ils montèrent le perron. Un gardien en uniforme (mais non armé) les avisa, porta la main à sa casquette et dit : « Bonjour, monsieur Stewart.

– Salut, Bryce. Belle journée, n'est-ce pas ? »

Toni le regarda. « Tu viens souvent, pas vrai ?

– De temps en temps. »

Une plaque en cuivre était scellée au mur jouxtant les hautes portes en bois et Toni vit qu'ils étaient sur le point d'entrer au musée des Arts indonésiens.

Ah.

Elle avisa du coin de l'œil la liste des membres du conseil d'administration, affichée sur le seuil et, bien en évidence, elle y lut le nom de Carl Stewart.

Elle regarda son compagnon : « Tu fais partie du conseil d'administration ? »

Il haussa les épaules. « Ma famille verse de l'argent à un certain nombre de fondations, tout ça... Dès que tu leur refiles une certaine somme, ils se sentent obligés de te donner un titre quelconque. Ça veut rien dire, en fait.

– On dirait qu'il n'y a pas un chat, à part nous, observa-t-elle.

– Ma foi, c'est un des avantages d'avoir son nom

sur le mur. On t'ouvre en dehors des horaires habituels... »

La première fois qu'elle avait rencontré Stewart, juste après avoir fréquenté son cours de silat dans un quartier mal famé, elle avait profité de son accès aux réseaux informatiques locaux pour se renseigner sur lui. Il était issu d'une famille plus qu'aisée, un détail qu'il avait omis de mentionner. Les gens riches étaient différents, et pas seulement parce qu'ils avaient davantage de fric.

« Par ici. »

Elle le suivit dans un couloir aux murs ornés de marionnettes de théâtre d'ombres pour gagner une salle située tout au bout.

« Waouh ! » s'exclama-t-elle.

L'entourant de toutes parts, disposés dans des vitrines au centre de la pièce ou dressées contre les murs, il y avait des dizaines, non, des centaines de kriss. Certains étaient rangés dans leur fourreau en bois, d'autres sortis pour révéler la multitude de motifs et de formes des lames d'acier.

« Waouh ! répéta-t-elle.

– Impressionnant, n'est-ce pas ? La plus vaste collection de dagues de ce type hors d'Indonésie. »

Toni acquiesça machinalement, en contemplant une lame d'acier noir à sept ondulations, incrustée de filets d'or dessinant le corps d'un dragon dont la queue ondoyait jusqu'à la pointe de l'arme. La tête du dragon était près de la base, adossée à la partie allongée de la garde asymétrique.

« Le Raja naga, dit Carl. Le dragon royal. Confectionné pour un sultan javanais aux alentours de 1700. Ces deux fourreaux lui appartenaient aussi... celui-ci est le *ladrang* de cérémonie, en forme de navire, l'autre, avec les extrémités arrondies, est le *gayaman*, pour l'usage quotidien. »

Les fourreaux étaient en bois gravé, avec de longues incrustations métalliques dans l'axe où s'introduisait la lame.

« Quel est ce *pamor* ? » demanda Toni.

Il quitta des yeux cette arme superbe pour la dévisager, surpris : « Tu t'y connais réellement ?

– Pas vraiment, concéda-t-elle. Mon gourou m'en a offert un il y a quelques mois. J'en sais juste assez pour poser des questions.

– Ah. Eh bien ma foi, le *pamor* de celle-ci est un *bulu ayam*, "plume de coq". Je ne les connais pas suffisamment bien pour définir avec certitude leur *dapur*. »

Toni acquiesça. *Pamor* était un terme indonésien décrivant le motif porté par l'acier. Les kriss – on trouvait également la graphie *keris* – authentiques étaient en général forgés dans un alliage d'acier et de nickel martelés. Quand la lame avait reçu sa patine finale, le fer qu'elle contenait virait au noir mais le nickel tendait à rester brillant, dessinant ainsi des motifs dans le métal. D'après le gourou de Toni, le processus de patine exigeait normalement d'immerger la lame dans une mixture de jus de citron vert et d'arsenic, ce qui expliquait sans doute leur réputation d'armes empoisonnées.

Le *dapur* signifiait la forme générale, les proportions et l'esthétique de l'assemblage formé par la lame, sa poignée et sa garde. Les kriss pouvaient être droits ou incurvés, le nombre d'ondulations pouvant aller de quelques-unes à plus de trente mais toujours, lui avait-on dit, en nombre impair.

Durant des siècles, en particulier sur les plus grandes des îles indonésiennes, aucun garçon ne pouvait officiellement devenir un homme tant qu'un aîné, en général son père ou un oncle, ne lui avait pas offert un kriss. Bien souvent, on en donnait également aux jeunes femmes. Ce n'était pas que des armes : ils étaient, dès leur conception, investis de pouvoirs magiques. La forme, la taille, le motif, le moment de fabrication, les désirs du futur possesseur, tout cela était pris en compte par l'artisan, appelé *empu*, qui forgeait l'arme. Certains kriss étaient réputés éloigner le feu d'une maison, protéger leur propriétaire de la magie noire ou vibrer dans leur fourreau pour signaler l'imminence d'un danger.

L'héritage de Toni, don de son maître de silat, était à l'abri dans un coffre-fort à New York. Son gourou le lui avait donné pour que sa magie attire à elle Alex. Apparemment, avec efficacité.

Pas de chance qu'elle n'ait pas servi pour le retenir.

Carl lui fit faire la visite de la salle, indiquant au passage diverses configurations des dagues. Toutes étaient superbes, si on voulait bien prendre le temps de les examiner.

« Celle-ci, là, c'est ma préférée », indiqua-t-il. Il ouvrit la vitrine, qui n'était pas fermée à clef. Toni avait déjà pu remarquer combien les Britanniques pouvaient se montrer confiants en de tels domaines. Dans certains musées de la Couronne, on pouvait quasiment toucher du nez des œuvres d'art inestimables, si l'on était assez bête pour ça. Elles étaient exposées sans la moindre protection.

Carl sortit le kriss et son fourreau. Il inclina la tête pour lui adresser comme un bref salut militaire, avant de l'élever afin d'examiner les motifs sur l'acier. « Cette lame est une *dwi warna* – à deux nuances – et cinq ondes. Près de la garde, on note des *beras wutah*, des grains de riz. De là jusqu'à la pointe, on a un *buntel mayit*, le motif à torsades baptisé "suaire de la mort". Un pamor d'une grande force qui pourrait tout à fait convenir à un guerrier.

« C'est une lame balinaise – celles-ci sont en général plus longues et plus lourdes que celles de fabrication javanaise, même si elle a été teinte et finie dans ce dernier style. La poignée est une *ukiran* à sept faces, en bois de kemuning. Note la complexité de la gravure du *cecekan* sur la courbure intérieure, là et là. »

Il indiqua du doigt les minuscules visages stylisés, censés représenter des *kala*, des esprits protecteurs.

« S'il faut en croire la légende, cette arme a sans doute appartenu à un mercenaire venu de Bali qui s'est installé dans la région de Solo, sur l'île de Java, aux alentours du milieu du XIXe siècle. En tant que mercenaire, il est probable qu'il a été engagé par le potentat local. »

Il tendit la lame à la jeune femme qui la prit et la porta aussitôt à son front, un signe de respect que lui avait enseigné son gourou. Elle nota qu'il approuvait son geste.

Le fourreau était d'un modèle simple, aux angles arrondis, en bois de teinte claire avec deux taches plus foncées. Il était gainé d'un simple tube de cuivre rouge.

« Et c'est ton préféré ? De tous les modèles exposés ? Pourquoi ? »

Il hocha la tête, comme s'il s'était attendu à la question. « Parce que c'est une arme de travail. Elle n'a jamais été portée à la ceinture d'un quelconque maharadjah mais a appartenu à un guerrier professionnel. Elle a sans doute servi sur le champ de bataille et à ce titre, elle est hantée par l'esprit combatif. Ce n'est peut-être que mon imagination mais je peux sentir cette force chaque fois que je la touche.

– Dommage qu'elle appartienne aux collections du musée », observa-t-elle.

Il détourna le regard. « À vrai dire, c'est un prêt. » Il sourit.

Elle hocha la tête en lui rendant son sourire. Évidemment.

Et certes, sous sa main, elle sentait le contact d'un instrument de combat. Les kriss étaient des armes d'estoc dotées d'une poignée en forme de crosse de pistolet. Celle-ci déviait légèrement vers l'intérieur, dirigée vers l'endroit où, pointée vers le torse, elle avait le plus de chances de trouver un organe essentiel. Les ondulations visaient à agrandir la blessure à la pénétration et accroître l'hémorragie lors du retrait. Aujourd'hui, les kriss étaient devenus des armes de cérémonie et des objets culturels, mais ils restaient toujours aussi efficaces que deux siècles plus tôt pour poignarder un adversaire, l'anatomie humaine n'ayant pas foncièrement changé au cours des deux derniers millions d'années.

L'arme qu'elle possédait avait, à sa connaissance, servi au moins une fois dans des conditions analogues : elle avait vu John Howard l'utiliser pour abattre un homme armé qui, autrement, l'aurait abattu si elle n'avait pas pu lui lancer le kriss à temps.

Ce qui lui remit en mémoire son passage au sein de la Net Force, même si elle n'avait pas envie d'emprunter cette voie pour l'instant.

« Je suis entraînée au maniement de divers types d'armes blanches, mais pas vraiment au kriss, convint-elle.

– Je m'y connais un peu. Je pourrai te montrer, si tu veux.

– Oui, volontiers.

– Tiens, regarde plutôt ceux-là, une paire assortie... »

Elle le suivit pour mieux voir. Elle se plaisait bien ici, malgré tout ce qui avait pu arriver. Certes, tôt ou tard, il faudrait bien qu'elle rentre au pays. Mais comme Scarlett O'Hara, elle pourrait toujours s'en inquiéter plus tard...

5

Samedi 4 juin
Seattle

Luther Ventura était assis au Café In installé dans la galerie marchande près de la nouvelle entrée du métro, devant un triple express. Le manchon de carton alvéolé entourant le gobelet de plastique laissait passer juste assez de chaleur pour réchauffer légèrement ses mains tandis qu'il humait la vapeur parfumée qui s'élevait de la tasse. Le mélange à l'odeur âcre était aussi noir que l'âme d'un pédophile.

Il inspira, goûtant les arômes et les classant comme le ferait un œnologue d'un grand cru.

Quand il se sentit prêt, Ventura but à petites gorgées l'espresso, roulant le liquide brûlant sur sa langue avant de l'avaler.

Ah.

Chaque fois qu'il buvait ou mangeait, il procédait toujours ainsi. Il ne lisait pas le journal, il ne regardait pas la télé, il ne laissait rien distraire son attention – enfin, en dehors de l'état d'alerte orange qu'il maintenait en permanence en public, mais il pratiquait la chose depuis si longtemps qu'elle en était presque devenue un réflexe. Au bout de vingt-cinq ans de service, c'est le genre de truc auquel on n'a plus besoin de prêter une attention consciente. On s'installe machinalement le dos au mur. On inspecte toujours les issues du bâtiment dans lequel on pénètre. On en apprend tous les détails de construction : les cloisons qu'on peut défoncer, celles qui sont au contraire susceptibles d'arrêter un projectile. On reste toujours aux aguets de ce qui se passe alentour, sensible aux allées et venues, prêt à réagir au plus infime signe susceptible de révéler un danger éventuel. On étend son champ de conscience, on aiguise sa perception, y compris les pressentiments : sans se focaliser sur rien de précis, cela procure un calme suffisant pour vous permettre d'embrasser toute la réalité de l'endroit où vous vous trouvez. Le *zaishin*, pour reprendre le terme des pratiquants du sabre. Le zen de la perception du moment, quel que soit l'endroit ou l'action en cours, la perception de l'être et pas seulement du faire. Pour l'esprit de Ventura, tout cela était machinal, évident, absolument indispensable à un homme qui tenait à rester vivant dans ce genre de boulot.

Dans une autre vie, Luther Ventura avait été assassin. Et dans cette autre vie, il avait été le meilleur dans cette activité. Il avait bossé pour des gouvernements, pour des boîtes privées, et il avait bossé en indépendant. Vingt-trois années en tout. Soixante-seize missions importantes, quatre-vingt-onze individus éliminés au cours de celles-ci, et pas un seul échec.

Tout cela était fini. Il n'avait plus assassiné personne depuis un bail et si l'on ne prenait garde régulièrement à rester affûté, on s'émoussait. Certes, il restait toujours au niveau de la majorité de l'élite ; ses talents étaient considérables et il ne les avait pas entièrement perdus, mais il avait fait son temps. Quelque part dans la nature, il y avait un homme capable de traquer et d'abattre sa proie avec une détermination totale. Un homme qui était plus rapide, plus fort, plus jeune, dont tout l'être se focalisait sur sa tâche : et en cela, il surpassait Ventura. Son ego refusait de l'entendre, mais il n'allait pas se raconter d'histoires. L'expérience pouvait compenser un certain nombre de choses mais un guerrier ne restait pas indéfiniment sur la plus haute marche du podium. Ceux qui essayaient de tenir trop longtemps finissaient toujours par perdre. Toujours.

Il était encore capable de faire vingt pompes d'affilée, de courir huit mille mètres en une demi-heure, ou de toucher n'importe quelle cible à la portée de son arme, mais il approchait la cinquantaine et ses réflexes n'étaient plus ce qu'ils avaient été. Il portait des lunettes pour lire et depuis quelque temps, il n'entendait plus certaines notes aiguës quand il écoutait un concerto de Mozart ou une fugue de Bach.

Il aurait pu essayer de se bercer d'illusions en se disant qu'il avait gardé toutes ses capacités, mais c'était le plus sûr moyen de courir à la catastrophe.

Trois ans plus tôt, il avait éliminé un trafiquant de drogue brésilien protégé par cent hommes plus une douzaine de gardes du corps aguerris. Le coup avait été fort délicat à gérer mais l'affaire s'était déroulée à la perfection.

La perfection.

Toutefois, même avec des talents qui se maintenaient sans jamais faiblir, il était impossible d'améliorer la perfection. Le mieux qu'on puisse espérer était de l'égaler, et cela ne procurait aucun plaisir. Le risque n'en valait pas la chandelle. Il était sur la pente descendante, les années de vaches maigres étaient depuis longtemps derrière lui. Il n'y avait pas de vieux assassins, pas au niveau auquel il jouait. Alors, il avait repris ses billes et quitté la partie en vainqueur.

Certes, il avait tué des individus récemment, mais ça ne comptait pas : c'était de la légitime défense, tout au plus. Naguère, c'était lui qui jouait les chasseurs. Aujourd'hui, il gagnait sa vie à protéger les gens des autres assassins. Ce qui était, sous bien des aspects, autrement plus délicat. Il lui restait encore des défis à vaincre. C'était devenu son objectif et même s'il n'était pas aussi excitant, il avait malgré tout certains avantages. Déjà, c'était une activité légale. Moins risquée. Et même s'il n'avait plus besoin d'argent, elle restait lucrative.

Il reposa son gobelet de café. La première gorgée lui suffisait. Il n'avait pas besoin de la caféine, il ne voulait pas de la concentration artificielle qu'elle procurait. Une gorgée, c'était bien assez pour goûter l'essentiel de l'expérience, il ne lui en fallait pas plus.

Cette affaire réglée, il regarda sa montre. Huit heures une du matin. Il avait un nouveau client, même s'il ne devait pas officiellement commencer à travailler pour l'homme avant plusieurs jours. Mais dès que Ventura acceptait un boulot, celui-ci mobilisait toute son attention, et il s'efforçait toujours de se mettre dans la disposition d'esprit adéquate.

Même si en semaine il résidait à la campagne, tous les samedis aux alentours de sept heures et demie, son client débarquait du ferry à Seattle et pénétrait dans cette cafétéria pour y boire un triple express. Les jours suivants, Ventura allait le suivre à la trace, se rendre où il allait, reproduire ses moindres faits et gestes, dans la mesure du possible. Il voulait s'imprégner des habitudes du sujet, tout comme il avait appris à s'imprégner des habitudes des hommes qu'il avait naguère traqués pour les éliminer. Et lorsqu'il aurait appris ce qu'il avait besoin de savoir, il serait alors en mesure de relever le moindre détail anormal.

Il sortit un petit téléphone mobile de la poche de son blazer de soie grise. Il pressa une touche sur l'appareil, attendit quelques instants, puis dit : « Très bien. Allons-y. »

Le reste de son équipe principale (deux hommes et deux femmes) se trouvait, soit dans la cafétéria, soit dans la rue, surveillant les alentours. Il regarda les premiers, jouant les couples mariés, se lever et gagner la porte, bras dessus bras dessous. L'un et l'autre avaient leur arme à portée de main : la femme étant droitière et son compagnon gaucher, ce dernier se tenait du côté gauche, et elle du droit.

Ventura rangea son mobile et, tout en se levant à son tour, rajusta discrètement le pistolet planqué tout contre sa cuisse. L'étui était un modèle en cuir taillé sur mesure de chez Ted Blocker, l'arme un Coonan Cadet – un 357 Magnum en inox. Ventura l'avait réglé lui-même, il avait ajusté et poli le couloir de chargement, adouci le mécanisme, installé des ressorts calibrés maison, puis rodé tous les chargeurs à la main pour éviter tout risque d'enrayage. C'était avec ce type d'arme et ce calibre qu'on avait la meilleure efficacité en combat de rue : avec un Magnum, une seule balle dans le corps suffisait à neutraliser l'adversaire. Le Coonan avait une capacité de sept cartouches, six dans le chargeur et une dans la chambre, et il portait toujours son arme en condition un, c'est-à-dire avec une balle engagée. Ainsi n'avait-il qu'à dégainer, ôter le cran de sûreté et faire feu. En utilisant les munitions qu'il se préparait lui-même, il parvenait à un taux de réussite de quatre-vingt-dix-sept pour cent. En pratique, il n'était guère possible d'obtenir un résultat supérieur avec une arme de poing. Pour cela, une mitraillette, ou mieux encore, un fusil, restait préférable. L'idéal étant un fusil à canon rayé, mais ce n'était pas idéal à trimbaler dans les lieux publics, alors, on faisait avec ce qu'on avait.

Il possédait trois autres pistolets identiques à celui-ci. S'il devait abattre quelqu'un, il fallait que l'arme disparaisse, et comme il aimait ce modèle et qu'il en appréciait le maniement, il s'en était procuré plusieurs exemplaires, en usant d'un prête-nom. Trois ans plus tôt, il en avait eu jusqu'à huit. C'était du matos de qualité.

Bien entendu, le bon garde du corps était celui qui n'avait pas à recourir à sa quincaillerie. Ventura se permit un discret sourire en gagnant la porte. Comme le crime parfait, le meilleur garde du corps était celui qui demeurait ignoré.

Il n'était peut-être pas encore le meilleur : il lui restait une marge de progression.

Quantico

« Monsieur ? Quelqu'un vous demande. Un certain Dr Morrison, de l'État de Washington... »

Michaels leva les yeux de son écran, plissant les paupières pour revenir à la réalité. Voyons, Morrison, Morrison.... ? Ah oui, ça lui revint. Morrison avait appelé la veille. Il disait qu'il était en ville, qu'il avait besoin d'avertir un responsable de la Net Force d'un problème concernant un truc appelé HAARP. Un rapide examen des archives lui avait permis de découvrir que l'acronyme signifiait « High Altitude Auroral Research Project », un projet en commun de la marine, l'armée de l'air et plusieurs universités pour étudier les aurores boréales. Des recherches qui avaient plus ou moins à voir avec les micro-ondes. Pas vraiment bandant.

« Faites-le entrer. »

L'homme que la secrétaire de Michaels introduisit dans le bureau était grand, mince, presque chauve et semblait avoir la cinquantaine. Il était vêtu d'un strict complet noir, portait une cravate foncée et transportait un attaché-case en alu cabossé. Il aurait pu passer n'importe où pour un prof banal.

« Dr Morrison ? Je suis Alex Michaels.

– Commandant... Je ne m'attendais pas à être reçu par le chef de l'organisation. »

Michaels faillit lui dire que son assistante avait démissionné et que son meilleur spécialiste en informatique était en train de batifoler quelque part dans les bois avec sa nouvelle dulcinée, puis il jugea que ça n'était pas ses oignons et que de toute manière il n'en aurait rien à cirer.

Michaels sourit : « Prenez un siège. Que puis-je pour vous, monsieur ? »

Morrison s'assit, gauchement. Pas un athlète, celui-là !

« Comme vous vous en souvenez peut-être, je suis un des responsables du projet HAARP.

– Ça fait une trotte depuis Gakona, Alaska », observa Michaels.

Morrison haussa le sourcil. « Vous êtes au courant ?

– Je sais juste qu'il est implanté là-bas et qu'il est en rapport avec l'étude de l'ionosphère. »

Morrison parut se détendre quelque peu. Il ouvrit sa mallette et en sortit un mini-DVD. « Voici un récapitulatif du projet... je sais que mon habilitation de sécurité est inférieure à la vôtre mais presque tout ceci relève du domaine public. »

Michaels saisit le disque.

« HAARP a été mis en service au tout début des années quatre-vingt-dix et fonctionne de manière épisodique depuis. Nous traversons en ce moment la coupure estivale que nous mettons à profit pour effectuer des réparations. En gros, HAARP est le plus puissant émetteur micro-ondes jamais construit. Il a été conçu pour envoyer dans l'ionosphère un faisceau radio à haute énergie en vue d'étudier la météorologie des couches élevées de l'atmosphère – dans le cas qui nous occupe, il s'agit essentiellement des flux de particules du vent solaire et de rayons cosmiques dans la proche banlieue terrestre. Ces phénomènes affectent les communications, les satellites, et ainsi de suite. »

Michaels acquiesça. Ouaip. Pas bien bandant. Il feignit un intérêt poli.

« Le réseau, baptisé FIRI, consiste en cent quatre-vingts antennes émettrices réparties sur une trame de quinze colonnes et douze rangées, disposées sur une aire gravillonnée de seize hectares. Chaque mât porte une paire d'antennes dipôle qui émettent dans les gammes de 2,8 à 7 MHz ou de 7 à 10 MHz. Chaque antenne individuelle a une puissance d'une dizaine de milliers de watts, soit pour le réseau complet quelque chose comme trois mégawatts. Lorsque l'ensemble des faisceaux est focalisé sur un point unique dans le ciel, cette puissance est multipliée par mille, soit trois mille, je dis bien trois mille mégawatts...

– Ce qui enfonce largement les stations radio pirates mexicaines, observa Michaels avec un sourire nostalgique.

– D'environ soixante-dix mille fois, oui, confirma Morrison en lui retournant son sourire.

– Bref, une installation bougrement puissante. Et alors... ?

– Alors, il y a un certain nombre d'élements que nous avons appris entre-temps. Les recherches initiales touchaient à quatre domaines principaux : les transmissions, en particulier dans la gamme ELF des ultra-basses fréquences utilisées pour communiquer avec les sous-marins en plongée ; la tomographie, la capacité à voir à de grandes profondeurs sous le sol ; et même la possibilité de réaliser un contrôle climatique rudimentaire. Et enfin, un certain nombre d'essais d'armes à faisceau EMP : l'utilisation d'impulsions électromagnétiques pour neutraliser les systèmes de guidage de missiles ennemis, enfin, vous voyez le topo.

– Intéressant.

– N'est-ce pas ? Et outre la retombée des recherches sur les très basses fréquences, la possibilité d'affecter voire modifier le biorythme des plantes ou des animaux a été... disons, explorée. »

Michaels fronça les sourcils. « Pourriez-vous être plus explicite ?

– Nous savons depuis longtemps déjà qu'une exposition prolongée à des ondes radio-électriques peut affecter les individus. Un accroissement du nombre de cas de cancer sous les lignes à haute tension, ce genre de choses. Les habitants du monde civilisé sont quasiment immergés en permanence dans un flot de rayonnements non ionisants à basse fréquence : tous les appareils électriques en génèrent. Avec HAARP, certains domaines de recherches impliquant les fréquences de 0,5 à 40 Hz, celles qui correspondent à l'activité électrique du cerveau humain, ont donné lieu à des expérimentations...

– En clair ?

– En clair, la marine et l'aviation sont vivement intéressées par la possibilité d'aboutir à une technologie d'armes non destructives. »

Michaels se carra dans son siège. « Bon sang, vous êtes en train de me parler de contrôle mental à distance ?

– C'est en effet possible, même si ce n'est pas encore faisable. »

Voilà qui commençait à devenir intéressant. « Mes cours de physique remontent à un bout de temps, Dr Morrison, mais il me semble qu'il y a une sacrée différence entre des ondes radio en hertz et des micro-ondes en mégahertz, non ? Comment un émetteur qui travaille dans la gamme des 2,8 à 10 MHz peut-il avoir une influence quelconque sur les fréquences de 0,5 à 40 Hz ? »

Le sourire de Morrison était celui du professeur ravi de découvrir un élève ayant saisi le truc qui a échappé au reste de la classe. « Ah ! bravo, commandant. C'est exact. Le rapport entre les deux gammes de fréquence est de l'ordre du million. Et si l'on songe que la taille de l'antenne d'émission est proportionnelle à la longueur d'onde et que celle-ci est l'inverse de la fréquence, vu qu'une émission à 30 MHz exige une antenne de dix mètres, des ondes radio de 30 Hz exigent une antenne d'environ mille kilomètres...

– Que je sache, il n'y a pas tant de structures de mille kilomètres de long, observa Michaels en essayant de garder un ton neutre.

– Vous allez être surpris. Mais une antenne n'a pas besoin d'être constituée de mâts ou de poutrelles métalliques : on peut en faire une avec de simples bobinages de fil, voire un réseau d'émetteurs accordés électroniquement, ce ne sont pas les méthodes qui manquent. Pour notre part, nous utilisons directement le ciel.

« Schématiquement, la Terre se comporte comme un gigantesque aimant baigné dans un flux de rayons cosmiques et de vent solaire. Une partie de ceux-ci convergent en spirale vers les pôles magnétiques. C'est ce qui provoque les aurores boréales et australes. Avec HAARP, nous pouvons en fait transformer cette lumière ionisée en une sorte d'antenne et, grâce à certaines manipulations électroniques, la rendre aussi longue que l'on veut, dans certaines limites, bien entendu.

– Je vois. Et cela signifie que vous pouvez générer des fréquences susceptibles d'affecter l'activité neurologique des individus, avec une énorme puissance d'émission et à très grande distance.

– Tout à fait.

– S'il s'agit d'une dénonciation, Dr Morrison, il y a erreur sur la personne. C'est au ministère de la Défense que vous devriez vous adresser...

– Non, non, en aucun cas. Il n'y a rien d'anormal à ce que les militaires cherchent à renouveler leur arsenal ; c'est dans leurs attributions, somme toute, n'est-ce pas ? Cela fait des années que les Russes étudient la question et il serait stupide pour notre gouvernement d'ignorer son potentiel. Il serait quand même préférable de pouvoir convaincre l'ennemi de déposer les armes au lieu d'être contraint de l'abattre, vous ne pensez pas ?

– ...

– Non, si je suis venu vous voir, c'est parce que je suis persuadé que quelqu'un s'est introduit dans nos ordinateurs pour y dérober les informations concernant ces expériences.

– Ah.

– Oui. Et comme j'ignore qui a bien pu faire une chose pareille, j'ai préféré m'adresser à vous plutôt qu'à mes supérieurs. »

Michaels hocha la tête. Voilà qui était déjà plus clair. « Et qu'est-ce qui vous porte à croire qu'un pirate vole vos informations ? »

Avec un sourire, Morrison sortit un autre DVD-Rom de sa mallette. « Il a laissé des empreintes. »

6

Rivière Vermillion Lafayette, Louisiane

Michaels était installé à l'arrière d'un *bateau*[1] en alu de quatre mètres, la main posée sur le bras de commande du moteur électrique. Les eaux stagnantes du bayou défilaient lentement, la puissance du petit moteur électrique permettant tout juste d'empêcher l'embarcation de partir à la dérive à reculons. La barque avait été vert foncé à l'origine mais la teinte avait été délavée par le soleil et les intempéries. Il régnait une chaleur moite, sans doute pas loin de trente degrés, même sur l'eau, et l'humidité de l'air devait être comparable à celle du bayou... Sur les deux berges se dressaient de grands chênes couverts de mousse d'Espagne qui retombait en sinistres draperies organiques, déchiquetées et gris sale. Un jeune alligator d'un mètre de long creva la surface et retomba dans une gerbe d'eaux troubles qui fit clapoter une vieille ampoule électrique jetée en amont.

Michaels tira sur la poignée de démarrage caoutchoutée du hors-bord Mercury. Le fil en nylon du lanceur avait dû être blanc mais il était à présent tellement imprégné d'un mélange de graisse et d'huile deux-temps qu'il en était devenu presque noir. Les

1. En français (cajun...) dans le texte.

quinze chevaux s'éveillèrent, glougloutèrent, vrombirent. Michaels coupa le moteur électrique d'appoint, embraya le Mercury et mit les gaz. L'odeur du mélange huile-essence l'enveloppa.

Le bateau déjaugea face au courant paresseux. Michaels mit le cap vers la rive orientale pour contourner un rondin à demi submergé qui dérivait vers lui. Ou bien était-ce un alligator ?

Sur la rive, une grosse tortue prenait le soleil sur un rocher. Rendue nerveuse par l'approche de l'embarcation, elle se laissa couler dans les eaux sombres et disparut sous la surface.

Michaels sourit. Jay avait fait un formidable boulot sur ce scénario. Le réalisme était bluffant.

Devant, la représentation virtuelle du système informatique des installations HAARP se dressait sur la rive est du bayou, sous l'apparence d'une guinguette en bois : un bar à musique. La bâtisse, coiffée d'un toit incliné en tôle ondulée, était en planches peintes en blanc. Les murs extérieurs étaient recouverts d'enseignes publicitaires pour des bières ou des sodas dont la tôle émaillée cloquait et s'écaillait : Falstaff, Jax, Royal Crown Cola, Dr Pepper. Contre un des murs de la baraque branlante, un monticule de canettes rouillées dégringolait vers la rive. Michaels était à présent assez près pour voir que toutes les boîtes avaient le couvercle perforé de deux orifices triangulaires : elles avaient été ouvertes à l'aide d'une « clé de sacristie », pour reprendre l'expression de son père... c'était bien avant qu'on invente les couvercles à anneau.

Il se dirigea vers la rive.

La réalité virtuelle n'avait pas pris le tour qu'envisageaient les mordus de l'informatique. La puissance de calcul des machines et la variété des capteurs disponibles permettaient de recréer virtuellement tout ce qu'on voulait. La seule limite était l'imagination du scénariste. Les constructions n'étaient que des analogies, bien sûr, mais configurées de manière à permettre aux utilisateurs d'interagir avec celles-ci de manière intuitive. Quelle que soit l'astuce avec laquelle étaient présentées les interfaces, les gens normaux n'avaient pas envie d'enfoncer des boutons ou de cliquer sur des icônes. Ce qu'ils voulaient en fait, c'était se retrouver immergés dans un décor au sein duquel ils pourraient se comporter comme dans la vie de tous les jours. Ainsi, au lieu de taper sur un clavier, ils pouvaient parcourir un sentier montagnard, traverser le Far West à cheval ou – comme en ce moment Michaels – sillonner en barque les eaux sombres et paresseuses d'un bayou. Il n'y avait aucune limite à l'invention en RV, hormis celles de l'imagination. On pouvait se procurer un logiciel du commerce puis le faire modifier par un spécialiste ou bien le personnaliser soi-même. Étant le patron de la Net Force, Michaels avait le minimum de connaissances informatiques pour s'en charger mais il était quand même plus facile de confier la tâche à Jay Gridley ou à l'un des autres cracks du service. Ces types étaient de vrais maniaques du détail et ils se donnaient à fond.

On pouvait se déplacer, interagir avec d'autres personnes, s'introduire dans des systèmes informatiques, et ce qu'on y voyait et faisait pouvait fort bien n'avoir aucun rapport avec ce que voyaient ou faisaient les autres utilisateurs sur le même site. Les préférences étaient strictement personnelles, à moins de se rabattre sur le scénario par défaut ou de convenir d'une réalité consensuelle – une option choisie par beaucoup d'usagers afin de partager une expérience, mais Michaels préférait son imagerie ou celle de Jay. Si on en avait les moyens, après tout pourquoi s'en priver ?

La barque vint buter contre les piles du petit embarcadère et Michaels coupa le hors-bord avant de sauter sur les planches créosotées. Il amarra l'embarcation puis se dirigea vers le bar. Sous cet angle, il apercevait l'enseigne de l'établissement : *À la goutte de rosée.*

Allons bon, voilà autre chose !

En réalité, il était assis dans son bureau, plus d'un demi-siècle plus tard, les yeux et les oreilles masqués, les mains glissées dans des gants sensoriels arachnéens pour voir et percevoir l'environnement informatique, et quelque part, il restait conscient de cette réalité, même s'il avait appris à « décrocher » du réel, à l'instar de la majorité des utilisateurs de la réalité virtuelle.

En temps normal, il aurait demandé à Jay ou l'un des autres mordus de mener l'enquête. Mais à vrai dire, il avait besoin de cette distraction : autrement, il aurait dû plier bagage et rentrer chez lui ; or, même si le travail n'était pas toujours un remède efficace à vos maux, c'était toujours mieux que rien.

Il se dirigea tranquillement vers le bistrot. Un barbu basané en salopette, torse et pieds nus, était adossé au mur à côté de l'entrée. Le type cracha un jus de chique vers un petit caméléon juché sur une souche à proximité, manqua sa cible. Puis il sourit, révélant les trous béants entre ses dents gâtées.

En RV, les pare-feu pouvaient revêtir toutes sortes de configurations.

Enfin, songea Michaels. Bonjour, les bas-fonds du patrimoine héréditaire.

« C'est pas ouvert », annonça la Salopette.

Michaels hocha la tête. « Hmm, je vois ça. Je suppose qu'il va falloir que je repasse un peu plus tard.

– On dirait bien, ouais. »

Michaels sourit et s'éloigna. Il retourna vers le petit embarcadère, monta dans sa barque, largua les amarres et lança le moteur. Passé le coude suivant du bayou, environ trois cents mètres en amont, il accosta, attacha le bateau à une branche de saule pleureur et revint à pied vers la Goutte de rosée. Il passa derrière le bâtiment en prenant garde à ne pas être vu de la Salopette.

La porte de derrière était en planches non peintes, mal dégrossies mais solides. Il fouilla dans ses poches et en sortit un passe-partout. En réalité, la clé était un mot de passe fourni par le Dr Morrison mais il ne fallait pas espérer tomber sur un cadenas à combinaison : cela aurait détonné avec le reste du scénario.

La serrure demi-tour s'ouvrit avec un déclic. Michaels se dépêcha d'entrer et ferma la porte derrière lui.

L'intérieur du bar était parfaitement assorti à l'extérieur : une auberge de campagne dans les années cinquante du XXe siècle. Il y avait des tables en bois au plateau éraflé, des chaises cannées bancales et une rangée de tabourets alignés devant un comptoir qui avait connu plusieurs décennies de mégots égarés et d'auréoles de bière. Deux grandes glacières rectangulaires décorées de publicités pour des bières étaient installées derrière le bar et une simple étagère posée sous un grand miroir fêlé était garnie de bouteilles de bourbon, de gin, de prunelle, de scotch et de vodka.

Il ne fallut qu'une petite minute à Michaels pour trouver le coffre-fort intégré au-dessous du comptoir, une plaque en acier munie d'un loquet de laiton bloqué par un imposant cadenas Master Lock glissé dans le moraillon épais comme le doigt.

Michaels avait la clé du cadenas mais comme il ignorait ce qu'était censé contenir le coffre, peu importait ce qu'il aurait pu trouver s'il avait pris la peine de regarder : si jamais il manquait quelque chose, il serait bien en peine de dire quoi d'un simple coup d'œil.

La pénombre régnait derrière le bar, la lumière ne filtrant que par deux fenêtres crasseuses sur chaque pignon : on y voyait tout juste. Il sortit de sa poche revolver une petite lampe-torche qu'il braqua vers le cadenas.

Aucun doute, il y avait bel et bien des éraflures récentes sur le cadenas et le moraillon. Quelqu'un s'y était attaqué pour tenter de le forcer ou de le crocheter. Impossible de savoir s'il y était parvenu ; toujours est-il que cela confirmait, en partie du moins, le récit de Morrison.

Michaels se redressa, s'essuya les mains, se dirigea vers la porte de derrière. Morrison pouvait certes avoir fait le coup. Quand quelqu'un criait « au feu ! », bien souvent, c'était le pyromane. Cela dit, pourquoi avoir soulevé la question ? Personne n'aurait rien remarqué s'il n'en avait rien dit, en tout cas au sein de la Net Force. Et Morrison avait accès au coffre – qui bien entendu n'était jamais qu'un répertoire de fichiers cachés enregistrés sur un des disques durs du site HAARP. Il pouvait l'ouvrir quand il voulait, il n'avait aucun besoin d'y entrer par effraction.

Bon. Enfin, cela donnait toujours à Michaels un point de départ. Il faudrait qu'il rappelle Morrison pour avoir des informations plus précises. Quel que soit le contenu de cette cache, il n'avait pas l'air particulièrement vital, aucune raison donc de se casser le cul pour y pénétrer. Il pouvait refiler le bébé aux spécialistes ou bien attendre que Jay soit rentré de vacances. Après tout, il n'était absent que pour une semaine.

Bon, l'exercice avait été sympa, un moyen comme un autre d'empêcher l'atrophie complète de ses réflexes en virtuel, mais en dehors de ça, rien de bien renversant.

Il pouvait désormais se déconnecter de la RV mais puisqu'il y était, pourquoi ne pas terminer sa virée en bateau et profiter encore un peu du paysage, hmm ?

Lundi 6 juin
Mammoth Cave, Kentucky

John Howard sourit quand la guide éteignit les lumières et que l'intérieur de la grotte se retrouva plongé dans le noir, une obscurité comme bien peu de visiteurs avaient sans doute connu. Les seules lueurs provenaient des cadrans de montre phosphorescents ou électroluminescents et elles semblaient presque éblouissantes sur ce fond d'un noir d'encre si dense qu'on le sentait peser comme un drap moite.

Dans l'obscurité, la voix de la guide annonça : « Jamais la lumière du soleil n'a pénétré ici et pourtant des hommes se sont enfoncés bien plus loin que nous dans ces galeries, en s'éclairant seulement à la bougie ou avec des torches. Avant que l'on installe l'éclairage, tout le monde emportait toujours des stocks de piles et d'ampoules de rechange pour les torches électriques, croyez-moi. »

Invisibles dans le noir, les touristes rirent nerveusement. Quelqu'un pianota sur le clavier d'un téléphone portable et une lueur verte apparut ; un autre pressa un bouton sur sa montre-bracelet, illuminant son visage.

La guide redonna la lumière, déclenchant un soupir de soulagement général. Elle confia : « On tient le pari entre nous que celui qui réussira à garder trente secondes un groupe de touristes sans qu'aucun n'allume un téléphone, une montre, voire un briquet ou un porte-clé lumineux, aura droit à une semaine de resto gratuit. Ça fait maintenant six mois que personne n'a gagné le pot. »

Nouvel éclat de rire de l'assistance, cette fois un peu moins nerveux.

Howard regarda sa femme et son fils, vit ce dernier sourire à sa petite amie Nadine – comme par hasard, le même prénom que son épouse. Howard se retint de sourire à ce charmant spectacle. Et puis les pré-ados étaient toujours dangereux : d'une seconde à l'autre, ils étaient à cent mille années-lumière ou à deux pas de l'âge adulte. Pour l'heure, Tyrone et son amie étaient simplement deux copains amateurs de boomerang. D'ici un mois, ils pouvaient soit être redevenus indifférents l'un à l'autre, soit avoir découvert un tout nouveau genre de jeu dont Howard savait pertinemment qu'il n'était pas de leur âge. Même si, pour sa part, ça ne l'avait à l'époque pas empêché d'essayer.

Nadine (la sienne) lui glissa la main sous le bras. « T'étais où ? J'ai encore surpris ce regard lointain. »

Il sourit à sa femme. « Je regardais les mômes.

– On se sent vieux, c'est ça ?

– Oh, que oui. Mais ce n'est que la moitié du problème. Le plus dur, c'est de se sentir impuissant. Avec toute cette sagesse que j'ai accumulée...

– Tu parles !

– Bon, d'accord, cette expérience, si tu préfères, eh bien, Tyrone refuse d'en tirer parti.

– Tu continues de parler. Et il continue d'écouter.

– En pilotage automatique, les trois quarts du temps. Je ne crois pas qu'il fasse vraiment attention à ce que je lui raconte.

– Bien sûr que non. Et, au même âge, est-ce que tu faisais vraiment attention à ce que tes parents te racontaient ? Chaque génération doit réinventer la roue, mon lapin.

– Que de temps perdu, tu trouves pas ?

– Mais c'est comme ça. Quand il doit pleuvoir, il pleut, que ça te plaise ou non, t'y peux rien. Tu peux rester à l'abri, sortir et te mouiller, ou bien prendre un pépin, la pluie s'en fout.

– Je sais pourquoi je t'ai épousée : pour ton esprit.

– C'est pas vraiment ce que tu disais, à l'époque.

– Enfin, j'imagine que t'avais deux ou trois autres attraits.

– Tu veux dire que c'est ce que tu pensais avant que je devienne grosse et moche ? »

Il se retourna pour balayer du regard les alentours.

« Tu cherches quoi ?

– À qui tu peux bien t'adresser. Sûrement pas à moi, en tout cas. T'es encore mieux foutue que le jour de notre rencontre. D'accord, peut-être que tu deviens sénile et que tu perds la tête, mais grosse et moche ? Arrête, je rigole. »

Elle sourit. Il adorait la pousser dans cette direction. Même après plus de quinze ans de vie commune, ça le réconfortait toujours.

« Ça fait du bien de décrocher un peu de temps en temps, lui avoua-t-elle. Je me plais bien ici.

– Moi aussi. » Et c'était vrai. Cela devait bien faire une heure qu'il n'avait plus songé à la Net Force. À l'aise.

Seattle

Morrison fit glisser sur la table une carte à puce. « Voilà déjà l'acompte, dit-il à Ventura. Cent mille. » Il avait dû vider ses économies et prendre une seconde hypothèque sur sa maison pour rassembler la somme. Les services de Ventura n'étaient pas donnés – trente mille mensuels pour le plan de base, et ce n'était qu'un minimum – mais on le disait un as dans sa branche, et Morrison savait qu'il avait besoin d'un as. Il serait à sec avant début août si l'affaire échouait mais il ne doutait pas vraiment de son succès, la seule question était de savoir avec qui et pour quel montant. D'ici là, bien sûr, il avait tout intérêt à rester en vie.

Ventura prit la carte à puce, la retourna entre ses doigts puis la fourra dans la poche intérieure de son blazer. « On commence quand ?

– Tout de suite. »

Ventura sortit de sa poche un minuscule téléphone mobile, pressa une touche, dit simplement « C'est parti », et le rangea.

Morrison ne put s'empêcher de jeter un regard circulaire. Il n'y avait pas une telle foule au restaurant mais il ne découvrit pas la moindre ombre d'un garde du corps.

Sourire de Ventura. « Vous n'arriverez pas à les repérer.

– Repérer qui ?

– Il y a deux agents dans la salle et deux autres à l'extérieur... Bien, à présent, j'aurai besoin d'un minimum d'informations si je dois vous protéger convenablement. On va déjà commencer par le degré de menace et ses raisons. Qui pourrait vouloir vous enlever ou vous tuer, et pourquoi ? »

Morrison hocha la tête. C'est là que ça devenait épineux. Il pouvait lui servir un récit cohérent et sans doute le type le goberait-il. Ou il pouvait lui dire la vérité. Comme dans l'histoire, c'était sa vie qui était en jeu, il préférait ne pas se louper. « Je ne suis pas encore certain du "qui". Sans doute les Chinois, mais ce pourrait être les Russes, voire les Israéliens. Le "pourquoi" tient à ce que je suis en possession de certaines informations... disons... utiles sur lesquelles ils aimeraient mettre la main.

– Concernant HAARP ? »

Morrison plissa les yeux, un instant désarçonné. Bon. Forcément, Ventura avait dû se renseigner sur lui. Et puis, il ne fallait pas être grand clerc. N'empêche, le type monta d'un cran dans son estime.

Morrison pesa sa réponse et tandis qu'il réfléchissait, son interlocuteur remarqua : « Docteur, peu m'importe ce que vous faites, mais si je dois vous garder en vie, je veux au moins savoir ce que je suis susceptible d'avoir à traiter. Cela peut changer du tout au tout notre façon de procéder, voyez-vous. Si, mettons, vous avez sauté la femme d'un type et qu'il veut vous mettre la tête au carré, c'est une chose. S'il s'agit en revanche d'affronter les services de contre-espionnage d'une grande puissance, c'en est une autre. Je prendrai le boulot de toute façon, mais je dois absolument tout savoir. Ce qui est en jeu ici, c'est votre vie mais aussi celle de mes hommes. »

Morrison acquiesça. Oui. Il voyait très bien. Il inspira à fond. « Très bien. » Et pendant le quart d'heure qui suivit, il mit tout sur la table, répondant à toutes les questions de son interlocuteur. Ventura ne prit aucune note. Il ne parut pas non plus surpris d'entendre ce que Morrison avait à lui révéler.

Quand celui-ci eut terminé, Ventura observa : « Bien. J'aurai besoin de connaître vos itinéraires. Où que vous vous rendiez, c'est moi qui me chargerai d'organiser vos voyages. En matière de sécurité, je suis Dieu Tout-Puissant. Si j'estime qu'un déplacement est trop risqué, je vous en aviserai et vous suivrez mes recommandations sans discuter – cela vous pose-t-il un problème ?

– Non, aucun.

– Parfait. La situation n'est sans doute pas encore critique, mais on doit faire comme si quelqu'un était en mesure de savoir qui vous êtes réellement, c'est pourquoi nous allons nous placer dès à présent en état d'alerte. Quels sont vos plans dans l'immédiat ?

– Je dois monter sur le site. Officiellement, nous sommes en phase d'arrêt, mais je suis en train d'effectuer, disons, des "calibrages". Et ces quinze prochains jours, je dois encore effectuer au moins deux batteries de tests. Si ce n'est trois.

– Comment est organisée la sécurité sur le site ? Est-ce que je peux y faire venir mes gars ?

– Non. Je peux vous faire pénétrer en vous faisant passer pour un observateur d'une des universités – on peut vous forger un CV suffisamment convaincant pour passer les contrôles de la Navy et de l'Air Force mais c'est à peu près tout. Des vigiles armés patrouillent sur tout le périmètre du complexe, il y a une clôture, des contrôles et des gardes aux portes, tout le toutim. On ne redoute pas vraiment qu'on vienne nous piquer les antennes ou les générateurs. »

Ventura acquiesça.

« Il y a toutefois une autre complication dont je dois vous informer. Le complexe et ses ordinateurs sont en cours d'investigation par la Net Force.

– La Net Force. Le FBI vous suspecte ?

– Non. Ils ont plongé tête baissée sur une piste que je leur ai fournie.

– Ah, je vois. Pas bête. Mais ils vont soupçonner le messager, vous savez, ils le font toujours. C'est la routine.

– Je m'y attendais. J'ai pris mes précautions. »

Ventura haussa les épaules. « J'espère pour vous. Je pourrai sans doute vous empêcher de vous faire descendre par les Chinois, mais je ne pourrai pas vous éviter la taule si vous avez les fédéraux au cul – à moins que vous ne soyez prêt à passer dans la clandestinité totale – quoique dans ce cas, mieux vaudrait carrément quitter le pays.

– Je comprends. » Morrison sentit l'étreinte d'une main glacée. Il s'était aventuré sur une voie dangereuse. Il n'était pas de ces professeurs Nimbus qui se contentent d'embrasser l'univers avec de grandes abstractions ; il savait que le monde était loin d'être toujours paradisiaque. Il en avait tenu compte, il avait supposé que les individus avec lesquels il allait traiter seraient fourbes, aussi fiables que des renards pour garder un poulailler. Encore maintenant, il savait qu'il pouvait récupérer sa mise et s'en tirer sans être pris, c'était sûr. Mais pas de risque, pas de gain – et le gain en l'occurrence était énorme. Les gens achetaient un billet de loterie alors qu'ils n'avaient qu'une chance sur plusieurs millions de gagner. Combien l'achèteraient s'ils pouvaient mettre la main sur les numéros gagnants dès avant le tirage ?

Non, il s'était engagé. Il allait redoubler de précaution et quand il repartirait, ce ne serait pas à pied, mais à bord d'une limousine en or massif avec des phares en brillants.

Il y aurait certes un prix du sang, mais il était prêt à le payer... enfin, tant que ce n'était pas le sien.

7

Mardi 7 juin
Sperryville, Virginie

Un petit crachin caressait la tente de ses doigts moites et minuscules, mais la toile en Gore-Tex indéchirable était à la hauteur de sa réputation : la pluie s'assemblait en gouttelettes qui dévalaient les flancs en rigoles sinueuses.

Le jour venait de poindre. Étendu sur le dos, Jay Gridley contemplait les gouttes ; il était couché avec Soji dans leurs deux duvets zippés ensemble, la tête calée sur son blouson roulé en boule. Elle avait raison : il n'avait certainement pas été déçu par le camping, ça, non. C'étaient les meilleures vacances de toute sa vie, ouais môssieur, il n'y avait pas photo. Il n'était pourtant pas fanatique de la nature au grand air, il préférait de beaucoup en recréer la version virtuelle et s'y balader, mais le meilleur programmeur ne pouvait approcher, même de loin, la réalité du sexe.

Sûrement pas, rien à faire. Ouais môssieur, là non plus, il n'y avait pas photo.

Jay embrassa du regard Soji, encore endormie. Il se retint d'avancer la main pour caresser ses cheveux bruns. Bon Dieu, ce qu'elle pouvait être belle. Intelligente, sage, tout ce qu'on pouvait désirer d'une femme. La seule question était : comment faire pour pérenniser cet état de fait ? Est-ce qu'elle n'allait pas lui rire au nez s'il lui demandait de l'épouser ?

Soji ouvrit les yeux et lui sourit. « On songe à réclamer son remboursement, petit Blanc ?

– J'te ferai dire que je suis moitié thaï, et ça ne concerne que la dernière partie de ta remarque. » Il la gratifia d'un biceps gonflé, le poing tendu. « Et non, je ne songeais pas du tout à me faire rembourser, merci.

– Le paysage valait le voyage ?

– Tout ce qui m'intéresse comme paysage se trouve sous cette tente. »

Elle rigola. « Oh-oh, le flagorneur qui cherche à me recoller à mon ego.

– Oui madame, je suis le pire cauchemar d'un bouddhiste. Écoute-moi et tu vas dégringoler direct par dessus le bord de la Huitième Voie.

– Ça risque pas, nous autres bouddhistes sommes adeptes de la Voie du Milieu, je te signale. »

Cette fois, il tendit la main pour la passer dans sa chevelure si douce.

Elle l'intercepta, l'approcha de ses lèvres, en baisa la paume. « Garde avec toi cette pensée, je reviens tout de suite.

– Tu comptes sortir méditer sous la pluie ?

– Non, je vais sortir pisser derrière la tente.

– Tu ruines mon image de la nature sacrée.

– Désolée. Il va falloir t'habituer à ma personne bassement humaine.

– Comme le reste d'entre nous. »

Elle fit glisser la fermeture Éclair de son duvet, et roula à l'extérieur, dans toute sa nudité radieuse. « Enfin, peut-être pas si bassement que ça », constata-t-il en la détaillant.

Il la regarda sortir en rampant de la tente basse, admirant avec un sourire son petit cul serré alors qu'elle disparaissait derrière la moustiquaire. Ils étaient perdus au milieu de nulle part, n'avaient pas vu âme qui vive depuis des jours, en tout cas plus depuis qu'ils s'étaient éloignés de la piste. Ils pouvaient courir tout nus au soleil – à condition de se tartiner d'écran total et de crème anti-moustique, bien entendu – sans risquer d'être vus de quiconque... et si la pluie cessait et que le soleil apparaissait – quant à lui, il ne voyait aucun inconvénient à rester perpétuellement sous la tente sauf pour sortir pisser.

Jay rigola. Bon sang, il en avait fait du chemin, par rapport au gentil petit informaticien zélé. Retourner au boulot n'avait désormais plus aucun attrait pour lui. C'était là qu'était la vraie vie. Ouais, môssieur.

Londres

Toni avait loué un petit appartement lorsque Alex était rentré aux États-Unis – elle avait quelques économies sur son compte mais elles risquaient de fondre rapidement au prix où étaient les hôtels londoniens, maintenant qu'elle n'avait plus droit aux notes de frais. Carl l'avait mise en contact avec un de ses élèves qui disposait d'un appartement de famille libre et le loyer était plus que raisonnable. En fait, Toni en vint même à se demander si Carl n'en réglait pas une partie en douce. Jusqu'ici, elle n'avait pas encore eu le cran de lui poser directement la question – si ce n'était pas le cas, il risquait en effet de se sentir insulté. Et dans le cas contraire, c'était elle qui se sentirait obligée de déménager, et ça, ce serait vraiment chiant.

Dans l'une ou l'autre hypothèse, elle allait se retrouver à sec avant que son visa n'arrive à échéance, et contrainte de quitter le pays avant la fin de l'été.

Elle était assise devant une petite table dans la cuisine – plutôt une kitchenette – quand on sonna à la porte. Qui cela pouvait-il être ? En dehors de Carl et de son propriétaire, nul ne connaissait son adresse. Un représentant ? Quelqu'un qui se serait trompé d'adresse ?

Quand elle ouvrit la porte, ce fut pour découvrir la dernière personne qu'elle se serait attendue à trouver là : Angela Cooper, l'agent du MI-6.

Toni était estomaquée. La salope ! Comment osait-elle se pointer ici ?

Toni contint la vague de colère qui menaçait de la submerger. Il ne fallait pas lui demander de rester polie mais elle réussit à ne pas hausser le ton : « Qu'est-ce que vous voulez ? »

Cooper lui adressa l'ombre d'un sourire. C'était une femme superbe, aucun doute là-dessus. Toni sentait sans peine son pouvoir de séduction. « J'ai besoin de vous parler. Est-ce que je peux entrer ?

– Pourquoi ? Nous n'avons rien à nous dire.

– Je pense que si. Je vous en prie. »

Toni lui adressa un haussement d'épaules éloquent. « Bien sûr. Entrez. »

Une fois à l'intérieur, Cooper trahit une certaine nervosité. *Tiens, tu m'étonnes.* C'était peut-être une espionne entraînée, mais en matière d'arts martiaux, la maîtrise de Toni était bien supérieure aux rudiments que les Services secrets de Sa Majesté devaient procurer à leurs agents. S'il fallait en arriver là, elle était tout à fait capable d'affronter Cooper – merde, y compris avec un James Bond comme garde du corps. Et elle serait même ravie de lui filer une raclée. Positivement ravie.

« Alors, quoi ?

– Je n'en aurai que pour un instant. Écoutez, j'ai tourné et retourné la question et je ne suis pas arrivée à trouver une manière habile de vous exposer la chose, alors je vous le dis tout de go : non, je n'ai pas couché avec Alex Michaels.

– Parce que en plus, vous avez fait ça debout ? »

Cooper hocha la tête. « Non, non, vous vous méprenez complètement. Nous n'avons jamais eu de relations sexuelles. Est-ce plus explicite ? Ni couchés, ni debouts, ni assis, ni même selon la définition clintonienne. Ce n'est pas l'envie qui m'a manqué mais il m'a envoyée sur les roses. »

Cette dernière remarque désarçonna Toni. « Quoi ?

– Oui, je sais que toutes les apparences sont contre nous mais... ça ne s'est pas produit. J'aurais voulu, j'y ai cru, j'ai fait de mon mieux, mais il n'a rien voulu entendre. »

D'un geste, Toni indiqua la table. C'était ahurissant. « Voulez v's asseoir ? » Comme chaque fois qu'elle était énervée, son accent du Bronx refaisait surface.

Disait-elle vrai ? Était-elle en cheville avec Alex ?

Cooper lut dans ses pensées : « Au cas où vous vous poseriez la question, non, Alex ne m'a pas demandé de venir vous voir. Du reste, je ne lui ai pas reparlé depuis qu'il a quitté le pays. J'ai appris ce qui s'était passé entre vous. J'étais prête à faire comme si de rien n'était mais après qu'il eut refusé mes avances, je me suis retrouvée, comment dire, un rien vexée, alors j'ai décidé de me venger sur vous en vous laissant croire que ça s'était produit. J'imagine que je voulais vous voir le cuisiner un peu, qu'il se sente minable. Mais malgré son refus, j'aime bien Alex malgré tout, et c'était injuste de le faire souffrir alors qu'il avait été correct à votre égard.

– Alex n'a jamais rien nié quand j'ai soulevé la question, objecta Toni.

– Là, je ne pige pas. La journée avait été longue. On avait dîné ensemble dans un pub. Il avait bu un peu trop de bière et je lui ai proposé de lui faire un massage. Mais ça n'est pas allé plus loin. Il était à moitié endormi, à plat ventre sur la table de massage quand je me suis déloquée et que j'ai voulu baiser avec lui. J'attendais que ça – lui aussi, manifestement – mais au lieu de sa zigounette, c'est vous qu'il m'a brandi ! »

Elle marqua un temps, inspira un grand coup, poursuivit : « J'étais furieuse. Et je vous en ai voulu de l'avoir pour vous, c'est pour ça que j'ai agi ainsi. Je suis désolée. Voilà. »

Elle fit mine de regagner la porte.

Toni en était restée sans voix, c'est tout juste si elle réussit à rappeler la jeune femme qui allait sortir : « Angela ?

– Oui ?

– Merci de m'en avoir parlé. Je suppose que ça n'a pas dû être facile. »

Cooper sourit, d'un sourire plus franc, cette fois. « Merde, je crois que j'aurais préféré me faire insensibiliser une dent. Vous avez de la veine d'être tombée sur un type comme lui. Peut-être que vous réussirez à recoller les morceaux. »

Quand elle fut partie, Toni resta devant la table de la cuisine à fixer le mur. Bon sang, pourquoi ne lui avait-il rien dit ? Il savait pertinemment qu'elle pensait qu'il avait couché avec Cooper ; il n'aurait eu qu'à le démentir, elle aurait été toute prête à le croire. Enfin, sans doute. Pourquoi avait-il préféré se taire ?

Elle récapitula leur dernière rencontre, cherchant à s'en remémorer le déroulement avec précision. Lui avait-il vraiment dit qu'il était sorti avec Cooper ?

Non...

Enfin quoi, merde ! Qu'est-ce qui ne tournait pas rond chez lui ? Pourquoi l'avait-il laissée dans le doute ?

Tout d'un coup, Toni sentit les émotions la submerger et les larmes ruisseler sur son visage. *C'est trop con, Alex !*

La colère l'envahit de nouveau mais cette fois pour une tout autre raison. Bon Dieu, qu'est-ce qui avait bien pu lui passer par la tête ?

8

Mercredi 8 juin
Gakona, Alaska

« C'est notre destination ? » Ventura dut élever la voix pour que Morrison l'entende. En temps normal, un appareil comme le Cessna Stationair n'était pas aussi bruyant en vol de croisière mais sur celui-ci, l'encadrement de l'écoutille d'accès, côté passager, était légèrement voilé et laissait passer un chuintement aigu.

« Oui », confirma Morrison.

Ventura estima leur altitude à deux mille cinq cents mètres environ. L'essentiel de ce qu'il voyait ressemblait à une forêt primitive d'arbres à feuilles persistantes. L'horizon était barré par une chaîne de montagnes enneigées marquées par plusieurs pics très élevés. Le site HAARP proprement dit était installé en pleine forêt – c'était comme si l'on avait dégagé dans les bois une vaste clairière affectant la forme approximative d'un passe-partout : plusieurs bâtiments entourés d'un parking dans la zone à peu près circulaire, reliés par une route rectiligne au carré de la batterie d'antennes qui donnait l'impression d'une plantation de râteaux de télévision géants, comme sur les toits dans les années cinquante. Un peu plus loin, un second faisceau rectangulaire, de mêmes dimensions que le premier. Puis derrière, les bâtiments de contrôle, et apparaissant enfin, le long tapis rectiligne d'une piste pavée longue de six cents mètres.

Le pilote inclina légèrement leur appareil, puis réduisit les gaz tout en redressant le nez.

« Nous avons désormais notre propre aérodrome, précisa Morrison. C'est préférable pour la sécurité. Ce n'était pas un problème au moment de la construction du site – on y entrait quasiment comme dans un moulin. Ils organisaient même de temps en temps des opérations portes ouvertes – mais à la suite de plusieurs actes de vandalisme commis par des écoterroristes, ils ont installé une épaisse clôture grillagée et des patrouilles de vigiles armés montent la garde. La ville – ou plutôt la bourgade – la plus proche, Gakona, se trouve dans cette direction. On y trouve un bureau de poste, une station-service, un motel et deux pensions, un restaurant, un bar, enfin, vous voyez le genre. Ils ont pas mal de touristes – des chasseurs, des pêcheurs. Si ça vous dit, vous pouvez vous faire construire un traîneau à chiens personnalisé, mais question animation nocturne, c'est pas vraiment le top. En tout et pour tout, quarante-neuf administrés. »

Ventura hocha la tête. Il avait déjà vécu dans des bleds si paumés que le grand sujet de conversation du dimanche matin était la taille de telle ou telle stalactite de glace accrochée à l'auvent du bar local. « Un peu frisquet pour organiser un bal de rue », observa-t-il.

Ce n'était pas une question, même si Morrison fit comme si. « Effectivement, en plein hiver, la température descend à – 40-45 ^{0}C, et en général, il y a une soixantaine de centimètres de poudreuse sur le plat, sans parler des congères le long des murs. Parfois cependant, le vent souffle si fort qu'il arrive à déblayer entièrement le terrain. Une vraie chierie quand vous foncez avec votre motoneige. »

Ventura lui adressa un sourire poli. Il avait eu l'occasion de se documenter avant de prendre l'avion pour Anchorage. Il en savait sans doute plus que Morrison sur le terrain et le pays, mais il n'en laissa rien paraître. Dans presque toutes les situations, savoir était synonyme de pouvoir et ce n'est pas parce qu'on bossait pour un type qu'on devait s'y fier.

D'après ses renseignements, le site HAARP était situé à cent soixante kilomètres environ au nord-est d'Anchorage, presque au pied des Wrangell, la haute chaîne de montagnes qui marquait la frontière entre l'Alaska et le territoire canadien du Yukon.

Il savait déjà donc que la ville la plus proche était Gakona et qu'elle était située à vingt-cinq kilomètres au nord-ouest de Glennallen qui n'était pas vraiment non plus une grande métropole. Dans le coin, les gens indiquaient les directions autrement qu'en ville – le motel Sourdough, par exemple, était à la borne 147,5 – inutile de préciser la route, il n'y en avait pas tant que ça. Gakona était sur l'autoroute de Glenn, même si les autochtones l'appelaient le raccourci de Tok, à trois kilomètres de l'intersection avec l'autoroute de Richardson. La ville, ou ce qui passait pour tel, était située non loin du confluent des rivières Copper et Gakona. Les premiers occupants des lieux étaient les Indiens Ahtna, même s'il n'y en avait plus guère dans la région. Il n'y avait du reste pas grand monde dans la région. En haute saison, il y avait plus de gens qui travaillaient sur le site HAARP que d'habitants en ville. Ceux qui choisissaient de résider ici aimaient la vie au grand air : soit ils étaient de robuste constitution, soit ils repartaient.

La piste d'atterrissage était toute récente et, d'après ses recherches, l'aérodrome commercial le plus proche était celui de Gulkana, quelques kilomètres au sud de Gakona. Aucune voie ferrée et les autoroutes étaient tout au plus de vulgaires nationales.

Au siècle précédent, quelqu'un avait édifié ici un relais routier, la « pension Gakona ». Toujours debout, on l'avait depuis converti en restaurant.

Quand on ne travaillait pas pour HAARP – ou contre, car cela arrivait aussi – on montait ici pour pêcher, chasser, faire de la randonnée, du canoë, du kayak, du ski ou de la motoneige. Il y avait deux infirmiers parmi les pompiers volontaires, mais pas d'hosto, de clinique ni même de toubib, de sorte que lorsqu'on se tranchait le pied à la tronçonneuse, on était mal barré.

Leur pilote, cinquantenaire grisonnant, s'aligna sur la piste étroite et réduisit les gaz. La plupart de ces pilotes de brousse étaient des experts et celui-ci s'y entendait mieux que quiconque pour manier son petit zinc, car après avoir quitté l'aéronavale et les porte-avions, il avait fait de l'épandage aérien en Californie centrale. Ça aussi, Ventura l'avait vérifié. Quand on acceptait un client, on ne prenait aucun risque : on examinait tous les individus susceptibles d'approcher à portée de tir de celui qu'on était chargé de protéger. Éliminer quelqu'un était encore plus facile ici, au milieu de nulle part, du moins d'un point de vue statistique. Et ce n'était pas si compliqué que ça, bien moins que ne se l'imaginaient la plupart des gens.

Ventura s'était abonné à un service d'enquête

informatisé. On se connectait sur leur site et, après avoir entré son mot de passe, on leur filait le nom du type ou de la boîte sur lesquels on cherchait des renseignements : il ne leur fallait en général que quelques minutes pour vous fournir un rapport détaillé. Le service avait accès, tout à fait légalement, aux fichiers de la Sécurité sociale, des cartes grises, des banques, de la police, et de divers autres organismes sur lesquels ils préféraient rester discrets. Leurs prestations n'étaient pas données mais ils étaient très bons. Pas parfaits – après tout, les seuls éléments qu'ils détenaient sur Ventura lui-même étaient ceux qu'il daignait révéler publiquement – mais c'était sans doute ce qu'on pouvait espérer de mieux en dehors des services d'espionnage. En tout cas, assez sérieux pour pister et cerner la majorité des honnêtes citoyens. Repérer les autres, c'était son boulot – et on pouvait compter sur lui pour savoir repérer un tireur.

Le pilote posa leur appareil en douceur, sans le moindre rebond, puis il roula en direction d'une manche à air dressée près d'un hangar en tôle ondulée remarquable par la pente accentuée de sa toiture.

Une fois qu'ils furent descendus avec leur barda, le pilote retourna vers la piste d'envol. Il n'avait même pas coupé son moteur.

Il faisait chaud – entre 20 et 25 °C, estima Ventura.

« Vous pensiez pas qu'il ferait si doux, hein ? crut bon de remarquer Morrison.

– En fait, je me demandais surtout où étaient passés les moustiques. D'habitude, c'est une vraie plaie en cette saison dans ces vallées glaciaires. »

Morrison plissa les yeux, apparemment surpris de voir son hôte pas plus étonné que cela de la température. « Hum... Ma foi, le ministère de la Défense charge un type de venir démoustiquer la zone à intervalles réguliers. Ils sont bien plus pénibles dès que vous quittez le site. Alors comme ça, vous êtes déjà venu en Alaska ? Pourquoi ne pas l'avoir dit ?

– L'occasion ne s'est pas présentée, sourit-il.

– Mouais... Allez, venez, je vais vous montrer les installations. Il y a un buggy électrique dans le hangar ; on est à quinze cents mètres de l'accès principal. On va le rejoindre en voiture. »

Ventura acquiesça. Il rajusta le pistolet à son étui de ceinture. Il s'y trouvait depuis qu'ils avaient décollé de Seattle. Il connaissait une demi-douzaine de méthodes pour éviter d'avoir à mettre son flingue dans ses bagages. Les gens qui croyaient qu'on ne pouvait pas embarquer une arme à bord d'un avion de ligne se berçaient d'illusions.

Et se bercer d'illusions, ce n'était pas son genre.

Autoroute I-80,
quelques kilomètres au nord-est de Laramie,
Wyoming

« Waouh ! Non mais regarde-moi leur taille ! »

Tyrone quitta des yeux le petit troupeau de bisons, dans l'enclos proche du relais routier, pour se tourner vers Nadine. « Ouais, j'en ai déjà vu en vidéo mais on a toujours du mal à se rendre compte. Et ils chlinguent, en plus. » Dans la chaleur du début d'après-midi, l'air sec leur apportait en effet l'odeur musquée, poussiéreuse des bêtes. Pas évidente à définir, mais à coup sûr, pas le genre de parfum qu'on sentait dans les rues de la capitale fédérale. Le relief était relativement plat mais ils se trouvaient malgré tout à présent dans le nord des Rocheuses et la progression de leur gros camping-car était bien plus laborieuse que dans les plaines du Kansas.

Nadine et lui se tenaient près de la clôture formée de grands piquets avec un simple fil bardé de pancartes avertissant qu'il était électrifié et qu'il valait mieux ne pas y toucher. Et ils n'étaient qu'à six ou sept mètres du premier bison en train de mastiquer son foin. Alors qu'ils la contemplaient, la bête lâcha une grosse bouse, un chapelet de boules brunes et jaunâtres qui s'écrasèrent dans l'herbe avec un bruit mou, tout ça sans jamais cesser de brouter. Chier et bouffer en même temps. Beurk.

« Pfff ! » fit Nadine en se pinçant le nez.

Avant, ça sentait vaguement le rance, mais là, ça puait sérieusement.

« Ouais, ça je dois dire, je suis impressionné. Pas étonnant qu'ils les aient massacrés. Allez, viens, on s'arrache. »

Derrière eux, le mobile home de dix mètres que le père de Tyrone avait emprunté à un amiral de ses amis était toujours à la pompe, à biberonner du super. L'engin avait un réservoir de quelque deux cents litres, et ce n'était pas du luxe, parce qu'il se tapait quand même ses trente litres au cent. Pour un périple censé couvrir pas loin de neuf mille kilomètres, ce gros bébé allait engloutir une sacrée quantité d'essence. Même équipé de la nouvelle technologie de combustion propre et doté de panneaux solaires de complément, le camping-car était un vieux coucou gros comme un autobus et pataud comme un dinosaure. Évidemment, l'habitabilité était en rapport. Il y avait une chambre à l'arrière avec un lit gigantesque, où dormaient ses parents. Une salle de bains avec lavabo, douche et toilettes, des tas de rangements, et même une minuscule chambre à l'avant qui se déployait de la carrosserie comme un tiroir lorsqu'ils étaient à l'arrêt. C'est là que dormait Nadine, à l'abri derrière une de ces cloisons à portes-accordéon. Il y avait bien sûr un espace séjour-salle à manger, avec une table, un coin-cuisine avec réchaud, four, évier, micro-ondes, plus une télé de taille respectable et un ordinateur, reliés à une parabole motorisée à suivi automatique fixée sur le toit, pour capter les transmissions audio-vidéo à bande étroite et les signaux télécom. On pouvait s'installer peinard et déguster un pot de glace ananas-noix de coco Häagen-Dazs tout en matant des séries télé interactives ou en surfant sur le Net pendant que le paternel filait à cent sur l'autoroute. Assez bluffant. Bien plus cool en tout cas que de se retrouver entassé à l'arrière du Dodge familial. Même s'il n'aurait pas vu d'objection à s'y retrouver en compagnie de Nadine... Elle n'était peut-être pas la plus belle mais elle était intelligente, athlétique et tout ce qu'il y a de féminin.

Il y avait derrière le siège avant une banquette transformable en couchage, et c'est là que dormait Tyrone. Il s'y était fait au bout de quelques jours : elle était presque aussi confortable que son lit. Son père avait remarqué que c'était bien le moins, vu que le camping-car avait coûté à l'amiral autant que leur propre maison.

Il vit ses parents revenir de la boutique du relais. Ils étaient lestés de deux grands sacs en papier et d'une caisse en carton remplie de sodas. C'était la fête, car sa mère avait l'habitude de faire la cuisine dans le véhicule.

« Il y a un emplacement où se garer à côté de l'enclos à bétail, dit papa. On pourra manger tout en admirant les bisons. » Il agita les sacs.

« C'est cool, répondit Tyrone. Tant qu'on n'est pas sous le vent. »

Les frites étaient bonnes, les rondelles d'oignon vraiment extra et les hamburgers avaient un petit goût fumé bizarre. Pas mauvais mais différent. Tyrone en mastiqua une bouchée et remarqua : « Tiens, ils les font pas cuire comme chez nous, ici. »

Sourire paternel. « C'est pas la cuisson, c'est les ingrédients.

– Ho ? »

Et son père d'indiquer l'enclos de l'autre côté de la table.

Tyrone contempla le bison. Puis son hamburger.

Ah.

Les deux Nadine se marrèrent.

Tout d'un coup, Tyrone se sentit beaucoup moins affamé. Et puis zut, il allait le bouffer, ce burger, même s'il devait en crever. Pas question de laisser son vieux lui damer le pion sur ce coup-là. Absolument pas question...

Il sourit, mordit à belles dents et sourit de nouveau, la bouche pleine. « Hmm. J'adore. »

9

Mercredi 8 juin
Washington

Michaels se faisait l'effet d'être réduit à l'état de momie millénaire tandis qu'il serrait le combiné téléphonique d'une poigne mortelle qui menaçait de lui briser la main ou de briser l'appareil. Il tâcha de garder un ton le plus détaché possible.

« ... Vraiment super, Papitou, et tous les gars de ma classe l'adorent. »

Sa fille était en train de lui parler de Byron Baumgardner, un des profs de son lycée à Boise – et le petit ami de son ex.

Non, pas son petit ami – son *fiancé*. Megan et lui devaient se marier à la fin du mois. Et ils voulaient que Byron le barbu magnifique adopte sa fille, sa fille à lui, emménage, se substitue à lui dans le rôle du père et l'interdise de visites – s'il en avait les moyens.

Inutile de dire qu'Alex Michaels n'avait pas été convié à la noce.

Sa première idée avait été de se battre jusqu'au dernier souffle – de préférence celui de Megan et Byron. Il ne les portait plus vraiment dans son cœur l'un comme l'autre. Du reste, dès leur première rencontre, il avait expédié au tapis le barbu magnifique lorsque ce dernier avait fait mine de porter la main sur lui. Megan lui avait sorti son numéro habituel de mégère, et quand il lui avait répliqué vertement, ce cher jeune Byron avait pris sur lui de défendre l'honneur de sa belle. Sans réfléchir, Michaels l'avait mis KO, donnant ainsi la preuve de l'efficacité de ses cours de silat.

Rétrospectivement, cela avait été une erreur mais, bon sang, sur le coup, quel pied !

Enfin, Byron le barbu magnifique n'allait pas tarder à découvrir le tempérament de son nouvel amour, la première fois qu'il lui marcherait sur les pieds – Megan se battait bec et ongles. Elle avait toujours été comme ça. Une réalité que Michaels avait longtemps négligée, se reprochant une bonne partie de leurs problèmes, jusqu'à ce qu'il se rende compte enfin que tout n'était pas de sa faute à lui. Bon, c'est vrai, il avait passé trop de temps au bureau, et c'est vrai aussi, il était du genre à se renfermer et ne pas ouvrir la bouche, même à la maison, mais il avait été un bon père et quand son épouse se mettait à lui reprocher d'être un père indigne, il avait du mal à prendre ces allégations d'un cœur léger.

Mais irait-il pour autant traîner son ex et son nouvel amour devant les tribunaux pour essayer de leur extorquer la garde de Susie ? Dans quelle mesure cette bataille de chiffonniers risquait-elle de l'affecter ? Certes, les mômes étaient résistants, ils étaient capables de rebondir après les pires traumatismes – mentaux ou physiques – mais avait-il vraiment envie d'en être l'auteur ?

Non. Même si la principale responsable restait Megan, c'est elle qui borderait Susie tous les soirs, elle que Susie viendrait voir en larmes après être tombée et s'être écorché le genou, elle qui saurait, par quelques mots bien choisis, lui inculquer tout un tas de mensonges sur son cher vieux papa pour, lentement mais sûrement, braquer sa fille contre lui. Et il ne pensait pas que ça la gênerait de faire une chose pareille – en tout cas pas après ce qu'il avait appris sur elle depuis leur rupture. Cette bonne femme avait un côté cruel et mesquin, encore plus sombre et sordide qu'il ne l'aurait imaginé.

Bref, se lancer dans une bagarre avec la mère pour garder l'affection de la fille était un combat perdu d'avance. Hors de question. Du moins jusqu'à ce que Susie devienne adolescente et se rebelle...

En attendant, du haut de ses huit ans, Susie n'arrêtait pas de dire à quel point ce Byron était un type formidable, et quoi qu'il en ait, Michaels se gardait de lui dire le fond de sa pensée. Pour lui, empoisonner un puits n'avait jamais été une bonne idée : un être cher pouvait toujours avoir à s'y désaltérer – et qui sait, vous aussi peut-être, un jour. Susie allait devoir vivre avec ce bonhomme, et à quoi bon la faire pâtir de la rivalité entre son géniteur et son beau-père ?

Ne risquait-elle pas d'en souffrir ?

Le comble, c'était sans doute que Byron était un chic type. S'il avait fait sa connaissance en dehors de Megan, il n'aurait probablement jamais eu de problème avec lui. Ouais, il avait franchi la ligne jaune en venant se mêler d'une vieille querelle conjugale qui ne le regardait pas, mais à sa place, Alex aurait fait pareil. Certes, Megan l'avait fait sortir de ses gonds – et il estimait qu'elle l'avait bien cherché – mais quel homme ne serait pas prêt à s'interposer pour défendre une femme ? Même si elle avait tort.

Ou même si c'était une fille comme Toni, parfaitement capable de se protéger mieux que vous pourriez le faire ?

Michaels secoua la tête. *Toni n'est plus ta nana. Change un peu de rengaine.*

« Alors, quand est-ce que tu viens me voir, Papitou ?

– Très bientôt, p'tit bout. Le mois prochain. »

Ouais, c'est ça. Le mois prochain. Vendredi 1er juillet. Le jour de la première rencontre devant le juge. Phil Buchanan, son avocat, avait bon espoir qu'ils gagnent ou du moins réussissent à faire traîner les choses un bon moment. Enfin, c'est ce qu'il prétendait. Seule question : avait-il vraiment envie de faire ça ?

« Épatant ! Est-ce que Maminou t'a dit que Scout avait attrapé un rat ?

– Un rat ? » Scout était le caniche nain que Michaels avait recueilli quand un assassin – une femme déguisée en petite vieille promenant son chien – s'était servi de la bête comme subterfuge. Veine pour lui, il avait aboyé au bon moment, lui sauvant la vie [1]. Il avait pensé un instant garder le clébard mais il s'était vite rendu compte qu'il n'avait pas le temps nécessaire à consacrer à un animal de compagnie, raison pour laquelle il l'avait donné à sa fille.

« Ho, ouais, hier soir, on les a entendus se battre sous le porche et puis Scout est rentré en le traînant par la peau du cou ! C'était un gros rat, tout brun et tout plein de sang, et il était mort mais il avait mordu Scout à la patte, alors il a fallu qu'on l'emmène chez le vétérinaire pour qu'il lui fasse une piqûre afin qu'il attrape pas la maladie des rats. Mais il va bien à présent. »

L'idée qu'un caniche nain se batte avec un rat des champs et en sorte victorieux était assez amusante.

---

1. Cf. *Net Force 2 : Programmes fantômes*, Le Livre de Poche, n° 37019.

Quand il vivait là-bas, à la campagne, Michaels se servait de granulés ou de tapettes pour ne pas être envahi par les rats et les souris. Mais tout ça, c'était il y a bien longtemps, dans une autre galaxie...

« Faut qu'j'y aille, p'pa. Papa B va passer pour nous emmener au nouvel IMAX-3D. Je t'aime.

– Moi aussi, je t'aime, mon lapin. Bisous. »

Michaels fixa le combiné. *Papa B.*

Bon, d'accord. Évidemment, comment voulait-il qu'il l'appelle ? Une môme de huit ans qui l'appellerait par son prénom, quelque part, ça coinçait, mais « Papa B » ?

Si Michaels était certain d'une chose, c'est qu'il n'avait pas envie d'entendre ce genre de truc, indépendamment de ce qui pouvait être bon pour sa gamine. Ça aussi, ça coinçait.

C'était comme qui dirait la goutte d'eau qui faisait déborder le vase. Ouais, sa vie était devenue un foutu feuilleton à l'eau de rose.

Londres

« Tu es sûre ? » demanda Carl.

Toni acquiesça avec un soupir. « Oui. Il faut que je rentre. »

Ils étaient dans la salle de silat de Carl. Celle-ci occupait tout le premier étage d'un bâtiment de trois, situé entre un restaurant indien et un ancien magasin d'occases dans ce quartier pas vraiment reluisant de Clapham. L'aménagement était spartiate : un vieux parquet, quelques tapis archi usés mais toujours tenus dans un état de propreté impeccable par les élèves manifestant ainsi *hormat* et *adat* – honneur et respect – à leur professeur. Le premier cours de la soirée allait commencer dans une petite heure et les élèves volontaires pour faire le ménage n'allaient pas tarder à arriver.

Carl répondit d'un hochement de tête. « Je comprends. »

Impulsivement, Toni posa la main sur son torse. Sous le fin maillot blanc, le muscle était dur et chaud. « Merci. Je te suis reconnaissante pour tout ce que tu m'as enseigné. »

Il posa sa main sur la sienne pour plaquer celle-ci contre ses pectoraux. « La réciproque est vraie. Écoute, si jamais ça ne devait pas bien se passer avec ton fameux Michaels, préviens-moi tout de suite, veux-tu ?

– Certainement.

– J'aurai sans doute l'occasion de me rendre aux États-Unis de temps à autre. Je serai ravi de t'y revoir, que ça marche ou non entre Alex et toi.

– Ça me ferait plaisir.

– Tu vas rester pour le cours ?

– Non. Il faut que je prépare mes bagages. Mon avion décolle tôt. »

Nouveau hochement de tête. « Tu me manqueras.

– Je garde le contact. Promis. »

Il se pencha, effleura ses lèvres d'un baiser, se redressa, sourit. « Fais bon voyage. »

Toni acquiesça, sourit à son tour. Carl représentait une voie qu'elle n'aurait pas empruntée, du moins pas jusqu'au bout, la laissant à jamais dans l'expectative sur ce qu'aurait pu être alors son destin.

De retour chez elle, Toni recensa les objets réunis

durant son séjour. Certains pourraient entrer dans son sac. Pour d'autres, elle pourrait toujours se les faire expédier par bateau. Mais la majorité resteraient ici. Une machine à café, un mixeur, un petit four à micro-ondes – ils pourraient toujours servir au prochain locataire. Non, ce qu'elle emporterait surtout, c'étaient ses souvenirs, mais ils étaient désormais tellement embrouillés qu'elle avait intérêt à les récapituler. Alex n'avait pas couché avec Cooper, quelles qu'aient pu être ses raisons de le lui faire croire. Pour Toni, ce n'était pas du tout la même chose et c'était une question qu'elle voulait élucider.

Elle aurait pu régler son persocom pour recevoir le coup de fil quotidien d'Alex. Elle aurait pu aussi l'appeler et lui poser directement la question. Un océan les séparait : elle ne courait pas grand risque. Mais pour ce genre de conversation, dialoguer au téléphone, même avec l'image, c'était un peu léger. Elle voulait pouvoir le regarder droit dans les yeux, l'observer de près, déceler les infimes mouvements de son langage corporel, le toucher, le tâter, le sentir. Elle ne se faisait pas d'illusions sur sa capacité personnelle à détecter à coup sûr le mensonge, mais elle se jugeait capable de déceler si Alex lui mentait, à condition de le voir en chair et en os. Donc, si ce qu'avait dit Cooper était vrai, s'il ne l'avait pas trompée, qu'est-ce que cela voulait dire ? Elle l'avait quitté, elle avait démissionné, et si elle avait fait tout ça par erreur, c'était une sacrée putain de grosse bourde. Si elle avait pu se gourer à ce point, ça en disait long sur son propre compte...

Il fallait qu'elle sache. D'une façon ou d'une autre. Même si, pour ça, elle devait traverser l'océan à la nage et finir le chemin à pied, elle n'hésiterait pas une seconde.

On sonna.

Un livreur en short, chemise et casquette bleus se tenait à la porte, un petit paquet dans les mains. Elle signa le reçu, puis rentra. Qu'est-ce que ça pouvait être ?

À l'intérieur, protégé par une épaisse couche de papier bulle, elle trouva un flacon de verre bleu haut de vingt centimètres et du diamètre approximatif d'un rouleau de papier toilette vide. Le cylindre était enveloppé d'une mince feuille de papier imprimé maintenue par un élastique. Une note écrite était jointe. Elle y lut : « Toni – Je me suis dit que cela pourrait t'être utile. Même si c'est sans effet sur ton ego ou ton âme, ça pourra toujours soigner les bobos corporels. Salut, Carl. »

La feuille de papier se révéla être le mode d'emploi du contenu du flacon : du *Balur Silat*, également nommé *Tchimande Silat*, ou pour suivre la graphie nouvelle : *Cimande*, mais avec une prononciation identique.

Toni sourit. Le *Balur Silat* était un baume qu'on utilisait à l'entraînement, au même titre que des accessoires comme les cibles matelassées. Toni ne s'en servait plus guère même si elle avait conservé un punching-ball que lui avait confectionné Gourou bien des années plus tôt. Il était lesté d'environ trois livres de billes d'acier laitonné, analogues aux projectiles pour carabines à air comprimé. Les billes étaient placées dans une chaussette nouée pour former une boule de la taille approximative d'une balle de base-ball, et le tout enveloppé par plusieurs couches serrées de ruban adhésif d'électricien. On tapait dessus mais on s'en servait aussi pour se frapper les avant-bras, les coudes ou les tibias, afin de les accoutumer aux coups.

Le *Balur Silat* était composé d'un mélange d'herbes et de racines dans de l'huile de coco, une mixture dont l'élaboration prenait près d'un mois. On pilait les herbes avant de les faire cuire et de les malaxer avec l'huile, puis on versait l'onguent obtenu dans un flacon de verre foncé qu'on laissait alors reposer et vieillir plusieurs mois, voire plusieurs années, au froid et à l'abri de la lumière.

Après une rude séance de contacts violents lors d'un entraînement, il était fréquent d'avoir les tibias et les avant-bras contusionnés. La préparation indonésienne traditionnelle avait la réputation d'être aussi efficace que son équivalent de l'herboristerie chinoise, appelé Dit Da Jow, « rude vin de fer ». Littéralement, le mot *balur* signifie cristalliser ou durcir. Et de fait, la décoction était solide à température ambiante et devait être légèrement chauffée pour se liquéfier. La pommade obtenue servait à résorber les ecchymoses et à renforcer la résistance et la dureté de la peau. Les pratiquants de certains arts martiaux avaient les tibias si résistants et insensibles aux chocs qu'ils étaient capables sans sourciller de briser dessus des battes de base-ball. Toni avait vu la photo d'un vieux maître du serak capable d'un tel exploit et elle n'avait aucune envie de se retrouver avec les mêmes guiboles noueuses et couvertes de cicatrices. Malgré tout, un minimum de préparation restait indispensable et le Balur Silat y aidait, même s'il n'était pas évident de se procurer le produit d'origine – un gourou sur deux avait sa recette personnelle, certaines étant meilleures que d'autres. Et celui de Carl Stewart n'était sans doute pas le plus mauvais.

Elle soupesa le flacon. Si jamais ce truc devait être efficace contre les blessures de l'ego, alors son fabricant pourrait le vendre à prix d'or et faire fortune en quelques jours. Elle sourit de nouveau et retourna faire ses valises.

10

Jeudi 9 juin
Gakona

Morrison avait fait faire le tour du propriétaire à Ventura mais les installations n'avaient pas paru l'impressionner outre mesure et il n'avait marqué de l'intérêt que pour la centrale électrique. Il faut dire que le bâtiment de près de deux mille mètres carrés avait été construit à l'origine pour abriter une énorme chaudière à charbon alimentant le générateur destiné à produire l'électricité des installations de l'« Over the Horizon Backscatter Radar », le puissant radar transhorizon installé sur le site par l'Air Force. Lorsque le programme OTH-B avait été interrompu pour laisser place à HAARP, la chaudière avait été démontée et l'on avait utilisé à la place les générateurs diesel de secours. Ils suffisaient largement à fournir en électricité le réseau de détecteurs et d'antennes émettrices. Au début, HAARP était raccordé au réseau électrique local pour l'éclairage et le chauffage des bâtiments du personnel mais les coupures de secteur dues aux intempéries étaient parfois un problème – personne n'appréciait vraiment de crever de froid dans le noir tandis que les émetteurs continuaient de fonctionner, si bien qu'en définitive le réseau interne du site avait à son tour été raccordé à ses générateurs. Leur réserve de puissance le permettait – aussi longtemps que les énormes réservoirs de fuel étaient pleins.

Morrison arrivait à comprendre pourquoi Ventura n'était pas plus impressionné – une bonne partie des bâtiments censés à l'origine servir de constructions provisoires étaient toujours debout et ce n'étaient pas des chefs-d'œuvre d'architecture. Tout au plus des caravanes de chantier à l'aménagement sommaire : cloisons de frisette, câblage en fils volants pour l'alimentation électrique et le réseau informatique, bureaux métalliques et classeurs en Isorel. Pas vraiment high-tech.

Cela dit, impressionner Ventura n'était pas le but du jeu. Mais plutôt diriger le prochain test.

Ce qu'il s'apprêtait du reste à faire. Il avait une nouvelle cible et les conditions ne pouvaient guère être meilleures à cette période de l'année, aussi était-il fin prêt.

Ventura se tenait derrière lui. Il s'était grimé de manière à faire croire à tout le personnel qu'il était des leurs : mocassins marron, pantalon noir en synthétique, chemise blanche avec étui à stylos dans la poche, gilet immonde, cravate à hurler, lunettes à grosses montures de plastique noir. Le taré fini.

Il y avait un flingue planqué sous le gilet, Morrison en était sûr, mais il avait beau le savoir, il restait invisible.

Les contrôles installés dans le baraquement auxiliaire étaient aussi efficaces que les principaux, mais ici, ils risquaient moins une visite impromptue, ce qui serait le cas de toute visite, du reste.

Morrison remarqua : « Avec nos ordinateurs et si l'activité solaire n'est pas trop intense, nous pouvons faire mouche avec une probabilité de quatre-vingt-dix-huit pour cent. » Il régla une commande et des chiffres se mirent à défiler sur un écran à cristaux liquides.

Ventura et lui étaient seuls dans l'Auxiliary Control Room, la salle de contrôle auxiliaire de HAARP. C'était dans l'ACR que Morrison procédait d'habitude à ses réglages et, dans ce cas précis, à un usage non autorisé des équipements. L'astuce était qu'on ne pouvait deviner d'emblée vers où était dirigée l'énergie émise par la batterie d'antennes. Et comme le projet était interrompu pendant l'été, en dehors des phases de réglage et d'entretien, aucun véritable scientifique ne risquait de mater par-dessus son épaule – et les gardes n'auraient pas la moindre idée de leurs manigances.

Sous ses airs de scientifique taré, Ventura étouffa un rire.

Morrison fronça les sourcils. « J'ai dit quelque chose de drôle ?

– Dans certains cercles, expliqua Ventura, une précision de quatre-vingt-dix-huit pour cent est considérée comme un échec. »

Morrison régla un autre bouton avant de se tourner vers son interlocuteur, les sourcils arqués.

« À la fin des années 1880, il y avait un tireur de foire du nom d'Adolph "Ad'" Topperwein. En décembre 1906, il décida d'établir un record. Il demanda à une scierie de San Antonio, au Texas, de lui confectionner une tripotée de cubes en bois de six centimètres de côté.

– Une tripotée ? C'est pas un terme scientifique.

– Une minute, j'y arrive. »

Écartant le pouce et l'index, Ventura précisa : « Les blocs étaient un peu plus gros qu'une balle de golf. »

Morrison jeta un coup d'œil sur son tableau de

commande et pressa une touche. L'écran du moniteur afficha de nouvelles séries de chiffres. « Bien. Et ensuite ?

– Ensuite ? Ad s'est rendu à la foire de San Francisco, accompagné de deux équipes de lanceurs et de quelques huissiers. Il était armé de trois 22 long rifle Winchester M-03 à chargement automatique, et muni – vous allez trouver que j'insiste – d'une tripotée de munitions. Il demanda à ses assistants de se poster devant lui à huit mètres de distance environ. Ils lançaient un cube de bois dans les airs, et il devait le toucher d'une balle, du premier coup.

« Il en tira plus de quatorze cents avant d'en rater un. Puis lorsqu'il recommença, ce furent, tenez-vous bien, quatorze mille blocs d'affilée qu'il dégomma.

– Bigre. Ça fait une tripotée, je vous l'accorde.

– Et ce n'est pas fini. Il a continué sur ce rythme pendant une semaine, sept heures par jour. À la fin de cette période, il avait tiré sur cinquante mille cubes en bois. Sur les cinquante mille, il en avait raté exactement... quatre.

– Sacré nom de Dieu, souffla Morrison. Et avec une banale 22 ? Pas un fusil de l'armée ? » Tout môme, Morrison avait fait du tir sur cible avec la 22 long rifle de son père. L'idée même de tirer cinquante mille cubes de bois posés sur une table à huit mètres de distance et de n'en rater que quatre était déjà assez incroyable. Mais les atteindre en plein vol ? C'était proprement stupéfiant.

Ventura sourit. « Attendez, il y a mieux. Sa moyenne était de plus de mille cubes à l'heure, à peu près un toutes les trois secondes, si bien qu'il a fini en avance – il s'était accordé dix jours. Il avait battu le record, il aurait pu arrêter, mais non. Au lieu de cela, il demande à ses assistants de récupérer les cubes les moins abîmés, il refait le plein de munitions et hop, c'est reparti pour un tour. Il commençait à fatiguer un brin après une semaine entière de tir continu, de sorte que sa performance s'en est légèrement ressentie, malgré tout il devait continuer trois jours de plus.

« Au total, il avait tiré soixante-douze mille cinq cents cubes. Son score final était de soixante-douze mille quatre cent quatre-vingt-onze. Neuf coups à côté.

« Soixante-huit heures trente minutes à viser et tirer. Même si on a recensé depuis d'autres tireurs qui ont réussi un meilleur score, aucun ne l'a fait dans des conditions identiques, si bien que le record tient toujours. J'ai une photo de Topperwein, en complet noir – avec cravate, s'il vous plaît –, bottes et chapeau de campagne, juché sur une véritable montagne de cubes éclatés, le fusil calé au creux du bras. »

Morrison hocha la tête. « Je n'arrive même pas à m'imaginer agitant le doigt à soixante-dix mille reprises, encore moins rester concentré assez longtemps pour tirer avec précision autant de fois.

– Pour être franc, moi non plus. Topperwein était le meilleur tireur de foire qu'on ait connu. Mais c'était aussi un type relativement inculte venu d'une bourgade du fin fond du Texas, qui se servait d'un fusil tout bête, sans pointeur laser, sans lunette de visée, qui n'avait pas la moindre protection acoustique électronique, rien. Pas vraiment l'archétype du high-tech et pourtant son taux de précision était de 0,99988. Plus d'un siècle plus tard, avec tout ce fourbi (d'un geste de la main, il embrassa la batterie d'ordinateurs) à votre disposition, on aurait pu penser que vous amélioreriez le score. »

Morrison considéra la remarque. Certes, on aurait pu le penser. Mais d'un autre côté, d'une simple pression du doigt, il pouvait rendre dingues soixante-dix mille personnes durant plusieurs heures. Et pour arriver à ce résultat, un type armé d'un fusil pouvait toujours se brosser.

Morrison enclencha le système pour son fameux test. Des klaxons d'alarme se mirent à retentir, un témoin rouge se mit à clignoter sur la console de commande. Il tendit la main vers la commande principale, protégée par un capot transparent. Les klaxons continuaient de hurler, les lumières de clignoter tandis qu'il soulevait le capot et pressait le bouton.

J'ai tes cubes de bois juste sous la main, mec...

Multnomah Falls, Oregon

Resté près du restaurant, John Howard regardait sa petite famille admirer le mince ruban qui dégringolait d'une hauteur vertigineuse pour soulever une grande gerbe liquide dans le bassin au pied de la falaise. Ils étaient à une quarantaine de kilomètres de Portland, dans les gorges de la Columbia, et contemplaient l'une des plus hautes cascades du pays : près de deux cents mètres de chute. C'était superbe, même si le spectacle était encore plus impressionnant au printemps quand la fonte des neiges augmentait encore le débit de l'affluent.

Tout ici regorgeait d'humidité : mousse et moisissures proliféraient sous la pluie de gouttelettes projetées par la cascade.

Howard saisit le virgil [1] acroché à sa ceinture. C'était un gadget extra. Guère plus gros qu'un récepteur d'appel ou un téléphone mobile miniaturisé, non seulement il permettait les communications, mais c'était une balise GPS, une horloge, un récepteur radio-TV et un modem. Il faisait également office de carte de crédit et intégrait une caméra, un scanner et même un minuscule fax capable de tirer des copies sur papier non tissé. Il existait des modèles civils mais ceux destinés aux militaires étaient de meilleure qualité – jusqu'à présent du moins. Le fabricant Sharper Image était en train de gagner du terrain. Enfin, c'est ce qu'il avait entendu dire.

Le sergent Julio Fernandez apparut sur le minuscule écran du virgil. Il souriait.

« Félicitations, mon général. Je ne pensais pas que vous tiendriez aussi longtemps. Je parie qu'un des autres va gagner le pot.

– J'appelais juste pour prendre des nouvelles, sergent.

– Le pays se débrouille fort bien sans vous, mon général. Pas de guerre, pas de terroristes venus s'emparer de Quantico – enfin, si on omet les nouvelles recrues du FBI – et la république réussit à survivre tant bien que mal.

– Je voulais juste te faire savoir où j'étais.

– John, au cas où t'aurais oublié, ta balise GPS nous envoie en permanence un signal tant qu'elle a des piles. Nous savons parfaitement où tu te trouves, vois-tu. Tu

1. Acronyme de VIRtual Global Interface Link : *Liaison par interface globale virtuelle*. Il en existe une version simplifiée, appelée *Inter*.

veux que je te donne tes coordonnées en latitude et en longitude ?

– Personne n'aime les sous-offs qui font les malins, Julio.

– Arrête ton char, t'es en vacances. Relax. Amuse-toi donc. Je te préviens si les Suisses ou les Français décident de nous envahir. Promis. »

Howard émit une suggestion anatomiquement impossible et du reste improbable pour un hétéro, même dans le cas contraire.

Fernandez rigola. « Sur ces fortes paroles, je me déconnecte, mon général. *Adios.* »

Howard sourit en raccrochant le virgil à sa ceinture. Bon, c'est vrai, il avait parfois tendance à s'imaginer que tout partirait à vau-l'eau si jamais il s'absentait. Et alors, il était inquiet de nature, qu'y pouvait-il ?

Nadine et les mômes brûlaient de monter sur l'étroite passerelle qui longeait la cataracte et Howard suivit le mouvement. Après tout, se faire tremper, ça faisait partie de l'ambiance, pas vrai ?

Alors qu'ils peinaient sur le macadam humide du sentier escarpé, il se remémora sa première visite dans la région. Ça devait remonter aux années 1999 ou 2000, à la fin de l'automne ou au début de l'hiver. Willie Kohler, un de ses vieux potes de l'armée, avait dégoté des billets à deux cents dollars pour un combat de boxe, sur la côte. Pas des superplaces mais pas mal quand même, à une quinzaine de mètres du ring. Le match se déroulait dans un de ces casinos indiens montés par une des tribus locales[1]. Les Chinook, non ? C'est ça,

---

1. Puritanisme oblige, dans de nombreux États de l'Ouest américain, les casinos sont interdits... Mais comme les réserves

comme le vent qui souffle dans la région. À Lincoln.

Les souvenirs se précisaient, maintenant qu'il y repensait. Ils avaient affublé l'établissement d'un nom ridicule, genre le Grondement de la Jungle ou le Frisson des Mantilles... c'était, voyons, voyons... ah, oui, Commotion sur l'Océan. Même que ça leur avait donné matière à pas mal de blagues, Willie et lui.

Il n'était pas vraiment fanatique de boxe, mais il avait livré quelques combats quand il était sous les drapeaux. En lourds-légers, où il avait tâché de faire de son mieux. Mais s'il ne se voyait pas faire carrière dans cette voie – se prendre des pains dans la gueule, non merci –, il n'avait pas d'objection à voir un type vraiment doué exhiber ses talents. Si ses souvenirs étaient bons, il y avait eu six ou sept combats ce soir-là au casino, dans les diverses catégories de poids légers ; deux étaient même des championnats. Mais les rencontres les plus intéressantes demeuraient celles organisées sous le manteau. Un Noir de l'État de Washington avait ainsi mis KO son adversaire à la deuxième reprise. Et il y avait eu un combat féminin, avec une petite rouquine, poids plume, cinquante-cinq kilos toute mouillée, mais avec de grandes paluches, et de grandes jambes, aussi. Ce n'était que son troisième combat professionnel mais elle était vraiment douée. Bien entendu, tout ça remontait au temps où la boxe n'était pas considérée comme un immonde crime contre l'humanité et où les femmes commençaient à tâter du noble art. Et où il n'était pas encore trop politiquement incorrect d'admirer les jambes d'une fille...

---

indiennes sont du ressort de la loi fédérale, la parade a vite été trouvée et celles-ci sont devenues de facto des paradis du jeu.

Mais son souvenir le plus net était qu'ils passaient du mauvais rap – si ce n'était pas un pléonasme – entre chaque combat, et que la sono était vraiment trop forte. Les boules Quies auraient dû être obligatoires ; l'ambiance était encore plus bruyante que dans un stand de tir et sans doute moins musicale. Après le deuxième ou troisième combat, Willie et lui étaient prêts à flanquer des coups de lattes dans ces putains d'enceintes pour les faire taire. Mais les grands matches de boxe, c'était comme les concours de tir : on avait toujours intérêt à rester poli – qui pouvait dire si le mec sur qui vous veniez de renverser votre bière n'avait pas été le prétendant numéro un au titre des poids lourds quelques années plus tôt... Et quel que soit votre sport d'autodéfense favori, un bon boxeur professionnel était toujours capable d'encaisser les deux ou trois premiers coups avec le sourire – avant de vous balancer son direct qui tue.

Howard sourit alors qu'ils entraient dans le brouillard de la cataracte. Le flanc de la montagne était à présent recouvert de végétation – mousses, fougères et toutes sortes de plantes hydrophiles.

Julio avait raison. Il avait besoin de se relaxer et de profiter de ses vacances. Son fils grandissait et, d'ici peu, ses intérêts passeraient des boomerangs et des virées familiales aux bagnoles et aux filles. Alors, autant en profiter avant qu'il ne soit trop tard. Il était en balade au fin fond du Far West, ce n'était sûrement pas ici que risquait de se produire un pépin d'ordre militaire, pas de nature en tout cas à susciter son inquiétude.

Nadine se retourna vers lui et sourit. « Hyper-cool, non ?

– Ouaip, admit-il. Hyper-cool. »

11

Jeudi 9 juin
Quantico

Jay Gridley n'était pas spécialement ravi de devoir reprendre le boulot. Bon, d'accord, il l'adorait, mais comparé aux galipettes avec Soji, même sous une tente pleine de courants d'air dans les bois humides... le boulot ne faisait pas le poids.

Jamais il ne se serait cru capable d'un tel revirement et pourtant c'était bien le cas.

Et de fait, même s'il comptait passer au siège de la Net Force en fin d'après-midi, il n'avait pas vraiment à y être avant lundi. Mais Soji avait des clients à conseiller et comme elle refusait d'emmener dans les bois un ordinateur portable ou un téléphone mobile, ils avaient dû se résoudre à remballer leur matériel de camping et retourner vers la civilisation. Sous son cyber-avatar du vieux bonze tibétain Sojan Ripoche, Soji enseignait les rudiments du bouddhisme et offrait plus ou moins les premiers secours en matière de psychothérapie aux individus qui avaient subi diverses formes de dégâts cérébraux, en général consécutifs à une overdose ou à un accident cérébral. C'était ainsi qu'ils s'étaient connus, sur le réseau, quand Jay avait été victime d'une attaque alors qu'il poursuivait le type à l'ordinateur quantique [1].

Soji avait un appartement à Los Angeles mais elle comptait bosser depuis chez Jay, provisoirement du moins. Et il espérait pouvoir la convaincre de rendre cela définitif, même s'il n'avait pas encore trouvé le culot de lui demander d'emménager, sans parler de l'épouser. Mais il le ferait. Sûr. Un jour.

Le commandant Michaels était à son bureau quand Jay arriva. Il fit signe à la réceptionniste. « L'est occupé ?

– Non, allez-y. »

Jay tapa à la porte, l'ouvrit. « Hé, salut patron.

– Jay ! Qu'est-ce que tu fabriques ici ? Tu ne devais pas rentrer avant lundi. Alors, ça s'est bien passé ?

– Les moustiques étaient si agressifs qu'on a dû rentrer nous faire transfuser. Sinon, c'était super. Et ici, le boulot ?

– Calme. Rien de spé. Les arnaques habituelles, les virus, les sites pornos. La routine. Jusqu'à plus ample informé, personne n'a tenté de déclencher une catastrophe planétaire, Dieu merci. »

Jay eut envie de lui demander s'il avait eu des nouvelles de Toni Fiorella – son départ inattendu avait créé un choc au sein de la Net Force – mais il s'abstint d'aborder le sujet. Toni avait appelé Jay depuis Londres et il avait entendu dire qu'elle avait contacté deux autres membres de la Net Force, mais il ne savait toujours pas ce qui s'était passé au juste entre elle et le patron. Mais cela n'avait pas dû être terrible. Michaels

1. Cf. *Net Force 3 : Attaques de nuit*, *op. cit.*

s'était senti assez minable, même s'il essayait de prétendre le contraire.

« Rien d'intéressant du tout ?

– Nân. Enfin, si, une broutille. T'es au courant d'un truc appelé HAARP ?

– Bien sûr. L'espèce de réchaud atmosphérique, là-haut, dans l'Alaska ? Les grands paranos du complot caché sont fous de ce truc. Qu'est-ce qui s'est passé ? Il a fondu ?

– D'après un des scientifiques qui travaillent sur le projet, un type aurait craqué en douce leur système informatique et y aurait piqué des trucs.

– Quel intérêt ? La technologie sent le moisi. Elle remonte à Nikoka Tesla, ça fait plus d'un siècle. »

Michaels haussa les épaules. « Ça me dépasse. Je suis allé fureter un peu en RV et il semble en effet qu'un intrus se soit introduit dans leur ordinateur.

– Un pirate en herbe, peut-être.

– Possible. Si tu veux vérifier, je ne te retiens pas.

– Soji risque d'être occupée ces deux prochains jours. Je vais y jeter un œil, reprendre l'histoire en cours.

– Tu trouveras les infos de base et ce que j'ai déjà pu trouver dans le dossier de travail HAARP.

– Bien copié, chef. Alors, à lundi.

– Transmets mes amitiés à Soji. »

Jay gagna son bureau et embrassa du regard les lieux mais il n'y avait pas grand-chose de changé depuis son départ. Quelques rapports sur papier, point final. Il avait déjà récupéré son courrier électronique et ses messages vocaux grâce au virgil qu'il avait pris soin d'emporter, aussi était-il à peu près à jour.

Juste pour se marrer, il alluma son ordinateur et

parcourut les infos sur HAARP que le patron lui avait déjà fournies de vive voix, y compris la vidéo en caméra cachée de l'entretien avec ce fameux scientifique, Morrison.

Une affaire intéressante. Le contrôle de l'esprit ? Ça justifierait en effet une tentative d'infraction, mais d'un autre côté, ça paraissait bien improbable. Cela faisait un bail que les chercheurs avaient traficoté avec les ondes à très basses fréquences sans jamais obtenir de résultat bien concret. N'empêche, c'était curieux.

Jay coupa son ordinateur. Deux heures, déjà. Temps de rentrer. Soji n'avait pas besoin d'être connectée en permanence...

Mais alors qu'il gagnait la porte pour s'en aller, son com pépia et la voix rauque et sexy du synthétiseur vocal qu'il avait programmée sur sa machine lui lança : « Jay ! Appel de priorité un. Jay ! Secoue-toi ! Réponds au téléphone, beau brin d'amour brûlant ! »

Vendredi 10 juin
Longhua, Chine

Quand il était dans l'Armée populaire de libération chinoise, vingt ans plus tôt, Jing Lu Han avait trouvé le moyen de récupérer un pistolet Makarov de fabrication russe, qu'il avait réussi à garder planqué tout ce temps-là depuis. Nul ne l'avait jamais vu exhiber ce flingue – du moins, nul n'était resté en vie pour en témoigner. Il semblait quasiment impossible qu'il ait pu mettre la main sur une telle arme alors que, de mémoire d'homme, aucun Russe n'avait jamais mis les pieds à Longhua ou dans ses parages, or Jing y avait passé toute son existence, sauf durant son séjour dans l'armée.

Quel qu'ait pu être le moyen avec lequel il se l'était procuré, c'est en tout cas avec ce pistolet qu'il devait abattre dix-sept de ses concitoyens le vendredi matin, dès potron-minet. Il parcourut tranquillement les rues de son village natal et dégomma tous ceux qui mettaient le nez dehors pour savoir quel était ce bruit, et cela, sans distinction d'âge, de sexe ou de liens familiaux. Lorsque le soleil apparut, il avait descendu des hommes, des femmes, des enfants, des amis, des parents. Il lui restait encore douze balles après qu'il eut abattu le dix-septième – son gros balourd de cousin ignare Low Tang – mais personne ne saurait jamais combien il aurait pu encore en blesser ou en tuer car c'est alors qu'il fut encerclé par une demi-douzaine de villageois qui le taillèrent en pièces à coups de faux et de faucille. Les restes ensanglantés de Jing furent enfouis dans le sol – avant que les six agresseurs ne commencent à se massacrer les uns les autres.

Le seul à survivre à cette sanglante mêlée n'eut qu'un triomphe de courte durée car il fut assassiné peu après par une institutrice d'âge mûr brandissant un sécateur avec lequel elle lui sectionna prestement la carotide gauche. L'homme mourut saigné à blanc en moins d'une minute, à en juger par la traînée de sang qu'il laissa.

L'institutrice retourna ensuite contre elle le sécateur, qu'elle se plongea dans le ventre à plus de dix reprises avant de défaillir, vaincue par le choc et l'hémorragie.

Quelques maisons plus loin, quatre femmes furent tuées par une cinquième qui les renversa à l'aide d'un tracteur Ford presque cinquantenaire, avant de leur rouler dessus d'avant en arrière jusqu'à ce que l'engin tombe en panne sèche une heure plus tard. Puis elle s'endormit au volant.

Dix-neuf habitants qui avaient réussi à fuir le carnage en se réfugiant dans le seul marché couvert de la ville se retrouvèrent pris au piège quand une adolescente mit le feu à la halle. Tous furent carbonisés. La jeune fille à son tour fut tuée par une vieille femme qui s'était glissée en catimini derrière elle pour lui fracasser le crâne d'un coup de pelle avant de se faire massacrer à son tour par un imposant gaillard tout nu qui se jeta sur elle et l'étouffa sous son poids en s'allongeant dessus, pris d'un fou rire irrépressible.

En l'espace de six heures, quatre-vingt-dix-sept habitants de la ville trouvèrent la mort, vingt et un furent si grièvement touchés qu'ils devaient mourir dans les heures suivantes tandis que cent autres avaient reçu des blessures nécessitant une hospitalisation. La nouvelle ne se répandit pas immédiatement car les poteaux téléphoniques avaient été brûlés et les fils coupés par un homme qui s'en servit ensuite pour se pendre.

Le village de Longhua avait connu des jours meilleurs.

Jeudi
Quantico

Michaels quitta des yeux son ordinateur portable et le compte rendu écrit accompagné de photos et de vidéos, pour regarder Jay. « Comment a-t-on mis la main sur tout ça ? Il y a un tel luxe de détails.

– Une partie des photos et des vidéos sont des récupérations d'images satellite retraitées par ordinateur, certaines viennent de l'équipe d'enquêteurs chinois, d'autres enfin d'un boîtier photo retrouvé défoncé et couvert de sang sur les lieux mêmes du massacre. Ces rapports nous ont été transmis par mon ami de la CIA, laquelle les a obtenus par la méthode habituelle en ces circonstances : récupérés grâce à l'un de leurs mouchards informatiques chinois réglés pour détecter ce type d'incident. Bref, ce sont des nouvelles toutes fraîches. Quasiment un scoop. »

Les yeux de Michaels revinrent au cliché papier des femmes écrasées par le tracteur. Elles étaient pratiquement réduites à l'état de bouillie, leurs cadavres méconnaissables.

« Que sait-on au juste ? Et en quoi cela nous concerne-t-il, nous et la Net Force ?

– Longhua, expliqua Jay, est une bourgade de montagne, à environ cent cinquante kilomètres au nord-est de Pékin, aux confins de l'ancienne Mongolie. Il ne s'y est jamais passé grand-chose – jusqu'à présent, tout du moins.

« D'après ma taupe à la CIA, il y a un autre village, appelé... euh... (il vérifia sur l'écran du portable allumé devant lui), Daru, situé quelque deux mille kilomètres au sud de Longhua, sur la côte, juste en face de Formose. Or, il s'y est passé la même chose, il y a quelques jours à peine. Les Chinois font bien entendu tout leur possible pour étouffer la nouvelle, mais d'après nos informateurs, ce serait en gros le même scénario. Une crise de folie collective associée à des accès de violence meurtrière. Dans l'un et l'autre cas, les témoignages des survivants sont identiques : tout soudain, les gens sont devenus fous furieux et se sont mis à attaquer sans raison tous ceux qui passaient à leur portée. Ils vaquaient tranquillement à leurs affaires quand, paf ! ils se sont sentis envahis d'une rage meurtrière incontrôlable. Aucun n'a pu l'expliquer. Tout de go, l'idée leur a paru séduisante d'attaquer, tabasser, embrocher ou mutiler leurs voisins et leurs proches.

– Qu'en pensent les enquêteurs chinois ?

– Ils n'ont pas le moindre indice. Ils ont envisagé l'hypothèse d'une drogue, d'un empoisonnement, de la présence de substances psychédéliques dans l'eau, d'une épidémie, de l'influence de phénomènes météorologiques, d'une activité sismique, et même d'un mauvais feng shui... mais ils n'ont rien trouvé. La cause du phénomène s'est évaporée comme elle était venue, sans laisser la moindre trace.

– Et qu'en pense la CIA ?

– La CIA ne pense pas, patron. Elle se contente de recueillir des données et de les transmettre. Mon pote et moi sommes convenus que si jamais il survient un truc bizarre, il me le transmet toutes affaires cessantes, raison pour laquelle nous avons été prévenus.

– Je suis sûr que ton ami serait ravi d'apprendre que tu le tiens en si haute estime. Mais toi, quelle est ton opinion personnelle ?

– Ma foi, tout ça me fait l'effet de tests d'expérimentation... »

Le regard de Michaels se fit songeur. « Et tu penses que les Chinois l'infligeraient à leurs propres compatriotes ?

– On ne peut pas être certain mais pourquoi pas ?

Quelques Chinois de moins, ils ne manqueront à personne... Il leur en reste encore plus d'un milliard en stock.

– Jay !

– Désolé, c'est de mauvais goût. Pardon.

– Toujours est-il que les enquêteurs chinois semblent surpris par ces rapports. Ne devraient-ils pas être au courant ?

– La main gauche qui ignore ce que fait la droite ? On voit ça tout le temps. Partout. Les Affaires étrangères oublient de prévenir la CIA, les agents secrets d'avertir les militaires. Je vous ferai remarquer qu'on appartient au FBI mais que ce n'est pas pour cela que les fédéraux nous disent tout ce qu'ils savent... Pourquoi ça se passerait mieux en Chine ? Il faut croire que les enquêteurs ne font pas partie du complot.

– Et en quoi sommes-nous concernés, Jay ? Comment se fait-il qu'on nous colle ce machin ?

– Quand vous m'avez demandé d'aller fouiner autour de ce projet HAARP, cette affaire a surgi presque aussitôt. Ça m'a fait tilt. Vous vous souvenez de ce type dont vous m'aviez parlé et qui est passé vous voir pendant que je campais ? Le scientifique de HAARP ?

– Morrison, d'accord.

– Mouais. Eh bien, il a évoqué un rapport entre le contrôle mental et les ondes radio basse fréquence.

– Pour dire que c'était irréalisable.

– Peut-être, peut-être pas. Peut-être que ce sont les Chinois qui sont allés fouiner dans les archives informatiques de HAARP et qu'ils leur ont piqué la chose. Ça paraît quand même une coïncidence incroyable, surtout quand on pense que c'est pile le truc qu'on rêverait de faire si on en avait les moyens.

– Les Chinois ? Tu crois ?

– C'est possible. Leurs hackers sont loin d'être manchots. Peut-être que les techniciens de HAARP ont découvert une pièce manquante dans le puzzle et que les Chinois avaient un site tout trouvé pour procéder à une expérimentation. Ce n'est qu'une hypothèse et j'avoue qu'elle est tirée par les cheveux, mais je peux toujours vérifier. »

Michaels acquiesça. « J'espère que tu te trompes. J'espère surtout que personne d'autre n'a fait le rapprochement et décidé que c'était à nous de résoudre le problème. Bon, vois ce que tu peux trouver. Si ces incidents en Chine ont bien un rapport avec tout ça, je n'ai pas envie qu'on se retrouve pris au dépourvu. Au pire, il faut qu'on soit capable de dire qu'on enquête si jamais quelqu'un nous pose la question.

– Pigé, chef. Je me mets sur le coup. »

Sitôt Jay ressorti, Michaels inspira profondément. *Pourvu que ce soit un virus qu'ils ne sont pas encore arrivés à isoler, et pas un truc qu'ils auront piqué sur un ordinateur américain. Oui, pourvu... J'ai vraiment pas besoin de ça en ce moment.*

12

Jeudi 9 juin
Washington

La soirée était déjà bien avancée quand l'avion de Toni se posa à Dulles. Elle avait dû quitter le Jumbo-Jet pour monter dans un moyen-courrier en correspondance à New York, et elle savait qu'elle se ferait sonner les cloches si jamais sa mère devait apprendre qu'elle avait fait escale à JFK sans même prendre la peine de l'appeler dans le Bronx pour au moins lui dire bonjour, mais elle ne s'en sentait pas encore capable. Sa mère voudrait absolument tout savoir, tout ce qui s'était passé avec Alex ; même Gourou tiendrait à avoir plus de détails qu'elle n'était prête à en fournir. Elle avait cru pouvoir tirer un trait sur toute cette histoire, mais peut-être n'était-elle pas finie, après tout. Et tant qu'elle n'aurait pas pris un peu de recul, elle n'avait pas envie de se mettre à la déverser dans des oreilles compatissantes. Il n'empêche qu'elle avait bien besoin d'une copine pour ça – quelqu'un qui serait capable d'entendre les détails les plus glauques – mais surtout pas sa mère ou son vieux professeur. Mamma Fiorella avait élevé une tripotée de marmots, surtout des garçons, et avec six gosses, elle devait certainement en connaître un bout question sexe, mais connaître et en parler, ce n'était pas la même chose. Toni se remémorait encore une discussion avec un de ses frères aînés, quand elle avait aux alentours de dix-neuf ans... Il était en train de l'interroger sur les femmes quand leur mère s'était pointée dans leur chambre. Ayant surpris les mots « orgasme féminin », Mamma Fiorella avait disparu plus vite qu'un Houdini gavé à l'EPO.

Non, la petite conversation sur Alex, l'amour et le sexe devrait attendre jusqu'à ce qu'elle ait pu rendre visite à une de ses copines de fac : Dirisha Mae ou Mary Louise, des nanas avec qui elle était restée en contact. Des filles qui étaient déjà passées par là et qui étaient venues pleurer sur son épaule. La « mâle guerre », pour reprendre le nom de baptême qu'elles lui avaient trouvé, au dortoir, à l'époque. Une guerre où alternaient victoires et défaites mais qui n'avait jamais de fin.

La course en taxi dans la nuit d'été, d'une chaleur moite, jusqu'au domicile d'Alex, fut incroyablement rapide, comme de juste, surtout depuis qu'elle n'était plus vraiment pressée d'arriver. Là-bas, à Londres, à des milliers de kilomètres, tout ça lui avait semblé urgent et absolument nécessaire. Mais plus elle approchait du but, moins cette idée lui paraissait brillante. Se pointer le bec enfariné sur le pas de la porte d'Alex, comme ça, sans coup de fil, sans prévenir ? Et si jamais il n'était pas chez lui ? Et s'il n'avait pas envie de lui causer ?

Et surtout, s'il n'était pas seul ?

Ça, ça ne lui était même pas venu à l'esprit. Oui, et s'il avait une femme dans son lit et qu'ils étaient en train de batifoler sous les draps ?

Elle sentit dans sa tête le monstre hilare aux yeux verts jaillir comme par magie avec son horrible ricanement. Ces stupides histoires de jalousie, c'était vraiment dur à encaisser. Ce n'était pas comme un adversaire en chair et en os qu'elle aurait pu bousculer ou jeter à terre : non, c'était une bête insidieuse et fourbe qui apparaissait à l'improviste pour la piquer de son long trident avant de détaler en vitesse sans lui laisser le temps de réagir. Elle détestait cette impression, mais ce qu'elle détestait par-dessus tout, c'était d'être incapable de l'empêcher de surgir. Néanmoins, Toni n'était pas totalement conne. Quand on a consacré plus de la moitié de son existence à apprendre un art martial qui permet de se débarrasser de clients sérieux, on sait admettre qu'on vient de tomber sur certains petits problèmes de... maîtrise de soi. Elle n'imaginait pas vraiment Alex capable de trouver quelqu'un d'autre – compte tenu surtout de son palmarès en la matière : pendant des années, il n'avait pour ainsi dire fréquenté aucune nana après sa rupture conjugale, mais on ne pouvait jamais dire... À présent qu'il s'était finalement décidé à replonger dans le bain, il était possible qu'il ait trouvé une nouvelle partenaire pour la natation synchronisée. Et ça, c'était le genre d'option à tout flanquer par terre, non ?

À cette idée, elle hocha la tête. Bon, d'accord. Tant pis. Elle n'y allait pas pour faire un numéro geignard de réconciliation hollywoodienne, elle y allait pour obtenir un certain nombre de réponses. Des réponses qu'Alex lui devait, sacré nom d'une pipe !

Et justement, à force d'y penser, voilà qu'elle se trouvait rendue.

La maison d'Alex était située dans une rue tranquille d'un quartier résidentiel où pullulaient maisons et copropriétés analogues à celle-ci. Jamais les riches ne s'abaisseraient à vivre ici, les pauvres n'en avaient pas les moyens, mais les habitations étaient confortables et conformes au type d'emploi qu'occupait Alex. Chouette baraque, chouette coin et, jusqu'à cet horrible moment à Londres, chouette type.

Il fallait qu'elle sache ce qui avait pu changer ça. Ça ne tenait pas debout.

Elle régla la course, traîna sa valise à roulettes jusqu'à la porte et resta plantée devant.

Et resta là.

Il y avait de la lumière à l'intérieur, et il n'était pas si tard. Tout ce qu'elle avait à faire, c'était d'appuyer sur la sonnette.

Elle se rendit compte qu'elle respirait trop fort et que ses mains étaient moites. Et ce n'était pas la chaleur humide de la nuit qui la faisait transpirer, c'était la peur. Et ça, chez quelqu'un qui avait une solide formation en autodéfense, c'était vraiment terrifiant.

Elle prit une grande inspiration, souffla, et se jeta à l'eau. Elle appuya sur la sonnette. Elle l'entendit carillonner. Il s'écoula un certain temps – l'équivalent pour elle de dix à quinze mille ans...

« Oui ? » fit-il à l'interphone.

C'était la première fois qu'elle l'entendait depuis son départ de Londres, sept semaines plus tôt. Ce n'est qu'en entendant cette voix qu'elle réalisa à quel point il lui avait manqué, et cette question toute bête la surprit tant qu'elle ne réussit qu'à bredouiller : « Salut !

– Toni !? Ne bouge pas, je descends. »

Et malgré ce qu'elle avait pu ressentir, cela lui réchauffa le cœur de percevoir de la joie dans sa voix.

Gakona, Alaska

Ventura fit la tournée de ses postes de surveillance. En temps normal, il avait sous ses ordres une équipe de six personnes. Un effectif insuffisant, compte tenu des desiderata du client, mais il ne pouvait guère espérer en faire monter plus dans ce trou perdu. Ils se faisaient passer pour un club d'ornithologues amateurs à la recherche de hiboux : cela donnait à ses gars une bonne raison de se trimbaler avec des jumelles, du matériel photo et des lunettes de visée nocturne, mais c'était quand même un rien tiré par les cheveux pour justifier leurs pérégrinations dans les bois. Les autochtones n'allaient pas manquer de remarquer leur présence, et même s'ils avaient tout l'équipement idoine et s'étaient documentés un minimum sur le sujet, ils n'abuseraient pas longtemps d'éventuels spécialistes authentiques.

Par chance, les forces de police brillaient par leur absence, si bien que dans l'hypothèse où quelqu'un jugerait ces ornithologues un tantinet bizarres, il y avait peu de risques qu'il prévienne les flics, et même si c'était le cas, ce ne serait sans doute pas la priorité numéro un pour des effectifs par trop dispersés.

Des ornithologues à l'air bizarre ? N'est-ce pas un pléonasme ? Et d'abord qu'est-ce qu'ils font ? Se promener dans les bois en observant aux jumelles ? Ha, la belle affaire ! C'est en effet inquiétant. Eh bien quoi, vous avez peur qu'ils soient venus piquer les arbres ? Enlever des ours kodiak pour les acclimater dans le Sud ? Allons donc !

Ventura avait installé ses hommes à l'auberge des Deux Orignals, un motel de quinze chambres relativement récent, situé à quelques kilomètres seulement du site de recherche, et qui ressemblait à un lotissement de petits chalets. En plus des cinq agents qui se gelaient à l'extérieur pour surveiller les allées et venues à proximité de la dernière chambre de l'aile ouest où Ventura avait installé le client, il y avait un sixième agent dans la chambre même, une jeune femme. Armée d'un fusil d'assaut à canon court, d'un revolver compact et de deux couteaux, Missey White ne manquerait pas de créer une grosse surprise pour un assassin peu méfiant, abusé par son derrière rebondi et ses seins mutins, à peine dissimulés sous la minijupe et le dos nu. Si les autochtones savaient que Morrison était marié, ils se diraient que la demoiselle était une copine qu'il avait amenée dans les bois pour s'envoyer en l'air à l'insu de sa légitime.

Et ladite légitime ne risquait guère de se pointer à l'improviste car deux des agents de Ventura étaient installés dans une maison louée à Port Townsend, dans la rue même des Morrison, pour surveiller son épouse. On devait toujours envisager l'éventualité que si quelqu'un voulait s'en prendre à son client, il risquait de songer à s'en prendre à son épouse, et même si elle n'était pas explicitement citée dans le contrat, il était de bonne pratique commerciale de l'inclure dans leur surveillance quand elle se retrouvait éloignée de son mari.

Il n'avait fallu aux deux agents (un autre couple)

que quelques heures pour s'apercevoir que Shannon Morrison, née Bell, n'était pas un parangon de fidélité. Depuis le début de leur surveillance, le lundi, Mme Morrison était allée rendre visite à un jeune et fringant maroquinier, un certain Ray Duncan, et à trois reprises, elle y était restée plus d'une heure, derrière la porte fermée à clé. D'après les agents de Ventura, s'ils devaient se fier à ses joues rouges et son grand sourire lorsqu'elle ressortait, Mme Morrison n'y allait pas pour se faire tailler des mocassins sur mesure, à moins qu'elle ne le fasse les jambes en l'air, allongée sur le divan de Duncan.

Ventura ne voyait pas la moindre raison de mentionner la chose à son client. Ray Duncan, vingt-sept ans, était installé à Port Townsend depuis plus de dix ans, bien avant l'arrivée des Morrison, et une enquête de moralité sur l'individu ne révéla rien de plus illégal que deux procès-verbaux de contravention et une arrestation sans suite, pour détention d'un malheureux joint à Seattle quand il avait dix-huit ans.

Les activités extraconjugales de Mme Morrison n'avaient rien à voir avec la protection du client. Enfin, jusqu'ici.

« Situation ? » s'enquit Ventura.

Son interlocuteur avait visiblement la soixantaine. Grisonnant, le teint buriné, il était coiffé d'un chapeau de toile aux bords tombants, vêtu d'un gilet de pêcheur, d'une salopette et chaussé de bottes. Pendaient à son cou une paire de jumelles et un appareil photo numérique. Un exemplaire corné du *Guide Peterson des oiseaux d'Amérique du Nord* dépassait d'une de ses poches de gilet, à côté d'une petite lampe torche.

Le vieux rigola. « Eh bien, voyons voir. Il y a une

trentaine de minutes, une espèce de gros rat a filé se planquer derrière la poubelle, de ce côté. Peut-être un ragondin ou un opossum, la zoologie n'a jamais été mon fort. Et il y a un quart d'heure, une lumière est apparue à la fenêtre des toilettes du bungalow numéro cinq, elle est restée allumée deux minutes, puis elle s'est éteinte. Quoi donc ? Ah, ouais, deux moustiques vraiment balèzes sont venus me faire chier. En gros, c'est à peu près tout. »

Ventura le gratifia d'un sourire crispé. « Tu préférerais retourner faire le coup de feu contre les passeurs de drogue mexicains ?

– Non pas, mais s'ils étaient tous aussi excitants que celui-ci, j'aurais intérêt à me mettre tout de suite au Viagra pour garder l'œil ouvert. Ça s'annonce comme une vraie promenade de santé.

– Je te signale que t'avais dit la même chose pour les Mexicains, au début. »

L'autre le regarda. « Tu t'attends à ce qu'il y ait du grabuge ?

– Il y a de fortes chances, même si ce n'est sans doute pas pour tout de suite. Je te tiendrai au courant. »

Ventura s'éloigna, tel un homme qui fait un dernier tour avant d'aller se coucher, en direction du poste de guet suivant, quelque deux cents mètres plus loin.

En chemin, il se remit à penser au client et à la situation générale. Le client pouvait bien faire ce qui lui chantait, ce n'était pas son problème, tant que ça n'affectait pas sa mission. Les questions de morale étaient le cadet de ses soucis. Il avait son éthique personnelle, et celle-ci ne recoupait pas vraiment celle de la majorité de ses concitoyens, qu'il s'agisse de leurs actes ou de leurs raisons pour les accomplir. De son point de vue, Ventura se jugeait foncièrement amoral dans la majorité des circonstances... après tout, quand on avait tué autant de personnes que lui, les règles ne semblaient pas pouvoir s'appliquer tout à fait de la même manière qu'au commun des mortels. Il savait ce qu'était un sociopathe et il n'en était pas un. Il avait aimé, il avait haï, il avait éprouvé les mêmes émotions que tout le monde. Il avait été fiancé, mais il avait rompu parce qu'il ne se sentait pas prêt à se ranger. Il avait fait un enfant en Amérique du Sud, et même si cela remontait à une vingtaine d'années, il continuait d'envoyer de l'argent à la femme et à sa fille, qu'il avait vue plusieurs fois en secret, sans jamais toutefois l'avoir rencontrée officiellement. Il y avait deux ou trois personnes qu'il regrettait d'avoir éliminées et dont il déplorait la disparition. Donc, il n'était ni dérangé ni instable, il s'était simplement lancé dans une activité qui exigeait le recours à une violence extrême, activité pour laquelle il s'était révélé avoir d'excellentes dispositions.

Bien sûr, il était dans le métier depuis assez longtemps maintenant pour se rendre compte que la plupart des gouvernements agissaient avec le même esprit d'amoralité que lui – à peu de chose près – dans certaines circonstances. Celles où des tiers avaient peu de chances d'exercer leur curiosité. Il avait connu des procureurs fédéraux qui n'avaient pas hésité à rendre leur liberté à des tueurs en série pour se donner les moyens d'inculper de gros bonnets de la drogue. Il avait connu des agents de renseignements qui avaient détourné les yeux pour laisser massacrer des villages entiers de civils innocents parce que toute autre attitude aurait compromis une opération clandestine. Il avait connu des enfants soldats qui avaient pris leur fusil d'assaut et s'étaient mis à cribler de balles des grands-mères et des bébés – sans autre raison que le fait d'avoir eu une sale journée. Tous ces gens s'étaient persuadés qu'ils œuvraient pour une cause supérieure, que la fin justifiait les moyens. Et que ce qu'ils avaient accompli était en définitive moral.

Ventura ne cherchait aucunement à se bercer de telles illusions.

Protéger un homme qui avait inventé une espèce de machine à contrôler l'esprit qu'il cherchait à fourguer à une puissance étrangère contre un gros paquet de fric n'était pas de première importance à l'échelle de l'univers. Ventura n'allait pas marcher sur ses plates-bandes, et il n'en avait du reste aucunement l'intention. Il avait été engagé pour effectuer un boulot, point barre. Et les sommes versées en échange ne représentaient même pas une compensation. L'argent ne signifiait plus rien quand, comme lui, on en avait mis à gauche largement assez pour vivre jusqu'à la fin de ses jours sans avoir besoin de lever le petit doigt. Non, l'important, c'était le défi personnel, l'accomplissement de l'objectif qu'on s'était fixé. Quand on l'engageait pour tuer des gens, il les tuait. Quand on l'engageait pour les garder en vie, il les gardait en vie. Simple.

Et ici, dans ce coin de forêt si perdu qu'il n'avait aucun mal à surveiller les lignes de mire aux abords de son client, le garder en vie ne serait pas bien sorcier. Si jamais il voyait débarquer dans le secteur un autre groupe d'ornithologues, il pourrait sans grand risque d'erreur les considérer comme une menace potentielle.

Cela dit, l'assassinat pur et simple demeurait

improbable, pour l'instant du moins. Non, il fallait plutôt redouter une tentative d'enlèvement du sujet, et ensuite seulement son exécution. Et il serait autrement plus délicat de protéger le client une fois qu'ils auraient regagné la civilisation.

Enfin, bon, on verrait ça plus tard. Un homme qui se projetait un peu trop loin dans le futur augmentait ses risques de faux pas dans le présent. Il fallait certes envisager l'avenir mais on ne vivait pas dans l'avenir. Rester les deux pieds dans le présent, c'était la bonne méthode.

Toujours.

Sous le regard attentif de son deuxième homme de guet, Ventura traversa le parking éclairé par de hauts projecteurs montés sur des mâts en bois. Des nuées d'insectes affolés tournoyaient et venaient se cogner stupidement contre les glaces protégeant les ampoules orange.

L'agent déguisé en amateur d'oiseaux garda la main juste au-dessus des pans de sa chemisette trop courte déboutonnée, jusqu'à ce qu'il fût certain que c'était bien Ventura qui se dirigeait vers lui. Bien. Ne jamais baisser sa garde pendant le travail.

Jamais.

13

Jeudi 9 juin
Washington

Michaels avait du mal à le croire. « Toni ! Je suis si content de te voir. »

Elle hocha la tête. « Je peux entrer ?

– Mais bien sûr. Entre, entre... » Il tendit la main pour saisir son sac.

« Laisse », dit-elle.

Passé le seuil, il y eut entre eux un silence gêné.

« Tu veux boire quelque chose ? Manger ? » Putain, elle était resplendissante. Il avait du mal à ne pas rester figé comme un idiot, l'air béat.

« Il faut qu'on cause », commença-t-elle.

Il sentit son estomac se retourner mais réussit à dire : « D'accord.

– Pourquoi m'as-tu menti ?

– Je... je...

– T'as bien reconnu que tu avais couché avec elle, non ?

– Toni...

– Et elle, elle soutient que non ! Lequel dit vrai, Alex ? »

Elle lui faisait front, et l'intensité de sa colère était presque palpable. « Est-ce que tu as baisé avec Angela Cooper, oui ou non ?

– Non, répondit-il sans élever la voix.

– Bon Dieu, Alex ! Mais enfin, quelle mouche t'a piqué ? »

Il écarta les mains, les paumes ouvertes, puis les laissa retomber. « Je... c'est dur à expliquer.

– Eh bien, tu vas tâcher de trouver une explication, et tout de suite. »

Il acquiesça, puis se jeta à l'eau.

Quand il eut terminé, elle hocha la tête. « Mais pourquoi ne m'as-tu pas simplement dit ça ? »

Il avait eu tout le temps d'y réfléchir, trop de temps, même. « Parce que j'avais honte.

– Tu as envoyé paître une super nana qui était prête à te sauter dessus, et tu me dis que tu as eu honte ?

– Je n'aurais pas dû sortir dîner avec elle, je n'aurais pas dû boire cette bière, et je n'aurais certainement pas dû monter chez elle, me déshabiller et la laisser me masser le dos.

– Absolument. Et pourquoi l'as-tu fait ? »

Ça aussi, il avait eu tout le temps d'y réfléchir. « Toi et moi, on avait un certain nombre de problèmes. La situation en Angleterre m'avait pas mal ébranlé, je me sentais dépassé par les événements, aussi bien dans le boulot que dans ma vie personnelle, sans compter toutes ces histoires merdiques autour de Megan et Susie avec ce détective privé. Angela est une femme séduisante, compétente, et je semblais l'attirer. J'étais flatté. Je sais pertinemment que cela n'excuse en rien mon attitude, mais comme ça, tu sais tout.

– T'es un idiot, lâcha-t-elle.

– Je sais. Ça m'a monté à la tête.

– À la tête, façon de parler », observa-t-elle. Elle lui adressa un petit sourire et il sentit aussitôt un gros poids le quitter, comme s'il venait d'un coup de se défaire d'une chape de plomb. « Mais ce n'est pas ce que je voulais dire... T'es un idiot de ne pas m'en avoir parlé.

– Quand je t'ai vue dans le hall de l'hôtel, ce fameux matin, j'ai pensé que jamais tu ne me croirais. Tu étais certaine que je l'avais fait, et tu ne voulais pas en parler, je ne sais pas si tu te souviens. Tu as même dit que tu ne voulais plus entendre un seul mot. »

Elle plissa le front, comme si elle essayait de mobiliser ses souvenirs. « J'ai dit ça ?

– Peu importe. La vérité, c'est que j'étais couché tout nu sur une table, avec une femme à poil juchée sur moi et que le désir était bien présent.

– Mais tu n'y as pas cédé.

– La pensée est aussi vile que l'acte. »

Elle sourit encore, hocha la tête. « Pas sur ma planète, sûrement pas. Tu culpabilises d'y avoir simplement pensé, sur le coup ? T'es vraiment un idiot. Si on devait nous pendre à cause de ce qui nous passe par la tête, on boufferait tous les pissenlits par la racine. Tu ne peux pas contrôler en permanence tes pensées, juste tes actes. Tu nous aurais épargné bien des chagrins à tous les deux si tu me l'avais expliqué, tout bêtement, Alex, même si je te disais que je ne voulais rien entendre.

– Ouais, ben, c'est ce que je constate, à présent. »

Elle chercha ses mains, les serra entre les siennes. « Allez, viens.

– Voui, m'dame. »

Et comme ça, sans plus de complications, pour Michaels la vie redevint soudain très, très chouette.

14

Vendredi 10 juin
Anchorage, Alaska

Ils étaient dans l'aérogare, attendant d'embarquer sur le vol Alaska Airlines pour SeaTac quand le nouveau téléphone de Morrison se mit à pépier. Il se figea un instant. C'était eux ! Il regarda Ventura, puis coiffa prestement le mini-casque, ajusta la mince tige du micro. « Oui ? »

Une voix sèche, dépourvue d'accent, répondit : « Bonjour. J'ai cru comprendre que vous aviez un véhicule d'occasion à vendre ? »

Morrison sentit la chair de poule lui hérisser le cou, accompagnée d'une pressante envie de se rendre aux toilettes. C'était la phrase qu'il leur avait dit d'employer et, en dehors d'une note anonyme postée sur une page sécurisée sur un forum géré par les Chinois, on ne trouvait nulle part le numéro de cette ligne téléphonique particulière, qu'il avait ouverte sous un nom d'emprunt en réglant l'abonnement en liquide.

Il plaqua le pouce sur la capsule du micro. « C'est les Chinois », annonça-t-il à Ventura.

Ce dernier consulta sa montre. « Trente secondes, dit-il en indiquant le téléphone. Pas plus. Suivez-moi. »

Morrison opina, se leva. Il ôta son pouce du micro tandis que Ventura sortait de sa poche son persocom et se mettait à son tour à parler en sourdine.

« Oui, j'ai bien une voiture à vendre.

– J'aimerais l'essayer, dit l'homme. Quand pouvons-nous nous rencontrer ?

– Êtes-vous sur la ligne rouge ?

– Non.

– Je vous rappelle.

– J'y compte bien. »

D'une pichenette, Morrison pressa la touche discom à sa ceinture. Ventura observa : « Mes gars ont réussi à identifier l'origine de l'appel. On tient le numéro. » Puis, désignant les toilettes pour hommes : « Entrez et déposez le téléphone dans la poubelle.

– Il vaut mieux que je l'éteigne ?

– Non, laissez-le allumé. Ils vous ont sans doute déjà localisé, mais ça les occupera toujours un petit moment. »

Morrison se dirigea vers les toilettes. Ventura agita le bras et deux types, le genre étudiant, sac à dos, short et T-shirt, l'y précédèrent. Ventura resta devant la porte à faire le guet.

Après s'être assuré que personne ne l'observait, Morrison fourra le téléphone dans la poubelle sous le distributeur de serviettes en papier. Puis il utilisa l'urinoir le plus proche.

À sa sortie, Ventura l'intercepta : « Il y a une voiture qui nous attend devant l'aérogare. Dépêchons-nous.

– Vous croyez qu'ils auraient pu venir aussi vite ?

– Ils sont capables de repérer un mobile rien qu'avec la porteuse, si vous avez commis l'imprudence de ne pas faire rerouter le signal – tous les services d'espionnage sérieux disposent d'équipements électroniques perfectionnés. Ils ont sans doute déjà envoyé quelqu'un. Ne vous attendez pas à voir débarquer un trio de Chinois aux ongles démesurés, aux moustaches à la Fu Manchu, vêtus comme des mandarins et hochant la tête, tout sourire, ambiance Péril jaune. Ce sera plutôt sans doute une pulpeuse infirmière norvégienne blonde accompagnant un vieux bonhomme clopinant avec sa canne – bref, les dernières personnes susceptibles d'évoquer des "espions chinois". Ils auront sans nul doute placé dans toutes les villes importantes des agents prêts à intervenir en quelques minutes. Par chance, Anchorage n'est pas une si grande ville. Si vous avez recouru à un service de reroutage sérieux, il y a une chancc pour qu'ils ne remontent pas tout de suite à la source de vos courriers électroniques, mais ce n'est que partie remise. Je pense qu'ils auront réussi à vous localiser d'ici un jour ou deux, maxi, même si vous ne les rappelez pas. »

Morrison déglutit avec peine. « Le service auquel j'ai souscrit garantit la confidentialité. »

Ventura sourit, guettant cet instant comme un squale sa proie. « Bien sûr, si quelqu'un leur pose la question au téléphone, ils ne diront rien. Mais la confidentialité passe à la trappe quand quelqu'un vous interroge en vous mettant un couteau au creux des reins.

– Ils feraient une chose pareille ?

– Bien évidemment. » Nouveau sourire aux dents acérées, qui terrorisa son interlocuteur presque autant qu'il l'était par les Chinois. Encore heureux qu'il soit dans son camp, songea Morrison.

« Ils sauront que vous êtes à l'aéroport mais comme le numéro de téléphone n'est pas à votre nom, ils ignorent qui vous êtes, donc, ils vont d'abord chercher à retrouver le portable. Quand ils l'auront récupéré, ils se mettront en quête d'un type isolé, voyageant seul.

Vous voyagez sous pseudonyme, inscrit dans un groupe de trois passagers, dont deux femmes, par conséquent ils ne vont pas vous repérer tout de suite. S'ils ont assez de moyens informatiques, ils peuvent écumer la liste des passagers de tous les vols qui ont décollé aujourd'hui. Nos identités bidon résisteront à une inspection de routine mais s'ils creusent un tant soit peu, ils finiront par découvrir la supercherie, même si ça ne les avancera pas beaucoup, sinon pour les informer que nous devions nous rendre à Seattle, et que nous n'étions pas à bord.

« On pourrait sans doute contacter votre domicile à Washington avant qu'ils soient parvenus à vous identifier. Mais vous avez affaire à des clients sérieux, et avec ces gens-là, ce n'est jamais une question de "si" mais de "quand".

– Ma femme...

– ... est sous la surveillance de mes hommes, et je viens de leur dépêcher des renforts. Elle n'a rien à craindre. Et nous n'irons pas là-bas.

– Où allons-nous ?

– Vers un lieu dont je peux contrôler l'accès.

– Et on va y aller en voiture !?

– Non. La voiture, c'est pour nous rendre à un aérodrome privé afin d'y louer un appareil. Il faut que nous soyons dans les airs au plus vite. »

Maintenant qu'il avait été mis en garde, Morrison considérait les autres usagers de l'aérogare avec un regain de méfiance. Ces jeunes gens avec leurs planches de surf des neiges, ce couple d'homosexuels d'âge mûr en train de rigoler derrière l'écran d'un ordinateur portable, ce grand type en complet gris portant une serviette... les uns comme les autres pouvaient être armés et avoir pour mission de l'enlever.

« Cela dit, franchement, je ne pense pas qu'ils vont dépêcher leur commando d'élite pour venir vous alpaguer, observa Ventura, comme s'il lisait dans ses pensées. Ils sont au courant des tests que vous avez effectués dans leur pays, des effets qu'ils ont eus sur leurs villages, et surtout, ils savent que vous êtes au courant vous aussi, mais ils ne sont pas sûrs à cent pour cent que vous en êtes l'auteur. C'est à partir du moment où ils vous croiront que nous devrons redoubler de prudence. »

Pour le coup, Morrison avait réellement la bouche sèche. Il savait bien sûr que c'était imminent mais, quelque part, il n'y avait pas vraiment cru jusqu'ici. Il en avait l'estomac tout retourné. Enfin. Il n'y pouvait rien. Il avait mis le doigt dans l'engrenage.

« C'est pas tout à fait ce que j'avais imaginé, avoua-t-il.

– Ça ne l'est jamais », observa Ventura.

15

Vendredi 10 juin
Portland, Oregon

Les championnats de boomerang se tenaient au parc Washington, ce que Tyrone trouvait plutôt marrant. Ils avaient couvert quelque trois mille bornes en voiture depuis la ville de Washington pour aboutir dans un parc de l'Oregon qui portait le même nom – même s'il n'avait pas grand rapport avec les parcs de son quartier. Celui-ci était un site gigantesque et vallonné, couvert d'arbres à feuilles persistantes, qui abritait le zoo de Portland, un centre des Eaux et Forêts et autres équipements similaires. En surplomb derrière le parking du zoo, ils avaient aplani l'une des collines sur une surface assez vaste pour y installer trois ou quatre terrains de foot. L'ancienne prairie était recouverte d'une sorte de gazon d'hiver tondu ras, un peu comme celui qu'on pouvait trouver sur un terrain de golf, en lieu et place de gazon du Canada auquel il était habitué.

« Super, le terrain ! s'extasia Nadine.

– Ouaip. »

La compétition officielle ne débutait que le lendemain et, pour leur part, ils ne devaient pas participer avant le dimanche, mais il y avait déjà une vingtaine de lanceurs qui s'entraînaient. On voyait tournoyer quantité de boomerangs aux couleurs vives, bleus, rouges, orange, verts, taches floues décrivant leurs trajectoires dans la chaleur estivale.

Tyrone se tourna vers son père. « OK ? »

Son père embrassa du regard les alentours, acquiesça. « La zone m'a l'air dégagée. Bon, ta mère et moi, on revient vous prendre d'ici deux heures environ. »

Tyrone opina à son tour, la tête déjà à sa séance d'entraînement. Son paternel avait loué une voiture et laissé le mobile home au parking de l'Auberge de Greenwood où ils étaient descendus. Ses parents désiraient en effet visiter le centre de Portland mais ils ne voulaient pas laisser les deux adolescents livrés à eux-mêmes tant qu'ils n'auraient pas effectué une inspection préalable du parc. Mais vu le nombre de familles accompagnées d'enfants en bas âge et surtout l'absence notable de tags ou de bandes de types louches se battant à coups de bouteilles de bière, son père estima que Tyrone et Nadine ne risquaient pas grand-chose ici en plein après-midi.

« Tu as ta carte de crédit ?

– Ouaip.

– T'as ton portable ?

– Oui, p'pa.

– Il est allumé ? »

Tyrone leva les yeux au ciel. Il sortit de son étui de ceinture le petit appareil qu'il tendit à son père pour lui permettre de constater de visu l'état de l'afficheur. « Voui, p'pa. »

Enfin quoi, ils le prenaient pour un môme ? On était à Portland, pas à Baltimore. Il faillit le dire avant de réaliser que ce n'était peut-être pas une bonne idée, aussi garda-t-il son opinion pour lui. Il était en train d'apprendre que c'était encore parfois la meilleure stratégie : l'avis qu'on s'abstient d'exprimer, on ne risque pas de vous le reprocher ensuite.

Nadine entreprit de déballer son matériel.

« Vous pouvez y aller, unités parentales, tout baigne ici. »

Sa mère sourit.

Dès qu'ils furent seuls, Tyrone et Nadine se mirent à la recherche d'un endroit où commencer leur entraînement. Il y avait des cercles dessinés sur l'herbe mais la plupart étaient déjà pris. Pas grave : ils avaient pensé à apporter de la craie ; ils pouvaient se tracer le leur.

« Par là, indiqua Nadine. Le vent vient du sud mais il est presque nul, on aura tout le temps de se préparer.

– Hé, mate un peu ! Ce serait pas Jerry Prince ? »

Elle regarda dans la direction qu'il indiquait. « Ouais, je crois bien. »

Le champion en catégorie durée de vol, vainqueur des Internationaux l'année passée, détenteur du record du monde. On disait qu'il était capable de faire des lancers de huit minutes à l'entraînement – les jours de vent faible ! –, et qu'il aurait déjà réussi un vol de quatorze minutes, devant témoins, quoique non officiellement homologué.

« Allons le regarder. Peut-être qu'on apprendra quelque chose...

– Toi, sûrement, rit-elle. Moi, j'ai déjà du style.

– T'as surtout de la tchatche. Moi je vais te montrer que je suis capable de friser les trois minutes. » Et de lui mettre son chrono sous le nez.

« Ouais, tu risques surtout de friser le ridicule. Encore heureux si tu te prends pas les pieds dedans », ajouta-t-elle.

Il rigola. C'était une marrante.

Le concours de boomerang prévoyait plusieurs épreuves : précision, distance, figures, adresse, lancer en double et par équipe. Comme Tyrone, Nadine était inscrite en DVM – durée de vol maximale –, épreuve qui consistait à lancer dans les airs un boomerang ultra-léger et à l'y faire rester le plus longtemps. Il n'y avait aucune contestation possible : on mettait en route le chrono, et celui qui avait la durée la plus longue remportait l'épreuve. Les règles avaient été plusieurs fois modifiées au début, au gré des compétitions : on avait droit à deux essais, mais un seul comptait, ou bien on en avait trois et l'on pouvait choisir le meilleur – mais désormais, il en allait ainsi : les candidats n'avaient plus droit qu'à un seul essai lorsqu'ils étaient entrés dans le cercle pour effectuer leur lancer. Ce dernier, pour être valable, devait être suivi de la récupération du boomerang, et celle-ci devait obligatoirement intervenir à l'intérieur du cercle. Le record dans la catégorie d'âge de Tyrone était d'un peu plus de trois minutes et demie, mais certains avaient réussi officieusement des temps bien supérieurs dans des conditions de vent favorables. Le meilleur temps non homologué toutes catégories dépassait les dix-huit minutes mais bien sûr, il était le fait d'un compétiteur adulte. Il était malgré tout difficile d'imaginer qu'un objet puisse rester à tournoyer dans les airs aussi longtemps.

Tyrone avait réussi à se placer troisième lors du concours de l'année précédente, avec un temps de deux minutes quarante et une secondes, en utilisant le Möller Océan Indien, modèle ultra-léger dont la forme en L avait été découpée dans de la Paxoline – un matériau composite formé de couches de tissu enrobé de résine. La gagnante de l'épreuve avait été Nadine – c'est du reste à cette occasion qu'ils s'étaient rencontrés : elle l'avait battu de sept secondes en utilisant le même modèle que lui. Impossible donc d'attribuer sa victoire à un matériel supérieur. Un Portoricain engagé avec un Bailey MTA classique s'était immiscé dans le classement pour chasser Tyrone de la seconde place, mais comme il s'agissait de sa première compétition, le garçon avait été ravi de finir troisième.

Pas cette année. Cette année, il voulait la première place. Et c'était Nadine qui défendait son titre, or il l'avait déjà battue – à l'entraînement, en tout cas. Évidemment, s'il voulait gagner, il allait devoir la surpasser, puisqu'ils allaient employer ce qui se faisait de mieux comme matériel. Il s'était offert le tout nouveau Silk Leaf – « Feuille de soie » – de Takahashi. La belle bête bleue leur avait permis d'améliorer leurs temps de dix à quinze secondes, bref, c'était le modèle incon-tour-nable. Mais dans leurs duels, Nadine et lui étaient à égalité, l'issue demeurait donc incertaine. Et d'un jour à l'autre, le vent pouvait se montrer capricieux, les ascendants se comporter de manière bizarre, avec pour résultat un jet d'anthologie ou un lancer minable. Impossible à dire jusqu'au moment de vérité.

Nadine déposa son barda et se mit à rouler des épaules. Pas question de lancer sans un minimum d'échauffement et d'étirements, à moins de vouloir se choper une élongation ou une tendinite. Même si on était d'une grande souplesse, on risquait toujours de se froisser un muscle, et ce n'était pas le genre de truc qu'on recherchait, surtout quand on s'apprêtait à participer à un championnat national.

« Pas d'Indiens ou de convoi de chariots à l'horizon », observa Tyrone en poussant de la main gauche son coude droit pour le relever jusque derrière la nuque. Son épaule craqua comme craque une phalange.

« Pas de menace de pluie non plus, ajouta Nadine.

– Seigneur, j'espère bien que non. Ça serait chiant. »

Après deux minutes d'exercices, ils étaient suffisamment décontractés. Le soleil brillait, il faisait chaud, mais pas trop, et la brise était faible. Une journée super pour lancer.

Washington

Michaels avait souvenance de moments encore plus agréables dans son existence : sa nuit de noces ; le jour de la venue au monde de sa fille. Et même la première fois où Toni et lui s'étaient retrouvés dans ce lit. Mais cet instant-ci était à compter au nombre des meilleurs. Toni était revenue, et ils étaient tous les deux nus sous la couette. Cela ne contribuait pas peu à calmer les eaux tempétueuses dans lesquelles il se débattait ces derniers temps.

« Quelle heure est-il ? demanda-t-elle, d'une voix encore ensommeillée.

– Huit.

– T'es en retard pour le boulot.

– Je me ferai porter pâle.

– Faut que j'aille pisser, sourit-elle.

– Vas-y. Je vais nous faire du café. On se retrouve dans quelques minutes.

– Mouais. »

Il avait déjà mis en route la cafetière, puis réussi à

remplir deux tasses et à retourner au lit avant que Toni soit revenue des toilettes.

« T'as fait vite, dis donc », observa-t-elle en s'emparant d'une des tasses en faïence épaisse. Elle inhala. « Hmmm...

– Alors, t'as toujours envie de faire la liste de toutes mes idioties ?

– Houlà ! Il faudrait que tu prennes plusieurs jours d'arrêt pour qu'on arrive à épuiser le sujet...

– D'accord. Bon, alors, qu'est-ce que t'as en vue ?

– On pourrait prendre une douche ensemble. » Elle sourit derrière sa tasse.

« Mouais, ça, ça me va. Mais je voyais un peu plus loin...

– On pourrait se repieuter après la douche ?

– Euh, Toni...

– Je sais, je sais. On va dire simplement que tout le reste peut attendre, d'accord ? »

Il acquiesça. Il ne voulait pas lui forcer la main. Mais il ne voulait pas non plus qu'elle se lève, s'habille et s'en aille tout de suite.

« Assez parlé, dit-elle. Des actes, plutôt que des paroles, tu te souviens ?

– Tu crois ? Peut-être que tu devrais me montrer. J'ai comme un trou de mémoire. »

Elle lui jeta un oreiller à la tête. « Eh bien, t'as intérêt à la retrouver ! »

« Tu crois que ça va bien se passer pour les mômes ? s'inquiéta Howard.

– Tu veux que je conduise ? répondit son épouse. Tu sais que tu ne peux pas tenir le volant et te faire du souci en même temps... Écoute, John, ici, c'est le village des gens heureux. Du moins, en comparaison de notre quartier. Pour l'amour du ciel, chéri, ils sont au milieu d'une foule de gens qui s'amusent à lancer des boomerangs... il ne peut rien leur arriver. »

Ils étaient dans le tunnel de la nationale 26 qui débouchait en plein centre de Portland. Les parois carrelées de blanc étaient resplendissantes. Pas seulement blanches : on n'y relevait pas le moindre graffiti. Nickel.

« C'est bien la ville la plus propre que j'aie jamais vue, constata-t-elle, comme en écho à ses pensées. Pas de détritus, pas de papiers par terre, pas de canettes de bière... on se croirait à Disney World. »

Quelqu'un se mit à klaxonner, comme toujours apparemment quand on parcourt un long tunnel, juste pour entendre quel bruit ça fait... Il hocha la tête en direction de l'importun. « Ouais, dommage qu'ils arrivent pas à se débarrasser des crétins.

– Reste dans la file du milieu », indiqua-t-elle comme ils débouchaient du tunnel.

C'est vrai que la ville était chouette. Certes, les immeubles étaient plus nombreux que dans son souvenir lors de sa dernière visite et le panorama sur les montagnes n'était pas aussi dégagé. Le mont Hood était encore encapuchonné de neige, même en juin, et sur la gauche, le mont Saint Helens aussi. Il avait eu l'occasion de rencontrer des gens qui vivaient déjà là quand le sommet du volcan avait explosé, au printemps 1980, et apparemment, la catastrophe les avait durablement marqués.

La déflagration initiale avait propulsé les cendres et les pierres non seulement à la verticale mais également vers l'extérieur, et la nuée ardente avait abattu les arbres et arraché tout ce qui se trouvait sur son passage. L'explosion avait créé un nuage de cendres et des coulées pyroclastiques qui avaient empli lacs et torrents, emporté les ponts, enseveli un hôtel pour touristes – heureusement vide, à l'exception du gérant qui avait refusé d'évacuer. La plupart des victimes s'étaient trouvées à l'intérieur du périmètre de sécurité défini par l'État et le bilan aurait pu être bien pire.

Au dire d'un vieux sergent-chef dont Howard savait qu'il se trouvait en ville à l'époque, l'explosion du volcan avait ressemblé à un essai nucléaire, avec son champignon de roche pulvérisée gagnant en épaisses volutes la stratosphère. Ce jour-là, le vent ne soufflait pas vers l'agglomération, ce qui leur avait épargné le plus gros de la pluie de cendres, même s'ils devaient en recevoir par la suite lors des répliques. Le sergent lui avait confié que c'était un peu comme de vivre à proximité d'une cimenterie, avec ces nuages de fine poussière grise tourbillonnant dans les rues comme de la neige poudreuse. Au plus fort de la pluie de cendres, les avions de ligne avaient dû contourner la région pour qu'elle ne ronge pas leurs tuyères ; du reste, les filtres à air des véhicules s'obturaient et devaient être changés au bout de quelques heures. Les gens étaient obligés de porter des masques de peintre pour ne pas s'étouffer. C'était dur à imaginer.

Et impossible à deviner en contemplant la ville aujourd'hui.

« Reste dans cette file.

– Tu l'as déjà dit. Qui conduit cette voiture, toi ou moi ?

– C'est toi qui conduis, moi je suis la navigatrice. Et c'est assurément la tâche la plus importante. »

Howard sourit. Quoi de plus admirable qu'une femme brillante ? Même si elle avait tendance à manifester cet éclat dans des recoins qu'on eût aimé parfois tenir obscurs, cela ne diminuait en rien celui-ci.

« Oui, m'dame, c'est vous la navigatrice. »

Elle lui rendit son sourire avant de consulter le GPS intégré à la planche de bord. Le petit écran d'ordinateur à cristaux liquides affichait le plan détaillé de l'agglomération.

« Reste dans cette rue – celle du marché – jusqu'à ce que tu croises Front Street, et là, tu prendras à gauche. Mets-toi tout de suite dans la file de droite, pour tourner en direction de Hawthorne Bridge. Le restaurant qu'on cherche est le Bread and Ink, et il se trouve trente pâtés de maisons à l'est des quais de la Willamette.

– Si madame la navigatrice veut bien m'excuser, on doit dire "Wil-LAM-mit" et pas "Willam-ÊTTE", l'accent est sur la syllabe du milieu.

– Cause toujours.

– C'est juste pour tenir la navigatrice au niveau, m'dame. »

Il s'interrompit comme son virgil pépiait. Il pressa une touche. « Oui ?

– ’Lut, p’pa ! C’est Tyrone. J’appelais juste pour voir. Tout va bien de notre côté, pas de problèmes. Et vous, comment ça se passe ?

– Fais pas ton petit malin, Tyrone. » Il hocha la tête. « Mais merci quand même d’avoir appelé. »

Tyrone prit sa voix de pilote de ligne : « Ah, bien reçu, unité parentale deux-zéro-deux. Nous allons, hum, rester en stand-by jusqu’à, hum, votre retour. Terminé.

– C’est un gentil garçon, observa Nadine quand Howard eut coupé le virgil.

– Ouais, je sais. Dommage qu’il ait viré ado.

– Tu y as survécu...

– Une fois. Je ne sais pas si je serais capable de le refaire.

– J’ai toute confiance en vous, général Howard. Après tout, vous êtes un meneur d’hommes. Un seul garçon, ça ne peut pas être si dur... »

Ils sourirent tous les deux.

16

Vendredi 10 juin
Cœur d'Alene, Idaho

Deux vigiles armés – lourdement armés – sortirent d'une guérite aux parois et au toit en panneaux de cèdre, pour faire signe aux voitures de s'immobiliser devant un imposant portail en bois et fil de fer. Les hommes portaient une tenue de camouflage et, tout en s'approchant, l'un d'eux tenait braqué son fusil d'assaut vers le sol à proximité de la voiture. Outre les fusils, ils exhibaient également des armes de poing, d'imposants couteaux rangés dans leur étui de ceinture, et ils semblaient bardés de grenades.

Ils doivent crever de chaud avec tout ce barda, songea Morrison. C'est qu'il faisait pas loin de trente degrés ici, même en plein bois.

« Colonel Ventura, dit le garde en saluant. Ça fait plaisir de vous revoir, mon colonel. »

Sa compagne de chambre de la veille, Missey, était au volant. Lorsqu'ils franchirent le portail ouvert dans la clôture grillagée haute de trois mètres et surmontée de rouleaux de fil barbelé, Morrison remarqua : « *Colonel* Ventura ? C'est quoi, cet endroit ?

– Le grade est honorifique. J'ai déjà eu l'occasion de rendre service au type responsable de ce camp... Qu'incidemment l'on pourrait qualifier de... *camp patriotique*. »

Les précédant et les suivant, deux voitures occupées par des agents de Ventura. Des véhicules spéciaux loués dans une officine qui, estima Morrison, ne risquait pas de mettre les agences Hertz au chômage. Le type qui leur avait fourni ces engins était couvert des pieds à la tête de tatouages analogues aux marques tribales des Maoris, et la tractation avait sûrement dû être conclue en liquide.

Là-dessus, ils avaient roulé peut-être trois quarts d'heure en pleine cambrousse pour débarquer ici.

Morrison savait aditionner deux et deux : l'Idaho, des types armés en tenue paramilitaire, une clôture barbelée : « Une espèce de milice... des néo-nazis, des partisans de la suprématie de la race blanche ?

– Disons simplement que si vous aviez été noir, on aurait eu beaucoup plus de mal à leur demander un service.

– Doux Jésus...

– Ces gens en disent le plus grand bien, en effet, mais je doute que lui-même fréquente beaucoup ces parages. »

Morrison hocha la tête.

« Mais encore une fois, il est hautement improbable que quiconque s'infiltre jusqu'ici pour venir vous enlever, observa Ventura. Et sûrement pas un individu aux yeux bridés.

– Je croyais vous avoir entendu préciser que les Chinois s'abstiendraient de dépêcher un agent d'apparence orientale. »

Ils passèrent devant un autre groupe de vigiles armés, eux aussi en tenue de combat. Les trois hommes, installés sur le capot ou debout à côté d'un gros 4 × 4, Humvee militaire ou Hummer, sa version civile, les regardèrent passer en silence et quand Morrison se retourna, il vit un des types porter une radio portative à sa bouche et parler dans le micro.

« C'est seulement s'ils veulent vous tomber sur le râble. Les Chinois n'aiment pas trop déléguer certaines fonctions – déjà qu'ils ne se fient pas les uns aux autres, alors, avec les longs-nez, vous pensez... Si vous convenez avec eux d'une réunion pour négocier sur un truc qui les branche, l'agent qu'ils enverront sera cent pour cent pur jus. Ils ne veulent surtout pas que vous puissiez mettre en doute leur sincérité. »

La piste étroite et sinueuse traversa une autre portion de bois touffu avant de déboucher sur une clairière d'environ deux hectares au milieu de laquelle se dressaient plusieurs préfabriqués en bois et tôle ondulée, tous recouverts de peinture kaki. On entendait le vrombissement d'un énorme climatiseur qui soufflait de la vapeur d'eau dans l'air sec et torride de l'après-midi.

Et là encore, des véhicules d'allure militaire, d'autres hommes armés (et quelques femmes aussi), et deux drapeaux hissés claquant au sommet d'un haut mât en bois dressé devant le bâtiment principal : l'*Old Glory*, l'étendard confédéré, surmontant un drapeau blanc éclatant orné de deux éclairs jaunes entrecroisés jaillissant du dessin au trait d'un poing fermé.

« Les Fils de l'Homme pur », expliqua Ventura en voyant Morrison les examiner. « Chargés par le Tout-Puissant de frapper les méchants, châtier les impurs, et botter le cul à tous ceux qui s'aviseraient d'abâtardir la race élue.

– Et ces types-là sont des amis à vous ???

– Ces types-là comme vous dites vont m'aider à empêcher ces fourbes de Chinois de vous mettre la main dessus, vous étriller comme une vieille serpillière et restituer à votre veuve votre tête sur un plateau, une pomme fourrée dans la bouche, sans jamais se départir de leur sourire poli. Nous ne sommes pas de la famille, mais on trouve ses alliés où on peut – et parfois, il convient de passer outre à quelques petites divergences d'ordre... philosophique ou culturel. »

Morrison soupira mais se garda d'objecter plus avant. Ventura n'avait pas tort. Il s'apprêtait à engager des négociations avec des individus qui depuis cinq mille ans étaient passés maîtres dans l'art du marchandage politique et des intrigues de palais. Se montrer impitoyable n'était pas un problème pour une culture dotée d'un tel héritage. Et il avait engagé Ventura pour son expertise. Tant que ce dernier s'acquittait convenablement de sa tâche, peu importait pour Morrison les moyens employés.

« Donc, vous allez maintenant passer un coup de fil à votre ami intéressé par un véhicule d'occasion et le convier à discuter le coup. Ça lui plaira modérément mais il viendra quand même, surtout s'il a deviné qui vous êtes et que vous seriez susceptible d'avoir un truc intéressant à lui fourguer.

– Et ensuite ?

– Ma foi, dès qu'ils auront compris que vous êtes dans un endroit hors de leur portée, nous pourrons filer. Les communications ultérieures pourront transiter par ici – lc général a tout ce qu'il faut pour ça, côté matériel électronique de pointe – et avec un peu de chance, on pourra continuer à leur faire croire que vous êtes toujours ici jusqu'à ce que l'affaire soit conclue.

– Et une fois l'affaire conclue... si jamais elle l'est ?

– Chaque chose en son temps, Dr Morrison. Nous

brûlerons ce pont quand il le faudra. Oh, et au fait... dès que nous serons descendus de voiture, faites comme si nous étions en permanence sur écoute. Parce que ce sera sans doute le cas. Ici, nous pouvons parler sans crainte grâce à un certain nombre d'équipements de protection mais à l'extérieur, vous pouvez être sûr que nous serons en permanence visés par un micro-canon, si ce n'est par le faisceau détecteur d'un laser.

– Et vous appelez ça des alliés ?

– Ne vous fiez à personne et personne ne pourra vous trahir. Simple précaution tactique élémentaire. Ah... mais voici le général venu nous accueillir. »

Jackson « Bull » Smith n'était pas plus général que Ventura colonel, sinon pour la bande de dégénérés qui occupait son camp retranché perdu au milieu des bois de l'Idaho.

Trente ans plus tôt, Smith avait été fantassin dans l'armée américaine. Il avait participé à quelques combats au Moyen-Orient mais surtout traîné ses guêtres dans un de ces interminables conflits d'Europe orientale, sans jamais réussir à dépasser le grade de sergent-chef. Et encore, uniquement lorsqu'il s'était retrouvé versé dans l'intendance de son unité où il avait passé ses deux dernières périodes de service. Malgré tout, il connaissait l'armée aussi bien que n'importe quel sous-off, il avait participé aux opérations sur le terrain – d'où il avait rapporté un « Cœur de pourpre » avec étoile de bronze – et l'homme était roué. Le fait est qu'on ne pouvait commander des troupes sans l'aide de sous-officiers et Smith connaissait assez bien les ficelles du métier pour organiser une bande de mercenaires de sac et de corde selon une imitation assez convaincante de la discipline militaire. Dans le pire des cas, c'étaient des braqueurs honorables, puisque c'était en gros leur principale source de financement. Jusqu'ici, ils comptaient à leur actif plusieurs banques, des supermarchés, un multiplexe de cinéma, un fourgon blindé et un petit casino indien, le tout sans jamais s'être fait prendre ou avoir perdu un seul homme et sans faire trop de victimes parmi les passants. Ventura connaissait leurs méthodes et il avait suivi de loin leur trajectoire. À vue de nez, les gars de Smith avaient piqué quelque chose comme six ou sept millions de dollars rien que l'année écoulée.

Avec une telle somme, on pouvait s'acheter pas mal de parcelles de bois abandonnés dans l'Idaho et se composer un joli stock de surplus militaires.

Lorsque Smith s'approcha de Ventura pour lui serrer la main, ce dernier répondit en s'inclinant par un salut militaire très sec. « Général...

– Je vous en prie, Luther, entre nous, c'est "Bull". »

Ventura réprima un sourire. C'est vrai que ce surnom de taureau lui allait comme un gant. « Je ne veux pas enfreindre la discipline devant vos troupes.

– Compris cinq sur cinq », répondit Smith.

Ventura n'aurait su dire dans quelle mesure son interlocuteur croyait réellement à ces conneries sur la race pure. L'argent et le pouvoir étaient sans aucun doute pour lui une motivation bien plus puissante car si l'on examinait son passé, que ce soit dans l'armée ou ailleurs, Smith n'avait jusqu'à tout récemment jamais manifesté de prévention ni de haine quelconque vis-à-vis de ces prétendues races bâtardes. Mais enfin, on ne pouvait jurer de rien. Le vieux taureau frisait la soixantaine et cela faisait bientôt dix ans qu'il fricotait avec ses milices. Et il menait plutôt grand train, compte tenu des circonstances : bonne bouffe, alcools fins, belles femmes, joujoux guerriers, sans oublier l'admiration et l'obéissance de quelque chose comme deux cents bonshommes. Il y avait des manières bien pires de passer son temps pour un ex-sergent-chef sans autre qualification professionnelle.

Cinq ans plus tôt, quand Ventura était encore tueur à gages, Smith l'avait contacté par les moyens détournés habituels et ils avaient conclu un marché : à l'époque, un membre influent – façon de parler – du parlement local lui avait mis des bâtons dans les roues pour l'acquisition des terrains nécessaires à son camp d'entraînement : une vague histoire d'aménagement du territoire ou d'infraction à la réglementation forestière... Toujours est-il que le politicien, par ailleurs sénateur de l'État, savait fort bien ce que mijotaient Smith et ses hommes. Il estimait l'Idaho déjà suffisamment pourvu en la matière, au point d'avoir fini par en retirer une image détestable. Les touristes n'avaient pas envie de voir des gars jouer à la guéguerre – du moins pas le genre de touristes que la région désirait attirer. Cela risquait de faire tache si le petit dernier de la famille, parti cueillir des fraises des bois, se retrouvait fauché par une bande de cinglés en treillis, des maniaques de la gâchette qui l'auraient confondu avec un ennemi ou avec Bambi, comme cela s'était hélas déjà produit au moins une fois.

S'il était impossible de bloquer la procédure par des moyens légaux, il existait d'autres méthodes, plus louches, que le sénateur connaissait parfaitement. Ce qui bien entendu ne pouvait que conforter Bull dans sa théorie du complot.

Bien. Et donc le politicien disparut à la suite de ce que le médecin légiste qualifia d'accident tandis que Smith obtenait les terrains tant convoités. Et Bull n'était pas homme à oublier qui lui avait rendu service.

« Général, j'aimerais vous présenter le professeur Morrison. Le docteur ici présent effectue des recherches confidentielles pour la marine et l'armée de l'air, mais comme de juste, nous mettons en doute leur empressement à assurer sa sécurité dans le cadre de notre mission.

– Compris », dit Smith. Il tendit la main à Morrison qui la serra. « Il y a des traîtres partout.

– C'est hélas vrai, constata Ventura.

– Je vais demander à mon adjudant d'indiquer à vos hommes où bivouaquer ; quant au professeur et vous, vous pourrez vous joindre à moi pour le dîner.

– Excellente idée, général », répondit Ventura.

Smith les précéda. Dès qu'il se fut éloigné de quelques mètres, Morrison observa : « Et comment allez-vous expliquer qu'un agent chinois doive venir ici me rendre visite ?

– Quoi, un agent double chinetoque qui aurait retourné sa veste ? Voyons, nous pratiquons l'intox vis-à-vis des Jaunes, vous le savez aussi bien que moi, docteur. Le général connaît les méthodes du contre-espionnage. Et il reste toujours à l'écoute. » Ventura se tapota l'oreille éloquemment, en espérant que son interlocuteur n'avait pas oublié ses mises en garde sur la surveillance et les micros cachés.

Morrison n'avait pas oublié. « Ah. Oui, je vois que

vous avez raison. Un homme dans la situation du général ne peut qu'être au fait de telles pratiques.

– Bien entendu. Un sacré soldat, ce Bull Smith, et un parfait exemple de la Race. » Il se tourna légèrement pour que la tête de Morrison bloque l'angle de visée d'une éventuelle caméra braquée sur lui, avant de lancer un discret clin d'œil à son interlocuteur.

Dans le même temps, il tendit la main pour rajuster l'étui capitonné accroché à sa ceinture. Les hommes du général étaient sans doute à peu près loyaux – en dehors des agents du FBI sans doute infiltrés clandestinement parmi eux ; pour lui, malgré tout, l'état d'alerte orange s'appliquait ici, comme partout ailleurs. Si nécessaire, il pouvait dégainer le Coonan et tirer deux balles en une seconde. Peut-être pas de quoi intimider un John Wesley Hardin, mais quand même bougrement rapide pour une arme planquée sous un vêtement. Et jusqu'à ce qu'ils se retrouvent à l'intérieur avec Smith, ses propres troupes assuraient sa protection.

Donc, jusqu'ici, tout allait bien. Mais d'ici peu, la situation risquait de s'avérer autrement intéressante.

17

Samedi 11 juin
Washington

La voix était féminine, rauque, sexy, et calculée pour que tout ce qu'elle puisse dire ait le ton d'une invitation pressante à la rejoindre au lit : « Alex ? Nous avons un appel ultra-prioritaire. Alex ? Nous avons un appel ultra-prioritaire. Alex... ?

– D'accord, d'accord. J'ai entendu ! Ordinateur, coupe le répondeur vocal, veux-tu. »

À côté de lui, la voix ensommeillée de Toni remarqua : « Je croyais que tu devais changer cette voix.

– J'ai pas réussi à trouver comment contourner le programme de Jay.

– Et t'es censé être le patron de la Net Force ?

– Ouais, ben, je te ferai dire que Jay est le meilleur programmeur de la Net Force. » Puis, s'adressant à l'ordinateur : « Prends la com, vidéo coupée.

– Hé, patron ! »

Quand on parle du loup... « Quoi, Jay ?

– Désolé de vous déranger chez vous aussi tôt, mais vous m'aviez dit de vous avertir si jamais je découvrais quoi que ce soit au sujet de... euh, cette histoire chinoise. Eh bien, je pense que ceci pourrait vous intéresser. »

Michaels jeta un coup d'œil vers le réveil. Trop tôt. « Très bien. Tu veux me le télécharger ?

– C'est sans doute pas la meilleure des idées, patron. Ça nécessite une explication de vive voix. »

Soupir de Michaels. « Je serai au bureau dans une heure. »

Dès que Jay se fut déconnecté, Michaels se retourna vers Toni. « Encore une crise...

– Ça me rappelle des choses...

– Et si tu venais avec moi ?

– J'ai démissionné, tu te souviens ?

– Ta place est encore toute chaude. Je n'ai engagé personne pour occuper le poste.

– Laisse tomber, veux-tu. J'ai encore besoin de remettre les choses en perspective. »

Il sourit. « Je pensais que c'est ce qu'on venait de faire. » Et d'indiquer leur nudité réciproque sous les draps.

« Non. On a réglé notre problème personnel. Il me reste encore à résoudre la question professionnelle.

– Dans ce cas, fais comme si t'étais juste en visite.

– Non. Vas-y, toi. Je crois que je vais faire dodo.

– Tu seras là à mon retour ?

– Peut-être. »

Ils se sourirent.

Quantico

Michaels se carra dans son siège. « Parfait. T'as réussi à m'attirer ici. Parle.

– Eh bien, je peux déjà vous exposer la théorie, commença Jay. Ça ne prouve pas pour autant que ça marche.

– Écoute, Jay, j'ai abandonné un lit tout chaud pour venir t'écouter. Inutile de biaiser. Accouche.

– Très bien. Contexte général : en gros, le cerveau humain fonctionne sur une gamme de fréquences bioélectriques relativement réduite, et si elles se recoupent plus ou moins, on a coutume de les diviser en quatre catégories :

« L'état mental bêta – parfois appelé "ondes bêta" est situé entre 13 et 30 Hz. Cela correspond à l'état de conscience dit " normal ". À l'extrémité supérieure de la gamme, voire un peu au-dessus, on trouve les états d'agitation : colère, peur, stress, et ainsi de suite. Mais l'essentiel de l'activité de réflexion consciente se produit dans cette gamme de fréquences.

« Au-dessous, on trouve l'état alpha, entre 8 et 13 Hz, normalement associé à un état d'esprit calme et détendu, une sorte d'état de rêve éveillé, mais avec des capacités de concentration accrues. On parvient assez facilement à ces fréquences par la méditation ou l'auto-hypnose. Depuis plus de quarante ans, on utilise des appareils – machines à biofeedback et autres "synthétiseurs d'ondes cérébrales" – pour stimuler la production d'ondes alpha. Vous pouvez en trouver dans n'importe quel magasin d'électronique ou boutique new-age. On dit que certains individus sont capables d'y parvenir rien qu'en révulsant les yeux dans leurs orbites. »

Michaels acquiesça. Il avait déjà lu des trucs là-dessus. Tout ça lui semblait vaguement familier. « Je suis encore éveillé. »

Jay poursuivit. « En dessous des ondes alpha se trouvent les ondes thêta, de 4 à 7 Hz, qui correspondent en général à un état d'intense concentration, comme dans la méditation profonde ou la prière fervente, un état associé à des réminiscences fulgurantes et au rêve éveillé.

« Enfin, en dessous des ondes thêta, nous avons les ondes delta, de 0,5 à 7 Hz, et jusqu'à tout récemment, on pensait que ces fréquences n'étaient émises que lors des phases de sommeil profond. Certains individus toutefois – des yogis indiens ou des prêtres tibétains – se sont révélés capables de produire des ondes delta sur commande, et tout en montrant tous les signes extérieurs du sommeil, de participer entièrement à ce qui se passe autour d'eux et de se remémorer par la suite des conversations entières, une fois “réveillés”.

« Il existe des variantes et certains individus sont plus ou moins décalés vers le haut ou le bas, mais c'est en gros le modèle général.

– Très bien, dit Michaels. Donc, à présent, je connais l'existence des ondes cérébrales. »

Jay hocha la tête. « Au cours des années, divers services de plusieurs gouvernements ont cherché à émettre des ondes radio à très basses fréquences dans l'espoir de parvenir à modifier la conscience de sujets. Dans les années cinquante, les Russes avaient une machine baptisée *Lida*, censée rendre les gens réceptifs à l'hypnose. Durant la guerre de Corée, les Nord-Coréens en utilisèrent diverses variantes sur des prisonniers de guerre américains. Avec des résultats douteux, mais ce ne fut pas faute d'essayer.

« Pendant des années, au temps de l'Union soviétique, les Russes ont arrosé de micro-ondes l'ambassade américaine à Moscou, en se focalisant sur le bureau de l'ambassadeur. La CIA l'a découvert en 1962 et l'on s'est interrogé sur leurs effets sur certains diplomates, entre autres, une leucémie et deux décès par cancer. Sans preuves concluantes.

« En 1976, des radioamateurs du monde entier ont relevé un signal étrange, originaire d'Union soviétique, qu'on devait baptiser le "pivert russe", à cause du staccato de ses interférences avec les signaux radio. On a envisagé à l'époque que le signal était produit par d'énormes émetteurs Tesla et la CIA pensait qu'il visait à provoquer irritation ou dépression chez le destinataire.

– Tesla ? Comme les bobines du même nom ? »

Large sourire de Jay. « Permettez-moi de vous donner quelques éclaircissements supplémentaires sur Nikola Tesla et ses machines. Certains sont convaincus que l'Événement de la Toungouska – cette mystérieuse explosion d'une puissance de près de 15 mégatonnes qui a couché plus de deux cent cinquante mille hectares de pins en Sibérie en 1908 – aurait été le résultat d'un test (réussi ou raté ?) effectué avec un de ces émetteurs géants.

– Je croyais qu'il s'agissait d'une comète ? objecta Michaels.

– Vous devez être de ceux qui croient que c'est Oswald qui a tué Kennedy... Ce n'est qu'une couverture, s'il faut en croire les partisans de la théorie du complot. Certains soutiennent même qu'il s'agirait d'un vaisseau spatial extraterrestre, d'autres parlent d'un trou noir en goguette, d'autres encore d'un minuscule fragment d'antimatière, mais si vous voulez mon opinion, je parierais sur Tesla. C'était un authentique génie. Outre le fait d'être le gars qui a inventé et breveté l'idée du courant alternatif, aidant incidemment à faire la fortune de George Westinghouse, il a contribué à la mise au point des tubes fluorescents bien avant qu'un anonyme laborantin d'Edison ne fabrique la lampe à incandescence au rendement bien moindre. Tesla a breveté toutes sortes d'autres machines. Ses travaux ont été à l'origine de la production des rayons X. Il a attaqué en justice et gagné son procès contre Marconi pour avoir plagié ses recherches sur l'invention de la radio. On lui doit également d'avoir jeté les bases de ce qui devait donner par la suite le radar et la tomographie.

« Écoutez voir encore. En 1904, à Colorado Springs, il a construit un énorme générateur destiné à fournir l'électricité pour ses expériences de transmission d'énergie sans fil. En recourant à ce qu'il appelait des "ondes stationnaires terrestres", il est parvenu à allumer deux cents ampoules électriques à quarante kilomètres de distance, en injectant le courant dans le sol, sans tirer le moindre fil. Il était capable de générer des décharges de foudre artificielle d'une puissance de deux à trois cent mille watts et dont les éclairs atteignaient près de quarante mètres de long ; leur claquement était audible en ville à vingt-cinq kilomètres de son labo. Ce mec était hyper en avance sur son temps, alors il peut bien avoir eu l'idée et les moyens d'abattre quelques arbres. Il aurait pu s'agir du dernier d'une longue série de tests parmi lesquels (au dire de certains), le naufrage d'un navire français, le *Iéna*, par des décharges électriques générées à plusieurs kilomètres de distance.

– Apparemment, ton Tesla ne portait pas les Français dans son cœur, sourit Alex.

– Il ne portait pas grand monde dans son cœur, nota Jay. Toujours est-il qu'en 1906, le banquier J.P. Morgan le finança, ce qui lui permit de construire un générateur plus gros que celui du Colorado, installé celui-ci à Long Island. Haut comme un immeuble de dix-huit étages et surmonté d'un énorme globe métallique pesant plus de cinquante-cinq tonnes. Finalement, Morgan et lui se sont brouillés, puis à la suite de quelques décisions malheureuses, Tesla s'est retrouvé à court d'argent avant de pouvoir démontrer l'efficacité de sa machine. D'après sa théorie, on pouvait régler finement la puissance émise et la focaliser avec assez de précision pour engendrer un véritable rayon de la mort d'une puissance équivalente à celle d'un petit engin nucléaire. Et le faisceau pouvait atteindre n'importe quel point de la planète en rebondissant sur l'ionosphère.

– Fascinant, Jay. Est-ce qu'on peut espérer en venir au sujet avant ce soir ?

– Et je ne vous parle pas de cette anecdote fameuse où Tesla se rend sur un pont métallique, muni d'un marteau et d'un chronomètre, et entreprend de taper sur le tablier à intervalles réguliers, manquant de peu de provoquer l'effondrement de la structure par effet de résonance. Je vous le répète, Tesla dépassait tous ses contemporains de la tête et des épaules.

– Jay, hé-ho ? Ici la Terre, répondez !

– C'est exac-te-ment la même technologie, patron : transmettre du courant électrique dans les airs sans utiliser de fils ! Les chercheurs du projet HAARP ne font rien de mieux que ce que Tesla avait déjà imaginé il y a un siècle.

– Fort bien. Je suis impressionné. C'était un génie. Viens-en au fait, veux-tu ?

– Eh bien, d'après ma taupe à la CIA – et je dis cela pour d'éventuels agents qui auraient des oreilles qui traînent... –, même après la chute de l'Empire du mal, les Russes ont poursuivi leurs expérimentations avec les rayonnements d'ultra-basses fréquences à l'aide de machines dont Tesla aurait pu revendiquer la paternité. À notre connaissance, les Russkofs n'ont pas encore réussi à trouver la formule magique. Mis à part HAARP, qui reste le plus gros, il existe de par le monde au moins une douzaine d'autres "radiateurs atmosphériques" du même genre, sans compter d'éventuelles machines planquées clandestinement au fond des bois. Et en exploitant la réflexion sur l'ionosphère – comme un joueur de billard se sert des bandes – n'importe lequel de ces appareils pourrait rendre les Chinois dingos – à condition d'avoir trouvé la bonne fréquence. Et vu ce qu'on sait des événements, il semblerait bien que ce soit le cas.

– Pour moi, ça relève de la science-fiction...

– Non, justement, patron : à la base de tout ça, il n'y a qu'une technique éculée. N'importe quel bricoleur avec une bobine de fil de cuivre et un peu de temps devant lui pourrait y parvenir. C'est le réglage de la fréquence exacte qui importe, pas le matos. C'est comme avec les ordinateurs modernes : pas besoin d'être ingénieur pour savoir brancher un périphérique. Tesla a assis les fondements de la théorie il y a un siècle. Ça pourrait être intéressant de la vérifier.

– Ah oui, et comment comptes-tu procéder ?

– Hé, c'est là où ça devient drôle : on entre dans le monde merveilleux de la réalité virtuelle et on lance notre traque sur le Net. Je parie que quelque part, quelqu'un, à un moment ou à un autre, a bien dû placer quelque chose là-dessus sur la Toile... et même s'il l'a bien planqué, on finira par le découvrir. »

Michaels hocha la tête. Le contrôle mental. Un truc à vous donner froid dans le dos.

« Ouais. Je m'en vais éplucher son dossier cet après-midi. Je récupère tout ce qu'on peut savoir sur ce Dr Morrison ou je ne m'appelle plus Jay Gridley l'Éclair. »

Michaels se contenta de branler du chef encore une fois.

18

Samedi 11 juin
Portland

John Howard regardait son fils regarder les lanceurs de boomerang. La compétition battait son plein avec plusieurs concours à la fois et l'on voyait virevolter en tous sens des bouts de plastique aux couleurs vives. En dehors des ordinateurs, c'était le premier truc qui semblait avoir réussi à passionner Tyrone. Enfin, hormis cette petite qui lui avait brisé le cœur quelques mois auparavant. Comment s'appelait-elle, déjà ? Belladonna ? Il fallait que ça arrive un jour ou l'autre, bien sûr, et peut-être que le plus tôt était le mieux, mais l'épreuve l'avait visiblement marqué. Et puis, le premier chagrin d'amour, c'était une expérience qu'on n'oubliait jamais complètement. Howard lui-même s'en souvenait avec une précision qu'il n'aurait pas crue possible trente-cinq ans après les événements. Il en avait même parlé à son fils dans l'intention d'apaiser son chagrin. Peut-être y avait-il contribué. Il aimait à le croire.

Ah oui... la belle Lizbeth Toland, qui l'avait trahi à seize ans avec son meilleur ami, lui faisant perdre l'un et l'autre. Cela remontait à une éternité, et remis en perspective, cela n'avait plus grande importance, minuscule cahot sur la route mais dont le souvenir ne s'estompait jamais complètement. Même après toutes ces années, il pouvait encore se remémorer le chagrin qu'il avait ressenti, quoique pas avec autant de violence qu'à l'époque.

Enfin bon, c'était la route qu'il n'avait pas prise, et il ne regrettait aucunement d'en avoir emprunté une autre. S'il était resté avec Lizbeth, jamais il n'aurait rencontré Nadine, jamais il n'aurait engendré Tyrone, et il n'aurait jamais pu goûter son existence d'aujourd'hui. L'autre vie aurait pu être meilleure, mais il avait dû mal à voir comment. Rien au monde ne lui aurait fait échanger sa Nadine et leur fils. Ni l'argent, ni la gloire, ni le pouvoir.

Il sourit devant Tyrone et sa nouvelle copine, et aussi devant leur enthousiasme pour ce sport de gamins. Une chance, la petite Nadine ne semblait pas susciter chez son fils le même attrait sexuel que Bella naguère ; ils étaient plutôt comme deux copains, ce dont Howard s'avouait satisfait. Ils avaient tout le temps devant eux pour envisager d'autres jeux.

Après une carrière tout entière au service de l'État, d'abord comme militaire, puis comme responsable de la division armée de la Net Force où il avait gravi les échelons pour se retrouver général, il éprouvait à présent le besoin de passer un peu plus de temps auprès des siens.

Il avait l'impression que son mariage remontait à hier, que Tyrone n'était né que depuis quelques heures, et voilà que son fils était déjà adolescent. En un clin d'œil, il allait se retrouver étudiant, puis marié à son tour, et peut-être père de famille. Et un beau jour, en baissant les yeux, Howard allait découvrir à hauteur de ses genoux cette version modèle réduit de Tyrone qui lui dirait : « Papy ! papy ! »

C'étaient des idées à vous pousser à réfléchir sur le sens de votre vie.

« T'étais où ? lui demanda son épouse.

– Je pensais juste à mon petit-fils...

– Oh, vraiment ? Dis donc, tu ne m'en avais jamais parlé !

– Non, non. Je parlais du fils de Tyrone.

– Seigneur, John. Il n'a que treize ans. Laisse-lui encore quelques années avant qu'on se mette à réclamer des petits-enfants ! »

Il lui passa le bras autour des épaules. « D'accord. Deux ans, mamie. »

Elle posa la tête contre sa poitrine. « Jamais personne ne m'appellera mamie. Ni maintenant ni plus tard, quoi qu'il arrive. Hors de question. »

Cœur d'Alene

Sûr que ça n'aura pas pris longtemps, songea Morrison. Il avait appelé la veille et moins de vingt-quatre heures plus tard, voilà qu'une limousine noire amenant un agent chinois s'immobilisait sous le soleil torride de l'Idaho à trois mètres de lui. Il déglutit, la bouche sèche.

À quelques pas de là, Ventura observait la scène. Il s'était changé : T-shirt vert, jean et bottes de cow-boy, sans chercher à dissimuler le pistolet dans l'étui plaqué derrière sa hanche droite. Les pouces glissés dans les poches de devant, il avait l'air du bon bougre qui n'a rien d'autre à faire que lézarder au soleil. Morrison ne pouvait pas distinguer ses yeux derrière les lunettes de soleil mais il était à peu près certain que son garde du corps détaillait la limousine de l'œil aiguisé d'un expert. Il se félicitait encore d'avoir loué ses services. Il se sentait considérablement plus rassuré de savoir qu'un homme de sa trempe était sur le coup.

Six mètres derrière eux, le général Smith se tenait flanqué de deux de ses hommes, alignés comme à la parade, fusil d'assaut leur barrant le torse.

La porte de la limousine s'ouvrit ; en descendit un petit Chinois au visage rond et à la calvitie naissante, vêtu d'un complet blanc et chaussé de mocassins italiens en cuir souple gris. « Dr Morrison, je présume ? »

Morrison acquiesça presque imperceptiblement et se contenta de répondre par un sourire crispé.

« Je suis Qian Ho Wu mais mes amis m'appellent "Chilly". Ravi de faire votre connaissance. » À l'entendre, on aurait pu le croire natif du Kansas et élevé dans cet État – pas la moindre trace d'accent chinois.

Chilly ? « Glacial » ? Allons donc. Le bonhomme était loin d'évoquer le supplice de l'eau. Il semblait parfaitement inoffensif.

« Monsieur Wu... Permettez-moi de vous présenter mon associé, monsieur...

– ... Ventura, c'est bien ça ? Également ravi de vous rencontrer, monsieur. » Wu tendit la main pour la lui serrer mais Ventura se contenta de lui adresser un large sourire, sans bouger d'un pouce.

Wu sourit à son tour et ce fut comme si quelque message venait de s'échanger entre eux, même s'il demeurait indéchiffrable pour Morrison.

« Eh bien, messieurs... où pouvons-nous parler ?

– Que diriez-vous de faire avec nous une visite

vernis – et il ne trimbalait pas ouvertement son flingue, mais sous-estimer l'adversaire était toujours une erreur. Avec Wu, l'erreur pouvait être fatale, et vite. On en était encore au début des négociations et sans doute n'y avait-il pas encore de réelle menace, mais mieux valait ne pas risquer sa tête sur un « sans doute ».

« Bien, que sommes-nous au juste censés nous procurer, Dr Morrison ? Serait-il trop effronté de ma part que je vous appelle Patrick ? »

Wu en remettait une couche, lâchant négligemment des noms pour le seul plaisir de leur signaler qu'il avait potassé ses dossiers et savait précisément à qui il avait affaire. Donc, ils avaient épluché le service de reroutage de courrier électronique pour y récupérer l'identité réelle de Morrison. Rien de bien sorcier. En revanche, savoir que Ventura était sur le coup s'avérait légèrement plus bluffant. C'était la preuve qu'ils prenaient l'affaire au sérieux. D'un autre côté, ils y avaient tout intérêt.

« Le plan d'un véhicule fort pratique, expliqua Morrison.

– C'est tout ? Rien que le plan ? Pas de machine ? Ni roues, ni moteur, ni châssis ?

– N'importe quel élève ingénieur en électromécanique pourrait vous la fabriquer, monsieur Wu. Mais moi seul peux vous en expliquer le fonctionnement.

– Je vois. Et combien réclamez-vous pour ce... plan ?

– Quatre cents millions de dollars. »

Wu étouffa un rire. « Une sacrée somme pour un véhicule d'occasion.

– Satisfaction garantie ou remboursement immédiat.

– Hu-hum. Et quelle preuve avons-nous que vous pouvez nous livrer ? »

Sourire de Morrison. « Une preuve ? La prochaine

fois que vous retournez au pays, allez faire un tour dans les villages de Daru ou Longhua et demandez donc aux rescapés ce qui s'est passé récemment. »

Wu regarda Ventura, puis revint à Morrison : « Vous êtes sûr que Luther a besoin de connaître tous les détails ?

– Je n'ai rien à cacher à M. Ventura. »

Wu hocha la tête. « Très bien. N'importe quel professionnel ayant de bonnes relations, comme notre ami Luther, aurait pu trouver sans peine les noms de ces deux villes. Comment pouvons-nous être certains qu'il ne s'agit pas de votre part d'un coup monté ?

– Que faudrait-il pour vous convaincre ?

– Ma foi, vous pourriez nous confier votre petit bijou pour nous laisser le temps de le tester et nous vous réglerions ensuite. »

Morrison éclata de rire et, au bout de quelques secondes, Wu l'imita. « C'était juste une idée en l'air...

– Tâchez d'en trouver une autre. »

Wu se caressa le menton et fit mine d'obtempérer. Ventura saisit alors son pistolet et, discrètement, en plaqua le canon contre le dossier de son siège, en direction de Wu. Si jamais le chinetoque faisait un mouvement brusque, ses compatriotes devraient se trouver un autre intermédiaire pour la négociation – et en tout cas, le loueur de voitures devrait changer les housses.

« Bon, très bien. Que diriez-vous de ceci : vous nous confiez le volant pour un bref essai, d'accord ? Histoire de brûler de la gomme, emballer un peu le moteur, faire le tour du pâté de maisons.... Mais cette fois, c'est nous qui prenons le volant. Si les résultats sont aussi bons qu'à Daru et Longhua, alors nous serons tout prêts à acheter votre... véhicule.

– Au prix que je réclame ?

– Il semble raisonnable – à condition de ne trouver personne d'autre au volant du même modèle avant longtemps.

– Aucun risque.

– Et quelles sont les... hum... dimensions du véhicule ? Je veux dire, combien de "passagers" pouvons-nous raisonnablement envisager... d'emmener ?

– C'est une question de lois des rendements décroissants. Avec un peu plus de puissance, je pourrais vous proposer mieux, mais la limite actuelle correspond à un rayon d'environ huit kilomètres. »

Wu acquiesça. « Je pense que nous avons filé la métaphore automobile jusqu'à la trame. J'aurai besoin de retourner présenter votre offre à mes supérieurs. Nous établirons alors les coordonnées pour un test. Nous vous les fournirons, vous l'effectuerez et, s'il est concluant, nous discuterons alors des termes. La proposition vous convient-elle ?

– Oui.

– Bien. Pouvons-nous rentrer ? »

Ventura opina et tapa sur l'épaule de leur chauffeur. Walker se tourna vers lui, Ventura pointa le doigt vers le pavillon du véhicule, décrivit un petit cercle, puis indiqua l'arrière. Walker acquiesça et partit virer aussitôt dans un chemin de terre pour faire demi-tour.

Comme ils regagnaient le bâtiment principal du camp, Wu remarqua : « Un endroit fascinant, Luther... Êtes-vous un fidèle ?

– Non. Juste un compagnon de route. On fait avec ce qu'on a...

– J'entends bien. Nous avons des sites analogues chez nous, vous savez. De temps à autre, le gouvernement découvre un nid de mécontents et doit écraser ces nuisibles. Sinon, vous avez tôt fait de vous retrouver avec une bande d'imbéciles prêts à vouloir barrer la route à des tanks en s'avançant les mains nues. Mieux vaut les écraser avant qu'ils n'aient pris trop d'assurance. Notre différence avec vous, c'est que vous êtes parfaitement au courant de l'existence de ces individus et que, néanmoins, vous leur laissez la bride sur le cou.

– C'est le prix de la liberté.

– J'ai toujours estimé que la liberté était un luxe largement surestimé, observa Wu. Avec plus d'inconvénients que d'avantages. L'ordre, c'est quand même autre chose. De toute façon, ce n'est pas vraiment le problème pour des gens comme vous et moi, n'est-ce pas ? »

Ventura haussa les épaules. « Chacun doit trouver sa place. Toutes se valent plus ou moins.

– Je suppose. » Sous l'imperceptible haussement d'épaules indifférent, Ventura crut deviner, éclair fugitif, quelque chose de hideux et de glacial, et il dut prendre sur lui pour ne pas appuyer sur la détente et se débarrasser une fois pour toutes de ce sale petit bonhomme.

C'est vrai qu'il ne payait pas de mine mais Ventura avait le pressentiment que ce Chilly Wu serait un redoutable adversaire si jamais il devait l'affronter. Avec de la chance, il n'aurait pas l'occasion de le vérifier. Dans le cas contraire, il était sûr que tout cela finirait par un bain de sang. Tant que ce n'était pas le sien...

Jamais l'idée ne lui viendrait d'aller regarder à l'intérieur : cela dépassait ses capacités.

C'était le problème avec les logiciels. Avec le matériel aussi, du reste. Les gens s'abstenaient de les remettre à niveau pour tout un tas de bons prétextes, et ils en faisaient en définitive toujours les frais. Et dire que la division armée de la Net Force possédait encore à l'inventaire – et utilisait quotidiennement – des ordinateurs tactiques dotés de moins d'un giga-octet de mémoire vive, quand on trouvait dans n'importe quel magasin d'informatique des PC grand public dix ou quinze fois plus puissants ! Pourquoi pas des ordinateurs à vapeur ? Les gros bonnets de l'armée rétorqueraient en bougonnant qu'ils n'avaient pas besoin de plus pour faire tourner leurs bons vieux logiciels éprouvés ; ces bécanes étaient fiables, robustes, pourquoi diable courir après la puissance avec des machines non testées ou des programmes susceptibles de planter, quand ils ne pouvaient absolument pas se le permettre ? Raisonnement à courte vue, estimait Jay, mais il est vrai que pour lui, seule la technique de pointe trouvait grâce à ses yeux. Une majorité de gens restaient convaincus que l'idéal était d'être lent et stable quand il valait nettement mieux être rapide et stable.

Enfin, ce n'était pas son problème pour l'instant.

Jay trouva le coffre rangé sous le comptoir mentionné dans le rapport du patron. Il sortit de sa sacoche une paire de gants en caoutchouc, les enfila, se pencha pour examiner le coffre. Il vit les griffures révélant qu'on avait forcé le cadenas. Tout en fredonnant, Jay sortit de la sacoche une petite bombe aérosol, visa le cadenas et pulvérisa dessus un fin nuage. Il chassa l'excès de poudre, puis ayant pris un second aérosol, il projeta sur le cadenas une sorte de colle liquide.

Bon, d'accord, sans doute prêtait-il un peu plus d'attention que nécessaire aux détails de ses simulations. Mais on avait sa dignité.

Plusieurs empreintes digitales apparurent comme les deux composants entraient en réaction. Jay dévida un bout d'adhésif transparent qu'il pressa délicatement contre le cadenas avant de l'ôter pour le déposer sur une carte plastifiée blanche.

Juste pour le plaisir, il saisit son rossignol, empoigna une pince, et ouvrit le cadenas. Six secondes chrono. Une paille.

Le coffre contenait des liasses de papiers, de billets de banque et des pièces de monnaie – autant de représentations virtuelles de fichiers électroniques variés. Jay prit deux ou trois feuilles qu'il parcourut mais il était moins intéressé par leur contenu que par l'identité de celui qui avait forcé le coffre avant lui. Il referma le couvercle, remit le cadenas, puis se dirigea vers la porte de derrière.

Il comptait ramener les empreintes au bureau pour les contrôler. Bien sûr, dans la réalité, il s'agirait en fait de décoder les en-têtes de messages électroniques pour suivre leur cheminement sur les divers serveurs afin d'identifier éventuellement celui qui avait laissé des traces de sa visite. Jay coincerait sans difficulté le voleur s'il avait été assez bête pour agir à mains nues. Sans doute n'était-il pas aussi con, mais allez savoir... En général, les escrocs assez malins pour ne pas se faire piquer l'étaient également assez pour se rendre compte qu'ils gagneraient plus en travaillant honnêtement. Mais pas toujours : certains étaient malins mais flemmards. D'autres aimaient la décharge d'adrénaline qui accompagne toute activité illégale. Jay se souvint du patron d'une grosse boîte de logiciels qui prenait son pied à pirater les systèmes informatiques de ses concurrents pour y récupérer des conneries, comme les fichiers d'adresses du personnel ou les archives bancaires, toutes choses qu'il aurait pu se procurer ailleurs par des moyens légaux. Il ne se servait même pas des documents récupérés, se contentant d'accumuler son butin dans un dossier de son disque dur. Il n'avait jamais commis le moindre dégât ni dérobé le moindre élément de valeur – c'était l'équivalent électronique du vol à l'étalage... et s'il avait voulu, il aurait eu tout à fait les moyens d'acquérir la majorité des entreprises qu'il pillait de la sorte. Quand Jay avait coincé ce P-DG bizarre, le type avait éclaté de rire, réglé l'amende sans sourciller, et sans doute avait-il remis ça dès le lendemain. Un camé du frisson.

Jay tombait tous les jours sur des spécimens dans son genre, des pirates qui se croyaient plus rapides, plus malins ou plus forts que les autres et qui cherchaient à se mettre eux-mêmes à l'épreuve. Ça encore, il arrivait à le comprendre : s'il n'avait pas intégré la Net Force, sans doute aurait-il fini ainsi. Mais c'était désormais son boulot de les coincer.

Jay s'était frotté aux meilleurs et même si ça n'avait pas été toujours rapide ou facile, au bout du compte, il avait malgré tout réussi à les battre. Enfin, ceux du moins dont il connaissait l'existence. Sans doute existait-il quelque part des escrocs tellement astucieux qu'ils étaient capables de commettre le crime parfait, celui que personne même ne remarque. Mais à vrai dire, Jay doutait qu'il y ait un si grand nombre de pirates de cette envergure, si tant est même qu'il en existât. Et il n'avait pas l'impression que celui qui s'était introduit dans le système informatique de HAARP appartînt aux meilleurs, sinon il n'aurait pas laissé de marques sur le cadenas. Non, cette enquête s'annonçait comme une sinécure.

À présent, il fallait qu'il trouve des informations sur le Dr Morrison. Normalement, ce devrait être encore plus fastoche.

Samedi
Portland

Tyrone et Nadine avaient passé la matinée à regarder les concurrents des diverses épreuves, mais en concentrant leur intérêt sur les seniors inscrits au concours de durée. Même si aucun n'arrivait à s'approcher de l'incroyable record établi par Gorski, plusieurs lanceurs avaient réussi d'assez jolies performances.

Ils décidèrent de s'entraîner après déjeuner et donc se rendirent sur le terrain aménagé à cette intention, un peu plus haut sur la colline.

Tyrone contempla la prairie ensoleillée, les autres concurrents, puis enfin Nadine. Ce n'était pas un aimant pour les regards comme Bella, mais dans cette lumière, au milieu de cette verdure, elle était bougrement plus séduisante, et d'une manière toute différente. C'était une vraie personne, quelqu'un avec qui l'on aimait bien être, quelqu'un avec qui il aimait bien être pour des raisons qui allaient plus loin qu'un joli minois.

« Qu'est-ce qui te fait sourire, grosse nouille ? Tes chances de me plumer demain ? »

Tyrone secoua la tête. « Non, rien.

– Alors, remue-toi, que je t'inflige une nouvelle leçon.

– Mon cul, oui.

– Ça, on verra plus tard. »

Ils sourirent tous les deux. En cet instant, Tyrone voyait mal comment la vie pourrait être plus belle. Enfin. Peut-être... s'il remportait le championnat.

Cœur d'Alene

« Avez-vous déjà tiré au pistolet, Dr Morrison ? »

Ils se trouvaient dans l'un des nombreux stands de tir du camp paramilitaire. Même s'il n'était pas loin de neuf heures du soir, il y avait encore assez de lumière pour qu'on distingue les cibles, des silhouettes de torses humains en carton, montées sur des supports en bois. Il y en avait une douzaine, disposées à des distances croissantes de la ligne de tir matérialisée par un trait de craie au sol, près d'une table bancale faite d'une planche de contreplaqué clouée sur quatre étais.

Signe de dénégation de Morrison. « Non. Au fusil et à la carabine quand j'étais môme, mais aucune arme de poing. Mes parents ne s'y fiaient pas.

– Le principe est identique, expliqua Ventura. On se sert du cran de mire pour aligner le canon sur la cible, on presse la détente, ça fait bang. La différence essentielle est qu'un canon plus court rend la précision de tir plus délicate et que la majorité des armes de poing ont un recul considérablement moindre que les armes d'épaule. On troque la puissance de feu contre la portabilité et la discrétion. »

Puis il indiqua la table sur laquelle étaient posés plusieurs modèles. « Ce qu'on va faire, c'est vous en faire essayer plusieurs, pour voir lequel vous convient le mieux. Vous n'avez pas le temps d'acquérir une réelle compétence, il s'agit juste de savoir vous débrouiller en tout dernier ressort, dans un face à face avec l'adversaire. D'ailleurs, si vous êtes obligé d'en arriver là, ce sera que mes hommes et moi serons probablement morts et, pour être franc, vos chances de survie dans ce cas seront minces, pour ne pas dire inexistantes. Mais ils ne s'attendront sans doute pas à ce que vous soyez armé et vous pourriez toujours les surprendre. »

Morrison acquiesça de nouveau, pris soudain d'un étrange frisson au bas-ventre. Il n'avait pas réfléchi si loin. L'idée même de se faire enlever ou tuer n'avait été pour lui qu'un exercice intellectuel. Contempler tout cet arsenal étalé sur la table ne rendait soudain la chose que trop réelle.

« Dans l'idéal, on adopte l'arme de poing la plus grosse qu'on puisse utiliser : plus le calibre est gros, plus les balles sont rapides et plus on a de munitions, mieux c'est. Celui-ci, en plastique noir, c'est un Glock 40 semi-automatique. À côté, vous avez un revolver Taurus 357. Ce sont ces deux-là qui ont le plus de punch. Avec ceux-là, si votre adversaire s'en prend une en plein torse, il se couche et se retrouve hors de combat plus de neuf fois sur dix. »

Ventura hocha la tête avant de préciser : « Je vous

dois des excuses, docteur. Ce n'est sans doute pas ainsi que je procéderais pour vous apprendre convenablement à tirer, si j'avais tout le temps devant moi, mais voilà, je ne l'ai pas. Alors, nous allons commencer avec ces calibres. »

Morrison coiffa le casque protecteur que Ventura lui tendit.

« Les protections auditives sont électroniques, lui précisa-t-il. Vous pourrez entendre sans difficulté jusqu'au moment de la détonation, mais ce dispositif en supprimera le bruit. Ces deux flingues sont particulièrement bruyants. Si jamais vous tirez avec dans un lieu confiné comme l'habitacle d'une voiture, vous risquez de vous éclater le tympan.

« Tenez-le ainsi, à deux mains. Et placez-vous de cette façon, les bras écartés, de manière à former un triangle isocèle. La prise est importante, il faut les tenir fermement. La ligne de mire doit avoir cet aspect. » Il prit un stylo-feutre et dessina sur la table un croquis. « Vous alignez le viseur et le cran de mire, avec la cible juste au-dessus. Mais si vous êtes obligé de tirer, vous n'aurez sans doute pas le temps de viser avec précision, votre agresseur sera pile devant vous, alors ce que vous faites à la place, c'est pointer sur lui le canon comme si vous le désigniez l'index tendu. Tenez. »

Il tendit à Morrison le pistolet de plastique noir. « Si vous voyez l'arrière de la culasse se détacher devant le torse du type, c'est à peu près bon pour un tir à bout portant.

– Ça fait quelle distance ?

– Jusqu'à six mètres. Dans votre cas, disons plutôt deux mètres, deux mètres cinquante.

– OK.

– Le Glock fonctionne ainsi. On introduit le chargeur comme ça, on ramène la coulisse pour charger une cartouche, on presse la détente. Pas de cran de sûreté. On vise, on appuie. Pas de geste brusque. Faites un essai, sur la cible juste devant, là. Tirez deux coups. Attention, il y a pas mal de recul. »

Le torse et la tête découpés dans du carton étaient à quatre mètres d'eux tout au plus.

Morrison prit une grande inspiration, pointa le Glock sur la cible, pressa la détente. Cette saloperie de flingue lui échappa presque des mains, et le second coup partit avant qu'il soit prêt, si bien qu'il avait dû être un poil trop haut...

Il abaissa le canon et regarda.

Pas un seul trou dans la cible.

Comment avait-il pu la rater ? Elle était juste devant lui !

« La première balle était trop à droite, la seconde bien trop au-dessus et à droite. Essayez le Taurus. »

Cinq minutes plus tard, Morrison était au comble de l'embarras. Il avait tiré dix coups avec cinq armes différentes. Deux balles seulement avaient atteint la cible et les deux, bien loin du centre, presque au ras sur la droite. Deux seulement !

« Vous minez pas. Des flics entraînés ratent leur coup à cette distance. Déjà vu la vidéo de ces policiers d'État qui ont interpellé deux types en camion pour permis de conduire périmé ? Comme il s'agissait de dangereux récidivistes, les flics avaient sorti leur arsenal. Le passager du camion et un des flics se sont retrouvés face à face à quatre mètres l'un de l'autre, les deux ont tiré cinq ou six projectiles qui sont tous allés se perdre dans la nature. Si on vous braque pour de vrai un pistolet sous le nez, c'est bien pire que de se retrouver face à une cible en carton qui ne risque pas de répliquer. L'adrénaline vous joue de drôles de tours. »

Morrison secoua la tête.

« Essayez plutôt celui-ci. Smith & Wesson 371. Modèle Airlight. »

Il lui tendit l'arme.

« Il est rudement léger !

– Presque entièrement en alu. Un peu moins de trois cents grammes. Mais il accepte huit cartouches de calibre 22. »

Morrison prit une nouvelle inspiration, pointa l'arme, pressa la détente, une fois, deux fois... Le revolver tressauta légèrement, mais pas trop, et quand il examina la cible, il y avait deux petits trous au centre, espacés de trois ou quatre centimètres au plus. Hé !

« Recommencez. Cette fois, gardez le doigt sur la détente jusqu'à ce que le chargeur soit vide. »

Morrison obéit.

Cette fois, il réussit même à voir les trous se matérialiser dans le carton. Ils n'étaient pas si gros mais tous étaient regroupés au centre de la cible, sauf un, et encore, juste à quelques centimètres au-dessus. Le cliquetis à vide du percuteur le surprit.

« Parfait. Voici votre arme, commenta Ventura. Légère, simple à manier, presque pas de recul. La puissance de feu est réduite mais un coup au but avec un petit calibre, c'est infiniment mieux qu'un coup à côté avec un bazooka. »

Morrison contempla le pistolet.

« Je vous montre comment le recharger, même si je

doute que vous en arriviez là si jamais vous deviez vous en servir. S'il n'y a qu'un seul adversaire, visez et tirez jusqu'à ce qu'il s'écroule ou détale. S'ils sont plusieurs, tirez-leur deux balles chacun, puis recommencez. On va s'entraîner à ça, le double tap : deux projectiles tirés coup sur coup. »

Mais ils n'en eurent pas le temps : la sonnerie du portable de Morrison était parfaitement audible malgré les protections électroniques.

Ce devait être le Chinois.

Morrison ôta le casque et pressa la touche « prise de ligne ».

« Allô ?

– Hé, Pat ! Que diriez-vous qu'on prenne votre voiture pour un petit essai sur route ? Je connais bien le coin. »

Tandis que Morrison écoutait Wu, Ventura rechargea l'Airlight avant de le lui restituer. Avec un téléphone mobile dans une main et le pistolet dans l'autre, Morrison eut soudain l'impression que la tiédeur vespérale de l'été avait viré au froid glacial de l'hiver.

20

Dimanche 12 juin
Au-dessus du nord de l'Idaho

Le pilote de l'hélicoptère tendit le doigt : « Le terrain de Plinck ! » cria-t-il pour couvrir le claquement du rotor.

Ventura hocha la tête. Ils étaient à deux mille pieds d'altitude et ralentissaient pour atterrir. Il regarda sa montre. Même si la distance n'était pas si grande, le vol en hélico jusqu'à ce terrain privé avait pris trois quarts d'heure malgré tout ; cela était en partie dû à deux changements de cap, au cas où. Cela dit, il était situé plus loin du camp militaire que l'aérodrome civil de Cœur d'Alene. Ventura avait pris ses dispositions pour réserver l'hélicoptère avant leur arrivée, sachant qu'il leur en faudrait un de toute manière quand la partie serait engagée pour de bon. Tant qu'ils restaient dans l'enceinte du camp de la milice, ils se trouvaient en lieu sûr, mais à l'extérieur, ce n'était plus du tout pareil. Même Morrison avait été capable de piger ça, une fois qu'on lui avait exposé la situation.

« Mais pourquoi un hélicoptère ? avait-il demandé.

– Parce qu'ils savent que vous partez. Ils savent aussi où vous vous rendez – à moins d'être en mesure de réaliser votre test par commande à distance, vous êtes obligé de remonter en Alaska pour aller jouer de votre HAARP. J'ai des hommes sur place et quiconque se pointe là-haut pour chasser ou photographier les oiseaux est considéré comme un élément potentiellement armé et dangereux. Mais si j'étais votre Chinois et que je cherche à vous mettre la main sur le paletot, je tenterais d'abord le coup ici. Il n'y a qu'une seule route d'accès à ce camp et il suffit de deux abrutis en tenue camouflée munis de jumelles pour couvrir le site. La moitié de mes gars vont sortir en convoi à bord des voitures de location une heure avant l'arrivée de l'hélico, et filer vers l'aéroport de Cœur d'Alene. Ça leur donnera un truc à observer si jamais ils sont bien en surveillance. Comme ils s'attendront sans doute à un subterfuge, la troisième bagnole quittera le camp quinze minutes après les deux autres, cette fois dans la direction opposée. Probable qu'elle attirera les équipes de tireurs qu'ils auront pu mettre en place. Trois quarts d'heure après, on décolle. Ils ne pourront pas nous suivre dans les airs sans qu'on les repère, et de toute façon, je doute qu'ils aient prévu le coup. Même s'ils réussissent à nous pister avec l'un de leurs satellites-espions, nous ne resterons pas longtemps à leur portée, et ils nous auront perdus de vue avant qu'on ait viré de cap pour reprendre la bonne direction. S'ils ont un brin de jugeote, ils en déduiront sans doute que nous rallions un terrain privé, mais le temps qu'ils trouvent lequel et y envoient leurs sbires, nous serons loin. J'ai affrété un avion qui sera prêt à décoller sitôt l'hélico posé.

– Et s'ils ont prévu le coup et qu'ils ont déjà placé des hommes sur le terrain privé ? »

Large sourire de Ventura. Le gars commençait à saisir. « S'ils sont si malins, alors il faudra qu'on les abatte. »

Morrison mit quelques secondes à digérer cette annonce. « Ça va coûter une fortune.

– Une goutte d'eau dans la mer, si ça vous permet de vous en tirer. Du reste, je n'ai même pas encore épuisé votre avance. »

Ce n'était pas ce qui avait poussé Morrison à poser la question mais Ventura voyait bien que le gars était terrifié. D'ailleurs, il pouvait l'être, vu la qualité des joueurs. Mais à ce niveau d'enchère, si Morrison se faisait éliminer, il était probable que Ventura aurait sauté le pas avec lui, et ça, il n'y était pas encore prêt. Seule chose à faire : mener les Chinois en bateau assez longtemps pour que le marché se conclue. Une fois l'argent transféré et l'information disponible, Morrison devrait disparaître et rester planqué à tout jamais, même s'il l'ignorait encore. Si l'on avait les fonds, on pouvait se volatiliser totalement et vivre malgré tout dans le luxe et la sécurité, à condition de savoir s'y prendre. Ventura savait et il conseillerait volontiers Morrison, mais ça, ce n'était pas sa préoccupation immédiate.

Sans doute Morrison essayait-il de se convaincre que dans l'optique des Chinois, jamais il n'irait se vanter de leur avoir fourgué des secrets militaires américains et donc qu'une fois le marché conclu, il cesserait de constituer une menace. Il n'avait qu'en partie raison. Les Chinois détiendraient le logiciel mais pour le mettre en œuvre, il leur faudrait aussi le matos, et ça, ce n'était pas le genre de truc qu'on planquait aisément sous une bâche. Si un grand pays constatait soudain dans sa population des crises de folie collective amenant les gens à s'entretuer, cela risquait d'éveiller de sérieux soupçons au sein des services de renseignements. Si ces derniers découvraient la cause de ces troubles, retracer leur origine ne serait guère sorcier pour eux, surtout vu la taille des moyens nécessaires pour y parvenir, et deux bombardiers furtifs pourraient filer gentiment nettoyer le site, vite fait bien fait, et être de retour au bercail juste à temps pour admirer les résultats sur CNN.

L'hélicoptère se posa sur l'aire d'atterrissage, dans un grand souffle de vent soulevé par les pales. Ventura claqua l'épaule de Morrison. « Restez derrière moi. »

Ils débarquèrent et Ventura dégaina aussitôt son arme et la tint plaquée contre sa cuisse. Puis il se dirigea d'un pas vif vers un antique DC-3 garé à une centaine de mètres. Comme ils s'en approchaient, le vieux Dakota mit en route son moteur gauche, ses tubulures d'échappement crachant une bouffée de fumée blanche.

Ventura sourit. Il avait de l'affection pour ces vieux zincs ; il avait volé à bord sous tous les cieux du monde. Le DC-3, alias Gooney Bird, ou Dakota, était en service depuis le milieu des années trente du siècle passé. Il était lent, bruyant, avait une autonomie réduite mais on pouvait compter dessus avec la même confiance que sur le beau temps à Hawaii. Ventura, dont les talents de pilote se limitaient à prendre le manche en cas d'urgence absolue, s'était toujours dit que s'il devait un jour s'acheter un avion, ce serait celui-ci. Ni gadgets ni accessoires superflus, mais l'assurance d'amener sa cargaison à bon port. Question rapport qualité/prix, le vieux Douglas restait le meilleur appareil à moteur à pistons encore en service.

La porte de l'avion s'ouvrit, le petit escalier d'accès bascula, et Hack Spalding s'encadra dans l'écoutille, exhibant son large sourire édenté. Il fit un doigt à Ventura, signe convenu pour lui indiquer que tout était OK à bord. Ventura se tourna pour convier Morrison à se hâter d'embarquer, tandis qu'il surveillait leurs arrières. Pas un chat en vue.

À la bonne heure. Un point de plus pour les « longs nez »...

Washington

Il régnait une chaleur moite sur le Mall en cette toute fin d'après-midi – pas vraiment une surprise à cette période de l'année – mais Toni s'en fichait bien. C'était bon d'être dehors et de se promener, bon de se retrouver au pays natal et surtout, surtout, de se promener en compagnie d'Alex. C'était presque comme si les deux derniers mois n'avaient été qu'une parenthèse, un mauvais rêve. Comme si elle venait de s'éveiller d'un sommeil agité, avec encore son souvenir intact mais, quelque part, irréel.

Alex voulait qu'elle reprenne son ancien poste et, à vrai dire, elle aurait bien voulu, elle aussi, oui mais voilà, c'est en bonne partie là qu'avait résidé le problème : travailler pour Alex ; et elle ne voyait guère comment ça pourrait s'améliorer. Il ne pouvait pas la traiter comme une employée lambda, comme avant qu'ils ne fussent devenus amants. Et cela faisait une sacrée différence qui avait engendré toutes sortes de difficultés. Pour commencer, il avait cessé de l'envoyer sur des missions dangereuses et, tandis qu'en privé elle tenait à ce qu'il la dorlote comme n'importe quel amant, elle refusait catégoriquement de lui voir adopter la même attitude en tant que patron.

Il faudrait bien pourtant qu'elle travaille et, de fait, elle avait déjà reçu plusieurs offres d'emploi. Deux boîtes d'informatique l'avaient contactée pour lui proposer de prendre la tête de leur service de sécurité – et avec une rémunération bien supérieure au traitement qu'elle touchait à la Net Force. Sans compter quelques avantages en nature plutôt sympas : une voiture, un appart, un titre ronflant. Elle avait du reste été sérieusement tentée par une de ces propositions. En gros, elle pourrait fort bien travailler depuis n'importe où, même si certaines situations épineuses devaient nécessiter des déplacements. Mais alors qu'elle n'avait pas envie de retravailler pour Alex, elle ne voulait pas non plus s'éloigner au point de ne plus pouvoir le voir.

Il restait toujours la possibilité d'une mutation : Alex n'avait en effet jamais déclaré sa démission. Elle avait décroché mais il n'en avait pas informé la hiérarchie. Officiellement, elle était en congé sans solde : en disponibilité pour convenances personnelles mais appartenant toujours aux effectifs. Même si la Net Force avait dans une certaine mesure son indépendance d'action, elle demeurait d'un point de vue technique une branche du FBI. Et, à Quantico, un certain nombre de fonctionnaires ne verraient pas d'un mauvais œil sa présence dans leurs services – deux d'entre eux l'avaient également contactée. Le problème, c'est que si cela signifiait qu'elle resterait ainsi à proximité d'Alex, cela risquait aussi de la faire passer pour traître aux yeux de ses futurs ex-collègues. À l'instar de l'éternelle rivalité entre FBI et CIA, les agents de la

Net Force avaient tendance à considérer les fédéraux comme de sombres empotés – qu'on pouvait tolérer mais qu'il valait mieux éviter autant que possible.

Bref, Alex n'apprécierait sans doute pas son passage chez les pontes de l'agence.

Mais encore une fois, ce n'était pas vraiment à lui de choisir, n'est-ce pas ? Elle devait trouver un moyen de gagner sa vie et elle était déjà intégrée au système – après tout, être mutée dans un autre bâtiment du service serait la solution la plus simple, pour les conditions de travail en tout cas : elle pourrait garder son appartement et n'aurait pas à se familiariser avec de nouvelles procédures. Et surtout, elle pourrait continuer à voir Alex tous les jours au déjeuner ou à l'entraînement au gymnase.

Son persocom se manifesta – une drôle de petite ritournelle extraite d'un film vieux de plus d'un demi-siècle : le thème musical d'une comédie policière narrant les aventures d'un super agent secret nommé Flint. La musique reprenait la sonnerie du téléphone employée par une hypothétique agence de renseignements américaine et réservée aux appels émanant du président. Elle devait (bien évidemment) ce clin d'œil à Jay Gridley qui était un grand fan de ces références ésotériques et qui par ailleurs adorait reprogrammer les divers gadgets électroniques personnels à l'insu de leur propriétaire.

Elle regarda l'écran mais l'identité du correspondant était masquée. Si elle avait eu sur elle un virgil, c'eût été impossible.

« Allô ?

– Allô, Toni. Comment va ? »

Quelque divinité blasée n'avait, de guerre lasse, sans

doute rien trouvé de mieux à faire que de lire dans ses pensées et de prendre pitié d'elle : c'était Melissa Alisson en personne, la patronne du FBI. Et un dimanche, en plus.

« Bien. Et vous ?

– On survit. Écoutez, j'ai cru comprendre que vous envisageriez une éventuelle mutation, est-ce que je me trompe ? »

La directrice qui avait décroché son poste grâce à sa connaissance encyclopédique des placards où moisissaient quantité de cadavres politiques n'était pas du genre à tourner autour du pot.

Certes, Toni avait envisagé l'hypothèse à peine quelques secondes plus tôt, mais elle n'avait pas encore pris sa décision. Mais ce n'était pas ce que son interlocutrice désirait entendre. Elle voulait un oui ou un non.

Te voilà au pied du mur, Toni, et que ça te plaise ou non, tu ne peux plus te défiler. Choisis.

Toni regarda Alex. Il était en train de contempler un jeune couple se débattant avec deux mioches impossibles qu'ils essayaient tant bien que mal de contenir. Le garçon, dans les trois ans, tournait en rond en criant à tue-tête : « Prom'nons-nous dans les bois. » Sa sœur, dix-huit mois peut-être, n'arrêtait pas de fausser compagnie à sa mère et de filer à toute vitesse sur la pelouse de cette démarche titubante des bambins, en riant aux éclats. Alex souriait devant ce spectacle.

« Toni ? »

Son attention revint au téléphone. « Oui, madame. J'ai envisagé la chose.

– Voilà qui est sage », commenta la directrice et Toni comprit à cette réponse qu'elle devait être au courant de sa relation avec Alex. « J'ai un créneau dans mon emploi du temps, demain, aux alentours de treize heures. Passez donc me voir, on en discutera.

– Bien, madame. »

Là-dessus, la directrice coupa. Toni remit le persocom dans l'étui accroché à la ceinture de son jean.

Alex quitta des yeux les enfants pour la regarder, avec un haussement de sourcils éloquent : *Qui était-ce ?*

C'était peut-être une réaction égoïste mais Toni n'avait pas envie de se gâcher le restant de l'après-midi. Si elle avouait à Alex que c'était la directrice, elle serait obligée de lui expliquer le reste, il voudrait en parler et, franchement, elle ne se sentait pas de taille à discuter de ça. Elle n'avait renoué avec lui que depuis deux jours, et leur situation était loin d'être aussi stable qu'auparavant. Si jamais il apprenait qu'elle était sur le point de passer chez les fédéraux, elle était sûre qu'il piquerait une crise. Peut-être qu'il ne dirait rien, qu'il cacherait ses sentiments – ça, il savait très bien le faire – et elle n'était pas du tout prête à affronter ce genre de scène.

Aussi lui passa-t-elle la main autour du bras. « Rien d'important. Allez, viens. J'ai envie d'aller voir l'expo de vieilles bagnoles au Smithsonian. »

Il lui sourit. « D'accord. »

Bien. Ce n'était pas vraiment un mensonge, sinon par omission, et si jamais il avait vent de la chose, elle lui dirait tout. Pourquoi aborder le sujet maintenant et plomber à coup sûr l'ambiance, alors qu'en fin de compte, tout ça pouvait fort bien ne déboucher sur rien de concret ? Ce n'était jamais qu'un entretien avec le patron du service, après tout.

Alors qu'ils passaient devant les parents et leurs deux marmots, Alex sourit à la petite qui, finalement vaincue par la fatigue, s'était laissé tomber sur l'herbe rase et gazouillait paisiblement.

« Déjà songé à avoir des enfants ? » lança Alex.

Toni fut prise au dépourvu. Elle s'immobilisa, comme si elle avait oublié comment on marchait. Elle le fixa avec des yeux ronds. Des enfants ? Avec Alex ? Bien sûr qu'elle y avait songé. Et même rêvé. Mais avant qu'elle ait pu se ressaisir pour lui répondre, il lâcha, avec un haussement d'épaules : « Laisse tomber. Juste une idée en l'air. »

21

Dimanche 12 juin
Gakona

Nul tueur chinois ne se matérialisa pour tenter de les intercepter alors qu'ils quittaient le petit aérodrome jadis utilisé par les prospecteurs, juste au nord de Paxon, pour se diriger vers Gakona. Ventura lui avait garanti que c'était fort improbable. D'ailleurs il avait chargé dix de ses hommes d'inspecter les sites éventuellement propices à une embuscade tout le long de leur itinéraire, sans oublier les voitures qui les précédaient et les suivaient. Là encore, c'était l'aîné de la bande, Walker, qui était au volant, mais cette fois avec Morrison à côté de lui, tandis que Ventura était assis derrière eux. « Si jamais ils sont dans les parages, ils me prendront probablement pour vous, puisqu'en général, c'est la personnalité qui voyage à l'arrière, avait cru bon d'expliquer Ventura.

– Vous croyez qu'ils seront là ?

– Oh, certainement, mais où... Quoique je doute qu'ils s'attaquent à vous d'emblée ; il se peut qu'ils attendent le test, pour s'assurer que vous êtes capable de tenir vos engagements avant de passer vraiment aux choses sérieuses.

– Vous croyez qu'une fois à l'intérieur du site, on sera en sécurité ?

– Négatif. J'ai une liste des gardes et si jamais une

nouvelle tête apparaît, on s'en occupera, mais ce n'est pas ce genre de clôture et quelques malheureux pelés en patrouille qui arrêteront un commando déterminé à entrer dans la place. Mes gars surveilleront les accès routiers et le ciel, de telle sorte que si jamais les autres lancent une attaque en force, on ait le temps de se retourner pour fiche le camp. J'ai déjà étudié plusieurs itinéraires de fuite. »

Encore une fois, Morrison s'étonna de la minutie de son interlocuteur. Tous ses actes semblaient étudiés et pensés dans le moindre détail.

Le trajet se révéla toutefois sans surprise – à l'exception d'un jeune élan qui traversa la route sous leur nez – et moins d'une heure plus tard, ils étaient à l'intérieur du mobile home auxiliaire et avaient mis en route l'électronique. Pendant que Morrison travaillait, Ventura arpentait les alentours tel quelque gros félin – l'oreille tendue, l'œil aux aguets.

« J'y suis presque », annonça Morrison. Il saisit un manuel épais comme un annuaire consignant des sites classés par leurs coordonnées géographiques et le feuilleta jusqu'à ce qu'il ait trouvé ceux qu'ils cherchaient. « Là... 45° 28' 24'' Nord ; 122° 38' 39'' Ouest... Pas le centre-ville mais une position qui permettrait de toucher les faubourgs sur les deux rives... »

Ventura acquiesça d'un signe de tête. « OK.

– Il faudra le laisser tourner deux heures pour atteindre l'effet optimal. Ce ne sera pas aussi long que pour le test en Chine, puisque la cible est plus proche et que le faisceau perd donc moins d'énergie.

– Parfait. »

Il examina les commandes. Relever le couvercle, presser le bouton, c'était tout. Il pourrait aller manger ou faire un somme pendant que la machine tournerait. « Je me sens, comment dire... tout ça me met un peu mal à l'aise.

– Pourquoi ?

– Ben, à cause de la localisation de la cible, aux États-Unis, tout ça...

– Un brusque accès de patriotisme ?

– Peut-être, un brin. Je ne sais pas, mais je n'avais pas imaginé que ça prendrait cette tournure.

– C'est toujours ainsi. "Aucun plan de bataille ne survit au premier contact avec l'ennemi." Vous savez pourquoi c'est une clause de résiliation si jamais vous refusez ce test, n'est-ce pas ?

– Non, pourquoi ?

– Parce que si ça marche, et si cela doit se traduire par le décès de quelques douzaines d'individus, alors vous n'aurez pas seulement tué quelques anonymes dont tout le monde se fout à l'autre bout de la planète, vous serez devenu un tueur en série dans votre propre pays. Quant à la ville qu'on vous a donnée pour cible, elle se trouve dans un État qui a rétabli la peine de mort, vous le saviez ? »

Morrison sentit un flot de bile menacer de lui remonter dans la gorge. « Non, je n'y avais pas pensé. »

Ventura haussa les épaules. « La seringue, on n'y a droit qu'une fois – c'est la méthode adoptée là-bas : une injection létale alors que vous êtes ligoté sur une civière. Ce que veulent les Chinois, c'est une garantie supplémentaire que vous ne changerez pas d'avis pour aller vous jeter dans les bras des autorités dès le marché conclu avec eux. Une fois cette affaire réglée, ils n'auront même pas à vous courir après pour vous liquider : il leur suffira de dire aux fédéraux où vous

vous planquez et de les regarder, les bras croisés, faire le boulot à leur place. Les Chinois ne voudront certes pas d'un procès, au risque de voir déballer toute l'histoire, mais vous non plus, c'est évident. Et une fois que vous serez arrêté ? Eh bien, ils sauront dès lors avec précision où vous trouver. Il est très difficile d'arrêter un assassin fanatique prêt à mourir pour accomplir sa mission. »

Morrison sentit l'horrible vérité de cette révélation l'inonder comme un flot d'oxygène liquide, le glaçant jusqu'à la moelle. Il bredouilla : « Je... je vois.

– Non, pas vraiment, rectifia son interlocuteur. Loin de là. Avant que vous pressiez ce bouton, laissez-moi vous détailler un certain nombre de points indispensables.

« Une fois que vous aurez touché votre argent, le dénommé Patrick Morrison doit disparaître. Vous devrez totalement vous volatiliser, de telle sorte que les meilleurs espions de Chine, voire des États-Unis et d'une demi-douzaine d'autres nations, soient incapables de vous retrouver, parce qu'au bout du compte, tous ces gens pourraient fort bien s'intéresser à vous. Si vous rêviez de vous retrouver au conseil d'administration de quelque université et de distribuer généreusement des subventions à de jeunes chercheurs affamés, vous feriez mieux d'oublier ces idées tout de suite. La seule et unique façon qu'il vous reste de survivre assez longtemps pour dépenser vos gains est de devenir un homme complètement différent de celui que vous êtes aujourd'hui. Vous devrez rompre tous les liens avec votre passé, y compris avec votre épouse – à moins qu'elle ne soit prête à faire la route avec vous, laquelle route risque d'être semée d'embûches.

Vous serez un autre homme, dans un autre pays, doté d'un nouveau passé, d'une nouvelle personnalité. Vous ne pourrez même plus lire les magazines que vous lisiez habituellement ; pas question non plus de pratiquer vos loisirs habituels, parce que vous pouvez être sûr que quelqu'un cherchera à vous identifier en exploitant un détail aussi anodin et qu'il y parviendra sans doute. Imaginons que vous êtes abonné à telle publication universitaire diffusée auprès de trente ou quarante mille lecteurs. Vous aurez intérêt à emprunter à un collègue son exemplaire parce que même s'il faut des années pour rendre visite à tous les individus inscrits sur la liste d'abonnés, les Chinois sont tout sauf pressés. Commettez une erreur, une seule, docteur, et vous êtes fichu. Patrick Morrison devra disparaître, au sens figuré, sinon il disparaîtra, au sens propre. »

Morrison le dévisagea. Il n'avait certes pas envisagé toutes les conséquences. Mais plus il écoutait Ventura, plus il était convaincu que ce dernier avait raison. Durant un moment, il en demeura le souffle coupé. Comment avait-il pu se montrer aussi myope ?

« Alors voilà ce qu'il faudra faire si vous voulez survivre. Je peux vous y aider, vous guider dans la bonne direction, vous indiquer la marche à suivre, mais une fois que vous serez lancé, plus question pour moi non plus d'avoir des contacts avec vous. Ils pourraient chercher à me convaincre de leur parler et mieux vaut pour votre sécurité que j'ignore votre nouveau nom et votre nouveau visage.

– Je n'avais même pas songé au risque que je vous faisais courir, admit Morrison.

– Ne vous en faites pas pour ça. J'ai des gens qui me protègent depuis un bon bout de temps, grâce à quoi je suis parvenu à rester en vie contre vents et marées. Je me suis lancé dans ce business en toute lucidité et cela fait des années que je suis un homme en sursis. Mais vous, c'est désormais ce qui vous pend au nez. Alors, la question que vous devez vous poser est celle-ci : est-ce que quatre cents millions de dollars justifient de refaire entièrement sa vie ? Avec une telle somme, il y a quantité d'endroits sur la planète où l'on peut vivre comme un roi, dans le luxe, entouré de femmes, en jouissant du pouvoir de vie et de mort... aussi longtemps qu'on évite de se faire remarquer. D'autres avant vous l'ont déjà fait, des riches et des puissants contraints de disparaître pour une raison quelconque, et ils ont réussi à survivre, vingt, trente, cinquante ans même... Les plus prudents sont sans doute encore de ce monde. Ceux qui n'ont pas pris ces précautions sont certainement morts. »

Morrison contempla le bouton et cette réalité concrète se matérialisa soudain en lui comme une bille d'acier froid au creux de ses entrailles. Il bredouilla : « Il est déjà trop tard pour reculer, n'est-ce pas ? »

Sourire glacé de Ventura : « Vous voulez que je sois franc ? Oui. »

Morrison inspira profondément. « Dans ce cas... oh et puis merde ! »

Et il tendit le doigt pour enfoncer le bouton.

SECONDE PARTIE

Tous les problèmes sont personnels

22

Dimanche 12 juin
Washington

Jay sortit de RV et se retrouva chez lui. Il inspira profondément, puis ôta son casque et ses gants. Tout s'était déroulé sans anicroche : guère plus qu'une visite à la bibliothèque. Qu'importait le talent de concepteur, se taper la lecture d'une pile de documents se réduisait tôt ou tard à la lecture d'une pile de documents.

Il avait récupéré tout ce qu'il avait pu trouver concernant le Dr Patrick Morrison et avait commencé à y jeter un coup d'œil pendant le tirage. Du peu qu'il avait déjà pu glaner, le type avait l'air plutôt banal : diplômes universitaires, expérience professionnelle, plusieurs mariages – une existence apparemment sans histoire. Pas d'ennuis avec la justice, pas de scandale au boulot, bref, monsieur Tout-le-Monde jusqu'au bout des ongles.

Le seul et unique accroc dans ce parcours sans tache apparaissait juste avant son entrée dans le projet HAARP : il s'était livré à des expérimentations sur des chimpanzés visant à étudier les altérations du comportement induites par les ondes à très basse fréquence. Ce projet de recherche post-doctoral effectué à l'université Johns Hopkins avait apparemment fait long feu. Il n'avait pas réussi à obtenir les résultats qu'il prévoyait. Sa bourse de recherche, pour reprendre les termes diplomatiques du rapport, n'avait pas été renouvelée, bref, il s'était retrouvé sur le carreau.

Aussitôt, un petit drapeau rouge s'agita dans l'esprit de Jay, mais quand il y réfléchit plus avant, il n'y avait pas de quoi en faire un plat. Bon, d'accord, le type bossait sur les ELF, mais c'était tout l'intérêt du projet HAARP, après tout. Quand on avait besoin d'un plombier, on n'allait pas recruter un chauffeur de taxi, pas vrai ?

« Toujours boulot, jamais dodo, ça donne un Jay pas rigolo », chantonna Soji.

Il leva la tête et lui sourit. Elle se tenait debout devant lui, en peignoir. « Et c'est toi qui me dis ça... T'es tellement plongée dans le web que je ne vois plus que ton dos depuis des jours.

– Tu veux voir autre chose ? » Elle défit son peignoir et le maintint ouvert.

« Ho ! *Mamma mia* ! Viens par ici ! »

Mais avant qu'elle ait pu bouger, le téléphone joua les premières mesures de la *Toccata et fugue en ré mineur* de Bach. L'appareil était hélas programmé pour jouer ce morceau uniquement quand l'appel était identifié comme émanant du QG de la Net Force ou du virgil personnel de son patron, Alex Michaels.

« Et merde... »

Soji referma son peignoir et renoua la ceinture. « L'homme qui hésite reste dur de la bite, commenta-t-elle doctement.

– Hé, salut patron, fit Jay.

– Tu ferais mieux de te radiner au bureau, dit Michaels. On a eu un nouveau cas de folie collective.

– Oh ? En Chine ?

« Vous, restez en dehors du cercle ! hurla le bonhomme. Vous n'avez pas le droit d'être ici !

– Ah ouais ? fit Howard. Hé, mec, j'te ferai dire que j'y suis déjà ! Alors, qu'est-ce que tu comptes faire ? »

Tyrone fila un coup de latte à l'autre juge. Pas aussi bien ajusté que le premier ; le son était mou. *Nul, fiston, nul.*

Le second juge ramassa un râteau qu'il jeta en direction de Howard. Celui-ci l'esquiva, se redressa, et lui balança prestement un crochet du gauche en pleine face, suivi d'un uppercut au menton, pif-paf ! L'autre connard se les prit avec un bruit de chiffon qu'on claque, avant d'aller valdinguer par terre. *Allez, dégage, trouduc !*

Le juge sur lequel s'acharnait Tyrone se releva néanmoins et fit mine de se précipiter sur le garçon, mais avant que Howard ait pu réagir et se jeter sur lui, les deux Nadine étaient arrivées en renfort. Sa femme lui assena un vigoureux coup de genou dans les parties tandis que Nadine junior s'agrippait à son bras et lui plantait ses dents dans l'épaule.

Contrarié par une telle ingérence, Howard se tourna vers elles. Bon sang, c'était une affaire d'hommes, il n'avait pas besoin que ces deux putains de gonzesses viennent s'en mêler, enfin, merde... !

Une voiture s'engagea sur la pelouse à fond la caisse, tous feux allumés et klaxon hurlant, une énorme Cadillac bleu pailleté. Elle alla percuter un groupe de cinq types qui faisaient un doigt d'honneur au chauffeur. Ils volèrent dans les airs comme des poupées de chiffon tandis que ce dernier appuyait sur le champignon.

Un peu con de faire un doigt d'honneur à un type qui vous fonce dessus en bagnole.

« Et tiens, prends-toi ça et crève, ordure ! » hurla le conducteur.

Quatre ou cinq autres types s'attaquèrent alors à la Cad, tambourinant sur la carrosserie à coups de pied et à coups de poing. Le chauffeur vira en dérapant dans l'herbe, sans cesser de jacasser comme un dément.

Hé, il y a un truc qui cloche, là, se dit soudain Howard. Il secoua la tête, puis contempla le bonhomme qu'il venait juste d'étendre KO. Bon sang, mais qu'est-ce qu'il était en train de fabriquer ?

Il porta son regard vers le bas de la pente et découvrit une douzaine de types en train de se battre comme des chiffonniers. Parmi eux, un policier. Le flic dégaina son arme de service et l'écho d'une rafale de détonations – pop-pop-pop-pop-pop ! – remonta la colline. Les victimes s'effondrèrent, ajoutant leurs cris au tohubohu général.

Éberlué, Howard regarda vers le sommet de la colline. Là aussi, il y avait des gens, mais ils ne se battaient pas : ils contemplaient la scène, les yeux agrandis de surprise.

Howard avait l'esprit embrumé par la rage, mais quelque chose essayait de traverser le rideau de la colère : l'idée que cet endroit était néfaste. En contrebas, c'était pire, mais en remontant, ça s'améliorait. Par conséquent...

« Venez ! cria-t-il à sa famille. Il faut qu'on gagne le sommet !

– Va te faire foutre ! » rétorqua le fiston.

Nadine junior lâcha le juge qui hurlait de douleur.

Elle fixa Howard, les yeux ronds. « Qu'est-ce qui se passe ? s'écria-t-elle d'une voix aiguë et terrifiée.

– J'en sais rien. Un gaz innervant, peut-être. Il faut qu'on s'éloigne d'ici. Aide-moi. »

Sa femme s'acharna sur le juge et lui balança un nouveau coup de genou dans les roustons. L'homme émit un gargouillis étranglé. Howard empoigna son épouse pour lui faire lâcher prise.

« Fiche-moi la paix ! Il a frappé mon fils ! »

Howard la tira violemment en arrière. « Tyrone ! »

Le garçon se tourna et le masque de rage aveugle qui déformait ses traits s'effaça quelque peu. Il haussa les sourcils. « P'pa ?

– Grimpe en haut de la colline, fiston. Grimpe, grimpe ! »

Tyrone acquiesça. Nadine junior lui saisit la main et ils se mirent à détaler tous les deux.

Mais pour décider sa femme, Howard dut lui faire une clé au bras et c'est moitié en la traînant, moitié en la portant qu'il réussit à quitter la pelouse. Elle se débattit en hurlant durant une centaine de mètres avant enfin de se calmer. Elle était bien plus vigoureuse qu'il ne l'avait imaginé.

Finalement, quand ils se furent éloignés de deux cents mètres, Nadine retrouva ses esprits. « J-John... que... ?

– J'en sais rien, chou. Mais quoi que ce puisse être, plus on en sera loin, mieux ça vaudra. Allez, viens. »

Ils récupérèrent les enfants et ils continuèrent à fuir tous les quatre. Sans cesser de courir, Howard se retourna. La Cadillac était à présent couchée sur le côté et la populace en avait extrait le chauffeur qui gisait au sol, roué de coups de pied. C'était un homme mort.

Une nouvelle fusillade retentit un peu plus bas. On entendait toujours des klaxons, le fracas d'accidents. Des gens hurlaient d'une voix incohérente et furieuse. Ce parc magnifique que les indigènes avaient coutume d'appeler « la terre de Dieu » s'était mué en asile d'aliénés.

La terre de Dieu était devenue la terre du Diable.

Howard sortit son virgil. Il devait prévenir quelqu'un mais qui ? La police municipale était en bas en train de canarder les gens. Ils avaient besoin d'aide, et vite.

Dimanche 12 juin
Quantico

Toni l'avait accompagné ce coup-ci, et il était bien content de l'avoir auprès de lui. Jay Gridley était là également. Il était dix-neuf heures, on était dimanche, mais ils ne rentreraient certainement pas cette nuit.

« Bien. Récapitulons. Voilà ce dont on dispose jusqu'ici, commença Michaels. C'est encore plus ou moins fragmentaire. En fin d'après-midi, il semble que tous les gens qui se trouvaient à l'intérieur d'un cercle d'une quinzaine de kilomètres de diamètre centré sur le quartier de Westmoreland à Portland, Oregon, aient été soudain pris de folie. Jusqu'ici, le bilan officiel est de soixante-sept morts – meurtres, actes de légitime défense, accidents de la circulation ou accidents domestiques. On compte plusieurs centaines de blessés dont l'état a nécessité une hospitalisation et plusieurs milliers de blessés légers. La cause de ce phénomène inexpliqué semble avoir disparu, mais toute la ville est plongée dans le chaos. Et le bilan des morts et des blessés ne cesse de croître.

– Seigneur, Seigneur... Comment va le général Howard ? » s'enquit Jay.

C'était Howard qui avait donné l'alerte. Il avait réussi à contacter la Garde nationale, puis Alex Michaels.

« Sa famille et lui sont indemnes. Ils se trouvaient apparemment juste à la lisière des effets du phénomène. Cent mètres plus loin, et leur situation aurait pu être bien moins enviable. Qu'est-ce que vous avez à me proposer ? »

Jay prit la parole : « Si l'on suppose que cela provient d'une station émettrice de très grande puissance, alors il s'agit simplement de déterminer laquelle, et aux mains de qui. J'ai suivi mon intuition et appelé HAARP, je suis tombé sur un des gardiens du site. Ils sont censés être en arrêt technique, en dehors de tests de calibrage.

– C'est ce que Morrison m'avait dit, confirma Michaels.

– Eh bien, Morrison est justement là-haut en train de procéder à l'un de ces fameux tests. Et devinez quoi ! D'après le registre consigné par le gardien, il effectuait d'autres “calibrages” précisément les jours mêmes où ces deux villages chinois ont été frappés par un vent de folie.

– Bon Dieu !

– Ouais. Une horrible coïncidence, pas vrai ?

– Toni ? Qu'est-ce que t'en penses ?

– J'en pense que tu devrais peut-être mettre la main

sur ce Dr Morrison pour avoir une discussion sérieuse avec lui. »

Michaels opina. « Je vais faire délivrer un mandat d'arrêt fédéral et lui expédier quelques inspecteurs aux trousses.

– Vous ne préférez pas refiler le bébé aux fédéraux ? suggéra Jay.

– Pas encore. Commençons déjà par faire le ménage chez nous. Autant que possible. »

Peut-être Morrison n'était-il en rien impliqué dans cette histoire, mais vu la situation à Portland, ils ne pouvaient se permettre de courir le risque. Le prochain incident pouvait se produire n'importe où... New York, Chicago, Washington, même. Même si la perspective d'un pugilat sanglant entre sénateurs et membres du Congrès pouvait être assez réjouissante, l'idée qu'elle puisse se concrétiser n'avait rien d'humoristique.

Obtenir un mandat d'arrêt ne serait pas bien difficile, et il y avait sans doute là-haut en Alaska des agents fédéraux pour l'exécuter. Et tant qu'il y était, il pouvait en profiter pour contacter le général Howard. Après ce qu'il venait de subir, il y avait des chances que John ait une sérieuse envie de voir Morrison entre quatre-z-yeux. À sa place en tout cas, c'est ce qu'aurait fait Michaels.

23

Dimanche 12 juin
Gakona

Ventura regarda sa montre. Six heures depuis que le test en vraie grandeur était terminé, mais Morrison avait jugé préférable de poursuivre son simulacre de calibrage des appareils. Sur le long terme, Ventura était conscient de la futilité de ces efforts, malgré tout Morrison insista. Il était tard, et même s'il n'était pas fatigué, Ventura se sentait quelque peu à cran. Ils n'avaient plus eu de nouvelles des Chinois et il avait horreur de rester bloqué si longtemps sur la même case, surtout à un stade si avancé.

Il régnait dans le mobile home une odeur de renfermé et la nuit commençait à fraîchir, à cause d'un radiateur électrique qui s'était mis à déconner.

Pendant que l'électronique du réseau HAARP effectuait ses cycles de calibrage automatique, Morrison était allé s'étendre sur l'affreux canapé en skaï marron installé contre le mur du fond de la pièce et il dormait à poings fermés.

Le persocom de Ventura vibra discrètement contre sa cuisse. Il effleura la pastille du minuscule micro-casque accroché au-dessus de son oreille gauche. « Oui ?

– On a de la compagnie. Deux voitures, quatre hommes. Ils viennent de passer l'enceinte numéro un.

– Précise.

– Deux Ford beiges, banalisées, neuves, plaques de véhicules des domaines, apparemment. Trois hommes, une femme, c'est à peu près tout ce que j'ai vu. Cunningham aura une idée plus précise avec son caméscope numérique quand ils passeront sous le pont de chemin de fer.

– Pigé. »

Ventura sentit la chair de poule sur sa nuque, signe de l'imminence du danger. Qui pouvait se pointer ici au beau milieu de la nuit ? Nouveau coup d'œil à sa montre. S'ils roulaient à la vitesse maxi autorisée, ils devraient passer sous le pont... à peu près... maintenant...

Le téléphone vibra.

« Accouche. »

C'était styles : « Vus de face, trois hommes, une femme. Cheveux coupés court, la trentaine, tous en anoraks foncés, peut-être bleus. Quittez pas... ils sont en train de passer... d'en haut, l'angle est fermé, je peux pas voir leur dos. De côté, j'ai cru apercevoir une espèce d'insigne sur leur blouson... j'ai pas pu tout lire, mais les dernières lettres ressemblaient à H-A-L... c'est tout. Je confirme ce qu'a dit Zach pour les plaques. Les bagnoles appartiennent à un service officiel. »

Ouais, ça sentait les fédéraux. H-A-L. Comme les dernières lettres d'une inscription en jaune fluo au dos d'un blouson : US MARSHAL. Évidemment : c'étaient leurs gars qui se radinaient pour récupérer le Dr Morrison. C'est ce qu'il aurait fait à leur place. Grimer son commando de ravisseurs en flics, en pompiers ou en agents fédéraux, malin. Qui va arrêter un pompier qui se rend sur un incendie ? Ou un flic sur les lieux d'un accident ?

À moins, bien entendu, qu'il ne s'agisse de vrais fédéraux.

« Pigé. Discom. »

Ventura contacta le responsable du binôme chargé de surveiller l'accès au complexe. « Laissez-les passer mais vois si tu peux capter ce que leur raconte le planton à la grille si jamais il leur ouvre.

– Bien reçu. »

Ventura coupa, s'approcha du canapé sur lequel Morrison dormait avachi. « Debout, Dr Morrison !

– Euh ? Hein ? Quoi ?

– Écoutez-moi attentivement. Mes gars me signalent deux bagnoles qui semblent appartenir à des fédéraux et qui sont en train de rappliquer par ici. »

Le téléphone se remit à vibrer.

« J'écoute...

– Notre microcanon a pu capter le dialogue. Les types dans la bagnole ont dit qu'ils étaient des agents fédéraux et qu'ils étaient venus faire exécuter un mandat d'arrêt fédéral. Ils ont demandé où ils pouvaient trouver Morrison. Le garde le leur a dit puis il les a laissés passer.

– Compris. Repliez-vous au point de rendez-vous A, appelle les autres équipes et fais passer le message.

– Compris.

– Discom. »

Ventura passa un autre appel. « Le mercure dégringole, dit-il simplement.

– Compris. On y va.

– Discom. »

Ventura regarda Morrison. « Ces gars ont persuadé

le garde à l'entrée qu'ils étaient des fédéraux. Ils viennent vous récupérer. »

Morrison secoua la tête. « Impossible. Ils ne peuvent pas savoir que j'ai un rapport quelconque avec cette histoire. J'ai fait gaffe à brouiller les pistes.

– Je demande à être convaincu.

– Personne n'a piqué quoi que ce soit dans les fichiers informatiques ; je l'ai simplement fait croire. Je suis entré sur le système HAARP depuis la boutique d'un revendeur Apple à San Francisco, à partir d'une machine de démonstration connectée à Internet. J'avais un mot de passe mais j'ai pris soin de faire plusieurs essais bidon avant de l'utiliser, pour faire plus vrai. Pour en remettre une couche, j'ai niqué deux ou trois fichiers en entrant sur le site. C'était un samedi matin, il y avait foule dans la boutique, personne n'a remarqué mon manège, je n'ai parlé à personne. Même si quelqu'un arrive à remonter jusqu'au serveur du magasin, la piste s'arrête là... je n'étais qu'un client lambda qui essayait une machine. En plus, j'ai utilisé l'accès vocal pour la mettre en route. Pas d'empreintes, pas de traces d'ADN. Personne ne peut matériellement faire le lien avec moi.

– Très bien. Donc, s'il ne s'agit pas d'authentiques agents fédéraux, ça ne peut être que nos Chinois. » Il secoua la tête. « Mais ça colle pas.

– Pourquoi ?

– Les Chinois savent que je suis avec vous, et ils connaissent mon identité. Enfin, en partie. Or, ils n'ont envoyé que quatre personnes. Il faut qu'ils parient qu'on va gober leur manège, et là, ça fait un peu trop. À moins... à moins que ce soit une feinte. Une ruse destinée à détourner notre attention pendant qu'ils tentent autre chose. Ouais, c'est bien plus logique.

– Qu'est-ce qu'on va faire ?

– Filer. Ce petit scooter des neiges est silencieux, sans compter qu'il fait nuit ; ils ne nous verront pas. Une voiture attendra pour nous récupérer à un endroit convenu où personne ne nous remarquera.

– Il y a des tas de projecteurs dans tous les coins, jusqu'à ce qu'on soit à bonne distance des aménagements, objecta Morrison. Et l'hélipad est illuminé comme un arbre de Noël. Ils nous remarqueront. Forcément.

– Non. Suivez-moi. »

Alors qu'il sortait du mobile home sur les pas de Ventura, Morrison sentit l'étreinte glaciale de la terreur. Il avait un urgent besoin de faire un tour aux toilettes, il avait du mal à maîtriser le rythme de sa respiration. Rien ne correspondait à son plan. Rien. Tout cela lui paraissait irréel ; comme une espèce de rêve dément.

Puisqu'il était exclu que le FBI ou la Net Force ait pu l'identifier, il ne pouvait donc s'agir que de ces enculés de Chinois. Et il ne doutait pas une seconde que si jamais ils le chopaient, le bouclaient et faisaient planer simplement la menace de lui arracher les ongles ou de lui broyer les testicules, il leur balancerait tout ce qu'ils voudraient savoir.

Et ça ne prendrait pas bien longtemps, d'ailleurs...

Car la technique visant à induire chez les sujets une psychose temporaire n'était pas évidente à découvrir, mais une fois maîtrisée, la procédure était relativement simple. Le truc qui avait échappé aux chercheurs durant toutes ces années était que, bien qu'en possession de toutes les pièces du puzzle, ils n'avaient pas été capables de recomposer celui-ci. Voire de savoir qu'ils pouvaient. La modulation des fréquences d'émission devait s'effectuer de manière précise, pendant un laps de temps spécifique et répété avec précision. Il fallait un ordinateur pour piloter le déroulement de la séquence – elle était trop complexe pour un pilotage manuel – et si une seule variable était décalée d'un poil, c'était l'échec assuré. La probabilité de tomber par accident sur le codage exact était astronomiquement faible, même pour obtenir les résultats partiels auxquels Morrison était parvenu. Il ne se cachait pas du reste qu'il avait eu de la chance, même s'il était bon. Et à vrai dire, son objectif n'avait pas été de provoquer la démence des victimes mais de contrôler délibérément leurs actes ; or, il avait échoué. C'était comme s'il s'était lancé à la recherche de diamants et n'avait trouvé à la place que de vulgaires opales. Des pierres de valeur, certes, mais pas les gemmes qu'il avait convoitées et... Hé là ? Mais où Ventura partait-il ?

« La motoneige est par là, dit Morrison. On ne va pas dans la bonne direction !

– Mais si. On a un truc à régler avant. »

Ventura avait dégainé son pistolet et ils se dirigeaient à présent vers la centrale. Morrison avait bien son petit pistolet dans la poche de son anorak mais l'arme lui procurait un bien piètre réconfort. S'ils ne se laissaient pas arrêter par Ventura, il doutait d'en être capable. Il pouvait fort bien mourir ici. Ce soir. Bientôt.

Les phares des voitures qui approchaient étaient

visibles derrière le rideau d'arbres. Ils étaient tout près !

Il en fit tout haut la remarque : « Ils sont presque là ! »

Mais ils étaient déjà devant la centrale électrique. Ventura remarqua : « Vous m'attendez ici sans bouger. J'ai deux mots à dire à l'installation électrique... »

Et de disparaître à l'intérieur du bâtiment.

Morrison essaya de se calmer. Il se força à inspirer lentement, à fond, mais ça n'était pas d'un grand secours. Son cœur battait si fort qu'il le sentait palpiter dans tout le corps. *Allez, calme-toi, bon sang !*

Les lumières s'éteignirent et le grondement sourd des groupes électrogènes diesels s'éteignit peu à peu.

Ventura surgit de nulle part. « S'ils veulent de la lumière, faudra qu'ils fassent redémarrer ces bécanes. Allons-y.

– Et les lunettes de nuit ? Ils ne risquent pas d'en avoir ?

– Moi, j'en aurais, mais c'est pas grave. J'ai prévu une petite surprise pour les curieux qui s'aviseraient de vouloir nous reluquer. » Il tapota sa poche. « Allez, venez, il est temps de s'arracher. » Un sourire. C'était bien la première fois que Morrison le voyait d'aussi joyeuse humeur.

Cela lui fit l'effet d'une douche glacée. Il ne put que manifester sa surprise : « Bon sang, mais on dirait que ça vous amuse !

– Mais bien sûr, docteur. Je m'amuse comme un petit fou. Allez, suivez-moi. »

Ils détalèrent au trot.

Ventura sentit une décharge d'adrénaline, et il ne chercha pas à la contenir : se laisser porter par ses hormones, c'était un peu comme chevaucher un étalon sauvage... pourvu qu'on sache lui laisser la bride sur le cou, c'était la promesse d'une virée exaltante à une vitesse folle. Avec le minimum de contrôle, vous pouviez filer comme le vent. Que ce contrôle vous échappe, et vous couriez à votre perte.

C'était le sel – le zen ? – de la vie et de la mort... et la part de son personnage qu'il gardait secrète. L'horizon, le but extrême, le test ultime, le moyen parfait de se maintenir entièrement en phase. Le passé était mort, l'avenir pas encore né, il n'y avait que le présent. Échouer, c'était mourir. Réussir, c'était vivre.

Ah, mais pour que le test soit valable, encore fallait-il pouvoir faire jeu égal. Et à quatre contre un, ce n'était pas le cas. Surtout quand on s'appelait Ventura. Il avait l'avantage. Ils devaient capturer Morrison vivant, et cela les entravait. Aussi allait-il leur laisser une petite chance. Il aurait pu fuir avec Morrison sans demander son reste. Couper la lumière n'était pas indispensable – ils n'allaient pas chercher deux types en motoneige : ils s'attendaient plutôt à trouver leur proie dans les préfabriqués. Même s'ils n'étaient qu'une unité avancée destinée à sonder le terrain en attendant la véritable attaque, Ventura ne négligeait pas l'éventualité. Mais il avait plusieurs longueurs d'avance sur eux, il en était conscient, et ne courait aucun réel danger. Il pouvait donc prendre son temps. Raison pour laquelle il avait coupé le courant, ce qui lui procurait l'obscurité mais dans le même temps leur donnait un signal : *Coucou, je suis là. Si on jouait ? Venez donc me chercher.*

Il n'y avait aucun plaisir à tuer un homme désarmé. Le défi était de doubler ses propres gardes armés pour l'atteindre lui-même. La traque importait plus que le coup de grâce, le trajet que la cible. Une fois bien positionné, n'importe quel imbécile pouvait appuyer sur la détente. Tout l'art était de trouver la bonne position. Toujours.

« Par ici, dit-il à Morrison.

– Comment pouvez-vous savoir ? Merde, on n'y voit que dalle ! »

Les deux voitures s'étaient immobilisées et Ventura entendait des claquements de portières et des éclats de voix.

« Faites-moi confiance, dit-il. Je sais exactement ce que je fais. »

Son téléphone vibra.

« Quoi ?

– Un autre joueur approche. Un Noir, à bord d'un fourgon Dodge, immatriculé dans l'Alaska, apparemment un véhicule de location. Il vient de passer devant moi. »

Ventura fronça les sourcils. Qui cela pouvait-il être ? Juste une coïncidence ? Un pêcheur gagnant tardivement sa chambre d'hôtel ? Ou un élément des renforts ? Et un Noir, en plus ? Voilà qui serait inhabituel. Les Chinois n'aimaient pas trop les Noirs. Bon, ils n'aimaient pas grand monde en dehors des Chinois. Nombre d'Occidentaux n'avaient pas l'air de se rendre compte que les sociétés asiatiques étaient les plus racistes de la planète. Non seulement ils détestaient et méprisaient les Blancs, mais ils se détestaient et se méprisaient les uns les autres. Les Chinois détestaient les Japonais qui détestaient les Coréens qui détestaient les Vietnamiens et toutes les variantes intermédiaires. S'il y avait pour eux quelque chose de pire qu'être étranger, c'était d'être métis.

Enfin, peu importait l'origine de ce type. Aussi longtemps qu'il pouvait le localiser, il ne constituait pas un problème, tout au plus une nouvelle pièce à surveiller sur l'échiquier.

« Tiens-moi au courant », dit Ventura, et il coupa la communication. Puis, s'adressant à Morrison : « Que diriez-vous d'une petite balade pour profiter de la fraîcheur de la nuit, docteur ? »

Morrison le fixa, toujours avec ce même air ébahi d'avoir découvert que Ventura semblait bel et bien s'amuser comme un fou.

Un homme comme Morrison était incapable de le comprendre, bien sûr. Les hommes comme lui, ça les dépassait.

24

Dimanche 12 juin
Beaverton, Oregon

Planté devant le distributeur de Coca dans le hall de l'hôtel, Tyrone fit glisser sa carte de crédit dans la fente du lecteur. Le montant apparut à l'écran, il appuya sur la touche et une petite bouteille en plastique tomba dans le réceptacle. Le bruit parut presque assourdissant dans le silence de la nuit.

Il était encore sur les nerfs. Une fois la situation apparemment redevenue normale, son père avait filé en Alaska pour aider la police à appréhender l'homme qui semblait responsable des événements survenus lors du tournoi de boomerang. Tyrone, Nadine et sa mère étaient retournés au motel, à plusieurs kilomètres du parc ; l'épisode de folie collective semblait avoir pris fin, mais il était incapable de l'oublier. C'était comme une sorte de cauchemar. Il avait eu des envies de meurtre et s'il avait eu dans les mains une arme – un couteau, un flingue ou une matraque –, il serait certainement passé à l'acte. Et le pire, c'est qu'il aurait trouvé ça absolument super, en plus.

Il but une gorgée de Coca. La vie était quand même plus facile quand il se limitait à l'informatique. Il restait installé chez lui, il se branchait sur le Net, vivait sa vie en réalité virtuelle. Après avoir découvert les filles et les boomerangs, les choses étaient devenues nettement plus complexes. On ne gagnait rien sans risque – on ne perdait rien non plus. Mais l'idée de revenir en arrière, de se retrouver un nerd avec des cals aux fesses à force de rester vissé devant son écran ? Non, franchement, ça ne le branchait pas. *Cartapus interruptus*, aurait dit son vieux pote Jimmy-Joe.

Le tournoi avait été annulé après tous ces événements dingues. Il n'avait pas eu la moindre chance de se mesurer aux autres. Vu ce qui s'était passé, gagner ou perdre dans ce genre de compète, c'était pas vraiment d'actu ; n'empêche, il aurait bien aimé savoir comment il se serait comporté.

« Hé, Ty ! »

Il leva les yeux et découvrit Nadine. « Hé... !

– T'arrives pas à dormir ?

– Non.

– Moi, pareil. »

Puis, après quelques secondes de silence : « Tu veux un Coca ?

– Je veux bien boire une gorgée du tien, si ça te dérange pas.

– Bien sûr que non. » Il lui passa la bouteille en plastique, la regarda la porter à ses lèvres.

Elle lui rendit la bouteille. « Tu crois que c'est vrai, ce qu'on raconte ? Que quelqu'un aurait pu faire ça, exprès ?

– C'est ce que pense mon vieux, et il s'y connaît là-dedans, alors, ouais, j'aurais tendance à le croire.

– Mais pourquoi ? Franchement, pourquoi un type irait faire un truc pareil ? Téléguider l'esprit des gens pour les rendre fous ? Les amener à se taper dessus ? »

Hochement de tête. « J'en sais rien. J'arrive pas à trouver de raison valable.

– En tout cas, l'impression que ça m'a fait, quelle horreur... J'étais dans une telle colère. J'avais réellement envie de faire mal. J'en avais vraiment rien à cirer. J'ai vu les images aux infos. Ils montraient une école catholique, je ne sais plus où. Plusieurs bonnes sœurs ont tabassé à mort un des surveillants. Comment est-ce possible ? Un truc capable de pousser des religieuses à commettre une horreur pareille, c'est vraiment hyper-glauque. »

Il sentait bien qu'elle était bouleversée, au bord des larmes.

« Ouais, moi aussi, ça me fout la trouille. Mais c'est fini. Mon vieux va s'occuper de ce type. Tout se passera bien.

– T'en es sûr ?

– Ouais, ouais, sans problème. »

Elle lui adressa un sourire timide, et lui-même se sentit aussitôt déjà mieux. Il but une autre gorgée de Coca. Il espérait bien que son père allait lui faire sa fête, à ce sale mec.

Lundi 13 juin
Gakona

Howard ne décolérait pas. Les fédéraux étaient censés le retrouver à l'aéroport, mais son avion avait été retardé d'une heure et ils ne l'avaient pas attendu. Il avait horreur d'être en retard mais il n'avait pas pu l'empêcher. Il ne pouvait pas vraiment émettre de protestation en bonne et due forme : la Net Force n'avait officiellement aucune autorité en la matière, même s'ils avaient obtenu les mandats et si les fédéraux allaient se charger de leur livrer le prisonnier au siège de Quantico. Et au titre de responsable de la division armée de la Net Force, il n'aurait de toute manière jamais dû se rendre lui-même sur le terrain pour accomplir la mission, ce n'était pas le boulot d'un général ; n'empêche, ça le mettait en rogne qu'ils l'aient laissé tomber : simple question de courtoisie professionnelle – il les aurait bien attendus, lui.

Howard loua donc une voiture et fonça sans s'occuper des limitations de vitesse pour tâcher de combler son retard, mais arrivé à Gakona, il n'avait toujours pas vu trace des fédéraux. Comme il était exclu qu'il les ait dépassés, ils avaient dû sans doute filer sur le site HAARP. Sans doute avaient-ils déjà interpellé Morrison et se trouvaient-ils sur le chemin du retour. Enfin, s'ils arrivaient en sens inverse, il les repérerait, il n'y avait pas une telle circulation. Au cours de l'heure écoulée, il n'avait vu que deux ou trois voitures et quelques poids lourds... Et plus un seul véhicule depuis un quart d'heure. Rien d'étonnant, il était presque deux heures du matin, en plus, au fin fond du Grand Nord – pas vraiment la route du bord de mer à Los Angeles...

La piste étroite sur laquelle il se trouvait longeait une haute clôture grillagée surmontée de fil barbelé et ponctuée de panneaux officiels d'interdiction de pénétrer. Le site HAARP devait s'étendre de l'autre côté, perdu au milieu de l'épaisse forêt de conifères.

Un besoin naturel le harcelait depuis des kilomètres et il dut se résoudre à y céder. S'il ne s'arrêtait pas pour pisser un coup, il risquait de se noyer.

Il se gara, coupa le moteur, éteignit les phares. Il

attendit que sa vue s'habitue à la nuit puis descendit de voiture pour aller arroser les plantes du bas-côté.

Soulagé, il remonta sa braguette.

Il faisait vraiment nuit noire, pas la moindre lumière en dehors du scintillement des étoiles dans le ciel dégagé et du cadran fluorescent de sa montre. Il faisait plus frais que froid et les odeurs de résine, de gaz d'échappement et même d'urine composaient un mélange somme toute pas désagréable. En outre, le silence était total, à part le bourdonnement de quelques moustiques. Il y avait quelque chose d'hyper-relaxant à se retrouver au milieu de nulle part, sans personne à des lieues à la ronde.

S'il se fiait au dernier panneau rencontré au bord de la route, il ne devait plus être loin de l'entrée du complexe. Il allait remonter en voiture lorsqu'il avisa une lueur éblouissante derrière la cime des arbres, un peu comme un éclair de chaleur au loin, flash stroboscopique trouant la nuit. Qu'est-ce que ça pouvait bien être ?

Mais le phénomène avait été bref et les ténèbres opaques avaient de nouveau envahi la nuit. C'était d'ailleurs bizarre : si près des installations du site, on aurait dû apercevoir leur pollution nocturne. Il avait déjà effectué des patrouilles de nuit en rase campagne et savait qu'on pouvait repérer la lumière d'un feu de camp ou d'une simple lampe de camping à des kilomètres. Ils devaient quand même bien avoir un minimum d'éclairage dans ce truc, non ?

Presque aussitôt après l'extinction de la lueur, il entendit trois crépitements secs, bien vite suivis par deux autres détonations, plus fortes et plus aiguës. Avec la réverbération, il n'était pas évident de les localiser mais il lui sembla qu'ils venaient de derrière lui, sur la droite. À l'intérieur du périmètre, et pas très loin. Il ne douta pas un instant qu'il s'agissait d'armes à feu – sans doute des armes de poing. Deux tireurs, proches l'un de l'autre, avec des calibres différents. Le second était presque à coup sûr du 357 Magnum – il le reconnaissait sans peine, vu qu'il en avait tiré des dizaines de milliers. Deux tireurs visant la même cible ? Ou bien échangeant des coups de feu ?

Machinalement, il porta la main à la hanche droite, et caressa la crosse de son nouveau revolver pour s'assurer de sa présence.

Les causes possibles ne manquaient pas : braconniers chassant de nuit, ivrognes s'amusant à tirer des bouteilles de bière, voire un couple de campeurs repoussant l'attaque d'un ours en goguette – mais sachant qu'il y avait des agents fédéraux chargés de présenter un mandat d'arrêt à un individu soupçonné de complicité dans de nombreux homicides, Howard était forcé d'envisager la possibilité que l'opération ait pu mal tourner. Et puis, que feraient des campeurs ou des braconniers à l'intérieur du périmètre ?

Il ouvrit la portière, remonta en voiture, mit le moteur en marche et ralluma les phares. La grille d'entrée était devant lui ; c'était le seul accès au complexe mais il braqua pour faire demi-tour et rebrousser chemin dans la direction d'où semblaient provenir les coups de feu.

C'est au bout de huit cents mètres que la situation se compliqua. À cause de l'obscurité, du fait qu'il observait la clôture sur sa gauche et que le 4 × 4 noir était garé sous les arbres à l'écart sur la droite, il faillit le manquer. Un reflet sur le pare-brise – le véhicule était garé à angle droit –, c'est tout ce qu'il aperçut, et un bref coup d'œil de ce côté ne lui apporta guère plus. Il releva le pied de l'accélérateur mais eut le réflexe de ne pas freiner, de sorte qu'il ne fut pas trahi par l'illumination des feux arrière. Il continua de rouler, tout en évaluant les diverses solutions possibles.

L'engin aurait pu être garé là, vide, depuis plusieurs jours. Peut-être appartenait-il aux hypothétiques campeurs tirant sur cet ours pas moins hypothétique. Pour une raison quelconque, un vieux souvenir lui revint en mémoire : un chasseur d'Alaska rencontré à l'époque lui avait confié que si l'on devait arrêter un ours de bonne taille, il fallait obligatoirement un fusil de gros calibre ou une carabine de précision, et avec les balles correspondantes. Il avait ajouté que lorsque les nouveaux venus dans la toundra demandaient quel genre d'arme de poing employer, on leur répondait immanquablement que ça n'avait pas grande importance ; que l'essentiel était de limer avec soin le guidon de visée : comme ça, c'était déjà moins douloureux quand l'ours vous l'arrachait des mains pour vous l'enfoncer quelque part...

Des solutions, John, des solutions !

Il pouvait continuer sans rien faire. Poursuivre sa route, prendre son virgil et demander de l'aide. Évidemment, il était à des heures en voiture – ou en avion – de forces de l'ordre dignes de ce nom. Trop long. Par ailleurs, jusqu'à ce qu'il ait cerné la nature de la menace, il ne pouvait courir le risque d'utiliser son virgil. Il y avait toujours la possibilité que les mystérieux auteurs des coups de feu puissent intercepter sa communication. Même s'ils étaient incapables de la décoder, ils pourraient en localiser l'origine – et à tout le moins, savoir qu'il était là.

Non, c'était peut-être contraire à la procédure admise mais il n'avait pas le choix. Il allait continuer à rouler jusqu'au premier virage, en tout cas suffisamment loin pour que les éventuels occupants du 4 × 4 se croient débarrassés de lui, puis il se garerait à l'insu des regards et rebrousserait chemin à pied. Sa tenue – jean, baskets noires, anorak et T-shirt vert sombre – le rendrait quasiment invisible sous les arbres. Il avait dans son barda de la crème répulsive même si, de manière générale, les moustiques ne le dérangeaient pas outre mesure. Sans oublier sa petite torche électrique étanche SL-4, et son Phillips & Rodgers avec six balles dans le chargeur, plus une bande de six cartouches supplémentaires zippée à l'intérieur de sa poche d'anorak. Que demander de plus pour une petite virée nocturne en Alaska ?

La perspective du combat l'emplit d'une détermination soudaine. Dès la sortie du virage, il éteignit les phares, se rangea sur le bas-côté. Il gara la voiture derrière une rangée de broussailles rabougries – ce n'était pas l'idéal mais il n'avait guère le choix. Il pensa à couper le plafonnier avant d'ouvrir la portière, et lorsqu'il souleva le couvercle du coffre, il masqua aussitôt d'une main la lampe intérieure tandis que de l'autre, il récupérait à tâtons son sac d'équipement. Il alla y pêcher la lampe torche qu'il glissa dans sa poche revolver, découvrit deux autres rubans de munitions qu'il récupéra également. Il trouva la crème antimoustique et une boîte d'allumettes étanches.

Après avoir pensé à couper son virgil, il rebroussa chemin le long des arbres en direction du 4 × 4, garé environ un kilomètre plus haut : il y serait en quelques minutes. Cela lui laissait le temps d'élaborer les différents scénarios possibles et de décider de la marche à suivre. Il pourrait ensuite appeler la Net Force ou la police d'État locale et leur faire un compte rendu de la situation.

Merde. Il n'avait jamais envisagé ça, mais maintenant qu'il se retrouvait embringué là-dedans, il n'avait pas d'autre choix que tâcher d'élucider cette histoire...

Ventura regarda sa montre. Deux heures juste passées. Il leur avait mis la puce à l'oreille en coupant l'éclairage mais l'équipe d'extraction n'avait toujours pas réussi à le repérer. Il fronça les sourcils. Étaient-ils donc si nuls ? Et où avait lieu la véritable attaque s'ils étaient uniquement chargés de faire diversion ? Ceux-là étaient-ils si bons que ses propres hommes ne les aient pas localisés ?

Il appela ses guetteurs. « Où est passé mon négro ?

– Toujours en route vers la grille d'entrée. Il a franchi le dernier point de passage, il y a moins d'une minute. Devrait pas tarder à arriver. »

Ils seraient repartis depuis longtemps avant que quelqu'un n'ait franchi la grille pour arriver ici. « Très bien. Prévenez-moi dès que... » Il coupa dès qu'il vit surgir la menace. Deux secondes plus tard, Morrison l'avait notée lui aussi : « Regardez ! »

Un des ravisseurs était descendu de son véhicule pour contourner l'un des baraquements. Le type était à une dizaine de mètres maxi. Dans la pénombre ambiante, on ne le remarquait que parce que sa silhouette se détachait sur le fond plus clair de la paroi. Était-il équipé d'amplificateurs visuels ou auditifs ? L'avait-il repéré ? Pouvait-il détecter le bruit du petit moteur à pile à combustible ?

Pour sa part, Ventura entendait parfaitement l'intrus, mais il faut dire qu'il avait coiffé des « oreilles de chauve-souris » – de minuscules tampons auditifs qui servaient à la fois d'amplificateurs pour les sons normaux et de filtres contre les bruits intenses et brusques.

Ventura sortit de sa poche la grenade au magnésium, enleva d'un coup de pouce la goupille de sécurité puis souleva le capot protecteur avant d'appuyer sur le bouton du déclencheur à retardement. Il avait cinq secondes et il voulait qu'elle éclate en vol. Un... deux... trois... quatre... – il la lança d'un revers du bras, très haut...

Et ferma les yeux pour se protéger du flash aveuglant... le bruit en revanche devait rester modéré.

Il perçut l'éclair malgré ses paupières closes. L'éclat diminua et, alors même qu'il les rouvrait, il entendit l'autre type se mettre à hurler. S'il utilisait des lunettes amplificatrices, la salve de photons avait dû entraîner la fermeture automatique des diaphragmes. Sinon, il ne devrait plus compter sur sa vision de nuit avant un bon bout de temps.

Ventura dégaina son pistolet et fit démarrer la petite motoneige. L'autre lâcha trois coups de feu, mais leur sillage lumineux trahit qu'il avait visé bien trop loin vers l'arrière. Sans doute pas de lunettes, donc.

Ventura se repéra sur la position des éclairs pour riposter. Deux fois. Ses tampons acoustiques réagirent en moins d'un centième de seconde aux détonations, atténuant leur niveau sonore. Il entendit toutefois le gars hurler puis tomber.

Et un de moins.

Il fit demi-tour avec la motoneige pour retourner vers la grille, en empruntant l'itinéraire choisi auparavant. Il en profita pour recharger son arme, glissant dans sa poche le chargeur entamé et le troquant contre un neuf. Un détail le tracassait, un truc qui ne collait pas, et il lui fallut plusieurs secondes pour trouver quoi : pourquoi le ravisseur leur avait-il tiré dessus ? Deux hommes en motoneige, dans le noir, à plus de vingt mètres ? C'était plus que risqué. Ventura était un tireur expérimenté et pourtant, jamais il n'aurait tenté un coup pareil. À supposer même que le type sache qui était qui, comment pouvait-il courir le risque de toucher Morrison ? Il devait bien se douter que s'il tuait le scientifique, la partie était foutue et que lui-même serait grillé. Les Chinois auraient-ils pu engager un type aussi nul ? Capable de perdre les pédales à cause d'un malheureux flash et de leur tuer accidentellement la poule aux œufs d'or ?

Une incohérence de plus. Mais ça pouvait attendre – ils étaient encore trois à zoner dans le coin, et celui qui s'était approché à portée l'avait surpris. On n'avait jamais intérêt à laisser trop de terrain à l'adversaire. Surtout quand, comme Ventura, on n'avait aucune tendance suicidaire.

« Vous l'avez descendu, dit Morrison.

– Exact.

– Il... il est mort, vous croyez ? »

Ventura haussa les épaules. « Et après ? Quand il a accepté le boulot, il savait qu'il était dangereux. Ou alors c'est un idiot. Enfin, c'était. Et puis, je vous signale que c'est lui qui nous a tiré dessus le premier. C'était de la légitime défense, non ? »

Morrison ne répondit rien.

La clôture se trouvait de l'autre côté du petit bois juste devant eux, un petit bois que traversait un sentier. Ils pourraient poursuivre ce débat plus tard. Chaque chose en son temps.

Toujours vivre dans le présent...

25

Lundi 13 juin
Gakona

Cela faisait un sacré bail que Howard n'avait plus participé à une vraie traque et même le plus réaliste des scénarios de réalité virtuelle n'avait rien à voir avec la réalité concrète consistant à ramper dans les bois pour s'approcher à pas de loup d'un véhicule susceptible d'abriter des éléments hostiles. Dans ce cas précis, il devait y aller mollo – il faisait tellement noir qu'il risquait de se prendre un arbre dans la tronche. Et pas question d'utiliser la torche électrique, trop facile à repérer ; et il ne voulait même pas envisager la possibilité de percuter quelque créature affamée et plus grosse que lui.

Son seul avantage était que s'il ne pouvait pas les voir, ils ne pouvaient certainement pas le voir eux non plus. Même s'il y avait des sales types dans le 4 × 4, et même s'ils étaient dotés de jumelles infrarouges, ils auraient du mal à le localiser, à moins de viser juste dans sa direction mais pour ça, il aurait fallu qu'ils aient des yeux derrière la tête ou qu'ils s'amusent à regarder aux jumelles dans le rétro...

Après s'être à nouveau enfoncé dans le bois pour passer derrière le véhicule, il mit plusieurs minutes à s'en approcher en rampant avec précaution jusqu'à ce qu'il se retrouve deux mètres à peine derrière le gros

4 × 4 noir – un luxueux utilitaire de sport et loisirs Ford Explorer. L'engin avait des vitres fumées si opaques qu'il n'aurait sans doute rien vu au travers, même en plein soleil, alors dans cette nuit d'encre...

En tout cas, personne ne fumait de cigarette dont le bout incandescent aurait pu le trahir, on n'entendait pas de musique venant de l'autoradio, aucun murmure de conversation... Pas le moindre signe d'une présence quelconque dans l'habitacle. Il n'aurait pas l'air con, tiens, s'il s'avérait qu'il avait déployé tous ces efforts pour investir une bagnole vide.

Ouais. Eh bien, il serait toujours temps de s'en plaindre plus tard.

Il poursuivit son approche méthodique, jusqu'à ce qu'il se retrouve plaqué contre le pare-chocs arrière. Il avait dans l'idée de tendre l'oreille, voire de faire un vague bruit pour voir si cela provoquait la moindre réaction. Mais il n'eut même pas à aller jusque-là. Une voix masculine lança : « Faut que je sorte pisser.

– On est censés rester dans la tire jusqu'à ce qu'on voie le signal.

– Tu fais chier avec ton signal. Je le verrai aussi bien en allant me soulager qu'en restant le cul sur ce siège. »

La portière de droite s'ouvrit mais le plafonnier resta éteint. La porte demeura ouverte et le bruit de pas sur des aiguilles de pin séchées se rapprocha de Howard. Le type s'apprêtait à contourner la bagnole par l'arrière !

Même dans cette obscurité, il avait toutes les chances de le voir ou l'entendre s'éloigner en rampant. Il décida donc plutôt de s'aplatir et de jouer des genoux pour se glisser sous l'Explorer.

Trois secondes plus tard, le bruit d'un jet d'urine

contre l'écorce d'un arbre résonna dans le silence de la nuit. Ça dura un bout de temps puis Howard put même entendre le type remonter sa braguette.

L'autre était à mi-distance de la portière quand le chauffeur lança : « Le v'là ! Monte, grouille ! »

De sa cachette, Howard n'arrivait pas à distinguer grand-chose mais il parvint toutefois à repérer un éclat de lumière venant de l'autre côté de la route.

Ce devait être le fameux signal.

Quant à son auteur et à ses intentions réelles, il n'arrivait pas encore bien à les cerner mais il avait toutefois saisi l'essentiel : il y avait quelqu'un à l'extérieur du périmètre du site et ces deux zigues étaient là pour l'accueillir. Il était tout prêt à parier que ce quelqu'un était Morrison, ou alors il s'agissait d'une sacrée putain de coïncidence.

Le moteur du Ford démarra. Pour Howard qui avait la tête juste en dessous, le boucan était infernal. Il entendit le claquement de la boîte automatique quand le chauffeur mit en prise.

Si jamais le type s'avisait de braquer aussitôt, il allait sentir une fameuse embardée en même temps que Howard sentirait, lui, la roue arrière lui passer dessus. Il retint sa respiration...

Le chauffeur démarra tout droit et ce n'est pas avant d'être entièrement engagé sur la route que le 4 × 4 vira sec sur la droite, longeant l'endroit où se trouvait Howard. Le type qui venait de pisser redescendit d'un bond et contourna le véhicule par l'autre côté pour filer vers la clôture. Howard l'aperçut dans la lueur rouge des feux arrière. Il tenait une espèce de gros ébrancheur et il fallut une seconde à Howard pour se rendre compte qu'il s'agissait en fait d'une cisaille coupe-boulons.

Pas de doute, ces types préparaient un coup fourré.

Howard se releva, dégaina son revolver et, restant penché, traversa la route étroite en direction de l'Explorer. Ils allaient être au moins trois, sans doute plus, et les surveiller tous n'allait pas être de la tarte, mais avait-il le choix ? Il ne pouvait quand même pas les laisser filer – pas tant qu'il ne saurait pas ce qui se passait.

Le cliquetis aigu des lames de la cisaille tranchant la grille résonna dans la nuit.

Howard était presque arrivé à la hauteur de la portière droite quand le chauffeur leva les yeux et l'aperçut. Il hurla aussitôt :

« Un agresseur ! Un agresseur ! »

Howard se jeta sur la gauche, vers l'arrière, à l'instant précis où une détonation retentissait dans l'habitacle. Une langue de feu orange jaillit du côté du chauffeur, la vitre du passager explosa et il sentit le projectile passer quelque part sur sa droite, assez près pour qu'il l'entende siffler.

Des sales types. Pas de doute.

Le fracas dans l'habitacle avait dû être assourdissant. Le chauffeur ôta le pied du frein, les feux arrière s'éteignirent, replongeant la scène dans les ténèbres.

Howard gardait encore l'image rémanente du coup de feu gravée sur la rétine, et ses cônes et bâtonnets (il ne savait plus au juste) semblaient HS. Il repassa derrière l'Explorer, s'accroupit, chercha une cible.

« Avance la bagnole », dit une voix. Ils n'avaient pas l'air émus le moins du monde.

Le chauffeur écrasa l'accélérateur. L'odeur de

gomme brûlée emplit l'air quand le gros 4 × 4 s'ébranla dans une embardée.

La vision centrale encore floue, Howard dut tourner la tête pour capter quelque chose grâce à sa vision périphérique. Ils lui avaient bel et bien tiré dessus, donc ces types étaient dangereux. Il n'hésita peut-être qu'un quart de seconde puis dirigea son canon dans la direction approximative du mouvement et pressa la détente.

Il eut la présence d'esprit de fermer les yeux quand le coup partit, afin de préserver le peu de vision qui lui restait, puis il se jeta vivement sur la gauche, effectuant trois roulés-boulés.

Quelqu'un poussa un hurlement, quelqu'un d'autre riposta. La langue de dragon éblouissante de la riposte illumina la scène juste assez pour lui permettre d'aviser deux hommes postés près d'un trou découpé dans le grillage de clôture, et un troisième étendu à terre. Une balle ricocha sur la route à l'endroit précis où il s'était trouvé un instant plus tôt avant d'aller se perdre en sifflant dans les arbres.

Howard s'écorcha les coudes sur le bitume lorsqu'il braqua le revolver de biais dans la direction d'où il avait vu jaillir l'éclair...

« Avance », dit une voix, avec insistance, mais sans panique.

Je ne sais pas qui est ce mec, mais il est bougrement plus calme que moi...

Le crissement des freins obligea Howard à détourner le regard de la région de la cible alors qu'il tirait deux autres projectiles. Il fit un nouveau roulé-boulé et vit surgir l'éclat des phares du 4 × 4 au moment où l'Explorer partait en dérapage pour virer à cent quatre-vingts degrés.

Le chauffeur semblait déterminé à faire toute la lumière sur la question et ça, ce n'était pas bon du tout...

En réponse au tir de Howard, deux autres coups de feu crachèrent leur salve orange et deux autres balles ricochèrent sur le bitume à quelques centimètres de lui. S'il n'avait pas roulé par terre, il se les serait mangées toutes les deux, et encore, le tireur avait presque assez anticipé pour l'avoir.

Howard se releva d'un bond. Il fallait qu'il dégage de la route avant que...

Trop tard. Les phares du 4 × 4 l'avaient repéré. Il fit trois pas et plongea vers le bas-côté, heurta le talus, se redressa, courut vers le couvert des arbres. On lui tira encore dessus, mais à côté. Le grondement du moteur s'amplifia comme le 4 × 4 fonçait dans sa direction. Le chauffeur obliqua pour essayer de le recadrer dans le faisceau des phares.

Howard glissa sur quelque chose, tomba, roula, se retrouva étalé sur le dos, les pieds tournés vers l'engin qui fonçait à présent sur lui. Il ramena les pieds vers les fesses, cala la crosse du revolver sur son genou gauche ; la silhouette du guidon de visée se découpait parfaitement devant les phares. Il visa le pare-brise, côté conducteur. Le 4 × 4 n'était plus qu'à cinquante mètres et la distance se réduisait toujours. Il appuya sur la détente, une, deux, trois, quatre fois...

À la quatrième, il y eut un déclic. Le chargeur était vide mais le 4 × 4 dérapa, quitta la route en direction de la clôture, dont il défonça au passage une bonne partie, avant de s'immobiliser après avoir arraché un piquet.

Son flingue était vide et il y avait encore bien trop

de lumière dans le coin ; il se faisait l'effet d'un microbe sous un microscope. Il se releva en vitesse pour aller se réfugier parmi les arbres, réussit à s'en prendre un avec l'épaule droite ; le choc le fit pivoter mais au moins était-il caché. Il se laissa choir sur les fesses, pressa du pouce le verrou du chargeur, éjecta de la main gauche le chargeur vide, poussa de la paume la tige d'éjection. Les douilles vides jaillirent. Il saisit un ruban de chargement et entreprit de remettre des cartouches neuves. Une, deux, trois...

Le moteur du 4 × 4 s'emballa, puis il y eut un bruit de métal déchiré. Le grondement s'amplifia, les pneus gémirent...

Il avait dû rater le chauffeur. Ou alors les deux autres étaient remontés dans le véhicule.

Allez, plus vite, bon sang... !

... quatre, cinq, six !

D'une chiquenaude, il relogea le chargeur dans la crosse, le verrouilla, puis rampa vers la route. Il venait d'atteindre la lisière des arbres quand l'Explorer lui fila sous le nez en grondant.

« Et merde... ! » s'écria Howard. Il se releva, courut se poster au milieu de la chaussée, leva son arme en la tenant à deux mains. Le 4 × 4 traçait vraiment : il était déjà à près de cent mètres quand il tira ses six balles le plus vite possible, fermant les yeux pour éviter leur éclair...

Une fois encore, le 4 × 4 freina pour faire un demi-tour en dérapage contrôlé, et les phares revinrent se braquer sur lui. Mais cette fois, l'engin ne redémarra pas, il se contentait d'attendre, à cent mètres de là... OK, ça lui laissait le temps de recharger...

Il entendit claquer une portière. Quelqu'un était descendu ?

Howard éjecta les douilles vides, chercha à tâtons un nouveau chargeur... Il avait tout le temps...

Il vit l'éclair à la gueule du canon, sentit à l'abdomen comme un violent coup de botte alors qu'il s'effondrait, puis ensuite seulement il entendit la détonation de l'arme.

Putain ! Il s'était fait dégommer et son flingue était vide. Tout son flanc le brûlait, à partir de la hanche gauche.

Allez, relève-toi, John, merde, relève-toi, tout de suite !

Mi-rampant, mi-roulant, il quitta la route pour regagner les bois. Une fois sous le couvert des arbres, il continua de fuir, toujours plus loin, le poing plaqué sur la blessure, jusqu'à ce que ses jambes se dérobent sous lui et refusent d'obéir. Assis par terre, il chercha à tâtons son virgil, réussit à déclencher le signal de détresse alors qu'il se sentait déjà partir. Sa dernière réaction avant de perdre connaissance fut d'incrédulité : comment un type avait-il pu faire mouche ainsi à cent mètres de distance ? Avec une arme de poing et de nuit, avec pour seul éclairage des phares de voiture ?

Un sacré beau coup...

Gakona

« Bon sang, mais qu'est-ce qui s'est passé ? répétait Morrison, comme une litanie. Bon sang, mais qu'est-ce qui s'est passé ? »

L'air frais de la nuit entrait en sifflant dans l'habitacle par les trous dans le pare-brise. Morrison, à l'arrière, était sans doute en état de choc, mais dans l'ensemble, il s'en tirait nettement mieux que les deux hommes de Ventura. Le premier était mort, affalé contre la portière droite ; il s'était pris un pruneau pile entre les deux yeux. L'autre gisait affalé contre la clôture près du point de récupération, tout aussi proprement refroidi, d'une balle en plein cœur. Du beau boulot.

C'était l'œuvre du Noir. Ventura ignorait qui pouvait être ce putain de mec, mais il avait foutu un sacré beau merdier. Comment le Noir avait-il réussi à les retrouver et à monter son embuscade ? Le coup était finement joué. Mais peu importait, en définitive. Sans doute était-il déjà mort – ou mourant. Ventura lui en avait expédié une en plein buffet ; il n'était pas près de venir l'ennuyer encore. S'il représentait l'élément de pointe des Chinois, il avait échoué, malgré les dégâts occasionnés. Il aurait dû porter un gilet pare-balles. Bizarre, du reste, qu'il n'en ait pas eu. Ventura avait bien mis le sien.

Enfin, le client était en vie, et ils devaient retrouver d'autres membres de l'équipe de Ventura d'ici deux minutes. Ouais, pas mal joué, mais pas de quoi non plus en faire un fromage.

« Bon sang, mais qu'est-ce qui s'est passé ?

– On se calme, tout baigne, maintenant. Ils ont tenté le coup, mais ils ont échoué. On va se regrouper et puis attendre qu'ils nous contactent.

– Vous êtes dingue ?

– Bon, écoutez, pas besoin de vous prendre le chou. Faut pas vous croire visé. C'est comme ça que ça marche. Ils ont tenté leur coup, ils se sont plantés, alors à présent, ils vont vouloir marchander. Rien n'a changé.

– Mais j'aurais pu me faire tuer !

– Et vous pouvez encore. Mais ce n'est pas ce qui importe. Ce qui importe, c'est que vous n'êtes toujours pas mort ; que vous êtes donc toujours en possession d'un truc qui les intéresse, et qu'ils sont donc toujours prêts à payer pour l'avoir. Alors, vous vous magnez le cul.

– Mais c'est de la folie ! protesta Morrison.

– Ainsi va le monde, mon bon monsieur. Si vous voulez pas recevoir de gnons, faut pas monter sur le ring. À présent vous y êtes, alors on a intérêt à faire au mieux. Imaginez ça comme une histoire incroyable à raconter à vos nouveaux potes, un de ces quatre. »

Il lorgna Morrison dans le rétro, ses traits à peine éclairés par le tableau de bord. Il faisait la même tête que s'il venait d'apprendre qu'il avait un serpent à sonnette glissé dans la poche.

Ventura reporta son attention sur la route. Le pistolet reposait sur ses genoux. Les amateurs n'étaient pas fichus de comprendre comment tournait le monde. Avec leur manie de toujours se croire visés.

26

Mardi 14 juin
Quantico

« Monsieur ? »

Brusquement tiré de sa somnolence, Michaels plissa les paupières. Il était au bureau, étendu sur le canapé. Qu'est-ce que... ?

Un des gars de la permanence de nuit – Askins ? Haskins... ? – se tenait sur le seuil. Ce n'était pas encore l'heure de la relève, pourtant. Michaels se redressa. « Oui ?

– Nous avons un signal de détresse envoyé par le virgil du général Howard. Venant d'Alaska.

– Quoi ? » Il n'était pas encore tout à fait réveillé ni vraiment opérationnel. Où était Toni ?

« Des agents fédéraux l'ont retrouvé, on lui a tiré dessus. Un hélico de la Garde nationale d'Alaska a décollé ; il approche de Gakona. »

Michaels consulta sa montre. Il était six heures du matin. Il avait besoin de se passer la figure à l'eau et de remettre la main sur Toni. Dans quel pétrin John était-il allé se fourrer ?

Mais avant qu'il ait pu atteindre la porte, son persocom pépia – c'était le signal de priorité maximale. Il se précipita pour décrocher. « John ?

– Non, c'est Melissa Allison. »

La directrice. Qu'est-ce qu'elle fichait debout à une heure pareille ?

Elle ne lui laissa pas le temps de s'interroger. « Je viens d'avoir un coup de fil d'Adam Brickman, du service des agents fédéraux. Un de ses hommes s'est fait blesser dans une fusillade, quelque part au fin fond de l'Alaska, alors qu'il tentait de présenter un mandat d'arrêt émanant de *vos* services... Idem pour le général Howard. Tous deux l'ont échappé belle, et on est en train de les évacuer sur un hôpital d'Anchorage, mais Brickman n'est pas content du tout. Moi non plus, d'ailleurs, commandant, parce que quand il s'est mis à m'engueuler sous prétexte que je n'avais pas prévenu ses hommes qu'ils risquaient de foncer dans un guet-apens, je suis tombée des nues. »

Ho-ho. « Je suis désolé, madame la directrice, mais je ne m'étais pas rendu compte qu'il pouvait y avoir un danger.

– Vous avez envoyé là-haut des officiers de police et le chef de la branche armée de la Net Force pour récupérer un individu – ce qui est en dehors de vos prérogatives, sauf circonstances spéciales. Je serai à mon bureau dans quarante minutes. Je vous suggère d'y être quand j'arriverai.

– Bien madame », dit Michaels.

Il reposa le combiné. Super. Vraiment super. Il se retrouvait avec un inspecteur fédéral et John Howard blessés par balle et la patronne du FBI prête à lui faire la peau. Que rêver de mieux pour débuter la journée ? Peut-être qu'avec un peu de chance, une grosse météorite allait lui tomber sur la gueule ?

« Alex ? »

Toni. « Hé !

– Qu'est-ce qui se passe ? On dirait que c'est la révolution, ici. »

Il se massa le visage avec les deux mains. « Suis-moi, je vais te résumer la situation. »

Au-dessus de la Colombie-Britannique

Comme Ventura désirait dire deux mots au Chinois, il avait sur lui le téléphone de Morrison quand ce dernier se mit à sonner. Il prit le casque, le bruit du vent et celui des moteurs du DC-3 suffisant à couvrir toute conversation.

« Dr Morrison ?

– Non, Ventura.

– Ah. Luther. Comment allez-vous ?

– Ma foi, très bien, Chilly. Même si je ne peux pas en dire autant de vos hommes. La feinte était habile mais les résultats se sont révélés... assez déplorables. Je m'attendais à mieux. »

Un instant d'hésitation au bout de la ligne. Puis Wu reprit : « Si tant est que j'aie envie de tourner cette remarque à mon avantage, je dois confesser que je ne vois pas de quoi vous voulez parler, Luther.

– Allons, nous sommes entre pros, n'est-ce pas, je ne vous reproche rien à titre personnel, j'admets volontiers que c'est la règle du jeu.

– Non, vraiment, je ne vous suis toujours pas... »

Ventura soupesa la réponse. Le Chinois n'avait aucune raison de jouer les modestes. Ils savaient fort bien qu'il n'aurait pas poussé les hauts cris en découvrant qu'ils avaient tenté d'enlever Morrison et raté leur coup ; ils n'étaient pas des enfants de chœur.

« Donc, ce n'est pas vous qui auriez envoyé des hommes pour avoir, disons, un petit tête-à-tête avec mon client ?

– Non. »

Ventura crut entendre « Non, pas encore » dans la réponse du Chinois, mais il devait avant tout réfléchir sérieusement à toutes ses implications. Certes, Wu serait tenté de mentir à son avantage, c'était prévisible. Mais il devait savoir aussi qu'il ne pouvait faire gober à quiconque que les Chinois étaient d'honnêtes hommes d'affaires tout à fait incapables de céder à des méthodes telles que le rapt ou la torture. Certes, ils étaient prêts à payer s'il le fallait, mais s'ils pouvaient l'avoir gratis, ils n'hésiteraient pas. Ils étaient aussi radins que vous et moi.

Bref, mentir ne lui serait d'aucune utilité – Ventura ne lui ferait pas confiance de sitôt et Wu le savait parfaitement.

Alors, si ce n'était pas Wu qui avait envoyé cette équipe, d'où venaient ces types ? Aurait-il descendu deux vrais agents fédéraux ?

« Le Dr Morrison est en parfaite santé, n'est-ce pas ? s'enquit Wu. Pas de problème concernant notre petite transaction. Nous avouons avoir été fort impressionnés par le test. Nous sommes prêts désormais à passer aux choses sérieuses.

– Il va très bien. Tenez, je vous le passe. » Il fit signe à Morrison qui n'avait jusqu'ici entendu que ses propres répliques. Du pouce, il coupa le micro pour le mettre au courant : « Wu. Il est prêt à négocier. Et ne vous laissez pas intimider – ce n'est pas lui qui a envoyé ses sbires. C'étaient d'authentiques fédéraux. »

Morrison écarquilla les yeux. « Mais c'est impossible...

– Vous avez fait le con, docteur. Je ne sais pas comment, mais ils ont découvert le pot aux roses et on se retrouve à présent avec une mégachiée de problèmes. »

Sur quoi, il tendit le téléphone et le casque au scientifique. De son côté, il avait deux ou trois coups de fil à passer pour vérifier tout ça, mais si ses certitudes se confirmaient, il avait intérêt à réfléchir sérieusement. Très sérieusement.

Quantico

Alex était parti voir la patronne du service et Toni en profita pour descendre en salle de gym. Elle n'était pas aussi vaste que dans le bâtiment principal du FBI mais elle n'avait pas besoin d'autant de place. Et puis, vu l'heure matinale, elle était toute seule.

Depuis le temps, personne n'était venu débarrasser son vestiaire : elle y retrouva deux maillots et un soutien-gorge d'exercice, bien rangés, à côté de ses chaussures d'arts martiaux. Une veine, les fringues étaient encore propres même si elles sentaient un peu le renfermé. Elle secoua tout ça un bon coup et s'habilla, puis pénétra d'un pas souple dans la salle. Elle aurait pu s'entraîner en tenue de ville – elle mettait du reste un point d'honneur à le faire de temps en temps –, mais faute d'avoir songé à prendre un change complet, ce serait pour une autre fois... Peu importait qu'un mouvement soit spectaculaire si on était incapable de l'effectuer en habits de tous les jours : son utilité en matière d'autodéfense était nulle. Lors d'une rixe, on n'avait pas le temps de se déchausser, d'enfiler son *gi*, ni dix minutes pour s'échauffer ou faire des étirements. Tous ces exercices épargnaient certes à long terme les fringues, les coutures, les muscles et les articulations, c'était d'ailleurs leur raison d'être, mais ils demeuraient un luxe, pas une obligation...

« Toni ? »

Elle leva les yeux et vit Jay. « Hé, salut, Jay !

– Le boss est dans le coin ?

– Il a dû filer voir la Pythie.

– OK, je vais l'appeler. » Il avait l'air pressé. Il tourna les talons pour repartir.

« Que se passe-t-il, Jay ? »

Un temps. « Tu sais qu'ils ont retrouvé John Howard avec une balle dans la peau, au milieu des bois près de la route d'accès au site HAARP ?

– Ouaip.

– Il a été transporté par hélico dans un hôpital d'Anchorage, et il semble qu'il soit à présent hors de danger.

– Dieu soit loué.

– Ouais. Il était censé être en congé avec sa famille. Comment s'est-il retrouvé en Alaska ? »

Toni hocha la tête. Encore un problème pour Alex. Comme s'il en avait besoin.

C'est d'elle qu'il avait besoin. Mais elle ne pouvait pas retourner bosser pour lui. Impossible.

Madame la directrice Allison était dans une rage noire. À sa place, Michaels aurait eu la même réaction, mais il n'était pas à sa place, il était à la sienne et il se sentait dans ses petits souliers.

« Et vous avez cru bon de ne pas m'avertir ? Il a fallu que je l'apprenne par d'autres services ? »

Enfoncé dans une chaise devant son bureau, il acquiesça, penaud. « Je n'en ai pas vu la nécessité. Quatre agents fédéraux avaient pour mission de monter en Alaska interpeller un scientifique plutôt rond-de-cuir. J'avais eu l'occasion de le rencontrer. Le type était tout juste capable de tenir debout sur ses deux jambes. Pas le moindre acte violent répertorié, pas trace de détention d'arme. J'ai demandé à John de me superviser tout ça de loin. Ça devait se dérouler comme une lettre à la poste.

– Sauf que la lettre s'est révélée être un colis piégé, que le facteur s'est chopé une balle dans le bas-ventre et que votre doux scientifique a joué les filles de l'air, sans compter que le chef de votre branche armée se retrouve à l'hosto. » Elle consulta l'écran plat posé sur son bureau. « D'après les gardes protégeant ce fameux site, Morrison n'était pas seul. Il était accompagné par un certain Dr Dick Grayson. Il se trouve que c'est une fausse identité. »

Malgré la gravité de la situation, Michaels ne put s'empêcher de sourire.

« Il y a quelque chose d'amusant qui m'échappe, commandant ?

– Dick Grayson est l'identité secrète de Robin, le compagnon de Batman.

– Bon, eh bien votre “Robin” est sans doute

l'homme qui a blessé l'agent fédéral, puis tiré sur John Howard. Le reste des agents en mission a réussi à se ressaisir suffisamment pour reprendre la filature. Morrison et son petit copain flingueur se sont échappés dans les bois à bord d'une motoneige, ils ont cisaillé la clôture et se sont fait sans doute récupérer par des complices. Les fédéraux ont retrouvé le cadavre d'un homme armé à proximité du trou dans la clôture, tué d'une balle en plein cœur. Il n'avait aucun papier sur lui. »

La directrice poursuivit : « Cinquante mètres plus loin, des traces encore visibles ont révélé qu'une voiture avait quitté la route en défonçant la clôture. Les fédéraux ont prévenu la police d'État et il y a quelques minutes à peine, on m'a avertie qu'un Ford Explorer volé avait été retrouvé sur un vieil aérodrome. Il y avait trois impacts de balles dans le pare-brise, cinq autres dans la porte du hayon et le pare-chocs arrière, et encore un cadavre sur la banquette avant. Sans papiers lui non plus. Sans doute l'œuvre de Howard.

– Hon, grommela Michaels dans sa barbe.

– Oh, mais vous pouvez faire mieux que ça, commandant. Vous êtes censé jouer avec des ordinateurs. Dénicher puis neutraliser les navires pirates croisant dans le golfe du Mexique qui fourguent sur le Net du Viagra, des anabolisants et des pilules amaigrissantes sans ordonnance, ou traquer les jeunes hackers qui s'amusent à truffer de photos pornos les sites évangéliques... Vous avez un tantinet outrepassé vos compétences, et je ne sais pas encore dans quoi vous avez fourré les pieds, mais quoi que ce puisse être, c'est à vous de vous en dépatouiller. Tout ce que je veux savoir, moi, c'est ce qui se passe... »

C'est alors que son virgil – qu'il avait oublié d'éteindre – se mit à claironner l'intro d'un vieil air de rock, « Bad to the Bone[1] ».

Froncement de sourcils de la directrice.

« Désolé... » Il se précipita pour couper l'appareil quand il découvrit le visage de Jay sur le minuscule écran. Si Gridley savait qu'il était dans ce bureau, jamais il ne l'aurait dérangé pour un truc qui ne soit pas important. « Jay ?

– Il semble que les jours de John Howard ne soient pas en danger.

– Dieu merci.

– Je me suis déjà permis de lui envoyer des vœux de prompt rétablissement.

– Merci beaucoup d'avoir appelé, Jay. » Il coupa, regarda la directrice. « Howard va s'en tirer.

– Eh bien, voilà enfin une bonne nouvelle. Je vous suggère de m'en trouver d'autres. »

---

1. De George Thorogood and the Destroyers. Un vieux blues-rock datant de 1982 qui a retrouvé une nouvelle jeunesse grâce à la BO du film *Terminator 2*.

27

Mardi 14 juin
Anchorage

Quand John Howard se réveilla, le premier visage qu'il découvrit était celui du sergent Julio Fernandez. Puis il se rendit compte qu'il se trouvait dans un lit d'hôpital et que son côté droit et son abdomen le faisaient horriblement souffrir. Il avait en plus une épouvantable migraine, la bouche sèche, et l'aiguille d'une perfusion plantée dans le bras. Son dernier souvenir conscient était d'avoir perdu connaissance dans les bois ; et auparavant, de tout le grabuge qui avait précédé – il savait ce qui s'était passé : on lui avait tiré dessus.

« Il est réveillé, dit Fernandez.

– C'est grave ? demanda Howard.

– John ! » C'était Nadine.

Il tourna la tête avec précaution – c'était bon signe : il pouvait déjà faire ça. « Hé, ma puce. Julio ?

– T'as perdu un bout d'intestin grêle mais tu n'auras pas à faire caca dans un sac jusqu'à la fin de tes jours. Même pas de cicatrice sur le devant... ils en ont profité pour régler ça pendant qu'ils te réparaient la tuyauterie, mais tu en auras une dans le dos – la balle t'a traversé de part en part, sans autres dégâts notables. Elle a raté le rein d'un poil de c... – de chat. »

Howard secoua la tête. « Merci. »

Nadine s'approcha alors – intermède étreinte et larmes. Après quoi, elle le traita de toute une ribambelle de noms, dont le plus aimable était « imbécile ».

Bon sang, ce qu'il était content de la voir.

« P'pa ?

– Hé, fiston ! »

Fernandez remonta le haut du lit pour permettre à Howard de s'asseoir. Tyrone s'approcha à son tour, lui sourit.

« Et comment va notre petite amie ? » s'enquit Howard.

Tyrone fronça les sourcils, puis vit le sourire de son père et comprit que c'était une plaisanterie. « Elle est dans la salle d'attente. Je file lui dire que t'es OK. Ils ne veulent laisser entrer que la famille. »

Howard fixa Fernandez avec un sourcil inquisiteur. Ce dernier haussa les épaules. « Je leur ai dit que j'étais ton petit frère. Ils ont jugé que ça ne valait pas le coup de discuter. »

Une infirmière entra, posa deux ou trois questions, puis regarda le moniteur auquel il était branché. « Le docteur va passer vous voir dans une minute.

– Hon-hon. Bien sûr. Celle-là, je l'ai déjà entendue. »

Elle ressortit en ronchonnant.

« Je suis resté HS combien de temps ?

– Pas longtemps, répondit Fernandez. Ça doit faire six heures qu'ils t'ont admis ici.

– Et ici, c'est où, au juste ?

– Anchorage. C'est en Alaska.

– Merci du renseignement, sergent. Mais toi, comment t'as fait ton compte pour arriver aussi vite ?

– J'ai un pote dans l'Air Force qui me devait un gros

service. On ne connaît rien à la vie tant qu'on n'a pas fait un tonneau en supersonique. Waouh ! »

Nadine intervint : « Tu te sens bien, John ?

– J'ai connu mieux mais, ouais, ça va.

– Bien. Il faut que j'aille aux toilettes. Surtout, ne bouge pas.

– Mort de rire. Arrête. Ça me fait mal. »

Elle fila vers les lavabos. Howard la regarda sortir en souriant, puis il reporta son attention sur Fernandez. « Bon. Tu veux bien me raconter ?

– Et si c'est vous qui commenciez, mon général ? suggéra Fernandez, reprenant le ton du service. Je comblerai les blancs à mesure. »

Howard acquiesça. Il lui servit la totale ; il se souvenait parfaitement de tout.

Quand il eut terminé son récit, Fernandez hocha la tête à son tour. « Cent mètres, hein ? Une sacrée précision.

– C'est ce que je me suis dit. J'aimerais pas me retrouver face à ce mec en plein jour.

– Côté tactique, vous auriez pu faire mieux.

– J'admets, sergent, j'admets. Bon, à votre tour.

– Eh bien, en définitive, vous avez fait mieux que lui. Les fédéraux ont eu un blessé mais ils ont retrouvé deux cadavres, un près de la clôture, le second dans le 4 × 4. Il était sur le siège du passager quand ils l'ont retrouvé, mais les impacts sur le pare-brise et les taches de sang indiquent qu'il s'est pris les balles alors qu'il était au volant. Combien de balles avez-vous tirées sur le chauffeur ?

– Trois.

– Les trois dans le pare-brise, sur un diamètre de

vingt centimètres. Et ils ont compté deux impacts à l'arrière.

– J'en ai tiré six en tout.

– Donc, une à côté. Il vous faut encore un peu d'entraînement.

– Cinq coups sur six à cent mètres, de nuit, sur une cible qui s'éloigne ? Je ne pense pas. Ce que je pense, en revanche, c'est que je vais me garder ce Medusa. Je me sens une certaine affinité avec ce flingue. Mais continue...

– Aucun papier sur les cadavres, rien d'exploitable dans leurs poches ou sur leurs fringues, ce qui prouve que ce sont des pros. Les fédéraux sont en train de vérifier les empreintes – pas de résultats encore mais j'imagine que ce sont plus ou moins des mercenaires. Notre Morrison doit savoir qu'il a intérêt à s'entourer de clients sérieux. Tout le monde le recherche. Un zinc non identifié a décollé d'un aérodrome désaffecté non loin d'ici, on n'a pas encore réussi à l'identifier mais il a dû faire du rase-mottes pendant un bout de temps. Pas un radar ne l'a repéré. »

Mme Howard revint des toilettes et moins d'une minute plus tard, le toubib faisait son apparition. La soixantaine, cheveux gris acier taillés en brosse, pantalon et chemise blanche sous la blouse. « Bon après-midi. Je suis le Dr Clements. Comment vous sentez-vous, général ?

– Prêt à courir le marathon. Le temps de casser la croûte.

– Ouais, c'est ça. Laissez-moi quand même vous examiner un peu. Bon, mesdames et monsieur, si vous voulez bien nous laisser seuls ?

– Bah, rien de nouveau sous le soleil, observa Fernandez.

– Foutez-vous de moi, dit le toubib.

– Vous l'avez entendu, dit Howard. Peut-être que je n'ai pas envie de vous montrer mon nouveau tatouage. »

Sourire de Fernandez. « De toute façon, j'avais deux ou trois coups de fil à passer. Je ne sais pas pourquoi mais il y a pas mal de gens qui ont l'air de tenir à vous. »

Comme il sortait, Howard lui lança : « Merci d'être passé me voir, sergent.

– Hé, pas de problème. De toute façon, c'était une journée creuse au bureau. »

Nadine ne put s'empêcher d'intervenir : « Vous êtes aussi bêtes l'un que l'autre, bon sang ! Ça vous défriserait, un jour, d'avouer que vous avez des sentiments ? »

Fernandez la regarda, pince-sans-rire. « Non, m'dame, mais je suis certain que ça nous ratatinerait la peau des couilles. »

Ne jamais rire quand on a reçu un pruneau dans le bide. Jamais, au grand jamais.

Quantico

En ressortant du siège du FBI, Toni leva les yeux vers les lourds nuages roulant dans le ciel. *Ça sent la pluie...*

Ouais, et peut-être que si t'as de la chance, la foudre va te tomber dessus.

Elle soupira. Comment arrivait-elle à se fourrer dans des situations pareilles ? Elle sortait juste de sa convocation chez la directrice Allison et le bon point, c'est qu'elle s'était vu offrir un poste. Le mauvais... c'est qu'elle s'était vu proposer un poste. Et fallait voir lequel. Créé tout exprès : celui d'assistante particulière auprès de la directrice du FBI, chargée des relations avec la Net Force.

Bref, elle allait travailler avec Alex, mais pas pour lui. Et s'efforcer de transmettre les desiderata de la directrice de manière à renforcer la « synergie » entre l'agence et la Net Force.

En clair : on la chargeait de regarder par-dessus l'épaule d'Alex pour s'assurer qu'il ne fasse pas de conneries.

Elle n'était pas forcée d'accepter, bien entendu. Elle pouvait renoncer, et elle l'aurait fait volontiers, sauf que c'était le boulot idéal. Qui lui permettait de rester en contact étroit avec Alex, de le couvrir si jamais il se prenait les pieds dans le tapis, et surtout, de continuer à bosser dans la fonction publique. Et avec de l'avancement et une augmentation en prime. En gros, elle se retrouverait sur un pied d'égalité avec Alex.

Seul problème : comment allait-elle le lui annoncer ? Il pouvait ne pas voir les choses comme elle, et le connaissant, il risquait fort de se montrer... contrarié.

Et elle n'avait pas du tout envie de le contrarier. Mais d'un autre côté, il n'y avait aucune raison que ça lui nuise. Et sur le long terme, cela pouvait même être favorable à leur relation.

Ah, railla sa petite voix intérieure, *j'entends d'ici la litanie des bonnes raisons.*

« La ferme », dit-elle à sa petite voix intérieure.

Ce qui lui valut un coup d'œil du lieutenant d'infanterie de marine qui la croisait. Celui-ci parut décider qu'elle ne s'adressait pas à lui.

Elle n'avait pas besoin d'accepter le poste. Elle avait informé la directrice qu'elle devait y réfléchir, qu'elle la recontacterait. Mais sa décision était déjà prise.

Cœur d'Alene

Morrison n'aurait jamais imaginé qu'il serait un jour ravi d'apercevoir la barrière d'accès au camp d'une milice raciste, mais dès que les grilles se furent refermées derrière sa voiture, il se sentit nettement mieux.

Le général Bull Smith l'attendait au baraquement principal et il se dirigea vers Ventura sitôt que ce dernier fut descendu de voiture.

« Tout se passe bien, colonel ?

– Plus ou moins, mon général. Nous avons eu quelques problèmes. Je ne veux pas que vous soyez pris de court : parlons net, ça risque très bientôt de chauffer pour notre matricule. »

Sourire de Smith. « La chaleur, ce n'est pas un problème pour nous. Avec les étés qu'on a parfois ici en Idaho, même le diable en aurait pour son argent.

– Certes, mais cela pourrait venir en partie de notre propre camp. »

Morrison regarda Smith accuser le coup. « C'est sûr ?

– Vous ne devriez pas tarder à l'apprendre aux infos. J'ai perdu deux hommes. Deux agents fédéraux se sont fait également descendre.

– Merde, sans déconner ?

– Je ne pense pas qu'ils aient pu nous identifier. Et ils ne peuvent pas non plus savoir où nous sommes allés. »

Smith hocha la tête. « À la bonne heure. Il se pourrait que la révolution débute plus tôt que prévu. Quoi qu'il en soit, nous sommes prêts, si jamais l'éventualité devait se produire.

– J'en doute, mon général, mais je me devais de vous tenir au courant.

– Sachez que je l'apprécie, colonel. Mais si nous entrions plutôt boire une bonne bière ? J'ai fait griller des travers de porc.

– Ça me semble appétissant », répondit Ventura.

Dès que Smith fut hors de portée de voix, Morrison – qui redoutait toujours les micros espions – crut bon de remarquer : « Excellente initiative d'avoir mis au courant le général. » Sous-entendu : « Mais pourquoi diable lui avoir raconté ça ? »

La réponse que lui fit Ventura était elle aussi à double sens : « J'imagine que ses propres informateurs l'auraient mis au courant, de toute manière. » Et Morrison crut y entendre : « Il fallait qu'il l'apprenne de notre bouche, au cas où il se douterait déjà de quelque chose. »

« Et maintenant ? demanda le scientifique.

– On attend que nos amis nous contactent afin de parachever les modalités des transferts pour l'une et l'autre partie. Comme on ne peut pas dire que la confiance règne – ce qui est normal, du reste – il convient de prendre un minimum de précautions. Il faut qu'on mette ça au point.

– Ils ne vont pas venir ici ?

– Vous rêvez, docteur. Non, ils voudront garder la maîtrise du lieu de la rencontre. Ils accepteront un de ceux qu'on leur proposera mais à condition que ce soit un terrain un peu plus neutre qu'un camp paramilitaire où leurs yeux bridés et leur teint bilieux risqueraient de leur valoir une cure de pruneaux... Vous le feriez, vous ?

– Sans doute pas.

– Eh bien, voilà. C'est là où ça devient délicat. »

Morrison le dévisagea.

Ricanement de Ventura. « Nous sommes dans la cage du tigre et celui-ci n'est pas en papier. À la moindre erreur, il nous bouffe. À propos de bouffe, si on allait goûter ces travers de porc ? Je crève de faim, moi, pas vous ? »

Morrison secoua la tête. Non, pas lui. Sûrement pas.

28

Mardi 14 juin
Quantico

Assis, penché à son bureau, le téléphone à l'oreille, Michaels se rendit compte de son état de crispation extrême. Il essaya de se relaxer. Un vœu pieux. Malgré tout, il inspira profondément, expira avec lenteur, s'efforça de baisser les épaules. Déjà un peu mieux. « Alors, votre avis sur la question, John ? »

À l'entendre, Howard ne donnait pas vraiment l'impression d'avoir reçu une balle et frôlé la mort à peine quelques heures plus tôt. Il répondit : « Morrison est notre gars. Sinon, quelle raison aurait-il eu de résister aux fédéraux ? Et en tout cas sûrement aucune d'avoir des types armés pour lui filer un coup de main. Si on arrive à le tenir éloigné du site HAARP ou de toutes les installations similaires, on pourra intercepter les attaques. »

Michaels lui posa la question qui le tracassait depuis le début : « Pourquoi ferait-il une chose pareille ? Conduire les gens à la folie homicide ? »

Il y eut un silence au bout du fil. « Je n'en sais rien. Peut-être qu'il est lui-même cinglé. »

Soupir de Michaels. Le type ne lui avait pas paru cinglé quand il l'avait eu en face de lui, ici même, dans ce bureau, et qu'il lui avait détaillé ses recherches. Rétrospectivement, il lui paraissait désormais manifeste que Morrison avait cherché à se couvrir en essayant d'entraîner la Net Force sur une fausse piste, et si Jay n'avait pas eu l'occasion de discuter avec un vigile, son plan aurait réussi. Donc, il n'était pas si fou que ça. Il s'était douté qu'ils risquaient de venir le chercher, et ce faisant, il avait prévu la parade. Mouais, tout sauf cinglé.

Mais pourquoi diantre avait-il fait ça ? Pour voir s'il en était capable ? Un seul test aurait suffi à prouver l'efficacité du truc, voire deux, par mesure de précaution. Mais trois, ça relevait de l'acharnement psychotique. S'il avait envisagé un chantage, c'était raté : ils connaissaient son identité, ils avaient une idée de ce qu'il avait fait, même sans savoir au juste comment il avait procédé, bref, ses plans étaient à l'eau – surtout maintenant qu'il ne disposait plus des instruments nécessaires à leur exécution. Car ce n'était pas le genre de matos qu'on pouvait se bricoler sur un coin de table avec un kit acheté chez Tandy.

Jusqu'à présent, Jay n'était pas parvenu à découvrir d'autres éléments susceptibles de relier Morrison aux événements de Chine ou de Portland. Bon sang, s'il n'avait pas eu l'idée de venir se pointer, jamais la Net Force ne se serait même doutée de tout ça. Peut-être que le mec jouait un peu peu trop les malins. À vrai dire, ce qu'il avait négligé était si simple, si bête, que ça paraissait incroyablement stupide. Comme cette mission sur Mars, une douzaine d'années auparavant, où les ingénieurs s'étaient emmêlé les pinceaux entre mesures anglaises et métriques, avec pour résultat d'envoyer la petite sonde s'écraser sur la planète, tout ça parce que leurs calculs étaient si enfantins que personne n'avait songé à les vérifier. De la même façon, négliger un élément aussi trivial que la main courante consignée par un vigile, c'était le genre d'omission typique d'un ingénieur ou d'un scientifique, parce que jamais ce détail ne lui viendrait à l'esprit.

Si Jay avait dit vrai au sujet de cette technologie et des possibilités de la détourner à des fins malveillantes, alors Morrison avait eu les moyens et la capacité de le faire, mais le motif ?

« Pas d'indication sur l'endroit où il est allé ? demanda Howard.

– Toujours pas. Les agents officiels sont sur le coup et on a émis des avis de recherche pour toutes les polices d'État du pays, ainsi que pour les autorités canadiennes. On est en train de faire vérifier les listes d'embarquement de tous les avions décollant d'Alaska et de la côte nord-ouest du Pacifique.

– Je devrais être sorti d'ici un jour ou deux, observa Howard. Je filerai aussitôt au bureau...

– Vous filerez chez vous, général. Nous allons coincer ce bonhomme en recourant à nos méthodes habituelles. Celles que nous connaissons et qu'on a eu un peu trop tendance à oublier ces derniers temps – la traque informatique.

– Je serai en état de travailler.

– Non, d'après votre femme, sûrement pas. Nous vous tiendrons au courant de nos progrès. »

Howard n'avait pas l'air trop réjoui mais il n'y pouvait pas grand-chose. Ils se dirent au revoir et Michaels se déconnecta.

Puis il se dirigea vers le bureau de Jay. Après avoir tapoté à la porte, il passa la tête à l'intérieur. Gridley n'était pas en ligne. « Hé, salut chef !

– J'étais au persocom avec John Howard. Il devrait

bientôt être sur pied, enfin, c'est ce que lui ont dit les toubibs. »

Jay parut légèrement soulagé. « Enfin une nouvelle positive.

– Je crois savoir que tu es en bonne voie pour nous retrouver celui qui a tiré sur notre collègue ? »

Sourire de Jay. « Oh, certainement. En très bonne voie.

– À savoir ?

– Nous avons récupéré son dossier personnel. Nous savons par où il est passé, et tout ce qu'il a fait, du moins les fois où il a dû utiliser l'une de ses cartes de crédit ou présenter son permis de conduire. Nous avons également son curriculum vitae, même s'il y a encore un certain nombre de trous. Par ailleurs, il a pris une nouvelle hypothèque sur sa maison et vidé ses comptes bancaires, si bien qu'il se retrouve avec une grosse masse de liquide, et tout le monde ne vous demande pas vos papiers à chaque transaction. Il peut s'être acheté une voiture pas chère, avoir loué un zinc privé, sans compter qu'il a fort bien pu recourir à une identité bidon.

« Nous avons certes obtenu des gardes du site HAARP un signalement du gars qui accompagnait Morrison, mais les descriptions du genre "look de matheux" ne sont pas d'une utilité renversante. Pas une seule caméra de surveillance n'a réussi à capturer une image du fameux "Dick Grayson" et c'est ce brave vieux Dick qui a dû faire le coup de feu... à moins que Morrison ne détienne un véritable arsenal dont on ignore l'existence et qu'il se soit entraîné au tir rapide sans qu'aucun des témoins qu'on a interrogés s'en soit aperçu. »

Sourire de Jay. « Hé, vous savez qui est Dick Grayson ?

– Robin, le jeune prodige », répondit Michaels.

Jay parut dépité mais il poursuivit : « Les enquêteurs du FBI ont interrogé la femme de Morrison et elle ne sait rien. Vraiment. D'après les rapports que je viens de lire, ce n'est pas franchement une lumière – elle n'est pas fichue d'indiquer avec précision l'activité de son mari et de l'avis des flics, le mot HAARP n'évoquerait pour elle qu'un instrument de musique.

– Quoi d'autre ?

– Rien. On a un scientifique respecté qui semble avoir trouvé un moyen de rendre les gens cinglés en les bombardant à l'aide d'un émetteur géant, puis qui a sauté le pas en passant à l'acte. On sait quand, on sait en gros comment, mais on ne sait pas pourquoi.

– Hypothèses ?

– Aucune, chef. Pour moi, ça ne tient pas debout. Vengeance, pouvoir, argent – ce sont les principaux mobiles qui viennent à l'esprit.

– Quelqu'un l'aurait entubé au point qu'il aurait voulu exercer une vengeance pareille ?

– Pas que je sache. Son ex crèche à Boston. Si c'est après elle qu'il en avait, il l'a manquée de cinq mille bornes. Pas de pension alimentaire, pas de gosses, et sa nouvelle dulcinée est bien plus jolie, de toute façon. Il a perdu sa bourse de recherche universitaire mais d'un autre côté, il a retrouvé aussitôt un job bien mieux payé dans le privé.

– Le pouvoir ?

– Pour autant que je sache, il n'a jamais manifesté la moindre ambition.

– L'argent, alors ?

– En quoi le fait de dégommer deux villages en Chine puis d'irradier le centre de Portland pourrait lui rapporter quoi que ce soit ? Un chantage, peut-être ? Mais ce ne serait pas très futé... il doit bien se douter que plus jamais les autorités ne le laisseront en paix. Le crime est trop énorme, il n'aura plus un instant de répit. De toute façon, ce n'est plus le problème à présent, nous avons son arme. Et sans arme, les munitions ne servent à rien. Or il n'est plus question pour lui désormais de se pointer dans une de ces installations radio et de demander poliment, la bouche en cœur, s'il peut se servir de leur émetteur, pas vrai ? »

Non, en effet, rien de tout ça ne tenait debout.

Michaels eut soudain une idée. « Imagine que tu veuilles t'acheter un nouveau système informatique, un truc inédit totalement expérimental, sans commune mesure avec tout ce qui a été commercialisé jusqu'alors.

– Ouais ?

– Comment te déciderais-tu à l'acheter sans en connaître auparavant les capacités exactes ?

– Je commencerais par m'installer devant pour le tester, voir ce qu'il a dans le ventre, répondit Jay. Je le pousserais dans ses derniers retranchements, pour découvrir ses limites et... ah ! »

Michaels vit que Jay venait de saisir. « Pigé. C'est peut-être ce que faisait Morrison : une démonstration pour un client potentiel.

– Mais comment estimer la valeur réelle d'un tel dispositif, son intérêt pour un client précis ? Cette capacité à assujettir et rendre fous tes adversaires ?

– Bigre, fit Jay.

– Ouais. J'ai dans l'idée qu'on pourrait bien être

tombés sur un plan encore plus foireux. S'il ne s'agissait que de Morrison, on finira bien par lui mettre la main dessus. Mais imagine qu'il refile le bébé à un autre ? Quelqu'un qu'on ne puisse pas choper aussi aisément.

– Ça pourrait en effet être un problème.

– C'en est déjà un. Le nôtre. Et jusqu'à plus ample informé, c'est devenu ta raison d'être, bonhomme. Connecte-toi sur la Toile. Tu peux te faire aider tant que tu voudras. Mais trouve-moi ce gars, Jay. Et trouve-le vite.

– Ouais. »

Le regard de Michaels balaya le bureau. « Dis donc, t'aurais pas vu Toni ? J'ai comme qui dirait perdu sa trace aux alentours de midi.

– Euh, non. Je... je l'ai, euh, pas vue. » Il replongea le nez dans son ordinateur.

Michaels poursuivit : « J'espère bien arriver à la convaincre de revenir avec nous. Je crois qu'elle envisage sérieusement la question.

– Vraiment. C'est, euh, c'est chouette, patron. » Jay parut soudain fasciné par un truc quelconque sur son bureau. Et il y avait dans son ton quelque chose de bizarre.

« Quoi ? fit Michaels.

– Quoi "quoi" ? » réagit Jay, évitant toujours de lever les yeux.

Michaels se rendit compte qu'il n'était peut-être pas le plus doué des hommes lorsqu'il s'agissait de déchiffrer ses interlocuteurs, mais Jay Gridley n'était pas non plus un expert dans l'art de dissimuler ses sentiments.

« Toi, tu me caches quelque chose...

– Patron, je...

– Écoute, j'ai déjà pas mal de soucis en ce moment, Jay. Alors, si tu évitais de m'en rajouter une couche ? »

Jay poussa un soupir. « Très bien. La dernière fois que je me suis connecté sur le système du FBI, j'y ai laissé une ou deux portes d'accès, au cas où on aurait à nouveau des problèmes comme lorsque le Russe avait pénétré les réseaux du gouvernement, vous voyez ?

– Épargne-moi les prétextes, veux-tu, tu es un hacker dans l'âme. C'est à ça qu'on te paie, figure-toi.

– Ouais, bon, enfin bref, je me suis ménagé une ouverture sur le réseau interne de la directrice.

– Et tu y as trouvé un truc que j'aurais intérêt à savoir mais que tu ne veux pas me dire. C'est quoi au juste ? Que je vais être viré ?

– Non, non, rien de tout ça. C'est juste que... eh bien, que Toni avait rendez-vous avec la directrice, aujourd'hui. À treize heures. »

La réaction immédiate de Michaels fut de lancer : *Ouais, bien sûr, j'étais au courant.* Mais puisque ce n'était pas le cas, et puisque ça ne semblait pas être tout, il se retint et dit : « Et maintenant, tu peux finir de me lâcher le morceau.

– Vaudrait franchement mieux que vous l'entendiez de sa bouche, patron.

– Peut-être bien, mais je veux d'abord l'entendre de la tienne. »

Jay secoua la tête. « La directrice vient de présenter les formulaires électroniques correspondant à une nouvelle fonction dans son service. Celle d'assistante particulière. Or, elle vient de proposer le poste à Toni. »

Michaels plissa les paupières. « Et elle l'a accepté ?

– Pas que je sache. »

Michaels en conçut aussitôt un soulagement

absurde. Une proposition d'emploi, parfait, ce n'était pas bien méchant. Bien sûr, elle aurait dû lui en parler, mais enfin, elle avait du pain sur la planche, et peut-être qu'elle avait prévu de rembarrer la directrice avant de lui mentionner l'incident. Ce serait bien dans son genre. Pas de quoi s'inquiéter.

Ouais ? Alors pourquoi avait-il tout soudain des nœuds dans l'estomac ?

Anchorage

Lorsqu'il alluma son téléphone pour vérifier son mail, Tyrone Howard vit aussitôt un appel prioritaire de Jay Gridley. Tiens, tiens. De quoi s'agissait-il ?

Faire défiler le message sur l'écran minuscule lui prit une éternité mais le libellé était sans ambiguïté : Jay lançait un appel à tous ses contacts sur le web. Il cherchait un tuyau et il demandait un coup de main.

Tyrone contempla son téléphone. Il lui semblait que ça remontait à mille ans mais il avait déjà aidé Jay à pourchasser un délinquant en RV. Jay et lui se connaissaient depuis un bail, quasiment depuis que le père de Tyrone était entré dans la Net Force. Bien entendu, à l'époque, il restait des six à sept heures branché sur son ordinateur, ce qui ne lui était plus arrivé depuis un bout de temps. Aujourd'hui, il ne restait en ligne que deux heures, grand maximum, une durée négligeable, juste le temps de relever son courrier, visiter deux ou trois forums virtuels, passer quelques minutes sur tel ou tel jeu en ligne. Mais si Jay demandait un service,

Tyrone était certain que ça devait avoir un rapport avec l'agression contre son père, et il était prêt à s'asseoir devant sa machine, se connecter et laisser filer les données. Après tout, il s'agissait du type qui avait attaqué Portland, tué pas mal de gens, et ruiné le championnat, en prime. Un sinistre connard qui méritait de se faire court-circuiter, c'était clair.

Il avait emmené son portable, il était dans son sac, rangé dans la chambre de son vieux. Il allait le chercher et se connecter illico.

Nadine pourrait lui filer un coup de main. Elle n'y connaissait pas grand-chose en informatique, mais il pourrait toujours l'emmener avec elle et lui expliquer au fur et à mesure. Il n'était plus aussi calé que dans le temps, mais il était encore capable de surfer avec aisance. Ouais, il aiderait Jay et, ensemble, ils coinceraient le salopard qui avait tiré sur son vieux.

29

Mardi 14 juin
Cœur d'Alene

Même avec le moteur et la clim au maximum, il faisait chaud dans la voiture. Il n'y avait qu'eux deux : Morrison à l'arrière, Ventura au volant. Ils dépassaient de temps en temps un milicien tandis qu'ils progressaient au pas sur le chemin gravillonné.

Au téléphone, la voix de Wu était doucereuse, détendue, berçante. « Bien entendu que je vous fais confiance, disait-il. C'est juste que certains de vos... hum... associés semblent avoir un préjugé contre les individus de notre... type, dirons-nous. Inutile de tenter le diable en ce moment, n'est-ce pas ? »

Morrison hocha la tête à l'adresse de son interlocuteur invisible. L'un et l'autre correspondants avaient coupé l'image. Mais ça n'aurait guère aidé l'Américain de voir le Chinois. Il n'était pas très doué pour déchiffrer l'expression de ces Asiatiques ; pour lui, tous les chinetoques demeuraient insondables. Peu importait, du reste. Ventura lui avait fait la leçon, et jusqu'ici, tout ce que son garde du corps avait dit s'était parfaitement vérifié. En théorie, leur conversation était brouillée, cryptée de manière à rester indéchiffrable même si quelqu'un l'interceptait et l'enregistrait.

« Peut-être que l'ambassade de Chine serait plus à votre goût ? »

Wu eut la bonne grâce d'en rire. « Ma foi, sans doute pourrions-nous arranger cela, mais j'ai dans l'idée que Luther ne se sentirait pas très à l'aise dans un tel environnement. À sa place, je ne le serais pas.

– Cessons de tourner autour du pot, dit Morrison. Je vous indique un lieu, et on s'y retrouve. »

Ventura l'avait prévenu qu'ils n'apprécieraient pas la méthode, cette façon d'aller droit au but. La culture d'où était originaire Wu se montrait en général plus patiente que la culture américaine, et les Chinois n'hésitaient pas à recourir aux formules solennelles les plus contournées pour satisfaire leurs interlocuteurs. Ils voyaient dans l'impatience et l'absence de formalisme des Américains un signe de puérilité et de manque d'éducation. *Qu'ils pensent ce qu'ils veulent*, lui avait dit Ventura. *Plus ils auront une piètre opinion de nous, mieux ce sera.*

« Peut-être, répondit Wu. Où ? »

Morrison lança un coup d'œil vers son chauffeur. Ventura le lorgna dans le rétro. Il acquiesça.

« Il y a un cinéma à Woodland Hills. C'est juste à la sortie de Los Angeles.

– Je sais où se trouve Woodland Hills, docteur. » Le ton était sec, et même si la colère était rentrée, Morrison ne put s'empêcher de sourire. Là aussi, Ventura l'avait prévenu : c'était un coup à irriter son interlocuteur.

Morrison poursuivit : « Il est tout récent, c'est une salle IMAX. À côté d'un grand centre commercial...

– Ah oui, sur Mullholland, juste au nord d'Oxnard, le coupa Wu. Je suis allé y voir le dernier James Bond, il y a quelques mois. Il faut prendre l'autoroute de Ventura. »

Nouveau sourire de Morrison. *Il essaiera d'avoir le dessus*, lui avait dit Ventura. *Mais ce sera subtil.*

« Bien, ça m'évitera de vous indiquer l'itinéraire. Demain midi.

– Une raison particulière à ce choix ?

– Je n'ai pas encore vu le film qu'ils présentent en ce moment.

– Je vois. Très bien. Mais il nous reste encore un certain nombre de détails à régler.

– Lesquels ?

– Eh bien, vous n'allez tout de même pas imaginer qu'on va se pointer avec une valise transportant quatre cents millions de dollars en petites coupures, non ! Il faudrait un camion pour trimbaler une telle somme.

– J'ai un compte numéroté dans une banque offshore, répondit Morrison. Un transfert électronique conviendra parfaitement. Vous n'avez qu'à vous munir d'un ordinateur portable équipé d'un modem sans fil crypté.

– Ah, il y a un hic. Vous comptez nous voir vous virer une aussi grosse somme et ensuite seulement nous fournir l'information, c'est bien cela ?

– Je suis le seul à en disposer. On ne la trouve pas à tous les coins de rue. » Le sous-entendu était limpide : s'il m'arrive quoi que ce soit avant que vous ayez mis la main sur ce que vous cherchez, vous pourrez tirer un trait dessus. La vérité était quelque peu différente : il en avait bel et bien une copie – mais une seule. Toutes les autres mentions de la séquence avaient été effacées, et il avait procédé à leur suppression en recourant à un programme qui rendait les fichiers irrécupérables. L'unique fichier sauvegardé était par ailleurs bien caché. Jamais personne ne réussirait à le trouver. Il ne voyait pas comment il pourrait oublier la séquence, mais si, pour une raison quelconque, c'était le cas, elle n'était pas perdue.

Tu avais cru également que les fédéraux seraient incapables de faire le lien avec toi, souviens-toi.

Il essaya d'écarter cette pensée. Il n'arrivait toujours pas à comprendre comment ils avaient réussi. Alors qu'il avait redoublé de prudence.

« Qu'est-ce qui nous prouve que vous respecterez votre engagement ?

– Vous savez que je détiens l'information. Je vous en ai fait une démonstration convaincante, non ? Une fois que j'aurai l'argent, pourquoi m'abstenir de vous la donner ? Ça n'aurait aucun sens.

– Toutefois, détenir l'information et nous la donner, ce n'est pas exactement la même chose, vous ne croyez pas ?

– Je serai assis juste à côté de vous. Vous me transférez la somme. Je vous transfère l'information. J'imagine que vous aurez des scientifiques à vos côtés qui pourront aisément la vérifier. Je peux même vous donner le nom de plusieurs de vos concitoyens qui sont à même de la confirmer – le Dr Jang Ji ou George Chen ou bien encore Li Hun...

– Ce ne sera pas nécessaire. Nous savons qui sont nos scientifiques. Le problème est : pourront-ils effectuer une vérification immédiate ?

– S'ils ont sous la main un cobaye et s'ils peuvent disposer d'un matériel électro-encéphalographique et d'un ou deux transmetteurs simplifiés, ils seront à même de lancer un test dès qu'ils disposeront de la séquence de code. Ils pourront vous apporter la confirmation avant même la fin du film. À une échelle réduite, certes, mais en l'occurrence, la taille ne fait rien à l'affaire. Ça marchera aussi bien sur le terrain qu'au labo – vous avez pu le constater. »

Il y eut une brève pause, le temps sans doute pour Wu de digérer l'information.

« Alors, monsieur Wu ? C'est à prendre ou à laisser.

– Marché conclu, dit enfin le Chinois. Je vous verrai demain midi. Faites bon voyage. »

Wu coupa la communication et Morrison émit un grand soupir de soulagement. Tout s'était passé de façon bien plus contournée que prévu. Quelque part, il aurait voulu pouvoir remonter le temps et reconsidérer toute cette histoire.

« Il a accepté », nota Ventura. Ce n'était pas une question.

« Oui.

– Bien. L'affaire est lancée. »

Morrison restait malgré tout inquiet. « Tout ça me paraît extrêmement risqué. Un cinéma, pendant une séance ? Il lui sera bien trop facile de planquer des hommes à lui dans l'assistance. Il pourrait en infiltrer quinze ou vingt sans même qu'on s'en rende compte. »

Sourire de Ventura dans le rétro. « Est-ce que je vous ai dit comment programmer vos signaux ? Quelles fréquences choisir ?

– Euh... je suis désolé, je n'avais pas l'intention...

– Vous en faites donc pas, on les connaît. L'IMAX organise une séance spéciale demain midi, une projection réservée aux scénaristes membres de l'Académie du cinéma. Il faudra qu'ils présentent une carte pour entrer dans la salle. En dehors des professionnels, tous les autres seront soit des nôtres, soit des barbouzes des

Chinois. On laissera entrer leurs hommes, vu qu'on garde l'avantage. Tout le personnel, du projectionniste aux employés du bar en passant par les ouvreuses et le caissier, sont des gens à nous. Pour chaque agent qu'ils introduiront dans la salle, on en aura au moins un pour le coller de près. Toute tête inconnue sera considérée comme une cible potentielle. Si jamais il devait y avoir du grabuge, ils sauront sur qui tirer. Et s'ils ratent leur coup ? Bof, de toute façon, un scénariste de plus ou de moins, personne ne le remarquera... Tout le monde à L.A. bosse sur un scénar.

– Comment pouvez-vous organiser une chose pareille ? Vous connaissez le propriétaire de la salle ?

– C'est moi, le propriétaire de la salle. Avec les années, j'avoue avoir assez bien préparé ma retraite, docteur. Je possède ce cinéma, un bar, des actions dans un club de remise en forme, et deux restaurants de luxe. Plus quelques placements boursiers de père de famille, bien sûr. Je ne joue peut-être pas dans la même catégorie que vous, mais je pourrais sans problème vivre sur les intérêts de mes investissements sans jamais entamer le capital. Si vous ne faites pas travailler votre fric, il finit par moisir. » Il sourit.

Morrison hocha la tête. Incroyable. Pourquoi un capitaliste fortuné irait risquer sa vie en bossant comme garde du corps ?

Ventura avait dû lire dans ses pensées : « "La paresse est le terreau du Diable." Un homme aime s'occuper à faire le travail qui lui plaît. »

Morrison détourna les yeux. Décidément, ça devenait de plus en plus bizarre – et terrifiant.

Washington

Michaels était assis dans sa cuisine, une tasse de café à la main. L'aube venait de poindre et Toni dormait encore. Il buvait en regardant le mur mais ses yeux traversaient la frisette, la pierre synthétique et le bois pour se perdre à mille kilomètres de là.

Et comment va la vie, monsieur Michaels ?

Eh bien, très bien, merci. Mon ex-femme se remarie avec un sombre crétin de l'Idaho en m'arrachant ma gamine – sauf à me lancer dans un sombre procès de garde d'enfants qui la traumatisera sans doute à vie, ce qu'elle ne mérite pas et que je ne ferai jamais.

J'ai parlé, en tête à tête, à l'homme qui a presque à coup sûr tué des dizaines de Chinois en se servant d'une espèce d'onde radio pour les rendre cinglés, et si j'avais eu du flair, je l'aurais arrêté avant qu'il remette ça, cette fois avec plusieurs dizaines d'Américains. Il est entré dans mon bureau, et moi j'ai souri et je l'ai laissé repartir.

Le patron de ma section armée s'est fait canarder et s'est retrouvé grièvement blessé parce que j'ai tenu à ce qu'il aille tenir compagnie aux fédéraux... et le mec que je les ai envoyés interpeller en a profité pour blesser un agent fédéral en prime, a réussi à se tirer et il court toujours...

Ma chef s'apprête à me clouer au pilori sous prétexte que je ne l'ai pas tenue au courant.

Quoi d'autre, encore ? Ah, c'est vrai. Ma nana est revenue et elle dort dans mon lit, mais elle envisage malgré tout d'accepter un poste d'où elle pourra me surveiller pendant le boulot et aller ensuite tout raconter à ma patronne. Et elle n'a même pas jugé bon de m'en informer.

Il était rentré tard, Toni roupillait déjà et il avait ruminé ce dernier point jusqu'à ce qu'il pique du nez. Et il avait remis ça sitôt qu'il avait rouvert l'œil.

Ce sera tout ?

Ouais, je dois avoir fait en gros le tour de la question. Tout baigne.

Il but une gorgée de café. Il était froid. Il envisagea de le mettre à réchauffer mais à quoi bon... Rester planté là sur sa chaise à lorgner le mur était *tellement* plus important.

Mais bien sûr, rester planté à te lamenter sur ton triste sort, c'est ce qu'il faut faire, évidemment.

« Va te faire foutre.

– Charmant ! Qu'est-ce que j'ai fait ? »

Alex leva les yeux. Il ne s'était pas rendu compte qu'il avait parlé tout haut avant d'entendre protester Toni. Elle se tenait devant lui, vêtue de son seul chemisier, et elle était absolument superbe, malgré son visage encore fripé de sommeil et ses cheveux tout ébouriffés. Ça ne l'aidait pas franchement qu'elle soit si belle et lui si amoureux. Il s'était figuré que tout irait bien sitôt son retour, que tout serait pour le mieux dans le meilleur des mondes.

Eh bien, c'est raté, vieux.

« Rien, rien. Je parlais tout seul. »

Elle sortit une tasse du lave-vaisselle et se servit du café. Elle inhala la vapeur, souffla sur le breuvage, but.

Elle pivota et s'appuya contre la paillasse, le regarda. « Tu veux qu'on en parle ? »

Avait-il envie d'en parler ? Un peu, merde, qu'il avait envie d'en parler ! Ils pourraient déjà commencer par : *Comment se fait-il que tu n'aies pas jugé bon de m'informer que t'allais voir la patronne du service dans la perspective de bosser pour elle ? Une étourderie ? Un détail trop anodin pour être mentionné ? Ou tu préfères ne pas me confier les petits détails de ton existence, comme le lieu de ton prochain emploi ?*

Mais il ne dit rien de tout cela. Non, il se contenta de répondre : « Non, pas vraiment. »

Elle but une autre gorgée de café. « D'accord. »

Bien. Bien. Si elle n'avait pas envie d'aborder la question, ce n'etait sûrement pas lui qui allait la pousser à le faire.

Il reprit : « Bon, faut que je décolle un peu plus tôt. J'ai une réunion avec la direction des opérations pour coordonner les enquêtes des différents services en vue de retrouver Morrison.

– Tu veux que je t'accompagne ?

– Comme tu préfères. » Le ton était un peu plus hargneux qu'il l'aurait voulu, mais tant pis, c'était l'exact reflet de ses sentiments.

Elle poussa un soupir, reposa sa tasse sur la paillasse, croisa les bras. « Très bien. Qu'est-ce qui te ronge ? T'en aurais presque l'écume aux lèvres. J'ai fait quelque chose de mal ?

– De mal ? Non, t'as rien fait de mal. » Il sentait le ton aigre de sa voix, sa rage bouillonnante et si mal contenue.

« Alors, pourquoi me fais-tu ainsi la tête ? »

Il n'allait pas le lui dire, surtout pas le lui dire !

« Pour rien. Mais comme tu n'arrêtes pas de me reprocher d'être taciturne, de ne jamais te raconter ce que je mijote, je me demandais juste pourquoi tu ne m'avais pas dit que t'envisageais de bosser pour Melissa Alisson, c'est tout. »

Allons bon. Bravo pour son inébranlable résolution de ne ne pas lui en toucher un mot.

Elle décroisa les bras, porta une main à sa bouche – et il dut convenir qu'elle avait au moins la bonne grâce de prendre un air coupable. Elle dit : « Je... je suis désolée. J'allais t'en parler.

– Quand ça ? Quand je les aurais vus inscrire ton nom à la peinture blanche sur ton nouvel emplacement de parking ?

– Alex...

– Non, non, tu n'as rien à expliquer. Tu fais ce que tu veux, je n'ai pas d'ordre à te donner. Tu veux bosser pour les gars à l'autre bout de la base, hé, basta, c'est pas mon problème. Parce que tu vas accepter le poste, n'est-ce pas ? »

Elle recroisa les bras, l'air décidé. Et répondit, en le regardant droit dans les yeux : « Oui, bien sûr. »

Il sentit son estomac se nouer. Bon. Eh bien, voilà. Emballé, c'est pesé.

Il se leva : « Mes compliments. Je suis tellement content que t'aies pu avoir une chance d'en discuter avant d'arrêter ta décision. » Et, passant dignement devant elle, il se dirigea vers la chambre. Enfin peut-être pas aussi dignement qu'il l'aurait voulu, vu qu'il n'avait sur le dos que sa vieille robe de chambre élimée et déchirée à l'épaule.

« Arrête, Alex ! Ne me claque pas la porte au nez !

– T'es mal placée pour dire ça. Vraiment mal placée. De toute façon, moi, je file au boulot.

– Si tu fais ça, je ne serai plus là à ton retour !

– Parfait, de toute manière, tu n'en fais qu'à ta tête... alors, à quoi bon te fatiguer à me le dire ! »

Ce qui mit un terme à la conversation.

30

Mercredi 15 juin
Washington

Dans le taxi qui la menait à l'agence de location de voitures, Toni ne décolérait pas. Pourquoi Alex se croyait-il obligé de jouer les têtes de mule ?

Bon, d'accord, elle aurait dû lui parler de l'entretien d'embauche, lui dire qu'elle envisageait bel et bien d'accepter le poste. Mais franchement, quand avait-elle eu l'occasion de le faire ? Elle n'avait pas vu Alex au sortir de son rendez-vous avec la directrice : il était débordé de travail. Il était resté au bureau toute la journée et n'était rentré que très tard alors qu'elle était déjà au lit. La première fois qu'elle avait eu raisonnablement la possibilité d'aborder la question datait de ce matin, et avant qu'elle ait pu ouvrir la bouche, il lui avait sauté à la gorge. Vous trouvez ça juste, vous ?

Hon-hon. Tu peux lui présenter la chose ainsi, si ça te chante, mais ne te raconte pas d'histoires, veux-tu ? Tu aurais effectivement pu évoquer la question avant *d'aller à ce rendez-vous. Et puis quand il est rentré, tu faisais semblant de dormir, parce que tu n'avais pas envie de lui en parler. Allez, dis le contraire !*

Bon, bon, d'accord, c'était vrai. N'empêche, il n'avait quand même pas le droit de l'engueuler comme ça. Il n'était pas son père !

Non, mais l'homme que tu aimes. Et il avait raison

sur un point : tu lui as fait ce que tu détestes absolument lui voir faire – le laisser dans le noir sur ce qui se passe dans ta tête. Et tout ce numéro ridicule sur le fait de ne pas être à la maison pour l'accueillir... C'était quoi encore, ce plan ?

Toni soupira. Elle détestait ces débats intérieurs avec sa conscience. Pour commencer, elle perdait toujours. Avec les tiers, elle savait argumenter, mais elle n'arrivait pas à s'abuser elle-même – du moins, jamais bien longtemps. La colère d'Alex avait déclenché la sienne, et dès qu'ils auraient trouvé l'un comme l'autre le moyen de calmer les choses, ils pourraient discuter de tout cela de manière un peu plus rationnelle. Il était amoureux d'elle, elle le savait, et ce n'était pas parce qu'ils venaient d'avoir une scène que tout était perdu. Elle n'avait guère d'expérience en matière de ménage, et chaque fois que ça se produisait, elle avait une peur bleue que cela entraîne la rupture. Un mot malheureux, et crac ! leurs routes se sépareraient à jamais. Peut-être qu'on finissait par surmonter cette crainte, à force. C'était à espérer.

Bien. Donc, la question était : devait-elle attendre pour tout mettre à plat avec Alex ? Ou bien devait-elle retourner à Quantico pour voir la directrice et lui annoncer qu'elle acceptait le poste ? Son ego lui disait d'envoyer Alex se faire voir et de n'en faire qu'à sa tête. Mais son cœur lui disait de prendre au moins le temps de lui expliquer pourquoi elle voulait ce job. OK, il était en rogne, il était débordé de boulot, il avait d'autres chats à fouetter, mais ils pouvaient quand même se réserver quelques minutes pour régler cette question. Pour elle c'était plus important que tout le reste, elle ne pouvait pas se contenter de tourner le dos et de faire comme si de rien n'était.

« Nous y voilà, m'dame », dit le chauffeur.

Toni plissa les yeux. La course s'était déroulée comme dans un brouillard, sans lui laisser le moindre souvenir.

« Merci. »

Sa décision était prise. Elle allait louer la voiture, passer par le bureau, trouver un créneau pour discuter avec Alex. Elle pouvait l'amener à comprendre. Elle s'en savait capable.

New York

Le bar était un vrai trou à rat – rectification : tout rat qui se respecte y réfléchirait à deux fois avant de venir fourrer son museau dans un endroit pareil, et s'il avait au moins deux neurones en état de marche, il déciderait de ne pas s'y aventurer. L'éclairage était tamisé (une chance) mais on devinait malgré tout les éraflures de coups de couteau dans le bois du comptoir, les initiales gravées sur les tabourets et les tables. Il y avait aux murs des posters en 2 et 3D éclairés par le néon des enseignes de bière – des photos de nanas généralement à poil juchées dans des poses diverses sur des Harley Davidson. Sur deux des affiches, certaines parties de leur anatomie avaient été usées et délavées à force de caresses et de baisers. La glace derrière le bar était cassée en deux endroits et maintenue par des bouts de ruban adhésif, et une bonne partie des bouteilles posées sur les rayons derrière le barman étaient à moitié vides.

Ledit barman était un malabar d'un mètre quatre-vingt-quinze et pas loin de cent cinquante kilos, vêtu d'un gilet de cuir et d'un jean maculé de taches d'huile qui devait sans aucun doute cacher ses bottes de moto. Il avait des tatouages sur toutes les parties visibles de son épiderme, qui allaient des devises grivoises aux dessins de femmes nues à gros seins – et grandes canines. Le motif central était un sigle Harley sur la poitrine, à moitié enfoui sous d'épaisses touffes de poils grisonnants.

Alignés au bar, assis aux tables, on voyait d'autres motards, des deux sexes, et aucun n'avait l'air disons... très sain.

Sur une estrade surélevée d'un côté de la salle, des projecteurs rouges et bleus jouaient sur le corps d'une danseuse apathique. Elle était nue, à part quelques anneaux perçant diverses parties de son anatomie, et quelques tatouages persos, petits mais intéressants – dont un couleur de flamme, dessinant une flèche qui pointait vers un de ses piercings les plus intimes – ou plutôt vers ce qui était transpercé. La musique était une espèce de grindcore techno avec ligne de sax sur moult percussions, et la fille se déhanchait dessus de manière mécanique. À son visage, on voyait bien qu'elle n'était plus de la première jeunesse ; et à ses cicatrices et ses vergetures, qu'elle avait eu des enfants, plusieurs interventions de chirurgie esthétique et sans doute une appendicectomie. L'ensemble dégageait l'érotisme torride d'un parpaing, et d'ailleurs pas un seul client ne la regardait danser.

Vêtu d'un débardeur en denim arborant le sigle du

Moto-Club des Tigres Thaïs – les lettres MCTT superposées à une tête de tigre grondant –, Jay Gridley se tenait entre deux balèzes qui le dépassaient de deux têtes et pesaient pas loin du double de son poids.

L'un des malabars lui flanqua involontairement un coup de coude au moment où il se tournait pour causer à une nana placée de l'autre côté.

« Gaffe ! » fit Jay.

Le motard se retourna aussitôt, un éclat meurtrier dans les yeux, mais quand il vit Jay, il cligna les yeux et dit : « Désolé, mec. »

Sourire de Jay. Merde, c'était son scénario, non ? S'il devait zoner dans un rade louche pour méchants motards, autant qu'il soit le plus méchant de la bande, pas vrai ? Jay savait qu'il avait les moyens de nettoyer la piste virtuelle de tous ses occupants, et même en RV, les gens étaient capables de reconnaître un vrai spécialiste, à sa dégaine comme à sa façon d'évoluer.

C'était sans doute révélateur de ses fantasmes qu'il élabore un tel scénario et parvienne à le concrétiser avec un tel talent, mais après tout, si on ne pouvait pas prendre son pied, à quoi bon ?

Le barman s'approcha et Jay lui indiqua son verre vide. Le géant opina, tendit le bras derrière lui pour prendre une bouteille de tequila sur le rayon. Quand il la versa, il fit tomber le ver qui nageait au fond de l'alcool brûlant. Le serveur regarda Jay.

Jay haussa les épaules. « Laisse. Ça donne de la texture. »

Le barman s'éloignait déjà. Jay l'interpella. « Je suis à la recherche de quelqu'un.

– Ah ouais ? » Il fixa le jeune homme.

« Ouais. Un flingueur. » Il sortit de sa poche de gilet

le dessin maculé. C'était l'image composite réalisée par l'infographiste à partir du signalement du pseudo-Dick Grayson par le vigile de HAARP.

Sans quitter des yeux un seul instant le jeune Thaï, le barman lâcha : « Jamais entendu parler, jamais vu.

– Regarde au moins le portrait-robot.

– Pas besoin. Ça servira à rien.

– Alors, c'est comme ça que ça se passe ?

– Ouaip. C'est comme ça. »

Jay posa la main sur la poitrine du barman, l'agrippa par une touffe de poils et le plaqua contre le bord du comptoir. De sa main libre, il sortit de son jean un cran d'arrêt et pressa la pointe de la lame de douze centimètres contre la gorge du loufiat, juste sous le menton.

Dans la réalité, Jay venait d'intercepter l'adresse perso du gars qui jouait le barman avant de balancer sur l'ordinateur qui générait sa simulation un cookie truffé de virus. S'il ne retirait pas son couteau, le système du mec allait planter dix secondes après qu'il lui aurait entaillé la gorge.

« Regarde le portrait que je t'ai donné ou je te dessine un nouveau sourire. »

Les clients n'avaient rien remarqué, mis à part les plus proches de Jay, qui s'empressèrent de prendre leurs distances. La danseuse continuait de se trémousser comme une somnambule.

« OK, t'énerve pas, mec. » Le barman lorgna l'image.

Jay sourit. Se balader en RV sur un forum mercenaire était autrement plus bandant que de comparer point par point les fichiers photographiques des différentes agences fédérales pour trouver une corrélation

– ce qu'il avait déjà fait du reste, avec pour résultat Zoulou-Echo-Roger-Oscar.

« Bon Dieu, lança quelqu'un à l'entrée du rade. Jay ? »

La voix semblait familière. Jay relâcha le barman et se retourna.

Tyrone Howard était là, balayant du regard la salle du bouge à motards.

« Tyrone ? Qu'est-ce que tu fous ici ? »

Bien rares étaient ceux à qui Jay avait fourni le code d'accès permettant de lui faire suivre les messages afin de le contacter où qu'il se trouve sur le réseau. En théorie, ça ne marchait pas dans une zone à sécurité renforcée mais n'importe quel hacker avec trois octets de mémoire vive était capable de suivre sa trace à l'intérieur d'un site public aussi banal que celui-ci pour peu que Jay lui laisse franchir le pare-feu.

Tyrone Howard lui avait donné un sérieux coup de main lors de l'attaque du Russe fou, quelques mois plus tôt, et Jay l'avait mis sur la liste de ceux qui pouvaient le contacter en cas d'urgence.

Peut-être pas la meilleure idée, vu le contexte.

Tyrone avait, semblait-il, décidé de garder par défaut le scénario de Jay et ce n'était pas vraiment le genre d'environnement qui convenait à un gamin de treize ans. Le môme risquait de s'imaginer de drôles de trucs.

« Ouais, j'l'ai vu », lâcha enfin le barman.

Jay se retourna brusquement vers le malabar, oubliant son rôle de dur impavide. « Vrai ?

– Ouais, il est passé une fois ou deux.

– Où est-ce que je peux le trouver ?

– J'en sais rien. Mais le mec, là-bas, près de la table

de billard, celui avec la chemise kaki, en train de siroter un boilermaker, il a déjà eu affaire à lui. »

Jay acquiesça.

Tyrone entra dans la salle et se dirigea vers son copain.

« Laisse-moi une seconde, Ty, je te rejoins tout de suite.

– Rien ne presse, Jay. Je... je vais m'imprégner de l'ambiance. Putain, c'est aussi crade que la boîte à strip-tease de Jimmy-Joe. »

Super. Manquerait plus que Tyrone aille parler à son père de ce scénario.

Tu t'en soucieras plus tard, mon petit Jay. D'abord, allons voir ce fanatique des boilermakers.

Mais l'homme qui aimait ajouter un gobelet de whisky à sa bière-pression, ambiance cocktail-explosif, n'était là que par procuration : c'était un proxy.

Même si de fait aucun des clients du pseudo-bar à motards n'était vraiment « là », certains étaient moins présents que d'autres. Un proxy était une coquille vide, guère plus qu'un lien vers un site distant, simple pointeur avec lequel il était impossible de s'interfacer directement. L'ombre d'une ombre.

Jay était capable de localiser le site, mais une brève salve de « ping » dans cette direction ne lui procura qu'une simple adresse dans le MR, quelque part dans le district fédéral. Apparemment, Monsieur Boilermaker ne voulait pas trop en dévoiler sur la toile, et si Jay voulait lui parler, il allait devoir quitter la RV et retourner dans le monde réel.

Wouah, l'autre ! Qui faisait encore ça ?

Il n'était pas espion : son terrain d'action, c'était la Toile. Il pouvait toujours refiler le bébé à leurs enquêteurs de terrain qui iraient voir cet individu en chair et en os aux fins d'avoir une petite discussion entre quatre-z-yeux.

Jay hocha la tête. Ça risquait de prendre des jours, vu la décontraction manifestée par les agents pour répondre à ce genre de demande. Même si le patron les poussait au cul, Jay avait une confiance mitigée dans les capacités de ces traîne-savates – certains n'étaient pas franchement des lumières, et ce serait bien sa veine s'il tombait sur un blaireau qui se loupait en interrogeant le suspect.

Soji l'avait traqué de son côté pour essayer d'en savoir plus. Bref, rien ne l'empêchait de procéder lui-même à l'interrogatoire, pas vrai ? Ce n'était pas comme s'il avait la trouille de mettre le nez dehors.

Il se retourna vers Tyrone mais le mioche avait disparu.

« Ty ? »

Un motard au physique de culturiste de compétition et dont la facture mensuelle d'anabolisants était sans doute supérieure à son loyer lui adressa un sourire radieux. « Hé, Jay ?

– Sympa, l'avatar, commenta Jay en indiquant la montagne de muscles.

– Je me suis dit que ça serait pas une mauvaise idée. Il est dérivé d'un lutteur pro. J'ai juste eu à changer les fringues et à ajouter deux-trois tatouages. Je voulais pas détonner.

– Allez, viens, on s'arrache de ce trou à rat. J'ai un salon privé. » Il débita le mot de passe et se dirigea vers la porte.

Alors qu'il gagnait la sortie, la musique accompagnant la danseuse changea et les haut-parleurs diffusèrent la ligne de basse qui introduisait la version de « Bad to the Bone » par les Destroyers. Il avait presque oublié qu'il avait programmé ce titre dans sa sim. Avec ses paroles... perso.

Et lorsque je parcours le Net
J'vais te dire un bon truc, poulette,
Faut pas jouer avec mes fichiers
Ni les ouvrir
Ni les piquer
Parce qu'aussi vrai que j'm'appelle Jay
J'pourrais dev'nir
mau-mau-mau-mau-mau-mau-mauvais !

31

Mercredi 15 juin
Woodland Hills, Californie

Ventura épongea sur son front la mince pellicule de sueur. Il se tenait devant le cinéma et sourit en contemplant le parking. Il devait faire pas loin de vingt-sept alors qu'il n'était pas encore neuf heures du matin. Une telle chaleur n'avait rien d'étonnant à cette période de l'année ; le bassin de Los Angeles connaissait en gros deux saisons : chaude et torride. Ventura avait souvenance d'être allé à la plage en janvier et de s'être chopé un coup de soleil en lézardant sur le sable à mater les nanas qui se déhanchaient en bikini. Il eut un nouveau sourire. Ça, ça remontait à un bail.

Deux heures bientôt que Morrison et lui étaient ici et, bien évidemment, ses hommes avaient investi la place depuis le coup de fil de Wu, la veille. Les employés avaient eu droit à trois jours de congés payés. On leur avait expliqué que c'était en vue d'une séance de formation destinée au personnel d'une autre salle. Si l'un d'eux avait pu s'interroger, la perspective d'un congé imprévu avait apparemment suffi à calmer sa curiosité.

Wu allait bien entendu s'attendre à voir Ventura arriver en avance et il ne pouvait pas savoir qui travaillait sur place d'habitude mais il se douterait bien que Ventura avait de bonnes raisons pour choisir ce lieu précis pour leur rendez-vous.

Comme aux échecs ou au go, à ce niveau de jeu, tout mouvement, si anodin qu'il paraisse, pouvait avoir un redoutable impact par la suite. Il convenait de redoubler de précautions, de toujours prévoir les coups à l'avance.

Seul un imbécile choisirait un lieu de rencontre neutre s'il pouvait en trouver un susceptible de lui procurer l'avantage. Privilégier la position dominante, c'était une tactique éprouvée sur tous les champs de bataille. Les Chinois le savaient – la guerre imprégnait leur culture depuis des millénaires. Ils connaissaient la chanson.

Moins de trois heures après le coup de fil, des agents chinois avaient placé le cinéma sous surveillance et deux d'entre eux avaient essayé de se faufiler à l'intérieur de la salle. Les hommes de Ventura avaient bien entendu sécurisé la place, même s'ils ne pouvaient pas faire grand-chose vis-à-vis des guetteurs postés dehors. Enfin, ce n'était pas bien grave.

L'arrivée deux heures auparavant d'une fort peu discrète limousine rallongée avait comme de juste détourné l'attention desdits guetteurs, tandis que Morrison et Ventura en profitaient pour se glisser par la porte de derrière, encadrés par quatre de ses meilleures gâchettes. Le mec occupé à descendre des cafés toute la matinée au bistrot d'en face avait dû les voir et le signaler à Wu mais ce dernier n'allait pas risquer une fusillade en plein jour, à proximité d'une rue passante – le danger était trop grand que Morrison se prenne une balle perdue, et personne n'avait envie de ça. Enfin, pas tout de suite.

Une fois à l'intérieur, Morrison se sentit bien plus rassuré et Ventura lui laissa ses illusions, même si à vrai dire cela ne faisait guère de différence. Si Ventura déconnait, son client serait dans la merde, où qu'il se trouve.

N'empêche que Ventura était conscient de son avantage : il avait choisi le lieu et l'heure, il contrôlait l'édifice, et les autres avaient besoin de Morrison vivant, alors que pour sa part, Ventura pouvait en dézinguer autant qu'il voulait de leur côté. À la réflexion, il était à peu près sûr d'être bien meilleur stratège et tacticien que son adversaire chinois.

Certes, tout était dans cet « à peu près » – toute certitude était impossible dans un tel contexte. Et là résidait le secret commun à toutes les formes d'arts martiaux. Quand on était un guerrier – un vrai –, il n'existait qu'une seule façon de se tester : il fallait se jeter dans la bataille, l'arme au poing, et affronter l'ennemi. Finie la réalité virtuelle, finis les tirs d'exercice au laser, fini de jouer : c'était pour de bon. Au bout du compte, quand c'était une question de vie ou de mort, le seul moyen de savoir si on surpassait l'adversaire, c'était de presser la détente et de voir qui restait debout une fois dissipée la fumée.

Ce moment de vérité, quand les armes parlaient, c'était l'instant crucial dans la vie d'un homme. La preuve ultime qu'on était bien en vie, quand on regardait la mort en face, le rire aux lèvres, et qu'on la défiait à son propre jeu. Parce que la Faucheuse riait toujours, bien entendu, puisque au bout du compte c'était toujours elle qui sortait victorieuse. Telle était la mort – mais le sens de la vie n'était pas dans sa destination, il était dans son parcours. Jouer un air, c'était en parcourir la mélodie, pas en atteindre la coda.

Si un homme passait des années, des décennies à peaufiner son art, si terrible qu'en fût la mise en œuvre, quelque part il se sentait poussé à le mettre en pratique. Pour savoir.

C'est ainsi qu'une partie de son travail consistait à protéger son client mais qu'une autre consistait, si nécessaire, à vaincre celui qui s'en prendrait à lui. Lui foutre sur la gueule, le terrasser, et ce faisant se convaincre que dans cet instant précis, si bref fût-il, on avait le dessus.

Se frotter ainsi à un adversaire n'était peut-être pas la meilleure façon de mesurer sa valeur, mais c'était en tout cas un bon moyen d'avoir une réponse certes partielle mais immédiate.

Encore et toujours une question d'ego, mais depuis le temps, Ventura avait fini par s'en accommoder. Oui, il devait admettre qu'il existait sans doute aujourd'hui des assassins bien supérieurs à lui – plus jeunes, plus forts, plus rapides. Et même si les vieux et les vicieux surpassaient en général les jeunes et les fringants, ce n'était plus le cas quand le temps de réaction primait. De sorte que oui, il existait des assassins meilleurs que lui mais il était à peu près sûr que Chilly Wu n'était pas du nombre.

Si la tractation se déroulait sans anicroche, tant mieux, mais si jamais ça devait tourner au vinaigre, on aviserait...

Ils joueraient leur numéro, et les autres ne seraient pas déçus.

Ventura balaya du regard le parking qui était encore presque entièrement vide. La première séance avait lieu un peu après midi ; la plupart des boutiques du centre commercial n'ouvraient pas avant neuf heures, neuf heures et demie, donc les agents infiltrés secrètement par les Chinois allaient devoir se décarcasser un brin s'ils voulaient se planquer. On ne voyait, garée sur le parking jouxtant le cinéma, qu'une fourgonnette, à l'enseigne d'un poseur de moquettes. Elle paraissait vide mais Ventura était prêt à parier sa chemise qu'il y avait quelqu'un à l'intérieur qui surveillait ses moindres faits et gestes. Peut-être derrière une lunette de fusil, même s'il doutait qu'on lui tire dessus.

Nouveau sourire. Durant la Révolution américaine, un tireur britannique – une fine gâchette – s'était trouvé un jour en position de mettre George Washington dans sa ligne de mire. D'après les rapports, il constituait une cible facile, mais le tireur n'avait pas profité de l'occasion : Washington lui tournait le dos et aucun gentleman anglais digne de ce nom ne tirait dans le dos d'un officier. Cela aurait certes pu changer le cours de la guerre mais là n'était pas la question. Il y avait des règles, après tout. Sinon, où allait-on ?

Non loin de là, un camion de travaux publics était garé près d'une plaque d'égout, au milieu d'une zone délimitée par des cônes de plastique orange et des feux clignotants, et trois ouvriers casqués faisaient mine de travailler à quelque chantier souterrain.

Un peu plus loin, une fourgonnette des télécoms était garée près d'une boîte de dérivation de l'autre côté de la rue, devant la pizzeria.

Il y avait également des joggeurs, des passants qui promenaient leur chien, des femmes poussant un landau, plusieurs cyclistes et quelques petites vieilles en tennis qui faisaient du lèche-vitrines dans la galerie marchande. Ventura n'ignorait pas que plusieurs, sinon tous, pouvaient fort bien ne pas être ce qu'ils paraissaient être. Sans doute la plupart étaient-ils des individus parfaitement normaux mais il ne pouvait l'affirmer avec certitude pour aucun d'entre eux en particulier – ce genre de certitude pouvait vous faire tuer. Cette petite vieille pouvait être une experte du kung-fu ; et au lieu d'un petit Mac, ce landau pouvait cacher un Mac-10. Quand on était prêt au pire, toute autre éventualité se révélait une bénédiction.

Il retourna vers la salle, sourire aux lèvres. Il aimait bien le cinéma, mais il avait toujours trouvé hilarants ces films où le méchant ravisseur ou maître chanteur se pointait comme une fleur pour récupérer sa rançon sans jamais se méfier une seconde du clochard sur son banc, de ce jeune couple se tenant par la main, de ce prêtre nourrissant des pigeons, et qui tous semblaient avoir sur le front une pancarte marquée FLIC ! Quand des truands faisaient montre d'une telle stupidité, ils méritaient de disparaître – ça purifiait le patrimoine héréditaire.

Bien sûr, dans tous les métiers, il était toujours difficile de trouver de bons éléments. Ventura disposait pour sa part d'une douzaine de professionnels chargés d'assurer sa protection quand les balles se mettraient à siffler, et il lui avait fallu une vingtaine d'années pour sélectionner ce petit contingent d'hommes de confiance. Tous travaillaient pour lui de manière épisodique. Il avait également entre vingt et trente seconds couteaux capables de mener une opération comme le guet-apens d'aujourd'hui au cinéma, des hommes capables de suivre les ordres et de tenir leur rang s'il fallait faire le coup de feu. Mais en dehors de ça ? Eh bien, la plupart des prétendus mercenaires, gorilles et autres tueurs à gages qu'il avait rencontrés au cours de sa carrière étaient au mieux de simples exécutants, au pire de futurs exécutés. Il savait que les Chinois allaient envoyer les meilleurs qu'ils pourraient mobiliser dans un délai aussi court, mais combien allaient-ils en infiltrer dans la salle ? La chose était délicate : trop peu, et ils seraient mal protégés ; trop nombreux, et ils se verraient comme le nez au milieu de la figure. À la place de Chilly Wu, Ventura se ferait du souci.

Accoudé au bar, Morrison aspirait nerveusement sur la paille plantée dans son gobelet de soda à l'orange.

Je parie qu'il va me demander si tout se passe bien, se dit Ventura.

« Tout se passe bien ? »

Ventura sourit. « On contrôle la situation.

– Cette histoire de scénaristes, ça me tracasse, concéda Morrison. Vous ne craignez pas que les Chinois se doutent de quelque chose ? Qu'ils aient infiltré des mouchards ?

– Pas vraiment. L'agent à la caisse vérifie toutes les cartes de membre grâce à notre serveur informatique. J'ai par ailleurs un homme à la direction qui a accès à la base de données de l'Académie du cinéma. Il pourra corréler les noms sur les cartes avec la liste des adhérents et les visages filmés par la caméra de vidéosurveillance avec les photos du fichier de l'Académie, ainsi qu'avec le fichier des permis de conduire californiens. Quiconque se pointe ici en utilisant des papiers empruntés à un ami aura intérêt à se tenir à carreau.

– Alors vous n'êtes pas du tout inquiet ? Vous ne croyez pas qu'il faudrait au moins utiliser un détecteur de métaux ou un appareil de radiographie ?

– Inutile. Ils savent bien que nous avions nos raisons de choisir cet endroit, et ils savent aussi que nous avons plusieurs heures d'avance sur eux. J'imagine qu'ils vont tenter d'introduire ici entre huit et douze hommes avec Wu. Je table sur l'hypothèse qu'ils seront armés. J'ai de mon côté vingt gars sous la main, mais je ne vais sans doute pas les utiliser tous. N'oubliez pas : le but n'est pas de faire un concours de tir mais de maintenir l'équilibre des forces. Nous sommes sur notre terrain et Wu le sait. S'il arrive à infiltrer ses hommes, il se sentira bien plus détendu. S'il n'y parvient pas, il risque de se montrer nerveux ; or ce n'est pas ce qu'on désire.

– Non ?

– Non. Un type nerveux aura tendance à prendre des risques inconsidérés. Si l'occasion se présente, nos amis seront enclins à vous piquer ce que vous détenez mais s'ils se rendent compte que c'est impossible, ils accepteront de le payer. Ce qu'on cherche, c'est une négociation en douceur au terme de laquelle les Chinois obtiendront ce qu'ils sont venus chercher et où vous, vous ressortirez les poches pleines – bref, où tout le monde est content.

– Mais s'ils tentent quoi que ce soit...

– Ils n'auront pas l'occasion d'en profiter, docteur. Et nous n'aurons plus qu'à tout reprendre à zéro avec une nouvelle équipe de négociateurs. Personne n'a envie de ça. »

D'un autre côté, c'était précisément ce que cherchait le petit démon secret de Ventura.

Allez, Wu. Montre-moi un peu ce que t'as dans la culotte. Glisse la main dans ta poche... qu'on voie qui des deux s'en tirera.

32

Mercredi 15 juin
Quantico

Michaels s'arrêta devant le bureau de Jay mais pas trace du garçon. Il vit en revanche un des techniciens, Ray DeCamp, lesté d'une pile de sorties d'imprimante. Ray portait toujours de grosses lunettes rondes quand il travaillait, d'où son surnom, évident : « Hé, Hibou... Jay est dans le coin ?

– Commandant ! Négatif, il a dit qu'il devait filer en ville, qu'il serait de retour d'ici deux heures. »

La réponse surprit Michaels. Ce n'était pas dans les habitudes du jeune homme de s'absenter durant les heures de travail. Bien souvent, avant du moins qu'il s'acoquine avec cette jeune bouddhiste, il lui était arrivé de rester au bureau plusieurs jours d'affilée, dormant sur un canapé et prenant sa douche aux vestiaires du gymnase. Ses collègues se moquaient de lui, ils le traitaient de vampire et racontaient qu'il risquait de prendre feu en cas d'exposition au soleil. Et venant d'informaticiens blafards qui passaient l'essentiel de leur temps dans des salles plongées dans une pénombre perpétuelle, ce n'était pas une remarque en l'air.

Enfin, vu tout ce qui avait pu arriver ces derniers temps, que Jay s'absente dans la journée n'était pas plus bizarre que le reste.

« Hé, Alex ! »

Il leva les yeux et découvrit à nouveau Toni. « Hé. »

Il réprima un soupir. Il avait pété les plombs ce matin. D'accord, elle l'avait provoqué mais il aurait préféré mieux réagir. Se montrer incapable de se contrôler était preuve de faiblesse – perdre patience amenait presque toujours plus d'ennuis que ça n'en résolvait.

« Tu veux me parler ? »

Il opina. « Ouais. Viens, on peut aller dans mon bureau.

– C'est plutôt confiné là-bas, non ? Qu'est-ce que tu dirais du gymnase ? »

Il sourit. Le bureau, c'était son territoire. Le gymnase, en revanche, c'était son terrain à elle. « Si on allait plutôt dans la salle de conférence ? »

Elle lui rendit son sourire et il sut qu'elle avait deviné ses pensées. Bon Dieu, ce qu'il aimait les nanas intelligentes !

Washington

Peut-être que ce n'était pas une si bonne idée de venir ici, se dit Jay.

« Ici », c'était une vague boutique de surplus de l'armée et de la marine, même si le terme était par trop limitatif : on y trouvait en effet également en vente d'autres articles de surplus militaires, y compris des objets qui semblaient venir des garde-côtes, du corps des Marines, voire de l'aviation russe. Et sous une vitrine rayée, à côté d'un portant exhibant des uniformes moisis de quelque armée africaine non identifiée, on pouvait reconnaître des insignes et des plaques de la Net Force.

Une odeur âcre de renfermé envahissait les lieux, mélange de chaussettes sales et de laine mouillée, et en guise de climatisation, deux gros ventilateurs bruyants brassaient l'air fétide sans vraiment réussir à rafraîchir l'atmosphère – ou rafraîchir les clients. Parmi ceux-ci, plusieurs têtes lui disaient quelque chose – peut-être avait-il vu leur bobine sur les avis de recherche du site web de la poste –, des mecs qui n'avaient pas franchement l'air recommandable.

Jay Gridley restait malgré tout un maître scénariste. Et il avait déjà construit des univers virtuels encore plus moches.

Le mec perché sur le tabouret derrière le comptoir à côté de l'antique caisse enregistreuse était le personnage le moins ragoûtant du lot : gras, chauve, l'œil droit masqué par un bandeau apparemment taillé dans une peau de serpent à sonnette, et vêtu d'un treillis verdâtre qui n'avait, semblait-il, pas été lavé depuis la guerre hispano-américaine.

Sous les yeux de Jay, un client visiblement assez âgé pour avoir combattu dans cette même guerre se traîna laborieusement jusqu'à la caisse. Le vieux portait un maillot vert élimé et taché, un ample pantalon de parachutiste et des rangers aux lacets défaits. Il s'approcha du comptoir et fit claquer dessus la lame d'une baïonnette. « Combien pour ce tranche-couillon ? » lança-t-il avec un rire caquetant qui s'étrangla dans une quinte de toux sèche.

Jay recula d'un pas pour éviter d'avoir à partager de

trop près le même air. L'individu paraissait affligé d'un mal contagieux.

« Hmm, c'est pour une Springfield 03 », commenta le borgne, derrière son comptoir. Sa voix rauque donnait l'impression d'avoir macéré dans un vieux whisky avant d'avoir été laissée quelques années à blanchir sous le soleil du désert.

Jay nota mentalement les intonations. Il pourrait s'en resservir dans un scénario. Du reste, tout cet environnement était une véritable mine ; il pouvait y puiser toutes sortes d'éléments.

Le borgne saisit la baïonnette. La lame était rouillée, le bois de la poignée usé et fendu. « On n'en voit plus des masses, de nos jours.

– Je sais c'que c'est, fiston. J'ai juste besoin de savoir combien tu m'en demandes.

– J'pourrais vous la laisser pour... dix-huit.

– Dix-huit... cents ?

– Dollars !

– Ben merde, fiston, t'y vas pas avec le dos de la cuillère. Zieute-moi ça : m'faudra bien une semaine pour enl'ver toute cette rouille. Et r'garde un peu la poignée.

– Je peux vous vendre du Frameto qui vous bouffera ces traces de rouille en un rien de temps. Allez, j'vous la fais à quinze.

– Onze !

– Douze !

– Voilà qui est parler. »

Le vieux sortit de son ample falzar un paquet de billets graisseux pour en extraire une douzaine d'une liasse dont l'odeur aurait suffoqué un putois.

Le borgne fit tinter le tiroir de la caisse enregistreuse.

« Voulez un sac ?

– Nân. J'vais m'balader comme ça dans les rues de Washington, pour que les flics puissent bien me voir et me truffer de plombs. Bien sûr que j'veux un sac, 'cré bon sang. Faut que j'traque un couple de matous qui fouillent toutes les nuits dans mes ordures... j'm'en vais leur tailler le poil vite fait. »

Le borgne sortit de sous le comptoir un sac en plastique violet frappé du sigle du magasin : « Fiscus Surplus militaires » inscrit sous deux fusils croisés surmontés d'éclairs stylisés.

Jay regarda le client ressortir, pour voir s'il n'allait pas se prendre les pieds dans ses lacets défaits et se casser la margoulette, mais le vieux parvint à gagner la porte sans anicroche.

« Ce vieux débris serait pas fichu de pister un troupeau d'éléphants sur un stade de foot enneigé... Qu'est-ce que je peux faire pour vous ? demanda le borgne.

– Z'êtes Vince Fiscus ?

– Ça s'pourrait. Et à qui ai-je l'honneur ?

– Jay Gridley. J'ai appelé tout à l'heure. » Et de brandir sa carte de la Net Force.

Fiscus la prit, l'étudia avec soin, la retourna pour en examiner le dos. L'hologramme incrusté jeta un reflet arc-en-ciel. « Tu veux vendre ça ? Raconte-leur que tu l'as perdue, ils t'en fileront une autre, moi je fourgue pas de cartes de la Net Force. » Il agita mollement le bras en direction de ses rayonnages.

« Ça m'étonnerait, en effet. » Jay récupéra son

sésame. Il réprima l'envie de l'essuyer avant de le rempocher, mais jugea que ce serait sans doute déplacé.

« Très bien... Alors quoi, *môssieur* l'agent de la Net Force ? »

Jay aimait mieux ça. Il lui présenta la photo de l'inconnu.

« Vous connaissez ce type ? »

Fiscus lorgna le cliché. Il arbora un sourire édenté – une de ses incisives s'était fait la malle.

« Hé ! Mais c'est ce vieux BT. Sûr que je le connais ! »

Jay sentit monter une excitation soudaine. *Ah-ha, gagné !*

« BT ?

– Ouais "Barbouze Tueur". Je l'ai pas revu depuis un bout de temps. Il m'a jamais refilé son vrai nom, alors je l'ai surnommé BT.

– Et comment se fait-il que vous vous connaissiez ?

– Oh, il zone dans le coin depuis... oh... cinq, six ans maintenant. On a d'abord été en affaires, des bricoles... ça doit remonter aux années 84-85... Je lui avais fourgué des lunettes de visée nocturne, des trucs de quatrième génération – des intensificateurs d'image à viseur point rouge, des surplus des gardes-frontières, récupérés sur une vieille Intellicombi. Il m'a acheté pas mal d'autres articles par la suite, soit en venant sur place, soit par correspondance. Vous le cherchez pour quoi ? L'informatique, c'est pas son truc.

– Je ne suis pas autorisé à en parler, dit Jay. L'enquête est en cours. »

Fiscus haussa les épaules.

« Pourquoi "Barbouze Tueur" ? »

Nouveau sourire édenté. « Je m'étais renseigné

auprès de certaines de mes connaissances. Le bruit courait que le mec gagnait sa vie avec des petits boulots pour divers commanditaires, parmi lesquels des gars du gouvernement. Des opérations secrètes, des missions clandestines, des trucs au noir qu'on aime mieux garder confidentiels, pas besoin de te faire un dessin... »

De mieux en mieux. Ce vieux Vince était en train de lui fourguer des tuyaux de première. Cette enquête sur le terrain s'avérait une vraie sinécure – pourquoi les agents en faisaient-ils une telle histoire ? Ils devaient craindre pour la sécurité de l'emploi.

« Vous utilisez quoi, comme armes, à présent ? s'enquit Fiscus. J'ai entendu parler d'un nouveau type de pistolet électrocuteur...

– Les kick-tasers », confirma Jay. C'était exact. Il détenait en effet un de ces lance-fléchettes électriques propulsées par une cartouche de gaz comprimé. Le sien était chez lui, rangé au fond d'un tiroir. Ou peut-être au bureau – il n'avait plus remis la main dessus depuis une éternité. N'intervenant pas sur le terrain, il n'avait pas à savoir manier l'arme ; du reste, il n'avait tiré avec qu'une seule fois – et ça remontait à un bout de temps. Tous ses exercices de tir, il les faisait en RV.

« Bon, si on revenait à notre bonhomme. Où est-ce que je pourrais le trouver, votre BT ?

– Ma foi, j'ai bien peur de devoir vous demander encore une fois ce que vous lui voulez.

– Je vous l'ai déjà dit, je ne peux rien révéler.

– Tu veux parier ? » Sa voix imbibée de whisky grimpa d'un ton. « Vic, Rudy ! V'nez voir par ici ! »

Deux jeunes types en treillis camouflage vert et chaussés de rangers étincelantes parurent se matérialiser soudain juste derrière Jay. Deux sacrés morceaux : pas loin de trois cents kilos à eux deux.

Ho-oh.

Jay avait vu suffisamment de vids pour comprendre qu'il était plutôt mal barré. Il était seul, sans armes, et il était sur le point de faire connaissance avec les sieurs Vic et Rudy. Le moment était peut-être venu de vérifier que la discrétion était la reine des vertus. Avec un sourire nerveux, il fit mine de se couler vers la porte.

« Houlà, on ne bouge pas, monsieur l'agent de la Net Force. »

Jay regarda Fiscus et vit qu'il brandissait un gros pistolet de métal noir. « Vous n'êtes pas censé posséder ce type d'arme dans le district fédéral. C'est illégal.

– Pas possible ! Allez, écarte les mains de ta ceinture, qu'elles soient bien visibles. » Il agita le canon de son flingue.

Jay eut soudain un éclair de compréhension. Si Fiscus lui avait révélé tous ces détails sur le type qu'il recherchait, c'était uniquement parce qu'il n'imaginait pas le voir agir en conséquence – ou même en parler à qui que ce soit.

Jay avait vu pas mal de vids...

Et il sentit au creux de l'estomac comme un grand vide comparable à celui des espaces intersidéraux. On n'était pas en RV. Pas question de lancer une commande pour décrocher et retrouver, peinard, son bureau. Ce flingue était tout ce qu'il y a de plus réel.

Il était légèrement tourné, de sorte que Fiscus ne pouvait pas voir sa hanche droite. Il pressa deux fois à trois reprises sur le bouton d'alarme de son virgil – un-deux-trois, un-deux-trois – puis écarta lentement les mains.

« On se calme, dit Jay. Restons raisonnables.

– Voilà qui est parler, monsieur l'agent de la Net Force. Et maintenant, si on passait dans l'arrière-boutique, histoire d'avoir une petite conversation, hmm ? »

Woodland Hills

Penché au-dessus de la paillasse des toilettes, Morrison se regarda dans la glace. Son visage avait quelque chose de psychédélique – il avait l'impression de contempler un inconnu.

Il se lava les mains, se pencha, se rinça la bouche. Il avait le petit pistolet dans la poche de son blazer mais cette masse qui lui cognait la hanche droite n'avait rien de réconfortant. Il était terrifié, terrorisé au point de n'avoir plus qu'une envie : détaler ventre à terre et trouver un endroit où se planquer pour dormir, dormir, dormir jusqu'à ce que ce cauchemar disparaisse comme par enchantement.

Il contempla de nouveau le visage de l'homme terrifié qui le regardait dans la glace. Filer se planquer ne lui serait plus d'une grande utilité désormais. Il était trop tard. D'ici peu, un agent des Chinois allait débarquer – sans doute plusieurs de ses sbires étaient-ils déjà devant la salle, attendant le début de la séance – et Morrison allait devoir s'asseoir pour négocier avec ce fameux Chilly Wu.

Morrison resta planté devant la glace pendant ce qui

lui parut une éternité, se regardant sans vraiment se voir.

L'apparition soudaine de Ventura derrière lui le fit sursauter.

« Wu vient d'arriver. Vous êtes prêt ?

– Je... oui, autant qu'on peut l'être...

– Vous faites pas de souci. Mon "projectionniste" aura un fusil Anschutz Biathlon pointé sur la nuque de Wu aussitôt qu'il aura posé son cul sur un siège. Et il est capable de transpercer une pièce de monnaie à dix fois cette distance. Chacun des sbires de Wu sera surveillé par un de mes gars. De ce côté, on est couverts. »

Morrison avait eu beau se rincer la bouche, elle était encore sèche. « Écoutez, articula-t-il. Il y a un truc qu'il faut que je vous dise. J'ai planqué une copie des données. Si jamais il m'arrive quelque chose, je veux que vous la récupériez. Vendez-la, donnez-la, faites comme vous voudrez, je m'en fous... pourvu que ce ne soit pas aux Chinois.

– Il ne vous arrivera rien.

– Je vous crois. Mais c'est au cas où. C'est ma seule recherche personnelle qui ait abouti à un résultat concret. C'est un travail important. Je ne veux pas qu'il se perde.

– Si cela peut vous rassurer, fort bien. Je veillerai à ce qu'il tombe en de bonnes mains.

– Elle n'est pas ici... la copie.

– D'accord. Où est-elle ? »

Morrison le lui dit. La révélation fit sourire Ventura. « Très futé.

– Vous pourriez la refiler aux Pakistanais, ils détestent les Chinois. Ils trouveront à l'employer.

– Ne vous mettez pas martel en tête. Je peux vous

garantir que les Chinois ne ressortiront pas d'ici avec vous en otage. Au moindre lézard, ils ne seront plus que de l'histoire ancienne. Avec moi, ça se passe comme ça, Patrick. »

L'emploi du prénom l'ébranla encore plus. Morrison prit une inspiration hésitante, expira, recommença, retenant son souffle. *Respire à fond. Calme-toi.* « Très bien. »

La séance ne devait pas débuter avant une demi-heure – mais ce serait à coup sûr un film à grand spectacle.

33

Mercredi 15 juin
Quantico

Toni avait prévu de s'asseoir pour discuter avec Alex, lui raconter ce qu'elle ressentait, s'excuser de s'être mise en colère et l'amener peut-être à envisager son point de vue.

C'était apparemment bien parti puisque la première chose qu'il lui avoua fut : « Écoute, je suis désolé de m'être mis en colère. »

Super. Elle répondit : « Moi aussi. »

Mais ça n'alla guère plus loin. La secrétaire d'Alex ouvrit la porte de la salle de conférence et dit : « Commandant, nous venons de recevoir un appel de détresse du virgil de Jay Gridley.

– Quoi ?

– La police du quartier est déjà prévenue. Tenez, c'est là. »

Alex s'était levé.

Toni remarqua : « J'ai vu Jay tout à l'heure, il était ici...

– Il s'est rendu en ville », expliqua Alex. Il se précipita vers la porte, lançant au passage à sa secrétaire : « Faites-moi préparer l'hélico et donnez la position GPS au pilote. Je veux avoir décollé dans trois minutes.

– Alex ?

– Bon sang, tout se déglingue ici ! Plus rien ne marche ! » Il se retourna vers elle. « Tu viens ? »

Elle opina.

Washington

« Frappe-le encore », dit Fiscus.

Rudy hocha la tête. D'un coup sec, il expédia un uppercut.

Jay eut l'impression d'avoir reçu dans le ventre un lingot d'acier. Il se plia en deux. La douleur le submergeait. Il n'arrivait plus à respirer, n'y voyait plus clair, les yeux brouillés par les larmes ; il ne parvenait pas à croire qu'on puisse avoir aussi mal ! Il se serait effondré si, derrière lui, Vic ne l'avait pas maintenu fermement, ses grosses pattes lui agrippant les bras comme un étau.

Rien en virtuel ne l'avait préparé à ça. Rien.

« Retiens ta respiration, monsieur l'agent de la Net Force, et profites-en pour réfléchir. »

Jay réussit à retrouver son souffle au bout de quelques secondes. Il avait envie de dégueuler, une envie presque irrépressible.

« Alors, on se sent mieux ? Parfait. À présent, dis-moi un peu... pour quelle raison t'intéresses-tu à BT ? »

Depuis combien de temps était-il ici ? Des années, lui semblait-il, alors que ça ne devait pas faire plus de deux minutes. Il avait bien essayé de temporiser mais Fiscus ne mangeait pas de ce pain-là et, après le second coup de poing, Jay se demandait combien encore il arriverait à encaisser. Un peut-être.

« Va te faire mettre.

– Pas par toi, t'es pas mon genre. Mais peut-être que l'ami Rudy pourra te rendre la politesse, quand il aura terminé ? Les mecs, les filles, les vaches, les chèvres, il est pas regardant. Allez, encore un, Rudy ! »

Jay perdit connaissance au troisième coup de poing – enfin, presque. L'intense éclair de douleur passa du rouge au gris et le temps parut s'étirer paresseusement, suinter comme le bitume au soleil d'été.

« ... a toute la journée, était en train de dire Fiscus. Et Rudy n'est même pas encore en sueur. Je l'ai déjà vu travailler au sac, des dix minutes, un quart d'heure d'affilée... ça fait quatre ou cinq cents coups. Et t'es pas un sac rempli de son, fils. Combien de temps t'imagines-tu pouvoir tenir ? »

Malgré sa vision brouillée, Jay réussit à distinguer ce sourire édenté et il comprit alors que Fiscus et ses deux gorilles étaient tout à fait capables de le battre à mort. « OK, articula-t-il. OK, je vais tout vous dire.

– Meeerde, fit Rudy.

– Tu vois, j't'ai bien dit qu'il en était juste à l'échauffement. T'inquiète, Rudy, tu pourras en balancer encore un ou deux si jamais *môssieur* l'agent de la Net Force a un coup de mou. OK, écoutons voir. »

Jay inspira douloureusement. Le mec ignorait tout, donc peu importait ce qu'il lui racontait. Et puis, créer des scénarios – avec descriptions et dialogues – il savait faire. Il pourrait toujours broder, l'autre n'y verrait que du feu.

« OK... On est tombés sur une intrusion informatique, à New York. Dans une société de bourse et...

– Rudy ? »

Le coup de poing cueillit Jay sous l'aisselle droite – un crochet du gauche – et il sentit, il crut même entendre, une de ses côtes se briser sous l'impact.

« Ouuuh ! Aïe-aïe-aïe, qu'est-ce qui vous prend ? Je vous explique, merde !

– Nân. T'expliques rien du tout. Tu nous racontes des craques. J'ai peut-être l'air con, mais je suis pas tombé de la dernière pluie, gamin. Chaque nouveau mensonge te rapporte un autre gnon. Recommence. »

Jay se sentit submergé par une vague de désespoir. Il allait mourir. Il en était sûr. Quoi qu'il puisse leur raconter, en définitive, ils allaient l'achever.

Washington

« C'est là, dans cette boutique de surplus », dit le flic.

Installé dans le gros fourgon d'intervention, Michaels acquiesça. Conformément aux accords passés entre la Net Force et la police pour les appels de détresse, les flics s'étaient rendus sur place en appliquant le code deux : intervention rapide mais sans usage de la sirène. Ils établirent un périmètre de sécurité et la version locale du GIGN était déjà prête à investir l'immeuble, mais Michaels était arrivé avant qu'ils y aillent et il tenait à les accompagner.

L'inspecteur de police responsable de l'opération jaugea, dubitatif, le taser de Michaels et secoua la tête. « Pas la meilleure idée, commandant. On connaît le gérant de cette boutique. On est à peu près certains qu'il garde là-dedans assez de matériel illégal pour équiper une armée du tiers monde et, en général, il n'y est pas tout seul. Votre petite zapette ne fera pas le poids.

– Je me tiendrai en retrait. Mais c'est un gars à moi qui est là-dedans.

– J'y vais, moi aussi », intervint Toni. Et de brandir son taser.

« Vous vous croyez où ? Au défilé de la Fête nationale ? Où sont la fanfare et les majorettes ?

– Je peux passer deux, trois coups de fil, inspecteur, et faire intervenir la grosse cavalerie, s'il faut en arriver là. Mon chef appellera le vôtre... C'est ce que vous voulez ?

– Merde, non. Passez un masque, un gilet pare-balles mais restez derrière et tâchez de ne pas nous coller aux pattes, vu ? Si vous vous faites tuer, venez pas vous plaindre ensuite.

– Entendu.

– Entendu. »

Il regarda Toni. Ce n'était pas le moment de lui dire de rester derrière, il le voyait bien, c'était pourtant ce qu'il avait envie de lui dire. Peut-être qu'elle avait raison. Qu'elle ne pouvait pas travailler pour lui. Qu'il était trop protecteur. En tout cas, il n'avait pas envie de la voir entrer là-dedans.

« Debout les gars ! lança l'inspecteur dans son micro. On y va dans trente secondes. Et on embarque deux fédéraux dans le fourgon de queue. Évitez de me les flinguer par accident. »

L'inspecteur sortit deux gilets en soie d'araignée, doublés de céramique et portant dans le dos la mention

DCPD – *District of Columbia Police Department* – en lettres fluo jaunes. « Enfilez ça. Ils arrêteront les balles de revolver et la plupart des projectiles de fusil. Et prenez aussi un masque à gaz et un casque. On va leur balancer des grenades assourdissantes et du gaz émétique. »

Michaels acquiesça.

« Quinze secondes », annonça l'inspecteur dans sa radio. Puis, se tournant vers les deux représentants de la Net Force : « Allez vous mettre en position. Là-bas, derrière le sergent Thomas. Et restez derrière lui ! »

Michaels jeta un œil à Toni et, sautant d'un bond du PC mobile, ils filèrent à leur poste.

Woodland Hills

Morrison et Ventura étaient déjà installés dans leurs fauteuils quand une « ouvreuse » descendit l'allée pour placer Wu. La zone où ils se trouvaient avait été isolée par des cordes, de sorte qu'ils étaient assis au milieu de quatre rangées vides. Il y avait en tout une quarantaine de spectateurs et la salle se remplissait peu à peu.

Wu avait un ordinateur portable passé à l'épaule et il tenait dans la main un carton de pop-corn.

Cela fit sourire Ventura. Il devait admettre que le bonhomme avait du style.

Morrison et Ventura se levèrent et Wu obliqua afin de les rejoindre. Il passa sous le cordon de velours rouge pour venir s'asseoir entre eux. Pendant qu'il serait occupé à discuter avec le scientifique, il tournerait le dos à Ventura.

Wu brandit son carton de pop-corn. « Vous en voulez ? J'ai l'impression qu'ils sont au vrai beurre. J'imagine, vu que j'en ai quand même eu pour quatre dollars. »

Ventura fut tenté de piocher dans le gobelet – et de s'assurer ainsi qu'il n'y avait pas un flingue planqué sous le pop-corn, mais il déclina l'offre. Morrison aussi.

Devant eux, le grand écran était toujours vide. Il n'y aurait ni bandes-annonces ni publicité aujourd'hui.

« Quand la séance commence-t-elle ?

– Nous avons quelques minutes devant nous, répondit Ventura.

– Bien, bien, nous pourrons ainsi régler cette petite affaire et profiter ensuite du film. C'est la même équipe que celle qui a tourné *La Vengeance de Quinton* et la critique avait été bonne. »

Il semblait détendu et c'était plutôt bon signe. Il s'était fait accompagner de dix hommes qui s'étaient dispersés dans la salle, chacun avec son carton de pop-corn ou son sachet de bonbons. Cela devait l'inciter à se croire maître de la situation, ou tout du moins sur un pied d'égalité avec Ventura. Soit il ne se doutait pas qu'on le tenait en point de mire du haut de la cabine de projection, soit il était vraiment aussi glacial que le laissait entendre son surnom et ne redoutait pas la mort.

« Cela dit, vous savez que nous autres Chinois avons l'habitude de prendre des chemins détournés et de papoter aimablement avant de passer aux choses sérieuses, mais nous sommes en Amérique et comme je ne souhaite pas me singulariser, que diriez-vous d'abréger les préliminaires ? » Sur quoi, il fit glisser aussitôt de son épaule l'ordinateur, en déroula le mince écran flexible escamotable, le verrouilla, puis déplia le clavier. La machine se mit en route en émettant un petit carillon et l'écran s'illumina.

Morrison avait déjà allumé son propre portable qui était posé sur le siège voisin. Il le saisit.

« Ah, nous y sommes, dit Wu. Votre numéro de compte bancaire, je vous prie ? »

Morrison énonça une série de quinze chiffres et lettres.

Wu les entra au clavier. Puis il leva les yeux vers son interlocuteur, tout sourire. « Nous disons donc... trois cents millions de dollars américains ?

– Quatre cents, s'empressa de rectifier Morrison.

– Une innocente plaisanterie, docteur. » Il tapa la somme. Observa : « C'est une jolie somme mais elle n'a rien de gigantesque. Cela ne devrait leur prendre que quelques secondes pour vérifier l'origine du transfert et valider la transaction. »

Ventura balaya la salle d'un regard circulaire. Pas de problème à l'horizon. Ses hommes étaient sur leurs gardes. Si jamais ils voyaient dans la salle encore éclairée apparaître le bout d'un canon, une cartouche de gaz ou n'importe quel autre type d'arme, la réaction serait immédiate. Personne ne s'amuserait à crier : « Lâchez ça ! » ou « Pas un geste ! » Au moindre signe menaçant, ses gars devaient ratiboiser les chinetoques – tous les chinetoques – sans hésiter ni se poser de questions. Qu'un des gorilles de Wu s'avise de faire le con, et ils devenaient tous de la viande froide. C'était une réaction brutale mais la seule envisageable en la circonstance.

« Et voilà, docteur Morrison. Vous devriez voir le solde apparaître sur votre machine. »

Morrison pianota sur ses touches. « En effet. Le virement est confirmé. » Il tapa une nouvelle séquence. « Le numéro de compte et le mot de passe sont changés.

– Parfait. Nous pouvons vous virer de l'argent mais pas en retirer. Vous êtes un homme riche. À votre tour, à présent. »

Morrison acquiesça. Il avait toujours l'air d'être assis sur une chaise électrique en attendant son exécution.

« Voici l'adresse de nos responsables », indiqua Wu. Et il leva son ordinateur pour permettre au scientifique de voir l'écran. « Vous leur transmettez les données, ils m'ont assuré qu'ils pourraient les tester en l'espace de deux heures. Pendant qu'ils travaillent, on regarde le film, et tout le monde rentre chez soi satisfait. »

Wu se tourna vers Ventura. « Vous savez, Luther, s'il n'avait tenu qu'à moi, j'imagine que j'aurais fait... comment dire... une proposition moins *généreuse*. »

Ventura lui adressa un mince sourire. « Une telle offre n'aurait pu être... *acceptable*, Chilly.

– Vous ne croyez pas ?

– Je ne crois pas, non. »

Le sourire de Wu répondait à celui de Ventura. « Il aurait été fort intéressant de voir quelle opinion l'aurait emporté, n'est-ce pas ?

– Certes. »

Chacun soutint le regard de l'autre quelques instants encore.

Puis Wu convint : « Dans ce cas, une autre fois

peut-être. » Il détourna les yeux pour revenir à Morrison. « Docteur, si vous voulez bien ? »

Ventura avait gagné. Son sourire s'élargit.

Morrison hocha la tête et se mit à taper l'adresse électronique.

« Un flingue ! » s'écria quelqu'un...

... et de fait, aussitôt les flingues se mirent à parler.

34

Mercredi 15 juin
Washington

Toni talonnait Alex. Le masque à gaz était de grande taille, et sa large visière n'entravait pas la vision périphérique mais le filtre émettait un déclic désagréable à chaque inspiration. Et comme sa respiration était précipitée... Mais elle eut tôt fait d'oublier tous ces désagréments quand le premier élément du commando de six hommes défonça la porte de service de la boutique de surplus. Les éclairs intenses des grenades se mirent à crépiter autour d'elle mais les écrans polarisants du masque entrèrent en action en moins d'un centième de seconde, l'empêchant d'être aveuglée. Elle se rendit compte toutefois qu'elle aurait dû mettre des tampons acoustiques car à l'intérieur de la bâtisse, le fracas des détonations était assourdissant. Un épais brouillard gris verdâtre accompagna les explosions et monta jusqu'à lécher les murs.

Elle entendit alors trois autres détonations, cette fois des coups de feu, et vit sur sa gauche Alex s'accroupir aussitôt. Elle l'imita. Une voix hurla un truc inaudible, elle crut entendre quelqu'un d'autre se mettre à cracher tripes et boyaux.

Alex se retourna : « Ça va ?

– Oui, oui, ça va bien. »

Puis tout fut terminé.

Le brouillard poisseux sur la peau nue commença à se dissiper et le commando se dispersa suffisamment pour permettre à Toni d'entrevoir quatre individus qui n'étaient pas des flics. Trois étaient à quatre pattes en train de dégueuler. Le dernier était étendu sur le dos, du sang s'écoulait de blessures au flanc et à la jambe. Il avait la tête sur le côté et vomissait lui aussi.

Une des victimes agenouillées en train de jouir des mérites purgatifs du gaz émétique n'était autre que Jay Gridley.

« Dieu merci », dit Toni derrière son masque. Sa voix était assourdie mais elle vit Alex opiner.

« Ouais », fit-il.

Woodland Hills

Wu était rapide. Il se laissa choir du fauteuil sur le sol crasseux, et dans le même mouvement balança son carton de pop-corn à la figure de Ventura.

Ventura réussit à distinguer le coup de feu tiré depuis la cabine de projection et même à noter, alors qu'il dégainait lui-même son arme, que le claquement sec du fusil de petit calibre était distinct de la détonation plus sourde, plus ronde des armes de poing...

Wu se redressa, un flingue à la main – il l'avait bien donc planqué, mais sous le carton de pop-corn – et le pointa vers Ventura. Il fit feu à deux reprises...

Rapide et bon, en plus.

Les balles atteignirent Ventura en plein torse mais la plaque de titane garnissant le gilet de Kevlar en soie d'araignée qu'il portait sous la chemise arrêta les projectiles, même s'il eut l'impression d'avoir le sternum défoncé au marteau-piqueur.

Il leva lui aussi son arme, pivota...

Morrison s'était déjà levé pour détaler en poussant des cris inarticulés...

Wu jura et tira une troisième fois, plus haut ce coup-ci, juste à la lisière de la plaque de protection.

D'autres coups de feu retentirent dans la salle...

Tenant la crosse d'une seule main, Ventura tira – une, deux, trois fois –, laissant le recul relever le canon un peu plus à chaque coup, afin que les impacts remontent le long du corps de Wu, au cas où ce dernier porterait lui aussi un gilet pare-balles : torse, gorge, tête...

« Stop, stop, stop ! » glapissait Morrison.

Ventura détourna les yeux, vit que Morrison avait dégainé lui aussi son petit calibre 22 qu'il tenait pointé devant lui alors qu'il avait rejoint l'allée...

Un des tireurs d'élite de Ventura – Blackwell, un ancien SEAL – se précipita aussitôt vers Morrison pour le plaquer à terre et l'écarter de la ligne de mire – bien, bien ! – sauf que Morrison était paniqué et qu'il braqua aussitôt son arme vers lui...

« Morrison, non ! hurla Ventura. Ne ti... »

Trop tard. Morrison appuya sur la détente. Blackwell, qui s'était rué pour protéger le scientifique, n'était plus qu'à un mètre cinquante de lui et, à cette distance, même Morrison ne pouvait pas rater sa cible à chaque coup. Il y eut bien trois balles sur les six du chargeur qui atteignirent le gorille de plein fouet. Le gilet qu'il portait lui aussi en arrêta deux mais la troisième passa au-dessus, l'atteignit à la joue et Ventura vit nettement une dent exploser dans la bouche déchiquetée tandis que, comme au ralenti, la tête de Blackwell était violemment projetée sur le côté...

Et *merde* !

Puis il vit, avec une netteté absolument parfaite, Blackwell réagir comme le ferait d'instinct tout bon tireur d'élite si on le braque avec une arme à feu alors que la situation devient critique...

« Non ! » hurla-t-il encore une fois, en essayant de détourner le canon de son arme, mais il était englué dans ce mouvement de ralenti et il était trop tard...

Blackwell savait que Morrison portait un gilet protecteur et Blackwell n'avait pas envie de mourir : alors même qu'il s'effondrait, grièvement blessé, il visa Morrison pour stopper la menace...

Et l'atteignit pile entre les deux yeux.

Ventura vit de l'arrière du crâne de Morrison jaillir un flot mêlé de cervelle, de sang et d'os.

Washington

Il allait s'en tirer sans problème. Le toubib l'avait bandé, lui avait fait une piqûre pour contrecarrer les effets du gaz émétique et une seconde pour calmer la douleur. À chaque inspiration, Jay avait encore les côtes douloureuses sous le bandage, sans compter les crampes d'estomac à force d'avoir vomi, mais il n'était pas mécontent de pouvoir encore sentir quoi que ce soit.

C'était à coup sûr mieux que l'autre éventualité.

Le patron remarqua : « Mais enfin, quelle mouche t'a piqué d'aller toi-même sur le terrain, tout seul ? »

Jay voulut hocher la tête, mais cela lui flanqua le vertige et il s'interrompit aussitôt. Il se contenta de répondre : « J'en sais rien. De la stupidité pure et simple, j'imagine. Ça ne se reproduira plus, je vous le garantis... Le réel, ça craint un max. »

Ils se trouvaient dans le service de haute sécurité de l'hôpital où Fiscus le borgne avait été transféré sitôt après avoir reçu les premiers soins. Il s'était chopé deux balles après avoir tiré sur les flics : une au flanc, une dans la jambe, mais aucune des deux blessures ne mettait sa vie en danger, une fois stoppée l'hémorragie. Il était conscient et le patron avait donné de la voix pour entrer et l'interroger avant les agents du FBI et la police de Washington.

Jay et Toni avaient accompagné Michaels et, lorsqu'ils entrèrent dans la chambre, tous trois saluèrent de la tête le flic assis près du lit.

« Nous aimerions avoir des informations », dit d'emblée Michaels à Fiscus.

Criblé de tubes de perfusion, de sondes et de capteurs fixés aux doigts, aux mains ou scotchés sur le torse, Fiscus lui adressa son sourire édenté. « Et les damnés en enfer aimeraient sans doute aussi de l'eau glacée », observa-t-il. Son bandeau en peau de serpent avait disparu et l'œil dissimulé jusqu'ici révélait une taie laiteuse.

« Ce que tu auras l'occasion de vérifier par toi-même si tu ne me dis pas ce que j'aimerais savoir, dit le patron. À vue de nez, tu vas te retrouver au bas mot avec les chefs d'inculpation de rapt, d'agression contre un agent fédéral, de tentative de meurtre contre un policier dans l'exercice de ses fonctions et de détention d'une tripotée d'armes illégales. Un gars de ton âge ? T'es bon pour finir tes jours derrière les barreaux. »

Cette remarque parut avoir le don d'éveiller son attention.

« Merde alors, pourquoi que je devrais vous aider si de toute façon je dois crever en taule ?

– C'est tout simple. Je peux faire disparaître les charges fédérales. Pas de rapt, pas d'agression, pas de visite du BATF [1] pour toute cette quincaillerie. Je pourrais même arriver à convaincre la police de passer l'éponge sur la fusillade puisque t'as touché personne. Tu t'en tirerais avec cinq, six ans peut-être. »

Fiscus hésita quelques secondes.

Jay voyait presque les rouages tourner dans sa tête.

Ne cède pas, s'efforça-t-il de lui transmettre par télépathie.

Va pourrir en enfer jusqu'à la fin des temps, connard !

« Je peux même te trouver un avocat, si tu veux, poursuivit Michaels.

– Non, pas d'avocat. J'accepte le marché. Qu'est-ce que vous voulez savoir ? »

Michaels hocha la tête.

---

1. *Bureau of Alcohol, Tobaccos and Firearms* : Service des alcools, tabacs et armes à feu, souvent critiqué pour ses méthodes... parfois peu constitutionnelles.

« Quel merdier », se répéta Ventura. Il filait sur l'autoroute éponyme, direction Burbank. « Quel putain de merdier. »

Et ce n'était pas peu dire. Derrière lui, au cinéma, il laissait dix agents chinois abattus, tous morts ou en voie de l'être. Deux de ses hommes s'étaient pris des balles perdues mais sans danger pour leur vie. Quatre scénaristes avaient également été touchés, l'un d'eux était mort, un second grièvement blessé, les deux derniers plus légèrement atteints. Blackwell était en sale état mais il allait sans doute s'en tirer, même s'il devrait se passer de pommes caramélisées pendant quelques mois.

Wu était cent pour cent mort.

Idem pour Morrison, tué en plus par quelqu'un de son camp.

Quelle chierie.

Les civils blessés seraient transportés en voiture à l'hôpital le plus proche où les chauffeurs les déposeraient en vitesse, sans s'attarder pour répondre aux questions. Les hommes de Ventura allaient être conduits chez un toubib qu'on payait pour soigner les gens et rester bouche cousue. Quant au reste des scénaristes indemnes, vingt et un en tout, on les avait enfermés et bouclés dans la réserve à provisions. La moitié sans doute étaient sans doute déjà en train de plancher sur leur prochain script, une histoire de fusillade dans un cinéma. Ils ne risquaient pas de mourir de faim : ils étaient en compagnie d'un stock de pain de mie et de barres chocolatées.

À l'extérieur de la salle, des membres de son équipe s'étaient efforcés au mieux de détourner l'attention des guetteurs chinois : une grenade au poivre dans la camionnette du poseur de moquettes, une décharge de grenaille pour le dégustateur de café chez Starbucks, mais Dieu merci, plus de fusillade.

Puis tout le monde s'était tiré par les itinéraires d'évacuation prévus.

Ventura se rendit compte qu'il pouvait dire adieu à l'IMAX. Pas de pot. Alors que le cinoche était bénéficiaire pour la première fois depuis trois ans.

Quel putain de gâchis. Vraiment nul. Non seulement il avait perdu le client qu'il était censé protéger mais c'était par la faute d'un de ses hommes. Même s'il n'avait pas eu vraiment le choix. À la place de Blackwell, il aurait sans doute réagi pareillement.

Je n'aurais jamais dû donner ce flingue à Morrison.

Ouais, vingt sur vingt côté rétrospectif. Un peu tard pour y songer maintenant.

Même s'il était exclu de jamais en connaître la chronologie avec certitude, Ventura pouvait reconstituer les événements : il semblait bien que ses propres hommes aient été plus experts à dissimuler une arme censée rester hors de vue. En tout cas, un des agents chinois avait fait preuve d'une maladresse insigne. Et celui de ses tireurs qui avait aperçu le flingue avait dû croire que l'autre s'apprêtait à en faire usage. Tous avaient reçu instruction de garder leur calme – à moins qu'une arme n'apparaisse. Le cri « Un flingue ! » était le signal convenu pour que ses tireurs d'élite éliminent chacun sa cible. Une fois le cirque lancé, les jeux étaient faits.

Les Chinois auraient-ils eu l'intention de couper au plus court ? De s'emparer de Morrison plutôt que de payer pour obtenir les données ?

Bah, quelle importance, désormais. Ce qui était fait était fait, inutile de se lamenter. Il y avait toutefois des conséquences à ne pas négliger. Les Chinois n'allaient sûrement pas être ravis, et ils étaient bien capables d'estimer que Morrison et Ventura leur avaient piqué leurs quatre cents plaques et de vouloir tout faire pour les récupérer... et là, ça coinçait un max : Morrison n'était plus là pour les rendre, et cette somme, Ventura ne l'avait pas.

Il changea de file et un gros type dans une Porsche noire le klaxonna, mécontent de s'être fait couper la route. Ventura eut une envie soudaine de dégainer son Coonan et d'expédier un pruneau dans le pare-brise du connard. Va donc en klaxonner un autre, tête de nœud.

Il se retint. Ça n'améliorerait pas sa situation s'il se mettait à flinguer tous les abrutis qui encombraient les autoroutes de Los Angeles. À ce jeu, on risquait bien vite d'être à court de munitions. Un plein camion de déménagement n'y suffirait sans doute pas...

L'idée le fit ricaner. Il était vraiment stressé, mieux valait inspirer lentement, puis évaluer la situation avec calme.

Ce qu'il fit. Trois grandes inspirations, ensuite on réfléchit posément.

Bien. Premier point, les deux millions qu'il avait mis à gauche ne lui paraissaient plus une si grosse somme. Vu comme les choses se présentaient, il allait devoir disparaître, exactement de la même façon qu'il l'avait prédit à Morrison : sans espoir de retour. Certes, son temps était compté depuis déjà un moment, mais pour tout dire, il ne se sentait pas encore prêt à tirer sa révérence.

Si le marché s'était conclu normalement, il aurait été relativement à l'abri de Wu et ses semblables. Ils en auraient eu pour leur argent, et les vrais pros n'éprouvaient pas le besoin de se tirer dans les pattes.

Mais le marché n'avait pas été conclu. Les Chinois avaient perdu leur fric ; ils n'avaient pas eu ce qu'ils voulaient. Moche. Ça risquait de leur donner vraiment la haine.

Morrison n'avait pas filé à Ventura son numéro de compte, donc il ne pouvait pas non plus mettre la main sur le magot. Moche pour tout le monde.

Le gros con en Porsche trouva une ouverture dans la file de gauche, déboîta et doubla Ventura comme une flèche. Il lui fit un doigt d'honneur au passage et, même sans l'entendre, Ventura put lire sur ses lèvres : *Enculé de ta mère.*

Peut-être qu'il pourrait se limiter à descendre juste celui-ci ?

Mais la Porsche accéléra et prit de la distance et Ventura oublia bientôt le gros connard.

Donc l'argent des Chinois était hors d'atteinte mais... mais la source n'était pas tarie pour autant. Parce que si le scientifique avait dit vrai – et Ventura n'avait aucune raison de mettre sa parole en doute –, il lui avait révélé où trouver le secret qui venait de provoquer la mort de plus d'une douzaine de types. Et les Chinois n'étaient pas les seules huîtres de l'océan à contenir des perles.

Bon, d'accord, c'était un plan foireux depuis le

début, le méga-plantage, l'exemple parfait de la loi de Murphy. Mais maintenant que les dégâts étaient faits, la vie continuait. Le passé était le passé. Si on conduisait en restant tout le temps les yeux rivés sur le rétro, on finissait par emplafonner quelqu'un. Il était temps de regarder de nouveau devant soi.

Quelqu'un avait encore la possibilité de tirer parti de toute cette histoire, et autant valait que ce soit lui. Il pouvait même envisager de baisser un rien le prix. Après tout, il n'avait pas besoin de quatre cents millions, la moitié lui suffirait amplement. Inutile de se montrer trop goulu, pas vrai ?

Il poursuivit en direction de l'aéroport de Burbank. Il avait un avion qui décollait dans une heure. Il faudrait sans doute un peu plus aux scénaristes pour trouver le moyen de sortir de la réserve à provisions du ciné. Oui. Il avait désormais un plan d'action. Il savait ce qu'il allait faire.

35

Mercredi 15 juin
Quantico

« Je viens d'avoir Julio Fernandez, annonça Jay. John Howard est chez lui.

– Ça a été rapide », observa Toni.

Michaels acquiesça. « Ouais. Les vieux soldats ne meurent jamais, mais ils ne vont pas traîner dans les hostos à tenter le sort s'ils peuvent l'éviter. »

Ils se trouvaient dans la salle de conférence au siège de la Net Force. Quelqu'un avait déposé sur la table un pot de café et une corbeille de viennoiseries. Michaels prit un pain au lait, l'examina, le retourna, le redéposa. Il choisit à la place un beignet glacé. Une bonne dose de sucre et de la caféine, juste ce qui lui fallait pour se niquer les dents, se choper un diabète et faire grimper sa tension. Les trois pour le même prix.

Oh, et puis merde ! Vu comme ça tournait ces derniers temps, quelle différence ? Il mordit dans son beignet avec entrain.

« Julio dit que Howard est prêt à repartir au turf.

– Il peut se prendre quelques jours pour récupérer. Comme toi. »

Jay secoua la tête. « Je vais bien. Et je veux être là. Et puis, ça sera bien moins crevant en RV. Je peux surfer d'ici ou depuis chez moi, mais de toute façon, je compte bien y aller.

– Très bien. Récapitulons les éléments dont on dispose. D'après ton M. Fiscus, l'homme que nous recherchons était une espèce de tueur à gages qui aurait décroché depuis plusieurs années pour se recycler dans la protection de personnes. En dehors de "Dick Grayson", il utilise toute une panoplie de fausses identités, au nombre desquelles Diego, Gabriel, Harbor, Colorado et Ventura. Ça sent l'Hispanique, non ? »

Jay se mit à rigoler puis dit « Ouille », en plaquant la main sur sa côte cassée.

« Pourquoi tu te marres ?

– Je ne devrais pas rire... Je ne crois pas nécessairement qu'il soit hispanique ou latino, chef. Tous ces noms sont ceux d'autoroutes de Los Angeles. »

Michaels hocha la tête. « D'accord. Donc, il connaît Batman et le réseau routier de Californie du Sud. Qu'est-ce qu'on a d'autre ?

– Peau de balle. J'ai consulté les annuaires, indiqua Jay. Il n'est sur aucun et on n'a pas réussi à trouver de correspondance entre le portrait-robot et les fichiers informatiques des divers services de police. Ce type est la discrétion même. »

Coup d'œil de Michaels à Toni. Il devait en avoir le cœur net. « Tu vas accepter le poste avec les gros bonnets, n'est-ce pas ? Bosser pour la directrice.

– ... Oui.

– Donc, l'information va circuler dans les deux sens ?

– C'est en gros ce que promet la description du poste. »

S'ils pouvaient découvrir qui était ce dénommé Ventura, s'ils parvenaient à définir ses antécédents et son itinéraire, ils seraient peut-être en mesure de le localiser. Et avec lui, de trouver Morrison.

L'interphone bipa. « Oui ? »

C'était sa secrétaire. « Monsieur, nous avons un appel de la directrice, pour Toni Fiorella. »

Michaels fronça les sourcils. Il fit signe à Toni qui décrocha le combiné placé devant elle.

« Oui, madame ? »

La directrice dit quelque chose et Toni acquiesça. « Oui, madame, j'ai pris ma décision. » Un regard à Michaels. « J'accepte le poste. »

Il sentit son estomac se nouer mais elle était adulte, elle devait pouvoir choisir à sa guise.

« Oui, madame, allez-y. »

Toni écouta durant ce qui leur parut une éternité. Ni Michaels ni Jay ne cherchèrent à cacher qu'ils écoutaient les réponses de la jeune femme.

« Je vois. Oui, je vais leur dire. Oui, madame, je suis ravie d'intégrer l'équipe. »

Elle raccrocha, l'air préoccupé.

« Quoi ? pressa Michaels.

– La police de Woodland Hills, Californie, vient d'être appelée pour une rixe dans un cinéma de la ville, il y a quelques minutes à peine. Ils ont trouvé dans la salle une bonne douzaine de cadavres, tués par balles, plus, dans une annexe fermée à clé, toute une tripotée de scénaristes.

– Des cadavres et une pièce remplie de scénaristes ? En quoi cela nous concerne-t-il ? intervint Jay.

– Sur l'un des corps, on a retrouvé des papiers d'identité : il s'agit d'un certain Qian Ho Wu, ressortissant chinois et lobbyiste notoire que la division contre-espionnage du FBI avait déjà classé comme probable espion pour son pays.

– Tiens donc !

– Un autre corps a pu être identifié : celui du Dr Patrick Morrison.

– Oh merde », s'exclama Jay. Puis il réfléchit un instant avant d'ajouter : « Mais cela résout notre problème, non ? Les cadavres n'émettent pas de signaux radio. »

Toni vola la réplique à Michaels : « À supposer qu'il n'en ait parlé à personne avant sa mort.

– Eh bien, il n'en a sans doute rien dit aux Chinois. Peut-être ces derniers lui en voulaient-ils justement parce qu'ils avaient deviné qu'il était responsable de ce qu'avaient subi leurs villages. Ils se seront emparés de lui, une fusillade a éclaté, point final.

– Trop simple », objecta Michaels. Il pianota sur son persocom. « Trouvez-moi une place sur le prochain vol pour Los Angeles.

– Tu n'es pas un agent de terrain, Alex, remarqua Toni. C'est au FBI de s'en occuper, tu ne peux pas...

– Bien sûr que je peux, coupa-t-il. Portland s'est fait arroser par une espèce de rayon de la mort, le chef de mon unité d'intervention sort de l'hôpital après avoir reçu une blessure par balle et mon as de l'informatique vient de se faire passer à tabac... sans compter que j'ai eu le responsable de tout ce gâchis entre les mains, oui, entre les mains, et que je l'ai connement laissé s'échapper. Bref, un lamentable fiasco de bout en bout.

– Tu ne savais pas...

– Mais je sais, maintenant. Tu veux aller raconter à ton nouveau chef que j'outrepasse mes attributions ? À ta guise. S'il le faut, quelques jours de vacances me feront le plus grand bien.

– Tu n'as pas besoin. Et si tu veux, je t'accompagnerai. »

Il pesa mûrement ses mots. Il pouvait se taire mais il décida qu'il devait les prononcer : « C'est un problème qui concerne la Net Force, Toni, et je pense que c'est à la Net Force de s'en occuper. »

Elle le regarda, plissa les paupières. « Et je ne fais plus partie de la Net Force, c'est ce que tu es en train de dire ?

– C'est toi qui l'as dit, pas moi. »

Elle hocha la tête. « Je vois. »

Il n'aimait pas cette impression, n'aimait pas lire le désarroi sur son visage, mais il fallait bien que ça éclate, et le plus tôt serait le mieux. Peut-être réussiraient-ils à sauver leur relation personnelle ; il l'espérait de tout cœur. Mais la méthode de travail avait déjà changé. Ce ne serait désormais plus comme auparavant. Si Toni ne bossait plus pour lui, très bien, parfait, il pouvait apprendre à se passer d'elle. Si elle devait rapporter à un tiers ses moindres faits et gestes, il allait en revanche devoir gérer ce qu'il avait l'intention de lui laisser voir et entendre. Si la directrice du FBI tenait à le garder à l'œil, grand bien lui fasse, c'était après tout sa prérogative. Mais il n'était écrit nulle part qu'il devait lui faciliter la tâche.

Toni avait fait son choix. Ils allaient dorénavant devoir s'en accommoder.

Au-dessus de la Californie du Nord

Ventura balaya du regard la cabine, mal à l'aise. Personne ne le regardait, il n'avait vu personne le filer, mais il croyait déceler quelque chose... de bizarre. Il était en alerte maximale, l'œil et l'oreille aux aguets ; il n'avait jusqu'ici rien repéré d'anormal, malgré tout ça clochait quelque part.

Un coup d'œil à sa montre. C'était peut-être ce vol. Ça le tracassait de se retrouver dans la cabine des premières...

« Puis-je vous apporter quelque chose ? »

Ventura gratifia d'un sourire la jeune hôtesse. « Non, je vous remercie. » Il avait réservé un billet en classe affaires, en recourant à l'une des multiples identités d'emprunt qu'il gardait toujours sur lui, mais le vol était complet et lorsqu'il s'était présenté à l'enregistrement, les seules places restantes étaient en première. En temps normal, il ne volait jamais en première classe : il était toujours plus difficile de se mêler au troupeau quand on se retrouvait aux premières loges. Mais exiger d'être placé en classe touristes risquait franchement de le faire remarquer – qui aurait refusé un surclassement gratuit ? – et le but était de demeurer le plus anonyme possible. De se fondre parmi les autres hommes d'affaires d'âge moyen, de s'efforcer de ne pas rester gravé dans la mémoire de ses voisins, en espérant ne pas rappeler à l'hôtesse son oncle préféré.

Ladite hôtesse poursuivit son chemin dans l'allée et Ventura put reporter son attention sur le paysage. Il y avait trois heures de vol de L.A. à Seattle. Il louerait une voiture à SeaTac pour se rendre à Port Townsend – sans doute encore trois ou quatre heures de route : il fallait prévoir la traversée en ferry, sans compter un laps de temps pour le repérage à l'arrivée. Tout cela le menait aux environs de trois heures de l'après-midi mais en été, à cette latitude, la nuit ne tombait pas avant neuf heures et demie, dix heures. Bref, rien ne pressait, d'autant que la nuit était son alliée. Bref, il avait tout le temps devant lui pour manger un morceau, se préparer, faire le boulot.

Il regarda par la double épaisseur du hublot. Il avisa au loin un haut sommet couvert de neige. Le mont Shasta ? Sans doute.

Ventura estima qu'à l'heure qu'il était, la police de Los Angeles devait avoir découvert le massacre dans la salle de cinéma, et si tel était le cas, ils avaient certainement identifié le Dr Morrison. Vu l'acharnement des fédéraux à récupérer Morrison après les fusillades en Alaska, ils seraient à coup sûr rapidement sur le coup. Il avait bien envisagé d'évacuer le cadavre et de s'en débarrasser, mais vu que le type était mort et n'était donc plus sous sa responsabilité, d'un strict point de vue tactique, il était plus sage de l'abandonner. Il avait pris garde à ce que le portefeuille de Morrison reste dans sa poche, pour accélérer un peu les opérations. Cela interromprait à coup sûr les recherches immédiates et peut-être les fédéraux se montreraient-ils moins pressés de rechercher des complices.

Mais ce n'est pas ce qui ralentirait les Chinois. Sans doute Wu avait-il fait remonter ses renseignements au niveau supérieur de la chaîne alimentaire – Ventura avait du mal à imaginer qu'un gouvernement aussi radin ait pu lui confier des centaines de millions de dollars à dépenser sans chercher à savoir en détail ce qu'il comptait en faire. Les Chinois n'auraient de cesse que d'interroger tous ceux qui auraient pu être en rapport avec le marché. Une fois qu'ils auraient découvert la disparition de Morrison, ils seraient dans tous leurs états. Et Ventura se retrouverait premier de la liste des suspects à voir.

Les fédéraux avaient dû relâcher leur surveillance autour de la maison de Morrison sitôt informés de ce qui était arrivé à ce dernier – les cadavres n'avaient pas l'habitude de se balader ; si le gars devait rentrer chez lui, ce serait dans une caisse en bois. Quant à l'équipe de Ventura, elle était partie depuis longtemps, s'étant retirée dès que ce dernier s'était rendu compte que l'homme abattu en Alaska était un fonctionnaire fédéral, pas un agent chinois, et que par conséquent des renforts policiers allaient débarquer pour avoir un petit entretien avec l'épouse de son client. Il n'en avait pas informé Morrison – qui continuait à croire son jeune trophée parfaitement protégé : à quoi bon lui donner un souci supplémentaire... ?

Les fédéraux voudraient sans doute avoir de nouvelles conversations avec la veuve Morrison et on pouvait s'attendre à voir les Chinois lui rendre également visite, mais comme elle ne savait rien, elle ne pourrait rien révéler ni aux uns ni aux autres. Elle risquait d'avoir rejoint son défunt mari le temps que les Chinois s'en aperçoivent mais ce n'était pas non plus le problème de Ventura... aussi longtemps qu'il ne serait pas là quand débarquerait le Péril jaune.

Le Péril jaune. Il sourit. Il n'était pas raciste. Bien sûr, il avait joué cette carte pour Bull Smith et ses semblables afin de les amener à croire qu'il sympathisait avec leurs idées, mais en définitive, peu lui importait le sexe ou la couleur de la peau. Il avait travaillé avec des individus de toutes les races, hommes ou femmes, et l'unique critère essentiel à ses yeux était leur capacité à s'acquitter correctement de leur tâche.

Si vous étiez capable de presser la détente au bon moment et d'atteindre votre cible, vous pouviez bien être un hermaphrodite vert à rayures mauves, il n'en avait rien à cirer. Il avait trouvé cette expression « Péril jaune » dans les vieux bouquins de Fu Manchu, des romans-feuilletons écrits à une époque où le racisme était la croyance par défaut et où personne ne se posait trop de questions à ce sujet.

En temps normal, Ventura aurait préféré prendre son temps pour étudier les abords, les habitudes, les allées et venues des occupants et des voisins, et n'intervenir qu'une fois tout bien pesé. Plus on en savait, moins on risquait de surprises. Mais il ne disposait plus de ce luxe. Il devait agir prestement, régler son affaire et passer à autre chose. Il avait des fonds à sa disposition, de nouveaux papiers, des planques sûres où il pourrait se tapir en attendant le moment de mettre en œuvre ses plans à long terme. Vivre dans l'instant ne voulait pas dire qu'on ne pouvait pas envisager l'avenir. Cela signifiait simplement qu'on n'y vivait pas.

Il s'estimait en relativement bonne position. Il ressentait malgré tout ce malaise irritant, cette impression d'être un insecte sur une lame de microscope... Comme si un œil géant pouvait à tout moment se matérialiser, inquisiteur, au-dessus de lui. Une sensation des plus désagréables.

Enfin, on tâchait toujours de faire au mieux, c'était ça l'important.

Il restait encore une heure de vol. Il allait se reposer un peu. Il risquait de ne plus en avoir l'occasion d'ici longtemps. Il inspira plusieurs fois, lentement, profondément.

Au bout de trois minutes, il s'était assoupi.

36

Mercredi 15 juin
Quantico

Toni se rendit au petit gymnase pour évacuer la tension et la colère qu'elle éprouvait. Elle n'y trouva qu'un type en T-shirt et cuissard de vélo, chaussé de lunettes à montures d'acier, qui faisait du yoga dans un coin. Elle entama aussitôt une série d'étirements, puis s'inclina pour attaquer ses djurus, travaillant surtout le triangle, dit *tiga*. Une demi-heure plus tard, cet entraînement achevé, elle passa au jeu de jambes sur le carré, les *langkas* sur le *sliwa*.

Les mouvements lui venaient avec naturel, automatismes acquis après tant d'années, mais elle avait l'esprit ailleurs.

Alex était contrarié par son attitude, c'était manifeste. Mais bon, à quoi s'était-elle attendu ? À le voir sourire et la féliciter avec une petite tape sur la tête ? Elle essaya de se mettre à sa place, mais elle savait bien qu'elle ne pourrait pas gagner sur les deux tableaux, pas ce coup-ci. C'était encore la meilleure solution. Travailler pour lui était devenu une plaie dès avant leur voyage à Londres ; il ne la traitait pas comme les autres membres de la Net Force, il la protégeait, et ça, elle n'en voulait pas – pas au travail. Enfin bon, il allait y avoir une période critique, le temps qu'il s'accoutume à son nouveau job. Ça ne lui plaisait pas à elle non plus, mais il semblait bien qu'il n'y ait pas d'autre solution.

À la longue, ne cessait-elle de se répéter, ça vaudrait mieux pour lui. Ils seraient plus à même de se retrouver sur un pied d'égalité : leurs relations personnelles cesseraient enfin d'être parasitées par leurs relations professionnelles.

Ouais, mais en définitive, on meurt tous, n'est-ce pas ? Alors, que se passera-t-il au bout de deux mois de bouderie si l'un de vous deux se fait écraser par un bus en traversant la rue ? Comment comptes-tu intégrer ça dans ton plan à « long terme », hmm ?

Toni interrompit son mouvement pour se contempler dans la glace à l'autre bout de la salle.

Conneries. Comme si j'avais vraiment besoin de ça.

Mais... que pouvait-elle y faire ? Que faire d'autre ? Il fallait bien qu'elle gagne sa vie !

Elle soupira, reprit ses exercices de jeu de jambes.

Quelques minutes plus tard, elle s'aperçut que l'amateur de yoga était parti après avoir terminé ses exercices, mais pour être remplacé par un groupe de trois hommes. Deux des membres du trio étaient en gi de karaté, le troisième portait un survêtement bleu marine du FBI. Un des karatékas arborait une ceinture marron, l'autre une ceinture noire. Ils l'observaient. En souriant. Puis le gars en survêtement se pencha pour dire quelque chose à ses compagnons.

Le pentchak silat n'avait rien de spectaculaire ; aux yeux du béotien, une bonne partie n'avait rien de bien impressionnant. La dernière fois qu'un pratiquant d'un autre art martial l'avait regardée s'entraîner, il avait commis l'erreur d'émettre à haute voix des remarques désobligeantes. Or, ce jour-là, elle avait eu une fort mauvaise journée – peut-être pas aussi mauvaise que celle-ci – et elle avait montré à ce monsieur je-sais-tout que ce qu'elle pratiquait était par bien des aspects supérieur à ce qu'il pouvait connaître en fait d'arts martiaux. La leçon avait été douloureuse.

Pour elle aussi, du reste.

Elle préférait ne plus penser à ce qui lui était arrivé – ce qui leur était arrivé – mais elle ne pouvait l'éviter : Rusty était devenu son élève, puis son amant – si brièvement... – et, résultat des courses, il était mort.

Vu sa journée jusqu'ici, l'éventualité d'infliger une correction à l'un de ces mecs (voire aux trois) s'ils s'avisaient de lui courir sur le système n'était pas à négliger. Caresser ce genre d'idée ne faisait pas vraiment partie de la préparation mentale à l'autodéfense. Mais le silat n'était pas à l'origine une discipline d'autodéfense : c'était un art de combat, ce qui faisait une grosse différence question niveau d'agressivité.

Toni interrompit son mouvement pour se diriger vers le trio.

« B'n après-midi. Je peux vous aider ? »

Le gars en survêt était l'aîné des trois ; boucles grises taillées court. Souriant, il esquissa une petite courbette. « Non, m'dame. Nous nous permettions simplement d'admirer votre art, gourou. Silat tchimandé ? »

Cela la surprit. Il s'était trompé de variante mais il connaissait assurément le silat et savait en tout cas l'évaluer assez bien pour la gratifier du titre de « gourou ». Bigre.

« C'est du serak, rectifia-t-elle. Mais en effet, dans sa version de l'ouest de Java, comme le tchimandé. Je suis surprise que vous l'ayez reconnu.

– J'ai eu l'occasion de m'entraîner avec un vieux maître néerlandais du kuntao, à San Diego, expliqua-t-il. Il avait un peu pratiqué le silat quand il était jeune. Mon prof de JKD avait également quelques notions de harimau, style tigre. »

Toni hocha la tête. JKD – le *jeet kun do*, la voie de l'interception par le poing – était le style créé par feu Bruce Lee. C'était une discipline hybride et, sans être spécialement formaliste, une bonne partie de ses postures s'inspiraient du *wing chun*, que d'aucuns jugeaient – de prime abord du moins – analogue au silat. Toujours est-il que les pratiquants savaient ce qu'était la ligne centrale, même s'ils ne la protégeaient pas d'une manière réellement efficace selon les critères du serak...

Si Bouclette en savait assez pour reconnaître et respecter ce que Toni faisait, il n'allait sans doute pas se risquer à tenter de l'envoyer au tapis pour épater ses amis. Les adeptes du silat n'étaient pas spécialement portés sur la lutte gratuite, pas plus du reste que ceux du JKD.

Enfin, tant pis. Avoir l'occasion de dérouiller quelqu'un, ça lui aurait permis de se défouler.

Et il fallait un moyen d'évacuer sa tension, ou elle risquait d'exploser.

D'accord, mais quoi ?

Woodland Hills

La nuit était tombée quand Michaels se présenta devant la salle de cinéma, et il n'y avait plus grand-chose à voir. À vrai dire, il n'avait aucune raison d'être ici, sinon pour se faire une idée personnelle. À l'heure qu'il était, tous les acteurs encore vivants devaient sans aucun doute être déjà loin.

Les corps avaient été évacués, les scénaristes libérés après avoir fait leur déposition et la police locale n'était toujours pas revenue de sa perplexité. L'agent de la direction du FBI qui accueillit Michaels était un sous-fifre, pas le responsable, mais il n'avait pas sa langue dans sa poche. Son nom était Dixon.

Michaels et Dixon se glissèrent sous le ruban jaune délimitant les lieux du crime et pénétrèrent dans le bâtiment.

« Voici déjà ce que nous savons, commença Dixon. Les victimes, treize en tout, ont été abattues dans la salle même. Nous sommes jusqu'ici parvenus à en identifier six (un coup d'œil à l'écran de son assistant personnel) : Wu, Morrison, un scénariste du nom de C.B. Shane, plus trois criminels notoires – deux Américano-Vietnamiens, Jimmy Nguyen et Phuc Khieu, et enfin un certain Maxim Schell. Ces trois-là, ainsi que Morrison, détenaient des armes à feu. Nguyen avait encore la sienne dans la main, celle de Khieu était au sol à côté de son corps, celle de Schell toujours à sa ceinture. Aucune n'a été utilisée, même si un certain nombre d'autres victimes ont bel et bien fait usage de leur arme.

« Morrison tenait son pistolet, un petit calibre 22, crispé dans la main droite et le chargeur était vide. Jusqu'à plus ample informé, personne n'a été touché par une balle de ce calibre. Nous n'avons pas encore terminé d'identifier tous les autres cadavres mais tous étaient armés.

– Bref, que s'est-il passé d'après vous ?

– Impossible de savoir avec certitude. La plupart des victimes ont été touchées dans le dos ou la nuque, ce qui laisserait penser à une sorte d'embuscade ; il faut bien se dire que sur une douzaine d'individus armés, si la plupart n'ont pas eu le temps de dégainer avant d'avoir été d'abord touchés, les autres ont eu le temps de tirer dans tous les coins. Les experts-légistes n'ont pas encore trié tous les échantillons de sang mais en première analyse, il semblerait que plusieurs individus, bien qu'assez gravement atteints pour souffrir d'hémorragies, ont toutefois réussi à disparaître.

– Nom de Dieu...

– Oui, nous aussi, on aimerait volontiers un coup de main de sa part... Mais trêve de plaisanteries, vous devez bien avoir votre petite idée, vous aussi ? Vous avez des éléments qui pourraient nous être utiles ? »

Michaels réfléchit. Toni allait en informer la directrice, de toute façon, c'était désormais son boulot, donc il pouvait bien en parler à Dixon. « Morrison détenait certaines informations précieuses qu'il a utilisées contre les Chinois. Nous pensons qu'ils auront voulu l'attirer dans un guet-apens pour lui mettre la main dessus.

– Quel genre d'informations ?

– Désolé, mais c'est confidentiel. »

Dixon hocha la tête. « Ça m'a pas l'air de tenir debout. Tous les cadavres étaient assis quand la fusillade a commencé. Et d'après l'interrogatoire des scénaristes, le climat était calme jusqu'au moment où quelqu'un s'est écrié “Un flingue !” Ce n'est qu'ensuite que ça s'est mis à tirer dans tous les sens.

Tout cela ressemble plus à une négociation qu'à un affrontement.

– J'admets que tous ces cadavres, ça ne devait pas être beau à voir.

– Ouais. Même si deux des scénaristes ont surtout râlé parce qu'ils n'ont pas pu voir le film... Bienvenue à Los Angeles. »

Michaels réfléchit à l'observation de Dixon. Une négociation... Oui, ça se tenait. Pourquoi les Chinois auraient-ils voulu négocier avec un type qui venait de détruire deux de leurs villages ?

Peut-être parce qu'ils désiraient qu'il leur explique comment il avait procédé. Et qu'ils étaient prêts à monnayer ce renseignement.

Mouais... Si Wu avait été chargé des négociations, il ne s'était pas trop bien débrouillé. Et Morrison n'était pas brillant non plus.

Paris, France

Avachi dans une chaise en osier à la terrasse du café Émile, sur les Champs-Élysées, non loin de l'Arc de Triomphe, Jay porta à sa bouche la minuscule tasse en faïence pour boire à petites lampées l'espresso amer, tout en souriant aux couples qui déambulaient devant lui. La guerre était finie depuis plus deux ans, l'occupation nazie était de l'histoire ancienne. Le Paris de l'après-guerre au printemps était un endroit infiniment plus agréable que n'importe quelle boutique de surplus militaire, quelle que soit la saison.

Henri, le garçon, s'approcha. Il tenait un bloc-notes. Il le présenta à Jay en accompagnant ce geste d'un petit signe de tête à la fois arrogant et servile.

« Voici la liste que vous m'avez demandée, monsieur Greedelee, dit-il avec un fort accent français.

– Merci », répondit Jay dans sa langue. Il prit le bloc et congédia le serveur. Il le consulta, parcourut la liste des noms – non... non... non... ah ça !

Jay se redressa, se cogna au bord de la table, renversa le café dans sa soucoupe. Oui ! Bon sang, mais bien sûr !

Il claqua des doigts, attirant aussitôt l'attention d'Henri.

« Garçon ! Voulez-vous m'indiquer où se trouve le téléphone ? J'aimerais appeler faire. »

Henri lui adressa un rictus condescendant. « Vous auriez intérêt d'abord à travailler votre syntaxe et votre grammaire, monsieur ! »

Ce sinistre imbécile prétentieux avait parfaitement compris qu'il désirait passer un coup de fil mais il fallait d'abord qu'il corrige son français.

« T'as qu'à me montrer où il est, pauvre con ! »

Henri écarta l'insulte d'un haussement d'épaules et fit ce qu'on lui demandait, pointant le doigt vers la salle.

Jay se leva et se dirigea précipitamment vers le téléphone.

Mercredi 15 juin
Woodland Hills

Michaels dîna à l'hôtel et quand le service à la chambre lui monta son sandwich au poulet, il constata qu'il était saupoudré de germes de soja. Évidemment. On n'était pas pour rien à Los Angeles.

Il mangea le sandwich machinalement, sans vraiment y prêter attention. Il était bloqué, au point mort. Toni avait bien raison, il n'avait rien d'un espion. Comme s'il suffisait de sauter dans un avion et de voler jusqu'au lieu du crime pour espérer découvrir un indice essentiel négligé par la police locale et les experts du FBI. Il n'était pas dupe. Il n'empêche qu'il avait eu besoin de constater les faits de visu, avec l'espoir de déclencher en lui quelque réminiscence.

Eh bien, raté. Et il se retrouvait dans cet hôtel de la Cité des anges, à boulotter un sandwich au poulet décoré de pousses de soja, sans la moindre idée de la marche à suivre.

Posé sur la table de nuit, son virgil s'illumina en lui serinant « Bad to the Bone ». Sans doute Toni qui allait le traiter d'idiot. En ce moment, il était enclin à partager son opinion.

Pourtant ce n'est pas le visage de Toni qui s'afficha sur l'écran minuscule de son jouet multimédia. Mais celui de Jay Gridley.

« Que se passe-t-il, Jay ?

– Je crois que je le tiens, chef. »

Michaels fixa le virgil, les yeux ronds. « Hein ? Quoi ? Comment ? Où ça ?

– J'ai épluché tous les vols commerciaux au départ de Californie du Sud ces douze dernières heures. Burbank, Los Angeles, John Wayne, Orange County...

– Et tu as retrouvé Ventura ?

– Non. Mais je suis tombé en revanche sur un certain B.W. Corona.

– Je ne vois pa...

– C'est un autre nom d'autoroute, chef.

– Un peu tiré par les cheveux, non ?

– Peut-être pas tant que ça. Le gars a réservé son billet avant-hier. Un aller-retour pour Seattle. Il devait partir ce soir mais il a rappelé pour avancer l'heure de son départ. La date du retour n'est pas fixée.

– Je ne vois pas en quoi cela renforce ta certitude.

– OK, j'explique. Il avait prévu de partir ce soir, mais il a dû y avoir un problème, du genre fusillade, ce qui l'a contraint à filer précipitamment.

– Mais il compterait revenir, ton Mister Corona ?

– Quand on est en cavale, on ne prend pas d'aller simple, c'est trop voyant... c'est ce que les flics vont rechercher d'emblée.

– Mais dans ce cas, pourquoi utiliser un patronyme qu'on risque de reconnaître ?

– Parce qu'il ignore que son astuce des noms d'autoroute a été démasquée. Il ne sait pas qu'on a mis la main sur son copain à la boutique de surplus de Washington, alors pourquoi renoncer à une identité en béton ?

– Tout ça me paraît quand même tiré par les cheveux. »

Jay prit une voix de présentateur de télé-achat : « Mais attendez, attendez, ne passez pas commande tout de suite, écoutez plutôt ça ! »

Bien que minuscule, l'écran du virgil était doté d'une excellente résolution et Michaels discerna sans peine le sourire du jeune homme.

« J'ai fait la tournée des loueurs de voitures autour de l'aéroport de SeaTac. Un certain B.W. Corona s'est présenté chez Avis cet après-midi, sans réservation préalable, pour y louer une berline Dodge, dix minutes après l'atterrissage de l'avion en provenance de Los Angeles. Vous avez un terminal à proximité, chef ?

– Oui.

– Branchez dessus votre virgil, je veux vous montrer quelque chose. »

Michaels ouvrit le terminal mis à disposition par l'hôtel, activa l'écran, puis pianota sur son virgil pour activer la liaison infrarouge. Le visage de Jay apparut aussitôt sur le moniteur. « Je t'ai en visuel sur la machine de l'hôtel, confirma Michaels.

– Quittez pas... »

Le visage de Jay fut remplacé par une image numérique affichée ligne à ligne. La vue agrandie d'un permis de conduire californien.

« L'image vient du scanner du guichet Avis. Ils photocopient toujours les permis des clients. »

L'homme sur l'hologramme avait les cheveux courts mais il portait la barbe. Pouvait-il s'agir de Ventura ?

Michaels n'aurait su dire. « Je ne retrouve pas notre portrait-robot.

– Rien n'interdit de se faire pousser la barbe, d'aller dans un Photomaton et de se raser ensuite. Mais oubliez la photo. »

Michaels parcourait déjà les renseignements portés sur le document officiel. Il n'alla pas plus loin que le nom. « Putain de merde ! Pourquoi ne me l'as-tu pas dit tout de suite ?

– Allez, chef, on garde toujours le meilleur pour la fin. Vous voulez que j'appelle la police de l'État de Washington pour le faire interpeller ?

– Je suppose que tu sais également où il se trouve, hmm ?

– Bien sûr.

– Oh, vraiment ? »

Rire de Jay. « Je suppose que vous allez adorer. Avis a installé des systèmes antivol sur toute sa flotte. Un client s'avise de garder une voiture au lieu de la restituer ? Il leur suffit de composer un numéro pour activer un micro-émetteur branché sur la batterie du véhicule. L'appareil envoie un signal GPS aux braves garçons de la Brink's qui peuvent vous situer illico sa position exacte. » Il reprit sa voix de présentateur publicitaire : « Et maintenant, combien seriez-vous prêt à payer ?

– Sacré putain de merde. » Michaels contempla l'écran plat de l'ordinateur. Le nom indiqué sur le permis de conduire constituait le cadeau bonus : les lettres B.W. correspondaient à « Bruce Wayne ». Et quiconque lisait des BD, regardait des dessins animés à la télé ou appréciait les films d'aventure savait que Bruce Wayne était l'identité secrète de Batman, dont le jeune partenaire et disciple n'était autre que Robin, alias... Dick Grayson.

S'il ne s'agissait pas du gars qu'ils recherchaient, c'était une drôle de coïncidence.

« Très bien, Jay, j'avoue être impressionné. Combien de temps pour que la société de surveillance nous livre ses données de localisation ?

– C'est déjà fait, chef. Vous voulez deviner où il va ?

– Allez, surprends-moi. »

Jay repartit à rire.

37

Mercredi 15 juin
Port Townsend

Il était presque neuf heures du soir quand la voiture de Ventura pénétra dans le petit village touristique de Port Townsend. Et bien qu'en possession de cartes GPS que ses agents avaient jointes à leurs rapports électroniques, il passa une demi-heure à tourner en rond, le temps de s'imprégner de l'ambiance des lieux. Située sur un isthme dont la saillie épaisse et crochue s'enfonçait dans le Puget Sound, la bourgade assoupie avait jadis été la porte du Nord-Ouest américain via le détroit de Juan de Fuca. Ces jours de gloire étaient depuis longtemps enfuis et seuls désormais les touristes venaient pour y admirer quelques superbes exemples de demeures de style victorien. Ventura était déjà venu en plein jour et l'endroit donnait presque l'impression qu'on y avait téléporté un quartier entier du San Francisco de 1906, juste avant le Grand Tremblement de terre. Certaines de ces vieilles bâtisses, parmi les plus vastes et les plus décorées, avaient été converties en magasins ou en pensions de famille, mais la majorité étaient restées à usage d'habitation. Il subsistait encore une papeterie en activité, visible sur les quais quand on arrivait en ville, mais en dehors de ça, plus guère d'activité industrielle.

La rue principale était Water Street, où l'essentiel

des bâtiments dataient de la fin du XIXe. On découvrait à son extrémité un restaurant donnant sur une marina, où étaient amarrés quantité de bateaux en bois dans un état d'entretien parfait.

Dominant la vieille ville sur un escarpement, la ville neuve s'étalait parallèlement, traversée par Lawrence Street. On y trouvait des boutiques, un cinéma et d'autres commerces. Depuis Lawrence Street, Taylor Street escaladait la colline jusqu'à Foster, où était la maison des Morrison. Un peu plus loin au nord s'élevait l'ancien périmètre militaire du Fort Warden, aujourd'hui transformé en parc où l'on pouvait louer l'ancien logement d'un officier pour y passer un week-end à faire de la randonnée ou explorer les casemates depuis longtemps désertes. Morrison n'avait pas jeté son dévolu sur une des demeures victoriennes mais s'était contenté plus modestement d'un pavillon en meulière construit dans les années vingt. Il était loin d'être donné, compte tenu des moyens que lui permettait sa bourse de chercheur, mais il n'était pas non plus d'un coût exorbitant car il l'avait acheté avant la grande flambée immobilière qui avait touché la région. Les maisons évaluées à deux cent mille dollars trois ans plus tôt se négociaient moitié plus cher aujourd'hui. La ville bénéficiait encore des retombées du site olympique et même si le climat de la région était humide et venteux, il était toutefois bien plus clément que dans le nord de l'État. Aussi un grand nombre de familles issues du baby-boom avaient-elles décidé de venir y prendre une retraite confortable.

À l'issue de sa ronde de reconnaissance, Ventura trouva un restaurant encore ouvert pour y souper. Il prit son temps et quand il eut terminé, il redescendit dans le centre, gara sa voiture et repéra un bistrot animé. Il commanda une bière qu'il fit durer, pour finir de tuer le temps. Il était onze heures moins le quart quand il ressortit de l'établissement, après n'avoir parlé à personne d'autre qu'à la serveuse.

À cette heure tardive, compte tenu de l'absence quasi totale de trafic, Ventura ne se hasarda même pas à passer devant la maison des Morrison. Si les Chinois avaient posté des guetteurs ou si un fédéral traînait aux alentours, la soudaine apparition d'une voiture ne pourrait manquer d'éveiller l'attention, surtout si c'était le premier véhicule depuis une ou deux heures. Il savait où se trouvait la maison, connaissait l'itinéraire pour s'y rendre, et à pied, il serait bien plus difficile à repérer – tant qu'il n'avançait pas au beau milieu de la rue en agitant une torche.

Il avait fait quelques emplettes dès son arrivée. Il y avait un grand supermarché au bord de la nationale à l'entrée de la ville, pas un hyper, mais presque. Il s'y était arrêté pour s'acheter un jean et un sweat-shirt noirs, un anorak bleu marine et une paire de baskets noires à semelle épaisse. Il s'était changé dans des toilettes publiques au sortir du bar, enfilant les nouveaux habits sous son pantalon gris clair et sa chemise blanche. Les toilettes étaient situées non loin du poste de police où deux plantons en tout et pour tout semblaient de permanence.

Il alla se ranger à cinq rues de la maison des Morrison, parmi les véhicules garés le long du trottoir. Même si un flic à l'œil aiguisé remarquait un véhicule n'appartenant pas à l'un des résidents, il imaginerait sans doute que c'était celui d'un visiteur. Une voiture de location immatriculée dans l'État ne risquait guère d'éveiller la curiosité.

Il avait son Coonan sous l'anorak – et la température était juste assez fraîche pour justifier ce vêtement, sinon deux chemises et deux pantalons superposés ; il avait également glissé deux rossignols et des chargeurs de rechange dans une des poches de l'anorak, une petite torche électrique dans l'autre.

Il était douteux que quelqu'un le remarque à cette heure. Si on l'interrogeait, il était B.W. Corona, marié, deux enfants, venu rendre visite à sa famille pour les vacances. Il était descendu dans une pension de famille du centre – le nom lui échappait, mais c'était cette grande maison victorienne à l'angle de la rue principale, vous savez ? – et il était sorti faire un tour parce qu'il n'arrivait pas à trouver le sommeil.

Le subterfuge tenait au comportement adopté. Un flic était susceptible d'interpeller un individu qui bondissait d'une ombre à l'autre, mais un touriste déambulant tranquillement avait une allure, une attitude différentes. Jusqu'à ce qu'il parvienne à destination, c'est ce qu'il allait être : un touriste. Un flic en patrouille n'y verrait que du feu. Et quand les bars commenceraient à fermer, c'est de toute façon de ce côté que la police irait faire sa ronde : pour traquer les ivrognes.

Une fois à proximité du but, Ventura se débarrasserait de la chemise blanche et du pantalon de flanelle pour se muer en ninja et se fondre dans la nuit. Il deviendrait invisible dans l'obscurité, mais si par miracle un flic arrivait à le repérer, alors ce serait tant pis pour lui.

Parvenu à ce stade de la partie, il ne pouvait se permettre de laisser le moindre témoin derrière lui.

Il allait se trouver un coin tranquille et attendre que la soirée soit assez avancée pour être certain que la veuve Morrison était endormie, et là, il passerait à l'action.

La voiture de location réservée à l'aéroport était une Datsun vieille de six ans qui aurait eu bien besoin d'une sérieuse révision... La seule disponible, l'avait informé le loueur de poubelles. Quelqu'un avait pris la Dodge présentable moins d'une demi-heure plus tôt. La réservation avait été faite par téléphone, le bureau était fermé et les clés étaient coincées au-dessus du pare-soleil.

Confiants, les mecs, dans le coin. Mais encore une fois, il aurait vraiment fallu avoir besoin de se déplacer pour piquer ce tas de boue.

La Datsun démarra en crachotant, pétarada et faillit caler à plusieurs reprises. Le GPS de bord était naze mais il y avait une vieille carte routière graisseuse dans la boîte à gants et entre celle-ci et le GPS de son virgil, Michaels fut en mesure de localiser l'adresse qu'il cherchait.

Il savait déjà que c'était la destination de Ventura. Jay avait récupéré les données GPS de la Brink's et Port Townsend était quasiment un cul-de-sac, sauf si l'on envisageait de prendre le ferry pour rallier les îles de San Juan.

À neuf heures du soir, la voiture de location de Ventura était en ville et elle s'y trouvait toujours à onze, mais Michaels avait intérêt à se dépêcher... il était peut-être déjà trop tard.

Ce n'était pas si bizarre, si l'on voulait bien y songer. C'était là qu'avait vécu le Dr Morrison, et moins d'une heure après celle présumée de sa mort, un dénommé Corona, sans aucun doute le garde du corps du défunt, avait pris un avion pour se rendre précisément ici. Il pouvait se trouver ailleurs en ville, certes, mais ce serait encore une coïncidence, bien improbable celle-ci.

Il fallait qu'il y ait chez Morrison un truc que voulait récupérer Ventura/Corona, un truc suffisamment important pour mériter ce déplacement précipité en avion. Et qu'est-ce que Morrison détenait de si précieux ? Eh bien, c'était assez évident.

Quoique... il pouvait s'agir d'autre chose. Peut-être avait-il une raison tout autre, mais Michaels avait du mal à imaginer laquelle.

Il pouvait appeler la police, obtenir des renforts du shérif du comté, voire ameuter la police d'État pour faire bonne mesure. Cerner la maison de Morrison et épingler Ventura dès qu'il pointerait le bout de son nez. Simple.

Certes, il pouvait agir ainsi, mais il ne voulait pas effrayer sa proie. Si une douzaine de flics se pointaient ici avec leurs gros sabots, dans ce patelin tranquille au beau milieu de la nuit, il faudrait que Ventura soit aveugle pour ne pas les remarquer. L'idée de Michaels était donc de repérer la maison, de se planquer dans un coin d'où il pourrait surveiller les lieux et d'attendre. Il attendrait d'abord que Ventura se montre pour appeler la cavalerie. Quitte à lui laisser le temps de trouver ce qu'il était venu chercher, histoire d'épargner à la Net Force la peine de s'en charger elle-même. Si Ventura était déjà dans la place, dès son apparition, Alex appellerait les renforts. L'homme réussirait peut-être à détaler, mais il ne pourrait pas se planquer, du moins tant qu'il garderait sa voiture de location. Or, d'après Jay, celle-ci était garée à proximité et elle s'y trouvait depuis au moins un quart d'heure.

Michaels n'avait certes pas l'intention de tenter d'appréhender l'individu à lui tout seul. C'était quand même l'homme qui avait mis en défaut John Howard, or le général n'était pas manchot quand il s'agissait de tenir un flingue, en tout cas bien moins que Michaels. Il n'avait d'ailleurs même pas d'arme à feu sur lui : juste son taser de service, et s'il pouvait terrasser un homme au premier contact, encore fallait-il approcher assez près... Or il n'avait aucune envie de se frotter à un tueur expérimenté, sans aucun doute mieux armé que lui, et surtout aux abois. Non, Michaels avait un commando sur place, à cinq minutes de là – une distance suffisante pour ne pas risquer d'alerter leur proie –, prêt à intervenir à son signal. Il allait se contenter d'observer, d'attendre que le gars pointe le nez ; ensuite seulement il demanderait les renforts nécessaires. Au moins la Net Force tirerait-elle une partie du profit de la capture. Et s'ils avaient de la chance, peut-être en guise de prime, le détail du fonctionnement du rayon de contrôle mental. Voilà qui compenserait en bonne partie toutes leurs erreurs.

Il regarda la carte. Encore deux ou trois kilomètres. Autant passer maintenant le coup de fil qu'il reportait depuis un bon moment. Il pressa la touche mémoire du numéro de Toni. Le répondeur se fit entendre avant même la première sonnerie.

« Hé, vous êtes bien chez Toni Fiorella. Laissez-moi un message et je vous rappellerai dès que possible. »

Il fronça les sourcils. Bloquait-elle tous les appels ? Ou juste les siens ? Enfin, bon, il était perdu ici au milieu de la nuit, donc ce devait être le petit matin dans la capitale. Peut-être dormait-elle simplement après avoir coupé son téléphone.

« Toni, c'est moi. J'appelais juste pour voir comment tu allais. Je... bon, écoute, je suis désolé pour tout ce qui s'est passé. Je serai rentré demain, alors si on se retrouvait pour discuter de tout ça, d'accord ? On devrait pouvoir régler cette malheureuse histoire. »

Il pressa la touche déconnexion, remit le virgil à sa ceinture. Quand il aurait alpagué Ventura, cela donnerait toujours à Toni un truc à refiler à sa nouvelle patronne.

Il avait toutefois intérêt à ne pas vendre la peau de l'ours avant de l'avoir tué.

38

Mercredi 15 juin
Port Townsend

Ventura avait étudié les plans du quartier réalisés par ses agents dès qu'il avait accepté de se mettre au service de Morrison. Il connaissait les maisons et leurs occupants des alentours aussi bien qu'une équipe de détectives motivés, compte tenu de la brièveté du délai. Il savait dans quelles maisons il y avait des chiens, dans lesquelles il y avait des gosses, lesquelles étaient occupées par des insomniaques qui regardaient des vidéos jusqu'à pas d'heure. Et, heureusement, ce genre de spécimen était rare au voisinage des Morrison.

C'est ainsi que Ventura se retrouvait assis dans la cour de la maison située derrière celle du chercheur, niché dans l'espace entre un petit appentis métallique et deux stères de bois de chauffage. À vue de nez, il y avait là du sapin, de l'aulne et de l'arbousier – un mélange efficace : le sapin, bien sec, brûlait très rapidement. L'aulne pouvait être employé sans séchage, et une fois qu'il avait démarré, l'arbousier du Pacifique brûlait plus longtemps, tout en procurant plus de calories que le chêne.

Marrant, les trucs qu'on pouvait apprendre en cours de route.

Ventura regarda sa montre. Presque minuit et demi. Cela faisait plus d'une heure que tout était éteint chez les Morrison. Donc la veuve devait pioncer à présent. Comment s'appelait-elle, déjà ? Ah oui, Shannon. Cela faisait très minette ou pom-pom-girl de club de foot. Pas vraiment épouse d'un scientifique ayant deux fois son âge.

Ventura scruta soigneusement les alentours. Tout était calme, tranquille, et il n'avait rien repéré d'anormal alors qu'il se faufilait dans sa cachette. Si d'autres étaient en planque dans le secteur, ils devaient être sur le devant, côté rue. Bon et moins bon. Si c'était le cas, il n'avait pas réussi à les voir, donc ils étaient doués. Mais d'un autre côté, s'ils étaient devant, ils ne pourraient pas le voir non plus quand il s'introduirait par la porte de derrière.

Il inspira plusieurs fois lentement, à fond, oxygénant son sang, cherchant à se relaxer. Il passerait à l'action à une heure du matin.

Michaels avait laissé la vieille Datsun au bas de la pente, une rue en dessous de l'endroit où Ventura avait garé sa voiture de location, et il termina le chemin à pied. Cela faisait un bail qu'il n'avait plus effectué de planque – un sacré bail – et il n'était plus aussi exercé qu'il l'aurait voulu. Une bonne partie de ses automatismes lui revinrent toutefois à mesure qu'il progressait vers son objectif. Il profitait du couvert des arbres, essayait plutôt de passer par les jardins ; il se faisait tout petit, tendait l'oreille pour guetter les chiens. Dès qu'il ressortait à découvert, il avançait d'une allure normale tout en tâchant de rester le plus possible dans l'ombre. Que personne n'ait semblé jusqu'ici l'avoir remarqué tenait sans doute plus à l'heure tardive qu'à ses talents personnels mais, après tout, tant mieux.

Mais du côté des hormones pas de problème : au point parfois qu'il devait même penser à respirer. Il avait en revanche pensé à couper la sonnerie de son virgil. Ce ne serait pas très malin d'être planqué dans un fourré pour entendre tout d'un coup carillonner les premières mesures de « Bad to the Bone ».

À mesure qu'il se rapprochait de la maison, Michaels s'interrogeait sur ce qu'il allait faire au juste, une fois rendu sur place. Il savait que la voiture de Ventura était toujours garée au bas de la colline, donc, à moins de ne pas l'avoir vu passer, l'homme était toujours dans le coin, et à pied. Peut-être déjà à l'intérieur.

Il y avait un réverbère un peu plus haut sur la droite. Michaels traversa la route pour rester dans le noir.

Une heure du matin, pile, temps de se bouger. Ventura fila, penché, vers la porte de derrière. Dix-douze secondes, maxi, mais qui lui parurent durer des heures. Il s'attendait à tout moment à sentir l'impact d'une balle dans le dos, alors même qu'il savait la chose improbable – si on devait lui tirer dessus, ce ne serait pas maintenant.

Il parvint à la porte ; il n'avait pas reçu de balle. Il fit jouer le bouton. Bloqué... et le verrou devait sans doute être mis, si Shannon avait suivi les consignes de feu son époux.

Ventura sortit de son blouson la pochette en cuir contenant ses rossignols et ses ébauches. Forcer la serrure de la poignée serait un jeu d'enfant, il disposait de tous les accessoires indispensables. Il avait également une clé pour le verrou – vu que c'étaient ses hommes qui s'étaient chargés de l'installation.

Pour attaquer la serrure à barillet, il introduisit dans l'entrée de clé une ébauche qui lui permettait de faire jouer les ressorts. Autant y aller d'abord en douceur, avant de forcer chaque gorge séparément...

L'ébauche fit tourner le rotor au second essai. Six secondes peut-être de bout en bout.

Ventura sourit. Il avait gardé la main.

Il introduisit la clé dans la serrure du verrou, le fit tourner, puis il se releva tout en poussant la porte pour se glisser dans le couloir qui menait au sous-sol et à la cuisine. Il referma doucement le battant derrière lui.

Le clavier du système d'alarme était fixé au mur juste à côté de l'interrupteur. La diode orange de fonctionnement scintillait, bien visible. La seule autre lumière, fort chiche, provenait des tableaux de bord des appareils dans la cuisine ; il alluma donc sa torche et masqua aussitôt de la main presque entièrement la lentille, laissant juste filtrer de quoi distinguer le clavier. Sur lequel il pianota une combinaison de quatre chiffres – 1-9-8-6 – l'année de naissance de Shannon. Morrison avait révélé qu'elle n'avait pas la mémoire des nombres, donc il avait dû chercher à faire simple.

1986, songea Ventura. Certaines de ses paires de chaussures étaient même plus vieilles...

Le plus dur était fait. La chambre principale se trouvait à l'étage, tandis que le séjour et le bureau étaient d'un côté du couloir, la cuisine et la salle à manger de l'autre. Il n'avait pas besoin d'aller plus loin. S'il ne butait pas dans un meuble et s'il évitait d'éternuer, la jeune veuve poursuivrait sans doute son sommeil réparateur. Il remettrait l'alarme et reverrouillerait la porte en partant. Jamais Shannon ne se douterait de son passage.

Il traversa la cuisine. L'éclairage ambiant procuré par les horloges à cristaux liquides de la cuisinière, du four à micro-ondes et de la machine à café lui permirent de masquer entièrement la torche électrique. Il n'aimait pas se servir d'une lampe lors d'une virée nocturne ; c'était le meilleur moyen de trahir sa présence pour un guetteur, voire un banal passant. À moins d'une coupure de secteur, les gens n'avaient pas l'habitude de se balader chez eux avec une torche électrique. Mais il ne voulait pas non plus allumer d'applique ou de plafonnier. D'éventuels guetteurs remarqueraient aussitôt que quelqu'un était réveillé et debout. Et certains individus étaient hypersensibles à la lumière, même quand ils dormaient. À croire qu'ils sentaient la pression des photons sur leur peau, même les yeux fermés. Mieux valait éviter qu'une jeune Shannon mal réveillée descende l'escalier en tenue d'Ève tout en se demandant qui avait bien pu laisser la lumière allumée. Si jamais elle tombait sur lui, ce serait la dernière fois de son existence ; même si refroidir quelqu'un ne le troublait pas outre mesure, la découverte du corps risquait d'amener les autorités à se poser un peu trop de questions. L'auteur du meurtre devait être à la recherche de quelque chose, ne manqueraient-ils pas de se dire, et Ventura estima qu'ils auraient tôt fait de trouver quoi. Jusqu'ici, ils ignoraient que Morrison avait confié son secret à quelqu'un. Autant laisser les choses en l'état jusqu'à ce qu'il soit en lieu sûr.

En pénétrant dans la salle à manger, il laissa filtrer entre ses doigts un mince rai de lumière, juste de quoi éviter de se cogner dans les meubles. Il fléchit les genoux et, marchant en canard, gagna le bureau. C'était là que se trouvait ce qu'il cherchait, droit devant, sur la droite.

Michaels était accroupi derrière une haie, de l'autre côté de la rue qui longeait la façade est du pavillon des Morrison. La haie était formée de genévriers, taillés bas mais assez denses pour le dissimuler presque entièrement. Il s'était frayé un chemin jusqu'ici en longeant l'autre côté de la haie depuis l'est, de sorte qu'il était demeuré invisible de la rue ou, espérait-il, de chez les Morrison.

Il venait de s'arrêter quand il vit le type en noir filer en catimini jusqu'à la porte de derrière.

Ce doit être Ventura. Une minute de plus, et je le ratais !

L'homme trifouilla la serrure, et en ce qui lui parut un rien de temps, il l'avait crochetée et s'était glissé à l'intérieur. Soit la porte n'avait pas été verrouillée, soit ce type était un as du rossignol. Michaels avait eu jadis l'occasion de tâter de cet exercice durant sa formation, mais il lui fallait une demi-heure pour ouvrir même des serrures ordinaires et les modèles complexes dépassaient ses capacités. Son professeur lui avait dit que c'était une question de toucher, un truc qu'on avait ou pas. Si on ne l'avait pas, on pouvait faire des progrès, mais jamais on ne serait un as.

Bon, assez ruminé ses cours de jeunesse. Il était temps d'appeler les renforts.

Michaels décrocha le virgil de sa ceinture et pressa la touche. Cinq minutes maxi pour voir débarquer la cavalerie. Tout ce qui lui restait à faire, en attendant, c'était de demeurer aux aguets.

Sauf à imaginer que sa jeune femme ait des penchants bien cachés, Morrison avait dû être un amateur de musique classique. Deux bonnes centaines de CD et de DVD-audio étaient rangés sur les rayons au-dessus du lecteur-enregistreur Philips-Technics. La discothèque faisait la part belle aux compositeurs baroques : Bach, Haendel, Vivaldi, Telemann, Heinichen, Corelli, Haydn.

Et bien entendu Pachelbel.

Par chance, le défunt avait été un mélomane méticuleux : les titres étaient classés par ordre alphabétique, si bien qu'il ne fallut à Ventura que quelques secondes pour trouver le DVD qu'il cherchait : *Le plus grand succès de Pachelbel.*

Il sourit au titre de l'album et retourna le boîtier. Le disque était une compilation, rassemblant plusieurs versions et variantes du célébrissime *Canon en ré*, pour une durée totale de quarante et une minutes trente secondes. Il fallait être un vrai fan pour écouter aussi longtemps ce contrepoint à la mélodie somme toute primaire.

Il ouvrit le boîtier pour s'assurer que le disque qu'il contenait était le bon, et la galette argentée jeta un reflet arc-en-ciel sous le faisceau de sa torche.

L'étiquette avait de prime abord l'air authentique – le petit chien de la RCA, les titres des morceaux, leur numéro, les marques légales. Un expert saurait peut-être faire la différence ; lui-même en était bien incapable.

Qu'on introduise le disque dans un lecteur de DVD-audio et l'on aurait droit à ses quarante minutes de variations sur un seul thème musical. Qu'on le glisse dans le lecteur de DVD-Rom d'un ordinateur et qu'on aille chercher au bon endroit, avec le décodeur adéquat, et l'on obtiendrait un résultat bien différent. Entre la fin du « Canon des trois étoiles » interprété aux synthétiseurs par Isao Tomita et le Plasma Symphony Orchestra, et le début du morceau intitulé « Pachelbel : Canon en ré » par l'Orchestre de chambre baroque sous la direction d'Ettore Stratta – et à condition que Morrison ait dit vrai –, reposait un secret que les Chinois avaient été prêts à payer près d'un demi-milliard de dollars.

Il sourit à nouveau, referma le boîtier contenant le disque et le glissa dans la poche intérieure de son anorak. Il jeta un regard vers l'escalier.

Pas un bruit ne filtrait de la chambre de la veuve endormie. Parfait. Mieux valait toujours éviter autant que possible les complications.

Il revint sur ses pas jusqu'à la porte de derrière. Il pianota sur le clavier pour remettre en route l'alarme, entrebâilla légèrement la porte, enclencha le verrou. Il avait trente secondes pour la refermer derrière lui avant que l'alarme ne se déclenche. Il ne lui en fallut qu'une pour dégainer son flingue et ôter le cran de sûreté. Si d'autres l'avaient surveillé, il était plus logique pour eux d'attendre qu'il soit ressorti avec son éventuel butin avant de le descendre : sinon, ils risquaient de ne jamais mettre la main dessus. Si du moins il était surveillé.

Il plaqua le pistolet contre sa jambe. Inspira à fond, souffla, sortit.

39

Mercredi 15 juin
Port Townsend

Michaels observait la maison quand soudain la situation bascula. Soit Ventura savait avec précision où trouver ce qu'il était venu chercher, soit il s'était ravisé. Toujours est-il qu'il était déjà ressorti au bout de deux minutes. Il en restait encore trois avant l'arrivée de la cavalerie.

Michaels regarda le type bidouiller le verrou. Mis à part un bref regard, il avait effectué sa manipulation sans même regarder la porte – préférant balayer la cour d'un regard scrutateur. Il tenait son autre main cachée derrière sa cuisse.

Même s'il se savait à peu près invisible derrière sa haie de l'autre côté de la rue, Michaels se figea. Le trouillomètre à zéro.

Ventura termina sa manipulation, jeta un nouveau regard circulaire, et traversa la cour.

Michaels mobilisa tout son courage pour se relever. Il comptait suivre Ventura, quoi qu'il advienne, mais il devait redoubler de prudence. Sa main s'attarda sur le bouton d'appel du virgil mais sans appuyer dessus. Activer maintenant le signal d'alarme entraînerait l'intervention de la cavalerie avec gyrophares et sirènes, or il ne pouvait pas risquer d'alerter Ventura.

Il était encore à quatre pattes, prêt à ramper pour

s'extraire du bosquet de genévriers quand deux hommes surgirent de derrière l'abri de jardin et braquèrent leur pistolet sur Ventura.

« Plus un geste... ! » commença l'un des deux.

Il n'eut pas l'occasion d'achever sa phrase. Il y eut plusieurs éclairs éblouissants accompagnés d'explosions épouvantables et les trois hommes furent jetés au sol. Mais Ventura se releva, ralentissant à peine, se précipita vers les deux hommes à terre et il tira de nouveau, à deux reprises.

Tout s'était passé si vite que Michaels, encore sous l'effet de la surprise, avait du mal à en croire ses yeux, mais son cerveau s'empressa de remplir les blancs : deux hommes armés tenaient en respect Ventura, qui était soit le tireur le plus rapide qu'on ait connu, soit avait déjà dégainé son flingue. Il y eut un, deux, trois – oui, trois – coups de feu, deux tirés par Ventura, un autre par l'un des morts – car ils étaient morts à coup sûr puisque Ventura s'était précipité pour loger une balle apparemment dans la tête de chacune des victimes – même s'il était difficile d'avoir une certitude, les images rémanentes des premiers éclairs avaient ébloui Michaels et...

Ventura ne s'arrêta pas pour examiner ses victimes : il prit ses jambes à son cou, direction la rue.

Michaels jaillit de sous la haie pour le filer, mais en restant toujours tapi dans l'ombre. Il n'avait surtout pas envie que Corona le découvre si jamais il se retournait, pas après la démonstration qu'il venait de faire. Non seulement ce type était un tueur, mais un tueur virtuose. Descendre deux adversaires alors même qu'ils le tenaient en respect ? Cela prouvait soit une grande maîtrise, soit une veine insigne, et Michaels n'avait pas envie de vérifier laquelle des deux hypothèses était la bonne.

Des lumières s'allumèrent dans plusieurs maisons de la rue. Les habitants du coin n'avaient sans doute pas souvent l'occasion d'entendre des bruits de fusillade la nuit.

Michaels courut vers le trottoir plongé dans l'ombre, le taser à la main. Il espérait ne pas se retrouver assez près de Ventura pour avoir à l'utiliser.

Ventura sourit sans cesser de courir. Il mit dans son arme un chargeur neuf, glissant l'autre dans sa poche d'anorak. Les deux types devaient être des agents chinois : des fédéraux se seraient identifiés et d'abord, ils auraient été plus nombreux.

Il convenait désormais de ne plus moisir dans le secteur. Une fusillade dans un quartier tranquille réveillait la population, quelqu'un allait appeler la police et même si les flics du coin étaient lents, il ne leur faudrait que quelques minutes pour rappliquer. Il disposait encore d'un petit délai avant qu'ils débrouillent l'écheveau, assez pour quitter la ville, mais il fallait envisager l'éventualité qu'ils l'aient repéré plus tôt et qu'ils aient remarqué sa voiture, donc il allait devoir utiliser un autre véhicule. Et le plus tôt serait le mieux.

Il allait également devoir se débarrasser de ce Coonan – il n'avait pas pu récupérer les douilles et cette arme avait déjà servi lors de deux fusillades : en Alaska et en Californie. En des circonstances plus favorables, il aurait largué le pistolet dans un lac ou dans l'océan juste après sa première utilisation, mais il n'avait tout bonnement pas eu le temps. Seul un imbécile garderait sur lui un objet susceptible de lui valoir la peine de mort si jamais on le capturait avec. Il avait d'autres flingues et dès qu'il pourrait en récupérer un, il se débarrasserait de celui-ci.

Il avisa un vieux pick-up garé un peu plus bas dans la rue. Ça ferait l'affaire. Le temps de casser la vitre, de monter, de court-circuiter les fils du démarreur, et il aurait filé en l'espace de deux minutes.

Un coup d'œil derrière lui. Pas la moindre trace de poursuivants, aucun homme armé. Peut-être les deux autres types avaient-ils agi seuls. Peut-être...

Mais tout en courant, il sentait son côté casse-cou amateur de risques se délecter à l'avance, à la recherche de nouveaux défis. Rien ne valait ces décharges d'adrénaline, ce sentiment de danger, de mort toujours possible. Il aurait dû avoir peur, mais ce qu'il éprouvait était plus proche de l'orgasme. Il avait le butin, il était en fuite, ses ennemis étaient à terre. Tout autour de lui, la vie avait une pureté, une acuité cristalline, elle palpitait de l'éclat de son triomphe.

Il était vivant, ils étaient morts.

Qu'espérer de mieux ?

Là, le camion. La porte... ha, même pas verrouillée ! Il tâtonna quand même au-dessus du pare-soleil, au cas où et... gagné ! les clés !

Il rit à gorge déployée. Non. Ça ne pouvait vraiment pas se passer mieux.

Il posa le flingue sur la banquette et introduisit la clé dans le contact...

« On part en voyage, colonel ? »

Surpris, Ventura sursauta, voulut saisir le Coonan...

« Tsk, tsk... Je serais toi, je m'abstiendrais. »

Il se figea. Releva les yeux.

À deux mètres de lui, le général Jackson « Bull » Smith le fixait en souriant. Il le tenait en joue avec un fusil à pompe.

Ça, Ventura ne l'avait pas prévu. « Général... bizarre de tomber sur vous ici.

– Il n'y a rien de bizarre là-dedans, Luther. Avec quelques-uns de mes petits gars, on attendait que tu te pointes.

– Ces deux types étaient avec vous ?

– Oui.

– Désolé.

– T'en fais pas pour ça. Ils n'ont eu que ce qu'ils méritaient – c'était une connerie de vouloir t'affronter ainsi, bille en tête. »

Smith se remit à sourire et le fusil ne bougea pas d'un poil. Ventura regardait droit dans la bouche du canon. Calibre 12, canon modifié.

« Deux autres types nous avaient précédés, des agents des cocos, apparemment, mais ils sont... partis.

– C'est bien ce que je pensais. Merci.

– Ne me remercie pas tout de suite. Je t'avais fait filer par deux autres de mes gars, mais t'as réussi à les semer lors de cette fusillade à Los Angeles. T'as aussi perdu ton client, c'est vraiment pas de bol. Alors, je me doutais bien que tu finirais tôt ou tard par te pointer dans le coin.

– Vous continuez de me surprendre, général. Mais comment...

– Avec des gadgets de surveillance un peu plus perfectionnés que ceux que t'avais dans ta voiture au camp, voilà comment. Tu crois que sous prétexte qu'on vit perdus dans les bois et qu'on patauge dans les fumées d'ours, on n'a pas accès à la technologie moderne, c'est ça ? Mauvaise pioche, mon petit Luther : toujours éviter de sous-estimer les autres. Surtout vos amis. Tu aurais dû me mettre dans la confidence, au lieu de chercher à me rouler avec ton histoire à dormir debout. »

Ventura sourit et secoua la tête. « J'admets mon erreur, général. Franchement, je suis impressionné. Mais il n'est jamais trop tard pour se racheter, non ?

– J'ai bien peur que si, colonel, j'ai bien peur que si. »

Quand il vit le type au fusil à pompe mettre en joue Corona alors que celui-ci venait de s'installer dans le véhicule qu'il s'apprêtait sans doute à voler, Michaels se glissa dans un jardin pour se planquer derrière le tronc épais d'un pin Douglas. Il était de l'autre côté de la rue et les deux hommes étaient bien trop occupés pour l'avoir remarqué. Il se pencha et pressa le bouton d'alarme de son virgil. Il faudrait à ses hommes cinq minutes pour réagir, mais peu importait désormais qu'ils se fassent repérer par Ventura.

Et maintenant ? Qui était ce type ? Avait-il un lien avec les deux cadavres devant chez Morrison ? Qu'est-ce qui se passait, nom de Dieu ?

Michaels était à une vingtaine de mètres et la précision de son taser ne dépassait pas cinq ou six mètres, dans le meilleur des cas. Mais il n'aurait qu'une capacité d'un coup avant d'être obligé de le recharger, et comme le lui avaient fait remarquer John Howard et Julio Fernandez, même le plus rapide des chargeurs de taser ne pouvait rivaliser avec une arme de poing garnie de munitions. Les informaticiens et les dirigeants de la Net Force étaient censés être des bureaucrates, ils n'avaient que faire des armes à feu ; les armes à feu, c'était l'affaire de la section armée.

S'il s'en tirait vivant, Michaels avait bien l'intention de porter désormais une arme à feu, une vraie.

Ouais. Malheureusement, la section armée n'était toujours pas là, il n'avait pas d'arme à feu, tout ce qu'il avait c'était un taser. Alors... sur qui tirer ? À supposer déjà qu'il puisse s'approcher suffisamment pour pouvoir le faire...

Il était trop loin pour entendre ce que les deux hommes se disaient, en revanche il n'eut aucun mal à saisir ce que l'homme au fusil lança soudain, d'une voix forte : « Bubba ! »

Un culturiste au crâne rasé et vêtu d'une tenue de camouflage s'approcha du pick-up, côté passager, tenant à deux mains un pistolet à canon long. Il avait pris garde à ne pas arriver de face, mais légèrement de biais, par l'arrière. Malin – ça lui éviterait de se trouver dans la ligne de mire de l'homme au fusil si jamais il y avait du grabuge.

Rien de tel qu'une nouvelle petite complication pour lui gâcher un peu plus l'existence.

Même s'il avait eu un fusil d'assaut au lieu de ce foutu taser, Michaels n'aimait pas du tout la tournure que ça prenait. Et il ne savait toujours pas qui étaient ces mecs... en théorie, il était même possible qu'ils soient dans son camp.

Peut-être ferait-il bien d'attendre une seconde pour voir comment les choses évoluaient avant de se manifester et de crier à tout le monde de lâcher ses armes. Mettons deux secondes...

Ventura sentait l'adrénaline crépiter dans ses veines, il entendit son chant de sirène l'inciter à passer à l'action.

Tu es invincible, jamais personne n'a réussi à te battre. Tu es le meilleur ! Tu l'as toujours été ! Tue-les !

« Bien, reprit Smith. Voilà ce qu'on va faire. Tu me donnes ce que tu es monté récupérer ici. Ensuite, tu pourras filer : ta vie contre les documents. Je pense que c'est un marché équitable. Si jamais je vois ce qui ressemble de près ou de loin à une arme sortir de ta poche, c'est sur ton cadavre qu'on ramassera ce qui nous intéresse. Ce fusil à pompe est chargé de huit cartouches de chevrotine numéro 4. Je n'ai pas besoin de te détailler le résultat sur ta figure à cette distance...

– Non. »

Smith n'était peut-être pas un vrai général, mais il avait été un vrai soldat, et il tenait un fusil à pompe pointé sur Ventura. Bubba, de l'autre côté du pick-up, avait un pistolet. Mais si Bubba tirait le premier, il serait obligé de le faire à travers la glace, et vu l'angle de tir, la balle pouvait dévier légèrement. Si Ventura se penchait brutalement, Smith presserait sans doute la détente et, avec un peu de chance, la décharge de chevrotine lui passerait au-dessus de la tête et pulvériserait la fenêtre côté passager. Il faudrait une demi-seconde à Smith pour faire coulisser la pompe et charger une autre cartouche, et alors que la portière d'un pick-up américain grand gabarit n'arrêterait pas une cartouche pour gros gibier tirée par un calibre 12, elle arrêterait des plombs numéro 4, une bonne partie en tout cas.

Ventura soupesa ses chances. Il était au pied du mur. Dès qu'il aurait donné la disquette, il était de toute façon un homme mort. Smith ne pouvait pas le laisser partir et espérer ensuite pouvoir dormir tranquille : il savait bien que tôt ou tard, Ventura viendrait lui faire la peau. Et même une clôture barbelée gardée par une bande de nervis ne constituerait pas une protection suffisante, Smith le savait fort bien. La seule raison qui le retenait encore de le tuer était de s'assurer d'abord qu'il détenait les informations, puis de savoir quoi en faire.

C'était le moment. Le moment ou jamais.

Il sourit et prit sa décision. La seule qu'il pouvait prendre.

« Très bien, général. Vous avez gagné... »

... Mais aussi vite qu'il put, Ventura plongea tout en empoignant son arme...

40

Mercredi 15 juin
Port Townsend

Comme c'était parfois le cas quand le danger surgissait brusquement, le temps se contracta et se ralentit. Michaels vit la tête de Ventura disparaître soudain et la décharge du fusil à pompe retentir juste après, avec une détonation fracassante...

Le pistolet de Bubba répliqua dans la foulée, deux claquements secs, presque silencieux, et deux trous apparurent sur le pare-brise du pick-up...

Tout ébahi, Michaels se retrouva machinalement debout, courant en direction de la fusillade, brandissant devant lui à bout de bras son minuscule taser bien insignifiant...

La main de Ventura réapparut à l'intérieur de l'habitacle, tel un périscope, le pistolet au poing, pour tirer en direction de l'agresseur au fusil, puis elle pivota pour décharger sur Bubba – *blam ! blam !* – deux coups secs en rafale.

L'homme au fusil s'écroula, mais Bubba avait plongé dès l'apparition de l'arme de Ventura, avant de riposter au jugé, par six – ou huit ? – coups de feu ; on aurait dit qu'il tirait en mode automatique, un *rac-a-tac-a-tac* continu, avant de s'interrompre brutalement, le chargeur sans doute complètement vidé...

Ventura se releva, retourna son pistolet vers l'autre

assaillant, mais l'homme fit une roulade, se releva et pointa le fusil vers Ventura pour se remettre à tirer...

Michaels vit Ventura prendre la décharge en pleine poitrine et s'effondrer sur la colonne de direction, mais il avait néanmoins entre-temps réussi à lâcher un nouveau coup de feu qui parut atteindre son agresseur, mais sans effet notable. Ce dernier tira pour la troisième fois.

La tête de Ventura disparut...

Michaels se rendit compte qu'il était en train de hurler ; l'homme au fusil tourna la tête dans sa direction et le contempla, éberlué. Il s'apprêtait à faire pivoter son canon, la distance était encore bien trop grande pour le taser mais Michaels pressa malgré tout la détente. Deux minces aiguilles argentées filèrent vers l'homme au fusil. Michaels parvint à voir distinctement les deux dards électriques, mais le premier l'atteignit au torse et l'autre s'enfonça dans la fesse...

Le canon du fusil à pompe pivota lentement, très lentement, et l'arme était presque braquée sur Michaels quand son propriétaire comprit qu'il allait lui rentrer dedans à pleine vitesse, alors il tira...

Trop tôt ! Le coup passa au ras de l'oreille droite de Michaels qui sentit une commotion, une brève brûlure, mais c'est tout, avant de venir percuter de plein fouet le tireur et de rouler à terre avec lui...

L'impact les avait sonnés tous les deux, mais Michaels fut le plus prompt à recouvrer ses esprits. Il se releva d'une roulade et voulut expédier son pied dans la tête de l'homme. Raté, mais il l'atteignit à l'épaule alors que l'autre essayait d'esquiver...

Le fusil à pompe gisait sur la chaussée, cinq mètres en contrebas.

Michaels savait que Bubba se trouvait de l'autre côté de la cabine, sans doute en train de recharger son arme, et qu'il n'avait donc pas le temps de s'interposer. Le tireur se releva, groggy, les mains dressées en posture de défense, et Michaels, sans attendre, bondit pour lui donner un coup d'épaule à la tempe, en mobilisant toutes ses forces. Il y eut un bruit mou tandis que l'autre s'effondrait comme une chiffe molle, mais Bubba contournait déjà le capot du pick-up – Bubba avec son pistolet – et Michaels comprit qu'il était baisé...

Il allait mourir...

C'est alors qu'une ombre surgit de nulle part et percuta Bubba de l'arrière. Le choc lui fit lâcher son arme et choir sur un genou. Son agresseur plongea, roula pour se relever, deux mètres devant lui, pivota pour lui faire face...

Michaels regarda, éberlué, n'en croyant pas ses yeux...

Toni !?

Le colosse tomba sur un genou mais comme elle avait trop d'élan pour s'arrêter, elle avança l'épaule et plongea pour une roulade, heurta la chaussée avec assez de violence pour que ses dents s'entrechoquent mais réussit néanmoins à se relever à peu près intacte. Elle aurait malgré tout l'épaule douloureuse pendant un moment – à supposer qu'elle survive assez longtemps.

Le colosse s'était relevé et lui venait dessus. Il lui

expédia un coup de poing qui aurait assommé un cheval s'il avait fait mouche, un violent crochet du droit...

Toni se baissa, prit en étau le gros bras musclé, entre le plat de la paume gauche et le tranchant de la droite, et, récupérant l'énergie du deuxième contact pour plier le coude, elle s'effaça de biais sur sa gauche – l'homme était trop massif pour un contact de face –, puis lui expédia le coude droit entre les côtes.

Elle sentit les côtes céder, entendit son adversaire grogner et ralentir un peu mais il en fallait plus pour l'arrêter : il était trop gros, trop fort – s'il lui mettait la main dessus, ce serait mal barré...

Trop près pour un croc-en-jambes : elle devait jouer de la cuisse. Elle lui intercepta donc le haut de la jambe avec la sienne, releva dans le même temps le genou, tout en poussant de la main droite au niveau de la ceinture...

Le mouvement de levier était efficace : il perdit l'équilibre et s'étala de tout son long, mains tendues devant lui pour amortir la chute...

Toni le suivit. Quand il releva la tête, elle lui lança un coup de pied au menton mais il esquiva tout en le bloquant et ce fut son tibia qui rencontra l'avant-bras gauche.

Le bras était moins résistant. Le cubitus se brisa...

Merde, résistant, le bonhomme. Il voulut empoigner le pied de la jeune fille, le rata parce qu'elle avait esquivé mais il utilisa son élan pour se relever. Il repartit à l'assaut pour lui expédier un direct violent de son bras encore valide, le droit...

Toni se donnait à fond, elle se battait avec rage, sans

plus réfléchir, ne faisant désormais plus qu'un avec son agresseur. Elle lui envoya son poing droit vers la tête, accompagnant du reste du corps, tout en effectuant un blocage du coup adverse avec le gauche, déviant le bras juste derrière le coude.

Le coup de Toni atteignit l'oreille, un impact guère méchant, mais qui la plaçait dans la position idéale pour effectuer un *putar kepala* – une torsion de la tête. Elle cueillit le coude droit de l'homme dans sa main gauche en coupe, lui saisit le côté du cou avec la droite et fit pivoter les mains, la gauche vers le haut, la droite vers le bas, tout en les rapprochant d'elle en même temps qu'elle pesait de tout son poids. Le mouvement fit pivoter le corps de son adversaire dans le sens des aiguilles du monde. Elle lui saisit aussitôt la tête à deux mains.

Un simple mouvement de torsion du cou : douloureux mais sans entraîner de séquelles. Le même accompagné d'une traction, provoquant une cambrure de la colonne vertébrale, et c'était la rupture.

Elle tourna sèchement dans le sens contraire des aiguilles d'une montre tout en effectuant simultanément une traction...

Le craquement des vertèbres rompues lui parut résonner plus fort que la décharge du fusil à pompe.

L'homme s'effondra. Il survivrait peut-être. Mais il ne serait plus jamais capable de se relever tout seul. Ni maintenant ni plus tard.

La fureur qui l'habitait l'abandonna aussitôt qu'elle se fut retournée, guettant de nouveaux adversaires.

Il n'y en avait aucun. Il n'y avait qu'Alex, debout derrière le corps étendu de l'homme au fusil, en train de la fixer avec ébahissement.

Des sirènes approchaient, de plus en plus fortes. Aucun des deux n'était capable de trouver ses mots. Enfin, alors que les balayaient les gyrophares de la première voiture de police, Alex observa : « Bon sang, mais qu'est-ce que t'es venue foutre ici ?

– Plus un geste ! » s'écria un flic en tripotant nerveusement son pistolet.

Pas de problème. Alex et Toni étaient parfaitement immobiles – et personne d'autre qu'eux n'était capable de bouger.

41

Mercredi 15 juin
Port Townsend

La petite ville touristique assoupie à flanc de colline était à coup sûr tout à fait réveillée désormais : police municipale, pompiers, inspecteurs, et une bonne partie des voisins ; éblouis par les gyrophares et les batteries de projecteurs, ils essayaient tous de deviner ce qui s'était passé. Bref, l'ambiance était électrique.

Il ne fallut pas longtemps pour dissiper le malentendu. Michaels expliqua qui ils étaient, Toni et lui, puis dès que les flics se furent assurés de la véracité de leurs cartes de la Net Force et du FBI, la situation devint beaucoup moins tendue.

Il y avait deux cadavres dans la cour arrière des Morrison, et leurs papiers révélaient leur appartenance à un groupe paramilitaire basé dans l'Idaho.

L'homme au fusil à pompe était vivant, avec une fracture du crâne, et il semblait être justement le chef de ce fameux groupe, un général. Il avait également reçu deux balles du pistolet de Ventura, toutes deux bloquées par son gilet pare-balles.

Bubba le culturiste avait une fracture des cervicales.

Et Ventura ? Il avait reçu deux décharges de chevrotine tirées par le fusil du général mais hélas pour lui, il ne portait pas de gilet pare-balles. La première décharge l'avait apparemment cueilli au torse, la seconde au visage. Une seule aurait suffi à le tuer, indiqua le secouriste des pompiers, celle à la tête d'abord.

Michaels et Toni firent les poches de Ventura : le pistolet, des munitions de rechange, une torche électrique, du matériel de serrurerie, des clés de voiture et, dans les lambeaux de sa poche intérieure d'anorak, un DVD rangé dans un écrin en plastique. Les deux avaient été pulvérisés par la décharge de chevrotine, l'impact avait même projeté certains éclats dans le cœur du défunt.

« Tu paries que c'est ce disque qui l'a conduit à venir fouiller la baraque des Morrison ? observa Toni.

– À coup sûr, nota Michaels. Tu crois qu'au labo du FBI, ils seront capables de recoller les morceaux ? » Certains fragments ensanglantés n'étaient pas plus épais que des aiguilles.

Elle secoua la tête. « Assez pour récupérer les données gravées dessus ? J'en doute. Si le secret de ce rayon de la mort était sur ce disque, il est perdu à jamais. »

Michaels opina. « Ça vaut mieux sans doute. L'idée que ce soit notre gouvernement plutôt qu'un autre qui mette la main dessus ne m'enchanterait pas plus. » Il regarda la jeune femme. « C'est toi qui avais pris la seule bagnole potable à l'agence de location, hein ? Juste avant que j'arrive.

– Ouaip.

– Comment savais-tu où me retrouver ? C'est Jay ?

– Non. Tu as laissé une trace claire comme le jour. Tu ne cherchais même pas à te cacher. Je ne suis pas totalement ignare en matière de traque Internet.

– Mais pourquoi es-tu venue ? »

Elle le regarda. « Tu le regrettes ? »

Il hocha la tête. « Il faudrait que je sois un imbécile pour dire ça, compte tenu des circonstances. Je n'ai pas souvenance d'avoir été aussi heureux quand je t'ai vue terrasser Bubba. Merci.

– J'agissais en ma qualité d'agent de liaison, vois-tu.

– C'est cela, oui.

– Pourquoi es-tu aussi entêté, Alex ? Tu sais bien que je t'aime. Et que tu m'aimes tout autant.

– Ouais.

– Ça se passait mal pour nous. Le problème, c'était le boulot, tu le sais aussi bien que moi. J'aimerais mieux perdre mon emploi que mon amour. »

Il acquiesça. « Ouais, moi aussi. »

Elle regarda les pompiers évacuer le corps de Ventura. « La nuit s'annonce longue avant que tout soit réglé ici. T'es descendu quelque part ?

– Non.

– J'ai pris une chambre dans une pension de famille, à la sortie du patelin. Qu'est-ce que tu dirais de venir avec moi pour faire un long somme, dès que ce sera terminé ? »

Il ne réfléchit qu'une seconde. Elle avait raison. Il l'aimait, bien sûr, et il aimerait mieux sauver leur amour que l'un ou l'autre de leurs emplois. Il lui adressa un sourire timide.

« D'accord, lui dit-il. Tu m'as forcé la main. »

Épilogue

Vendredi 29 juillet
Washington, DC

Michaels entra dans l'appartement, vit le courrier accumulé sur la table de la cuisine. « Toni ? T'es rentrée ?

– Je suis là.

– Où ça, là ?

– Dans le séjour. »

Il entra dans la pièce. Assise dans le canapé, elle était en train de plier des torchons.

« J'ai fait sécher le linge, expliqua-t-elle. T'avais encore une fois mélangé le blanc et la couleur.

– Qu'est-ce que tu veux que je te dise ? Je ne suis qu'un monstre irrécupérable. Flingue-moi. »

Il s'approcha d'elle, se pencha, l'embrassa. « Comment s'est passée ta journée ?

– Pas mal. J'avais à faire une présentation de l'excellence du travail de la Net Force devant l'équipe du sénateur Bogle.

– Ça m'a pas l'air bien sorcier.

– Jongler avec une douzaine d'assiettes tournant sur des baguettes, ça, ce n'est pas bien sorcier, Alex. Non, depuis mon départ, la Net Force aurait du mal à trouver son trou du cul même avec une lampe de poche. »

Il rigola. « T'as prévu quelque chose pour le dîner ?

– Je pourrais nous réchauffer des burritos au micro-ondes.

– Ça te dirait que je commande des plats chinois ? C'est moi qui régale.

– Pas d'objection. »

Il inspira un grand coup. L'idée lui trottait dans la tête depuis quelque temps, mais il ne savait comment s'y prendre, et ça le rendait nerveux.

« Écoute, commença-t-il, ça ce passe plutôt pas trop mal entre nous, ces derniers temps, tu trouves pas ?

– T'as besoin de demander ?

– Non, non, je veux dire, j'en suis persuadé, mais je ne veux plus rien tenir pour acquis, désormais. Enfin, on s'entend bien, d'accord ? Je veux dire, on s'accorde plutôt pas mal au niveau personnel, non ?

– Excepté que tu mélanges systématiquement le blanc et la couleur pour la lessive, c'est le paradis. »

Il opina. C'était maintenant le plus dur.

Elle cessa de plier le linge. « Qu'est-ce qu'il y a, Alex ? T'as quelque chose derrière la tête. Dis-moi. »

Il s'assit dans le canapé à côté d'elle. « OK, écoute, je ne suis pas le plus romantique des hommes mais... enfin, est-ce que tu veux m'épouser ? »

Ses yeux s'écarquillèrent puis elle eut un grand sourire : « Oui, bien sûr... »

Il poussa un gros soupir. « Bien.

– Tu croyais que je te rembarrerais ?

– J'espérais bien que non. J'aimais mieux ne pas trop y songer. »

Elle le prit dans ses bras et le serra très fort, et ils s'embrassèrent. Ils rompirent leur étreinte et s'adossèrent au canapé. « De toute façon, il était quand même temps que tu te décides à me le demander, observa-t-elle.

– Ouais ? T'aurais pu, toi aussi, tu crois pas ?

– Nân. Je suis une fille très vieux jeu. C'est à l'homme de le faire.

– Vieux jeu ? Toi ? » Il éclata de rire. « Tu es une femme de tête, forte, entêtée, et qui par-dessus le marché m'espionne pendant mon boulot.

– Oh, de ce côté, t'as plus de souci à te faire. »

Il la regarda. « Comment ça ?

– Je vais démissionner.

– Quoi !?

– J'avais l'intention de garder le poste quand je l'ai pris, mais il s'est présenté quelque chose de mieux entre-temps.

– Quoi ? Une meilleure proposition ? C'est pas trop loin, j'espère ? Je commençais juste à m'habituer à t'avoir près de moi.

– Oh, t'inquiète pas, je serai près de toi. » Elle lui posa les mains sur les épaules, puis les fit remonter derrière sa nuque. « Mais c'est un boulot entièrement différent.

– Ah ouais ? Lequel ?

– Je vais devenir maman à plein temps. »

Il la dévisagea, ébahi. « Tu... tu es...

– Ouaip. » Elle souriait béatement. « Je suis enceinte. »

Alors ce fut à son tour d'avoir un sourire béat.

REMERCIEMENTS

Nous voudrions remercier ici les personnes suivantes : Martin H. Greenberg, Larry Segriff, Denise Little, John Helfers, Robert Youdelman, Esq., et Tom Mallon, Esq. ; Mitchell Rubenstein et Laurie Silvers chez Hollywood.com, Inc. ; la merveilleuse équipe de notre éditeur, The Putnam Berkley Group, en particulier Phyllis Grann, David Shanks et Tom Colgan. Comme toujours, nous tenons à remercier Robert Gottlieb, de l'agence William Morris, notre agent littéraire et notre ami, sans qui ce livre n'aurait jamais pu voir le jour, de même que Jerry Katzman, vice-président de l'agence William Morris ainsi que ses collègues de la télévision. Mais d'abord et avant tout, c'est à vous, nos lecteurs, de décider si nos efforts collectifs auront été couronnés de succès.

Du même auteur
aux Éditions Albin Michel :

Romans :

À LA POURSUITE D'OCTOBRE ROUGE

TEMPÊTE ROUGE

JEUX DE GUERRE

LE CARDINAL DU KREMLIN

DANGER IMMÉDIAT

LA SOMME DE TOUTES LES PEURS, tomes 1 et 2

SANS AUCUN REMORDS, tomes 1 et 2

DETTE D'HONNEUR, tomes 1 et 2

SUR ORDRE, tomes 1 et 2

RAINBOW SIX, tomes 1 et 2

L'OURS ET LE DRAGON, tomes 1 et 2

Série de Tom Clancy et Steve Pieczenik :

OP'CENTER 1

OP'CENTER 2 : IMAGE VIRTUELLE

OP'CENTER 3 : JEUX DE POUVOIR

OP'CENTER 4 : ACTES DE GUERRE

OP'CENTER 5 : RAPPORT DE FORCE

OP'CENTER 6 : ÉTAT DE SIÈGE

OP'CENTER 7 : DIVISER POUR RÉGNER

NET FORCE 1

NET FORCE 2 : PROGRAMMES FANTÔMES

NET FORCE 3 : ATTAQUES DE NUIT

Série de Tom Clancy et Martin Greenberg :

POWER GAMES 1 : POLITIKA

POWER GAMES 2 : RUTHLESS.COM

POWER GAMES 3 : RONDE FURTIVE

POWER GAMES 4 : FRAPPE BIOLOGIQUE

Documents :

SOUS-MARIN. Visite d'un monde mystérieux : les sous-marins nucléaires

AVIONS DE COMBAT. Visite guidée au cœur de l'U.S. Air Force

LES MARINES. Visite guidée au cœur d'une unité d'élite

LES PORTE-AVIONS. Visite guidée d'un géant des mers

Composition réalisée par IGS-CP

Imprimé en France sur Presse Offset par

BRODARD & TAUPIN

GROUPE CPI

La Flèche (Sarthe).
N° d'imprimeur : 28562 – Dépôt légal Éditeur : 54519-04/2005
Édition 01

LIBRAIRIE GÉNÉRALE FRANÇAISE – 31, rue de Fleurus – 75278 Paris cedex 06.

ISBN : 2 - 253 - 11300 - X

31/1300/8